Über dieses Buch Das Wort »Guerrilla« ist spanischer Herkunft. Man weiß dies auch bei uns. Weitgehend unbekannt ist den deutschen Lesern jedoch, daß die bedeutendste Guerrilla-Dichtung gleichfalls in Spanien entstand: ›La Guerra Carlista‹ von Valle-Inclán.
Aus dem gewaltigen Stoff und der Tragödie der Karlisten-Kriege, die im Laufe des 19. Jahrhunderts einige Provinzen Nordspaniens erschütterten, hat Valle-Inclán einen Bilderbogen in drei Teilen komponiert, der den letzten Karlisten-Krieg (1872–1876) zum Thema hat. Im **ersten Teil** der Trilogie treffen Vertreter der alten adeligen Führungsschicht ihre Vorbereitungen zur aktiven Unterstützung des gerade wieder entfachten Bandenkrieges. Im **zweiten Teil** erscheint vor der grandiosen Kulisse einer rauhen Bergwelt und in wildbewegtem Szenenwechsel das Volk der kämpfenden Banden: Hirten und Bauern, Pfarrer und Bettler. Im **dritten Teil** kumuliert die Grausamkeit des Krieges in der Schreckensgestalt des Pfarrers und Bandenführers Santa Cruz, der mit seiner Partisanenrotte den von fünfhundert Infanteristen besetzten Marktflecken Otain belagert.
›Der Karlisten-Krieg‹ unternimmt nicht den Versuch der erzählerischen Dokumentation, sondern ist Fiktion. Die Essenz des Geschehens wird dargeboten in kommentarlosen, scharf konturierten erzählerischen Bildern, die weniger als Appell zur Parteinahme wirken, vielmehr als Aufforderung zur Kontemplation. Der Enthusiasmus der Kämpfenden wird nicht einfach liquidiert durch die Wahrheit der Enttäuschung, die erkennt, daß der Krieg eine endlose Agonie ist und dem Grimassieren eines Epileptikers gleicht. So entsteht das faszinierende Paradox eines modernen, abenteuerlichen »Heldenepos« aus dem Bewußtsein tragisch-grotesker Vergeblichkeit.

Der Autor Ramón del Valle-Inclán (1866–1936) gilt heute in der gesamten spanischsprechenden Welt als der große radikale Erneuerer in der Erzählkunst wie in der Dramatik. Er ist einer der markantesten Köpfe der »Generation 98«, einer Gruppe, zu der auch Unamuno, Azorín, Baroja und Machado gehören, und die, nachdem Spanien im Kubakrieg die letzten spanischen Kolonien verloren hatte, entscheidend zur geistigen Neubesinnung des materiell wie kulturell verarmten Landes beitrug.
Publikationen in deutscher Sprache u. a.: ›Barbarische Komödien‹, ›Karneval der Krieger‹, ›Sommersonate‹.

Ramón del Valle-Inclán

Der Karlisten-Krieg

Roman-Trilogie
Die Kreuzfahrer des Königs
Im Flammenschein
Gerfalken aus der Vorzeit

Aus dem Spanischen übersetzt
von Fritz Vogelgsang

Fischer Taschenbuch Verlag

Ungekürzte Ausgabe
Veröffentlicht im Fischer Taschenbuch Verlag GmbH,
Frankfurt am Main, September 1991

Lizenzausgabe mit freundlicher Genehmigung
der Ernst Klett Verlag für Wissen und Bildung GmbH,
Stuttgart

Umschlaggestaltung: Buchholz/Hinsch/Hensinger
Umschlagabbildung: Arcimboldi ›Le Feu‹
Druck und Bindung: Clausen & Bosse, Leck
Printed in Germany
ISBN 3-596-10699-0

Die Kreuzfahrer des Königs

[KAPITEL I]

Auf dem Rücken von Maultieren, in stetig munterem Paßgang, ritten zwei Männer über jenen alten Weg, der den Bergwald durchquerte und auslief in Viana del Prior. Als es dunkelte, gaben sie den Mulis die Sporen und preschten in den Marktflecken hinein. Das Weibervolk, das gerade vom Rosenkranzgebet herauskam und sie in solcher Hast durch den Kirchhof sprengen sah, gaffte neugierig ihnen nach, ohne sie erkennen zu können; denn die Reiter hatten sich Kopf und Schultern mit Binsenumhängen verhüllt, wie sie die Hirtenleute in der Regenzeit benützen, überall in diesem alten Land. Mit hohl dröhnendem Gepolter rasten die Reiter über die Grabgewölbe im Vorhof, und das Weibervolk verharrte murmelnd, dicht zusammengedrängt unter dem Portal, das schon schwarz war, trotz der Laterne, welche die Nische eines steinernen Heiligen beleuchtete. Stimmen von Greisinnen munkelten aus dem Dunkel ihrer Vermummung:

»Das sind die Reittiere vom Schloß!«

»Man wartet, seit Tagen schon, auf den Herrn Marqués. Er kommt, um einen Krieg in Gang zu bringen für König Don Carlos.«

»Und der Küster von den Nonnen ist verschwunden!«

»Unter der Vierung im Schiff sollen Hunderte von Gewehren vergraben sein.«

»Der Küster ist nicht allein fortgelaufen; mit ihm sind vier Burschen aus dem Dorf Bealo abgehauen. Nach ihnen allen wird gefahndet.«

»Bald ist niemand mehr da, der die Felder bestellt. Diejenigen Burschen, die nicht in den Krieg ziehen um ihres Glaubens willen, werden gewaltsam fortgeschleppt, zum Dienst in den Bataillonen des anderen Königs.«

»Noch nie zuvor hat es das gegeben! Zwei Könige in den spanischen Landen!«

»Wie zur Zeit der Mauren!«

»Die rothaarige Barbara, die einen Schmuggler zum Mann

hat, schwätzt in der ganzen Gegend herum, daß der Küster sich habe sehen lassen mit einer bewaffneten Bande, an der portugiesischen Grenze.«

»Heiliger Nothelfer, wenn sie ihn erwischen, schießen sie ihn tot!«

»Totgeschossen wurde sein Vater!«

»Keine schlimmere Plage gibt's als den Krieg, den die Könige gegeneinander führen!«

»Die spanischen Lande sind groß, und man könnte sich gütlich einigen über eine Teilung.«

»Es sind Könige von zweierlei Art. Der eine, ein guter Christ, zieht selber ins Feld und hockt sich hin zu seinen Soldaten, um mit ihnen das Brot zu essen. Der andere, wie ein Maure, mit mehr als hundert Weibern, setzt nie den Fuß vor seinen großen Palast in Kastilien.«

Der Regen ließ nach, und die alten Frauen verließen das Schutzdach des Portals, geduckt unter den Umschlagtüchern, klappernd mit ihren Holzpantinen. Sie zerstreuten sich, und ein paar von ihnen konnten sehen, daß Licht war in den großen Sälen von Schloß Bradomín. Der Marqués war soeben aus dem Sattel gestiegen, vor dem Tor, an dem noch, entzweigeschlagen, die Ketten hingen, die einst das Recht der Freistatt garantierten. Angeschlagen kam der legitimistische Caballero nach Hause, um hier in der Zurückgezogenheit sich von einer Verwundung zu erholen, die er im Krieg erlitten hatte.

[KAPITEL II]

Feuer hat man entfacht im großen Saal des Schlosses, und dort wird, während die Vesperglocke läutet, dem alten Dandy der Abendimbiß aufgetragen. Der Haushofmeister, der ihm mit den Mauleseln entgegengeritten war, kommt herbei, um ihn mit irgendwelchen belanglosen Geschichten zu unterhalten. Dann treffen zwei Geistliche ein, Domherren von der Stiftskirche. Die beiden waren benachrichtigt worden von dem Caballero, der ihnen Weisungen aus dem Königlichen Hauptquartier mitbrachte. Keiner kannte ihn, denn seit zwanzig Jahren lebte der berühmte Marqués in der Fremde. Was sie miteinander redeten, war nichts als höfliches Geplänkel, bis der Haushofmeister, nachdem man die Tafel aufgehoben hatte, den Raum verließ und der Caballero mit nobler Gewichtigkeit die vier Türen des Saales verschloß. Die Domherren wechselten einen Blick, und der alte Dandy rief aus, indem er in die Mitte des Gemaches schritt:

»Begrüßen wir einander – als Kreuzfahrer im Dienst der Sache!«

Diese Worte genügten, um die Geistlichen in Erregung zu bringen. Sie hatten sie schon oft gehört, sie selber sprachen sie wieder und wieder aus, aber jetzt erst, da sie ausgesprochen wurden von dem bejahrten Caballero, der aus dem Krieg heimkehrte mit nur einem Arm, bewirkten diese Worte einen Widerhall im Herzen wie Worte eines Gebets. Sie hatten einen frommen und kämpferischen Sinn, eine Gewalt wie Sturmgeläut, in der Stille dieses Saales und auf den Lippen des hohen Herrn, der heimkehrte nach zwanzig Jahren. Einer der Domherren sagte mit würdevollem Ernst:

»Als Priester sind wir Kreuzfahrer der christlichen Streitmacht, und der rechtmäßige König verteidigt die Sache Gottes.«

Der andere Tonsurträger drückte Zustimmung aus, indem er mit dem Kopf nickte und die Lider senkte: er war nur Domherr, und aus Schüchternheit überließ er seinem Gefährten das Wort, der das Amt eines Lehrmeisters an der Kathedrale innehatte. Dann, weil alle schwiegen, flüsterte er, eine Liebesflamme in den Augen, mit verzückter Stimme:

»Kreuzfahrer wie jene, die auszogen, das Heilige Grab zu befreien!«

Der Maestre-Escuela, der viel mehr Soldat als ein Mann der Kontemplation war, fragte:

»Welche Richtung hat der Kriegsverlauf genommen, Señor Marqués?«

Der Marqués de Bradomín überlegte einen Augenblick, während seine Augen über die Flammen schweiften, die zuckend sich wanden unter dem großen Rauchfang des Kamins. Als er antwortete, war ein trauriges Lächeln in seinem Gesicht:

»Der Verlauf des Krieges ist ungewiß, Señor Maestre-Escuela. Zuviel Soldaten und zuwenig Geld.«

Der andere Domherr flüsterte:

»Wir haben Herzen, denn die gibt Gott!«

Der Maestre-Escuela knüllte seinen Priesterumhang, runzelte grimmig die Stirn:

»Und gibt's denn keinen Juden, der uns was leihen würde? Ohne Geld gibt's keine Gewehre, und ohne Gewehre keine Soldaten ... Man muß es suchen und finden.«

Der Caballero, Verfechter der rechtmäßigen Herrschaft, erwiderte, fast ohne Hoffnung:

»Durch die Ratsversammlung von Santiago kennen Sie den Zweck meiner Reise. Es ist nötig, daß wir Getreuen uns opfern, und um ein Beispiel zu geben, will ich den Anfang machen und dieses Schloß verkaufen, ebenso die Renten von meinen drei Majoratsgütern. Alles, was ich in diesem Land besitze.«

Die beiden Geistlichen entflammten sich, und der mit den mystischen und einfältigen Augen preßte inbrünstig die Hände zusammen:

»Sie leben wieder auf, die alten christlichen Tugenden, jetzt, in diesen Tagen, da die Kirche Gottes verfolgt und bedrängt wird!«

Der Maestre-Escuela bemerkte, mit einer Begeisterung, die nicht so sehr aus frommer Rührung aufwallte:

»Wer Größe geerbt hat, der erweist Größe! ... Und unser lieber Marqués stammt ab von Königen!«

Der alte Dandy erwiderte mit einem Lächeln voll liebenswerter Ironie:

»Von Königen und von Päpsten ... Ehemals bestand eine verwandtschaftliche Bindung zwischen meiner Familie und der des Kardinals Rodrigo de Borgia.«

Der Maestre-Escuela bestätigte militärisch knapp:

»Der spanische Papst Alexander VI.«

Und der andere Domherr murmelte:

»Nun gibt es keine spanischen Päpste mehr! In dieser Lage könnte ein spanischer Papst den Ausschlag geben für den Triumph der Sache ...«

Der legitimistische Caballero lächelte wiederum:

»Vor allem, wenn er mit mir verwandt wäre.«

Der kirchliche Lehrmeister hielt sich eine Hand vor den Mund und hustete diskret. Dann raffte er seinen Mantel, so daß die Schuhe mit silbernen Schnallen zum Vorschein kamen, und sprach im Predigerton, nur mit der rechten Hand gestikulierend, einer weißen und ein wenig groben Hand, die den bischöflichen Amethyst zu fordern schien:

»Für den Triumph der Religion, des Vaterlandes und des Königs werden wir alles tun, was in unseren Kräften steht. Ich glaube, in diesem Moment sprechen aus mir die Empfindungen des gesamten Domkapitels unserer Heiligen Stiftskirche. Wir werden für den Glauben das tun, was der gottlose Mendizábal vor unseren Augen für die Hölle getan hat. Unsere Kirche ist, zum Glück, noch reich an Silber und Juwelen, Schätzen, die man verbarg, als die barbarischen Dekrete der Isabellinischen Regierung herauskamen. Es gibt viel mehr Reichtum an edlen Metallen und kostbaren Steinen als künstlerischen Reichtum. Mit diesem materiellen Vermögen, und mit unserem persönlichen Besitz, werden wir ohne Säumen den Kampf unterstützen. Aber wir werden uns nicht als Vandalen betragen, wie dies die gedungenen Meuchelmörder im Dienste von Mendizábal taten, als sie uns ausraubten. Laßt uns diesen Namen ohne Beiwort aussprechen, denn dessen Buchstaben bedeuten schon alle Schändlichkeiten! Die künstlerischen Kleinodien werden verschont, und somit überlassen wir jenem unheilvollen Menschen ungeteilt den traurigen Ruhm eines neuen Attilas.«

Und der Domherr mit den mystischen Augen bekräftigte:

»So müßte er genannt werden, wenn er nicht Anspruch hätte auf den Namen Antichrist.«

Der Maestre-Escuela kreuzte, nachdem er diese Worte vernommen hatte, die Arme mit jenem hoheitsvoll-bescheidenen Ernst, wie er manchen Klerikern eigen ist, und als er aufs neue sprach, tat er es ohne Kanzelton:

»Durch meine Neigungen, und ein wenig auch durch meine Studien, fühle ich mich hingezogen zu den Dingen der Kunst... Ich glaube, hiermit die Tradition der Kirche fortzuführen... Die größten Künstler hatten die Päpste als Mäzene! Julius II. war der Schirmherr von Raffael di Urbino, wie Alexander VI. der von Pinturicchio und Paul IV. von Tiziano Vecellio. Die künstlerischen Reichtümer unserer Stiftskirche sind mir wohlbekannt, und ich habe über dieselben einen knappen historischen Abriß geschrieben: Es sind Schenkungen von Bischöfen und frommen Rittern, manche gar Opfergaben von Königen... Die Kirche ist sehr alt, ihre Gründung geht zurück auf eine Bulle von Papst Innozenz II. Der ursprüngliche romanische Kreuzgang ist gänzlich unverfälscht erhalten, und das übrige hat kaum durch Restaurierungen gelitten. Wie so viele galicische Kirchen stammt sie aus der Ära von Erzbischof Gelmírez. Sie gehört derselben Epoche an wie das Kloster von András. Dieses Juwel, das die Vandalen Isabellas zur Kaserne gemacht haben!«

Dann vereinbarten die beiden Domherren und der legitimistische Caballero, sich gleich am nächsten Tag im Kapitelsaal zu treffen. Eile war geboten; die Soldaten im Dienst der Sache mußten schleunigst Gewehre bekommen.

[KAPITEL III]

Die Kunde von der Ankunft des legitimistischen Caballeros lief noch in derselben Nacht von Mund zu Mund, durch ganz Viana del Prior. Zum Gutshof des Freisassen, wie man nach altem Brauch im Marktflecken noch immer sagte, gelangte die Neuigkeit durch einen Knecht, den man scherzhaft Don Galán nannte. Der Hausherr, ein alter Kerl von jenem schönen und mannhaften suebischen Schlag, der unter den Hidalgos des galicischen Berglands so häufig anzutreffen ist, machte großes Geschrei, vor lauter Freude und Überraschung:

»Du sagst, mein Neffe Bradomín sei soeben angekommen? Ein großer Herr, großer Geist, großes Herz! . . . Schlechtes Oberhaupt! . . .«

Hohl hallte die Stimme wider in der Küche des Herrenhauses. Don Juan Manuel Montenegro, an einem Tische sitzend, der mit hausgewebtem Linnen gedeckt war, aß zu Abend neben dem Herdfeuer, in Gesellschaft von zweien seiner Söhne. Ein junges Mädchen trug den dreien auf, die Kebse des Alten. Sie hatte blaue und arglose, blumenhafte Augen, war fast noch ein Kind. Jedesmal, wenn sie die Speisen auf den Tisch stellte, zitterten ihr die Hände, und die Söhne des Hidalgos folgten ihr mit schrägen Blicken voller Geilheit und Groll. Es waren zwei hoch aufgeschossene, grimmige und kraftstrotzende Jünglinge, die mit krummem Rücken dahockten. Der eine hatte sich mit betonter Lässigkeit den langwallenden Flanell seines schwarzen Umhangs kreuzweis um den Leib geschlungen, und am Ziergiebel seiner Stuhllehne hing der Dreispitz, den die Seminaristen in Viana del Prior noch tragen. Er hieß Don Farruquiño. Den anderen nannte man, wegen der Schönheit seines Gesichtes, zu Hause und in der ganzen Gegend Cara de Plata: Silbergesicht. Die beiden kommentierten die Ankunft des Marqués de Bradomín:

»In der Philosophischen Aula hat gestern eine alte schlaue Echse erzählt, Bradomín sei in Santiago gewesen.«

Und Cara de Plata antwortete, während er die Kebse seines Vaters anschaute, mit düsterer Miene:

»Er kommt, um den Krieg zu entfachen. Ich sorge dafür, daß sie mich zum Hauptmann ernennen. Ich werde verschwinden für immer.«

Der Seminarist blickte ebenfalls die Kebse an und zwinkerte ihr boshaft zu. Der Hidalgo sah das Zwinkern, runzelte die Stirn und leerte das Glas. Die Kebse näherte sich zitternd und füllte es ihm wieder. Nach einer Weile murmelte Cara de Plata nachdenklich und schwermütig:

»Schade, daß ich nicht vorher Bescheid wußte über das Kommen des Marqués!«

Unter dem Gewölbe der Küche dröhnte die Stimme von Don Juan Manuel:

»In anderen Zeiten wäre mein Neffe unter Glockengeläut eingezogen in den Flecken. Ein Vorrecht, das verliehen wurde zum Dank für das, was einer seiner – und auch meiner – Vorfahren zur Verteidigung tat, als die englischen Piraten auf unseren Stränden landeten.«

Den Marqués de Bradomín nannte der stolze Freisasse seinen Neffen, obwohl nur solch ferne verwandtschaftliche Beziehungen sie verbanden, die sich im Dämmerdunkel familiärer Überlieferung fast der Nachprüfung entziehen. Die Söhne schwiegen. Cara de Plata mit einem träumerischen Ernst in den Augen; der Seminarist lächelnd, zu der jungen Kuhhirtin hinüber, die, rot übergossen vom Widerschein des Feuers, Kohlblätter aus dem Suppennapf schlürfte, der auf dem Herdrand stand. Don Galán, ein im Hause geborener Knecht, buckelig und schelmisch nach alter Narrenart, streckte die Zunge aus dem Mund, wie der Fliegenfresser auf dem Jahrmarkt.

»Wir werden ein Krüglein leeren müssen, um die allerheiligste Erscheinung des Herrn Marqués gebührend zu feiern! Juhu!«

Don Juan Manuel richtete sich auf, lauthals brüllend, so daß die Hunde zu bellen begannen, die angebunden in dem Gärtchen unter der Weinlaube lagen:

»Dummkopf! Wer bist du, daß du die Ankunft eines so adligen Caballeros, wie es mein Neffe ist, feiern willst?«

Don Galán streckte nochmal die Zunge heraus:

»Irgendeinen Köter wird er schon mitbringen ... Alles läßt sich regeln in diesem Leben, nur nicht der Tod ... Juhu! Mein Herr möge auf das Wohl seines Neffen trinken, denn ich werde auf das Wohl des Köters trinken. Juhu!«

Aufs neue schrie da der Hidalgo:

»Aber wer bist du, daß du mit mir zusammen zechen willst?«

Don Galán machte einen Bocksprung:

»Derselbe, der so oft schon getrunken hat!«

»Du bist ein Dummkopf!«

»Juhu!«

»Eines Tages werde ich dir das Fell über die Ohren ziehen.«

»Juhu! Heute sicher nicht.«

»Vielleicht doch.«

»Juhu! Heut sind schon alle Katzen grau!«

Der Freisasse lachte ein wildes, gewaltiges Lachen, das ihm das Gesicht rötete. Jählings schnellte der schöne Zweitgeborene aus seinem Sitz und warf dem Knecht den Teller voller Knochen hin:

»Mit den Kötern teilt man die Brocken, doch man trinkt nicht mit ihnen.«

Er griff nach seinem Hut, der an einem Balkenhaken hing, und wandte sich zur Tür. Don Galán schlich sich hinweg, geduckt wie ein Hund. Dieser säbelbeinige Alte, der wie die Hofnarren seinen Herrn zum Besten hielt, zitterte vor den nachgeborenen Söhnen und ging ihnen vorsorglich aus dem Weg. Cara de Plata rief der jungen Hirtin:

»Mädchen, nimm die Funzel und leuchte mir.«

Die Hirtin stellte den Suppennapf ab, um nach der Öllampe zu langen, als das andere Mädchen, die Kebse des Freisassen, ihr zuvorkam:

»Iß weiter. Ich werde leuchten.«

Sie packte die Funzel und ging vor dem Zweitgeborenen hinaus. Am Tor, als sie die Sperrbalken hob, sagte sie mit scheuer Stimme zu ihm:

»Ziehst du wirklich in den Krieg, Carita de Plata?«

Der schöne Zweitgeborene sah sie verdutzt an, sehr blaß auf einmal:

»Ich hab's doch gesagt.«

»Du sagst noch mehr, was nicht stimmt . . .«

Und das Kind blickte auf zu ihm mit unschuldigen Augen, lieblich lächelnd. Noch zögerte sie, die Sperrbalken wegzunehmen, und Cara de Plata stieß sie zurück, hob selber die Riegelhölzer ab und stemmte das Tor auf. Das Mädchen seufzte:

»Sei nicht verrückt, Carita de Plata!«

Der Zweitgeborene nahm den zitronenhellen Kopf des Mädchens zwischen seine Hände und blickte ihr in die Augen, so nahe, daß ihre Wimpern sich beinahe berührten:

»Warum hast du mich getötet?«

Das Kind schluchzte:

»Ich weiß nicht, wie es gekommen ist . . . Dein Vater kam eines Nachts, und schon war's geschehen . . .«

Cara de Plata preßte ihr den Kopf, bis es ihr weh tat:

»Schändlicher alter Kerl! Ginge ich nicht weg aus diesem Land, ich würde ihn noch umbringen.«

»Jetzt müssen wir beide ihn lieben! . . .«

Und das Kind floh voll Schreck, löschte im Laufen das Licht der Öllampe. Als sie die Treppe hinaufstieg, hörte sie die Stimme des Freisassen und sein gewaltiges, feudales Lachen:

»Don Galán, bring einen Krug mit Weißwein von Arnela!«

[KAPITEL IV]

Der Marqués de Bradomín stand früh am Morgen auf, um die Messe zu hören in dem Kloster, dessen Äbtissin eine seiner Kusinen war, jene bleiche und visionär gestimmte Isabel Montenegro y Bendaña. Bei der Erinnerung an sie fühlte der alte Caballero eine dämmerschwere Traurigkeit in seinem Gemüt. Wie oft hatte der Tod seine Sichel geschwungen! Von jenen drei kleinen Mädchen, mit denen er im Herrschaftsgarten gespielt hatte, lebte nur noch eines. Wie in der Tiefe eines verschwommenen Spiegels sah er die kindlichen Gesichter, die lachenden Münder, die leuchtenden Augen. Beschwörend rief er die Namen wach: María Isabel! María Fernandina! Concha! Und atmend sog er aus ihnen den Duft des herbstlichen Gartens mit seinen welken Blumen, und eine Anwandlung musikalischer und sentimentaler Rührung. María Isabel! María Fernandina! Concha! Die hellen Namen hallten wider in seiner Seele mit einem jugendfrischen und fernen Zauber. Der liebenswürdige Marqués de Bradomín hatte Tränen in den Augen, als er das Sprechzimmer des Klosters betrat, wo ihn seine Kusine erwartete, die alte Äbtissin, jene bleiche und visionär gestimmte María Isabel. Die Nonne hob den Schleier:

»Gott segne dich, Xavier!«

Sie war es, mit dunklen Ringen um die Augen, und mit so weißen Händen, daß man meinen konnte, sie seien aus Hostienmehl gemacht. Sie ließ ihn Platz nehmen auf einem Sessel, der dicht am Sprechgitter stand, und fragte unverzüglich nach dem Stand des Kriegsgeschehens und nach dem Hofstaat von Don Carlos:

»Wie geht es den Herrschaften? Gott erhalte ihnen die Gesundheit allerwegen! Und der Prinz, ist er schon recht groß geworden? Und die kleine Infantin?«

»Der Prinz will ein guter Reiter werden, damit er mit seinem Vater ins Feld ziehen kann.«

Und der legitimistische Caballero geriet in eine Gemütserregung, wie immer, wenn er von der Familie seines Königs sprach.

Die Nonne war neugierig:

»Sag, sind es viele Soldaten?«

»In den Provinzen, wo Krieg ist, sind allesamt Soldaten, die Frauen genauso wie die Männer, sogar die Steine.«

»Gott unser Herr ist es, der dies bewirkt! Sag, und du, was treibt dich hierher?«

»Mein Schloß will ich verkaufen, und alle meine Renten ...«

»Tu das nicht ... Vor allem das Schloß ... Diese Steine, auch wenn sie altes Gemäuer sind, müssen erhalten bleiben, immer.«

»Ich verhökere es, um Gewehre zu kaufen.«

»Trotzdem, es ist traurig. In was für Hände kommt es?«

Der Marqués de Bradomín hatte ein schmerzliches und grausames Lächeln im Gesicht:

»In die Hände irgendeines neureichen Wucherers. Sprechen wir nicht davon. Ich verkaufe das Schloß, wie ich die Gebeine meiner Vorfahren verkaufen würde. Jetzt geht es einzig und allein darum, für den Triumph der Sache zu sorgen. Die republikanische Clique, die heute herrscht, ist eine Schande für Spanien.«

Die Nonne hatte glänzende Augen bekommen, sie flüsterte:

»Ich bewundere dich!«

Der Caballero erwiderte schlicht:

»Viele sind's, die das tun, was ich tue!«

Das Gesicht der Nonnen näherte sich dem Gitter:

»Hier im Kloster hatten wir einen Küster, der fortgelaufen ist, um eine Bande zu bilden an der portugiesischen Grenze. Ich gab ihm all den Schmuck, der meiner Mutter gehört hatte; und es war mir eine Freude, als ich es tat. Ich hatte die Kleinodien zuvor der Allerheiligsten Jungfrau dargeboten und mußte einen Dispens erlangen. Trachtest du auch danach, bewaffnete Leute um dich zu scharen? Um Gottes willen, wenn du das tust, erschieße niemanden! Im letzten Krieg, da haben sie, auf beiden Seiten, so viele Leute erschossen! Ich war ein Kind damals, und ich erinnere mich an die armen Dörflerinnen, die in schwarzen Kleidern weinend zu unserem Haus kamen. Ein Almosen wollten sie von meiner Mutter haben, um Fürbitt-Messen lesen zu lassen für ihre Toten.«

Der legitimistische Caballero fühlte den Feudalherrengeist in sich erwachen:

»Sie ist dahin, die Tradition wahren Kriegertums, wahren Spaniertums.«

Die Nonne blickte ihn eindringlich an, die Hände über dem Skapulier ihres Ordensgewandes gekreuzt:

»Unser Herr Jesus Christus gebietet uns, barmherzig zu sein!«

»Im Krieg ist die Grausamkeit von heute die Barmherzigkeit von morgen. Spanien ist stark gewesen, als es eine kriegerische Moral erzwang, die höher stand als das Mitleid von Weibern und Kindern. Damals hatten wir Heerführer und Heilige und Henker, und das ist alles, was ein Volk braucht, um die Welt zu beherrschen.«

Die Nonne erwiderte energisch:

»Xavier, damals haben wir, wie heute, die Hilfe Gottes gehabt.«

Der Marqués ließ ein leichtes Lächeln erkennen:

»Leider spielt im Krieg der Teufel die Hauptrolle!«

Die Nonne richtete ihre glühenden und visionären Augen zu Boden. Ihre Hände, ständig gekreuzt über dem Bußgewand, waren so weiß, daß man meinen konnte, sie besäßen eine Begnadung, Wunder zu wirken. Nach einer knappen Weile sagte sie, den Schleier senkend, welchen sie hochgeschlagen hatte:

»Xavier, es ist Zeit fürs Offizium, ich muß dich verlassen. Doch ich möchte dich bitten, morgen wiederzukommen, wenn es dir nicht zuviel ist ... Wir haben noch einiges miteinander zu bereden.«

Der alte Dandy erhob sich mit einem Seufzer aus seinem Sessel:

»Adiós, Mutter Äbtissin, bis morgen!«

Die Nonne preßte, ehe sie sich zurückzog, das Gesicht ans Gitter und flüsterte in vertraulichem Ton:

»Xavier, unter meinen Füßen sind Gewehre!«

[KAPITEL V] Nach dem Chorgesang blieben einige Domherren und Benefiziare, um den Besuch des legitimistischen Caballeros zu erwarten. Sie sprachen über den Krieg, während sie stehend sich wärmten am Kohlebecken, mitten im Kapitelsaal. Von Zeit zu Zeit hörte man ein Türschlagen und das Klingklangschwingen eines Glöckchens. Alte Meßdiener und rotgekleidete Chorknaben kamen und gingen im Halbdunkel. Der Kapitelsaal war groß, still und erfüllt von Weihrauchduft. Seine Decke war getäfelt, und die Wände waren bespannt mit karmesinrotem, goldgesäumtem Samt. In den Ecken funkelten einige Spiegelleuchter, aufgehängt über alten, intarsiengeschmückten Kommoden. Morgens vergoldete die Sonne ein Fenster, das durch Gitter geschützt war, und so hoch angebracht, daß darunter noch Platz war für einen Wandschrank mit Beschlägen und Schnitzwerk aus der Renaissance. Der Marqués de Bradomín betrat den Raum, begleitet von seinem Hauskaplan. Domherren und Benefiziare empfingen ihn mit der offenherzigen und ein wenig leutseligen Höflichkeit, die den ernsten Pfarrherrenstimmen ihr besonderes Timbre zu verleihen scheint:

»Señor Marqués de Bradomín!«

»Durchlauchtiger Freund!«

»Alter Kamerad!«

»Endlich haben wir Sie wieder in unserer Mitte!«

»Man umarmt Sie wie einen Schiffbrüchigen!«

»Fünfzig Jahre schon sind wir Freunde!«

Den letzten Satz sprach ein Alterchen, das nur Kaplan war. Es trug eine Brille, hatte eine schimmernde Glatze und zwei Silberlocken über den Ohren. Es schien dem Weinen nahe:

»Señor Marqués! ... Xavierito! ... Fünfzig Jahre! ... Ein halbes Jahrhundert! ... Wir lernten miteinander lateinische Grammatik im Kloster, beim seligen Bruder Ambrosio. Mir hat der Vater des Herrn Marqués die Ausbildung bezahlt. Gott hab' ihn selig! Wie lang ist das her! Ein halbes Jahrhundert! ... Und ich vergesse nie die zwei Parteien, die sich bekriegten, Rom und Karthago.

Xavierito führte im Klassenzimmer die Römer an, er war Publius Aemilianus Scipio, der Afrikaner ... Ich befehligte die andere Seite, war Hannibal, der Sohn des Hamilkar, ich armer Teufel, immer besiegt. Und ohne Neid, und ohne Groll ... Ich begriff, daß der Lorbeer bestimmt war für diese Stirn da ... Señor Marqués de Bradomín, Xavierito, lieber alter Freund du!«

Und der Alte breitete die Arme aus vor dem legitimistischen Caballero und weinte wie ein Kind:

»Er erinnert sich nicht mehr! Er erinnert sich nicht mehr!«

Der Marqués erwiderte mit einem Lächeln:

»An alles erinnere ich mich, Minguiños! Wenn man erlebt hat, was ich erlebt habe, schaut man immer zurück aufs Vergangene. Den seligen Bruder Ambrosio, wie du ihn genannt hast, habe ich im Krieg getroffen, und ich versichere dir, er ist jünger als wir.«

Der Kaplan wischte sich die Augen aus mit seinem großen, gemusterten Sacktuch, und er lächelte. Der Maestre-Escuela machte die Bemerkung:

»Diese Umarmung von Hannibal und Scipio hat gewiß nichts gemein mit der Umarmung bei Vergara.«

Der Kaplan protestierte:

»Nein, der Herr Marqués de Bradomín ist nicht der Ayacucho, und ich bin, zum Glück, nicht der Verräter Maroto.«

Und der Domherr mit den mystischen Augen flüsterte inbrünstig:

»Gott sei Lob und Dank!«

Es gab ein verhaltenes und ernstes Gemurmel, das übertönt wurde von der Stimme des Maestre-Escuela:

»Wir alle hier sind Freunde und Gefährten, so daß wir reden können, freiweg von der Leber. Uns vereint ein gemeinsames Gefühl der Liebe zur Religion und zum Vaterland. Ich habe, im Vertrauen auf dieses Gefühl, vielleicht mit allzuviel Vertrauen, dem berühmten Vorkämpfer, der uns heute besucht, unsere Unterstützung angeboten, Beiträge für die Sache. Danach habt ihr alle mit Kummer gesehen, daß uns dies verwehrt ist. Diese Heilige Stiftskirche, die im irdischen Bereich regiert wird von einem Willen, der mächtiger ist als der unsere, wird nicht den Getreuen zu Hilfe eilen, die ihr Blut hingeben für Gott und für den König.«

Eine Stimme flüsterte dem legitimistischen Caballero ins Ohr:

»Er spart nicht mit Anspielungen auf den Herrn Dekan.«

Es war das Alterchen mit der schimmernden Glatze und den Silberlocken. Dann, schüchtern ihm den Arm drückend und einen Finger sich selber auf die Lippen legend, bedeutete er dem Caballero, dieser möge achtgeben auf die Worte des Maestre-Escuela:

»Aber über aller Tyrannei und über aller Erbärmlichkeit der Menschen ist die göttliche Kraft des Glaubens. Unser Glaube ist das Schwert, das wir zücken gegen den Feind, ein Schwert aus Feuer und Licht, wie das des Erzengels. Wenn diese Heilige Stiftskirche es nicht tun darf, werden wir selbst, mit der eigenen Habe und der eigenen Person, unverzüglich den Kampf unterstützen. Die Kreuzfahrer des Königs werden Gewehre erhalten, damit sie den Sieg erringen, so Gott will!«

Das Alterchen, leicht mit dem Kopf zitternd, drückte wieder den Arm des Marqués de Bradomín:

»Unser Dekan ist für die Ernennung zum Bischof vorgeschlagen worden, und er will sich lieb Kind machen bei den Ketzern in Madrid. Er hat sein Veto eingelegt, und die Juwelen werden hier bleiben, bis ein neuer Mendizával sie mitlaufen läßt.«

Die Domherren hatten mit eiferndem und beifälligem Gemurmel die letzten Worte des Maestre-Escuela aufgenommen. Auf einem plüschüberzogenen, karmesinroten Tisch stand ein silbernes Tintenfaß, in dem Gänsekiele steckten, und der Reihe nach trat jeder an den Tisch und schrieb seinen Namen und seinen Beitrag auf einen Bogen Büttenpapier, der sich mit Schnörkeln und Gekritzel füllte.

KAPITEL VI

Der Marqués de Bradomín erhielt an jenem Tag ein Schreiben von der Ratsversammlung in Santiago. Es waren schlechte Nachrichten, die ihm übermittelt wurden. Ein Karlistentrupp, der junge Burschen aushob und Pferde requirierte, war an der portugiesischen Grenze, nahe bei San Pedro de Sil, in Gefangenschaft geraten. Die Ratsmitglieder erinnerten auch an den Geldmangel und an die Dringlichkeit, mit der die Kämpfenden Unterstützung verlangten. Der Marqués de Bradomín rief seinen Haushofmeister und sagte ihm, daß er das Schloß verkaufen wolle, mitsamt den dazugehörigen Ländereien und Grundrenten. Der Haushofmeister verfärbte sich:

»Das Schloß verkaufen und die Majoratsrenten? . . .«

Der Marqués bestätigte es, knapp und entschlossen:

»Alles verkaufen, und zu dem Preis, der geboten wird.«

»Ein Großteil ist in Erbpacht, und nur über die freie Hälfte kann der Herr Marqués verfügen.«

»Dann wird halt die Hälfte verkauft.«

Der Haushofmeister überlegte eine Weile, die Augen auf den Boden gerichtet. Er war ein Dörfler mit listiger Miene, schwarzem Haar und kupferrotem Bart, Sohn eines anderen Haushofmeisters, der in diesem Jahr gestorben war. Dank der Macht, die ihm die Renten der Markgrafschaft gaben, hatte er Mädchen in allen Dörfern, und die Menschen, die das Vieh hüteten und die Felder bestellten, verabscheuten ihn mit jenem stillschweigenden Haß, mit dem sie den Vater verabscheut hatten: einen geizigen Alten, der vierzig Jahre lang die Feudalgewalt scheinbar wieder in Kraft gesetzt hatte, so gefürchtet war er bei den Bauern.

»Selbst wenn man alles zu einem Spottpreis verschleudern wollte – es gibt zwölf Meilen in der Runde niemanden, der das Geld hätte, um dieses Schloß und die Unmenge an Grund und Boden zu kaufen . . . Man müßte parzellieren, und heute käme ein Käufer angetanzt, und ein zweiter am jüngsten Tag. Es sei denn, daß der Señor Ginero . . .«

Der Marqués de Bradomín, den das Finassieren des Haushofmeisters allmählich verärgerte, fragte hochmütig:

»Ist er reich?«

Der Haushofmeister riß die Augen vielsagend auf. Sie waren grünlich und hatten hellblonde Wimpern, die ständig zitterten:

»Er hat mehr Goldunzen in den Truhen als der Herr Marqués weiße Haare im Bart.«

Der alte Legitimist bestimmte mit einer herrscherlichen Geste:

»Noch heute suchst du ihn auf und sprichst mit ihm.«

»Glück hat der schlaue Fuchs, man bringt ihm die Henne zum Bau!«

Und der Haushofmeister zog sich zurück, sehr langsamen Schritts, um das Geklapper der Holzschuhe zu dämpfen. Pedro de Vermo suchte seine Frau im Stall. Er sah sie auf der Türschwelle hocken, mit dem Spinnrocken am Gürtel; aufmerksam beobachtete sie das neugeborene Kalb, das suckelnd die Schnauze gegen das Euter einer prächtigen Kuh stieß. Die Frau des Haushofmeisters war klein, schweigsam und hatte tiefschwarze Schielaugen. Sie sprach das altertümliche und singende Galicisch der Bergbäuerinnen. Sie hatte keine Kinder, und um die Hexe zu bannen, die ihr dieses Unheil angehängt hatte, trug sie am kleinen Finger der linken Hand eine Gagatfeige, als Amulett gegen den bösen Blick. Der Mann blieb stehen und schaute das Kälbchen an:

»Verflixtes Biest, hat die ganze Nacht mit dem Grind gegen das Gatter geschlagen, weil's zur Mutter wollte.«

Die Frau blickte schielend auf zum Mann und antwortete:

»Und wenn man's den lieben langen Tag an den Zitzen ziehen lassen würde, es hätte immer noch nicht genug.«

»Ein Gierschlund!«

»Aber auch ein hübsches Kerlchen!«

»Du kannst es jetzt wegnehmen, Basilisa.«

Die Frau erhob sich von der Schwelle, ordnete mit beiden Händen das weite Rund des Baskenrocks und packte den Stock des Spinnrockens, um das Kälbchen damit wegzutreiben. Der Haushofmeister zog die Kuh am Strick hinter sich her. Mann und Frau betraten den Stall. Er war dunkel, roch nach feuchtem Heu. Ein hohes, verbogenes Rohrgeflecht diente als Trennwand zwischen der Lagerstreu des Kälbchens und der Lagerstreu des Muttertiers. Der Haushofmeister hantierte im Halbdunkel und schüttete Grünfutter in die Krippe, für die Kuh. Er sprach behutsam:

»Frau, weißt du, was vorgeht?«

Die Frau stieß einen langgedehnten Seufzer aus, wie es Hysterikerinnen vom Lande tun:

»'s wird ganz bestimmt nichts Rechtes sein! . . .«

»Der Herr ist gekommen, weil er verkaufen will . . .«

In einem noch kläglicheren Jammerton sagte die Frau:

»Und wenn's sein muß, für ein Stück Brot!«

»So ist es, haargenau. Es tut einem in der Seele weh, daß es so verschleudert wird!«

»Jetzt wär' eine gute Gelegenheit, wenn wir nicht den Pfaffenacker gekauft hätten. Wenn wir vom Unsrigen ein Stück Land verkaufen könnten.«

»Insgeheim müßte das passieren.«

»Natürlich, Mann!«

»Oder wir finden einen, der uns das Nötige leiht gegen Zinsen.«

Basilisa fuhr auf und schaute ihren Mann an, der ein Büschel Gras zwischen den Händen hatte, und im Duster des Stalles hatte ihre singende Stimme etwas Unheilverkündendes:

»Wenn du meinen Rat hören willst: Tu sowas nie! Die Wucherer sind der Ruin der Häuser! Sie fressen alles ratzekahl!«

Pedro de Vermo gab keine Antwort. Er war eben fertig mit dem Häufeln und Lockern des Heus in der Krippe, und mit einem Satz schwang er sich auf deren Kante. Ganz gemächlich pfeifend, ließ er im Takt die holzbeschuhten Füße pendeln. Basilisa stülpte einen Korb um und setzte sich darauf. Die beiden blickten einander schweigend an, wobei sie nur den Schattenumriß des anderen gewahrten. Der Mann hörte auf zu pfeifen:

»Weißt du, was ich ausgeknobelt habe, Basilisa? Für uns wäre es möglicherweise das beste, wenn wir weiterhin die Verwaltung von Schloß und Renten hätten. Der Herr ist bloß gekommen, weil er Geld will; und es kann sein, daß er es am ehesten kriegt, wenn er gar nichts verkauft, da er doch bürgen kann mit den ganzen Gütern, die er besitzt. Was meinst du, Basilisa?«

»Du hast den Herrn reden hören, kennst also besser seine Absicht ...«

»Ich werde mit Señor Ginero sprechen. Er hat mich nämlich vor kurzem gefragt, ob ich nicht jemanden wisse, der genug Pfandgut besitzt und dem man etwas leihen könnte.«

Wieder schwiegen der Mann und die Frau. Pedro de Vermo holte die Kuh und führte sie zur Krippe. Das Tier schüttelte mehrmals den Kopf und begann das Gras zu mampfen, leise muhend vor Zufriedenheit.

[KAPITEL VII]

Nach der Siesta, am späten Nachmittag, verließ Señor Ginero tagtäglich sein Haus, die Flinte auf der Schulter und ein Weidenkörbchen in der Hand. Er ging langsam, mit schlurfenden Schritten, und linste aus dem Augenwinkel in die Häuser hinein, wo er erbärmliches Bettzeug auf blau bepinselten Gestellen erblickte, und die Frauen, die auf dem Boden hockten und Netze knüpften. Hie und da streckte er den Kopf durch eine Tür, aus der Rauch quoll, jener dürftige Rauch von Kiefernreisig, der nach geschmorten Sardinen roch:

»Schlaubergerin, ist dein Mann da?«

Lauthals antwortete eine Stimme:

»Er ist auf dem Meer!«

Und heraus kam eine Alte mit entzündeten Augen und Zottelsträhnen, die von einem orangeroten Tuch gebändigt wurden. Señor Ginero hustete:

»Er soll nicht vergessen, das einzuhalten, was Pflicht und Schuldigkeit ist. Ich möchte euch nicht gern vor Gericht bringen ...«

Die Alte raufte sich das Haar, ihr Unglück bejammernd:

»So übel sind die Zeiten!«

Señor Ginero erwiderte mürrisch:

»Übel sind sie für alle.«

Und er spazierte weiter, zu dem großen Fruchtgarten, den er gekauft hatte, als die Klostergüter feilgeboten wurden. Der Garten war wie eine Zitadelle von Mauerwerk umgeben, und darin gab es eine alte, duftende Obstanlage mit Renettenbäumen und ein steinernes Taubenhaus, das aussah wie ein Festungsturm, aus dem Hunderte von Tauben flatterten. Seit dreißig Jahren schon ging Señor Ginero tagtäglich am späten Nachmittag in seinen Fruchtgarten. Kurz ehe es dunkel wurde, kehrte er nach Hause zurück, in der Hand das Körbchen, zugedeckt mit Feigenblättern und wohlgefüllt, manchmal mit Erdbeeren, ein andermal mit Mispelfrüchten und wieder ein andermal mit Äpfeln, je nachdem, ob man im milden Mai war, das Johannisfest bevorstand oder die Tage kürzer wurden im Oktober. Zuweilen kam es auch vor, daß über dem Obst flaumzart und schlaff das Gefieder von ein paar Spatzen lag, die durch eine Schrotladung getötet worden waren. Diese Vögel waren der Abendimbiß des alten Geldsacks, der, wenn er hörte, wie ihre Knöchlein zwischen seinen Zähnen knackten, die Lust genoß, einen Feind zu verschlingen. Der Garten lag außerhalb des Fleckens, und in der schwärzlichen Mauer, der sinkenden Sonne zugewandt, befand sich ein rot schimmerndes Portal, flankiert von zwei Steinbänken, auf denen die Domherren und Benefiziare zu rasten pflegten, wenn sie ihren Spaziergang machten. Señor Ginero, der ein großer Frömmler war, hielt immer inne, um sie zu begrüßen; aber an diesem Abend ging er soweit, die Feigenblätter zu lüften, die das Körbchen bedeckten, und die Herren zu fragen, ob sie nicht kosten wollten. Die ernsten und kirchendunklen Stimmen dankten ihm mit einem Gemurmel. Viel schwarze Reifmäntel und Schaufelhüte waren da. Die Domherren begleiteten ihren Freund, den Marqués de Bradomín. Señor Ginero trieb seine Höflichkeit auf die Spitze:

»Will der hochwohlgeborene Herr Marqués auch kein Pfläumchen annehmen, von der Sorte, die wir hierzuland Bettelmönchärmel nennen? Sie werden landauf, landab noch keine besseren gekostet haben.«

Er war ein langer, dürrer, glattrasierter Greis, mit tabakbraunem Gehrock; seine Ohren überdeckte eine schwarze Mütze, die unterm Zylinder hervorlugte. Er verabschiedete sich katzbuckelnd. Seit dem Morgen wußte er von der Ankunft des legitimistischen Caballeros, und er war handelseinig geworden mit Pedro de Vermo, dem Haushofmeister.

[KAPITEL VIII]

Domherren und Benefiziare gaben, als man vom Spaziergang zurückkehrte, dem legitimistischen Caballero noch das Geleit bis zum Wappentor seines Schlosses. Dort verabschiedeten sie sich mit dem Versprechen, am späteren Abend wiederzukommen und ihm Gesellschaft zu leisten. Allein betrat der Caballero die weiträumige Vorhalle, in der eine kunstvoll geschmiedete Lampe ihr Licht verströmte. Ein Schatten huschte unter den schon dunklen Gewölben hin, und man hörte das Geräusch von Schritten und Sporen. Ein Pferd stand angebunden an der Tür. Der Schatten kam auf den Marqués de Bradomín zu:

»Ich bin einer der Söhne von Don Juan Manuel Montenegro!«

Der Marqués reichte ihm die Hand:

»Ich glaube, wir sind Vettern!«

Der Zweitgeborene, der ein ironisches Lächeln erahnte, begegnete ihm in der Finsternis mit einem durchdringenden, wild entschlossenen Blick:

»Ich bin Cara de Plata!«

Er sprach mit dem ritterlichen Hochmut, den er vom Vater geerbt hatte. Der alte Dandy legte seine einzige Hand auf die Schulter des Jünglings:

»Einen schönen Namen hat man dir gegeben, Silbergesicht!«

Und er führte ihn zum großen Bogen des Treppenaufgangs und ging mit ihm hinauf, vertraulich sich auf ihn stützend, liebenswürdig wie ein Grandseigneur:

»Ist dein Vater sehr alt?«

»Seit ich ihn mir denken kann, ist er immer der gleiche.«

»Eine Eiche ist er!«

»Hierzuland sind die Eichen derzeit von einem Wurm befallen, der sie verdorren läßt, und meinem Vater fehlt überhaupt nichts . . . Hundert Jahre wird der leben!«

Sie kamen ans obere Ende der Treppe, und als sie dem Haushofmeister folgten, der ihnen leuchtete, fragte der Marqués:

»Biegt er noch immer ein Hufeisen auseinander, und ißt er noch immer einen ganzen Hammel auf?«

Stolz antwortete der Sohn:

»Beides hat er bei der Kirchweih getan.«

»Er gleicht Karl dem Großen, jenem Kaiser mit dem blühenden Bart!«

Und der legitimistische Caballero genoß einen literarisch-legendären Reiz, den er empfand, als er mit diesen Worten des alten Hidalgos gedachte. Er setzte sich nahe ans Licht und forderte Cara de Plata auf, Platz zu nehmen. Ein wenig überrascht, ließ er auf ihm die Augen ruhen, die ein Schwinden der Sehkraft zu spüren begannen. Die mannhafte Schönheit des Jünglings erschien ihm als das Erbe einer edlen und alten Rasse:

»Du heißt Miguel?«

»So bin ich in der Kirche getauft worden.«

»Aber Cara de Plata paßt besser zu dir... Und warum hast du nicht hier auf mich gewartet, statt drunten in der Vorhalle?«

»Ich befürchtete, deine Diener würden mir nicht aufmachen. Erst ein paar Tage ist es her, daß ich diesem Erzgauner dort die Knochen zu Kleinholz machen mußte ...«

Und mit einer Geste herrischer Dreistigkeit deutete er auf den Haushofmeister, der in diesem Augenblick die Fenster schloß, um zu verhindern, daß der Wind das Licht ausblies. Pedro de Vermo murmelte bloß ein paar Worte, fast unhörbar, vor sich hin, und der alte Dandy wunderte sich über diese Unterwürfigkeit. Der Haushofmeister drückte sich an der Mauer entlang und entfernte sich lautlos. Der Marqués rief ihm nach:

»Mein Vetter wird mit mir zu Abend essen.«

»Sehr wohl, Señor Marqués.«

Der Zweitgeborene mahnte spöttisch:

»Vergifte mich aber nicht mit irgendeinem üblen Kraut, wie du das mit meinen Hunden gemacht hast.«

In der Saaltür erschien die Frau des Haushofmeisters:

»Reden Sie kein falsch Zeugnis, sonst wird Gott Sie dafür strafen!«

Basilisa trat beiseite, um ihren Mann durch die Tür zu lassen, der mit Wolfsschritten davonging, und sie wischte sich sehr langsam mit dem Zipfel ihres Umhangs rings um die Augen, worauf sie mit weinerlicher Stimme sagte:

«Man bittet um die Erlaubnis, Eurexlenz zu sehen. Der Señor Ginero ist's. Welchen Bescheid soll ich ihm geben?«

Von der Straße drang Gitarrengeklimper herein, und man hörte das Näherkommen einer Gruppe von Straßenmusikanten, die unter den Balkonen des Schlosses vorbeizogen, aus vollem Halse singend:

Die Schaluppe Almanzora
hat alles, was schön und gut ist:
einen protzfidelen Käptn,
blitzmuntre, kesse Matrosen! . . .

[KAPITEL IX]

Señor Ginero stockte unter der Tür und machte eine tiefe Verbeugung:

»Gestattet mein Herr und Gebieter, der durchlauchtige Marqués de Bradomín, diesem seinem lästigen Diener den Zutritt?«

Indes er seine hochgewachsene Gestalt krümmte, breitete er zugleich glückstrahlend die Arme aus. In der einen Hand hielt er den Zylinder, in der anderen das Pflaumenkörbchen. Der legitimistische Caballero nahm ihn mit gönnerhafter und liebenswürdiger Gebärde auf. Der Wucherer tat ein paar Schritte, machte noch eine Verbeugung, stellte den Obstkorb auf den Tisch und hob zärtlich die Feigenblätter ab, welche die Früchte verdeckten:

»Gestatten Sie mir, daß ich Ihnen diese armselige Gabe eines liebreichen Willens darbiete!«

Er preßte die Feigenblätter zwischen den Handflächen zusammen und verbarg sie säuberlich in der Tasche seines Gehrocks. Der Marqués schickte sich an, die Schönheit der Früchte zu würdigen, und der Wucherer senkte die Lider und nickte mit dem Kopf:

»Sie stammen aus dem Mönchsgarten. Die Leute von damals, ja, die hatten Sinn für sowas.«

Zwischendurch warf Señor Ginero immer wieder einen grimmigen Blick zu dem schönen Zweitgeborenen hinüber. Schließlich konnte er sich nicht mehr zurückhalten:

»Es freut mich sehr, Sie zu sehen, junger Herr mit dem Zwirbelbärtchen!«

Cara de Plata lächelte spöttisch:

»Ich muß sagen, daß es mich weder freut noch betrübt, Señor Ginero.«

»Haben Sie vergessen, daß Sie mir fünf Unzen samt den Zinsen schulden?«

»Und haben Sie nicht erfahren, daß ich vom Pferd gestürzt bin?«

»Doch ...«

»Und daß ich mir den Kopf angeschlagen habe?«

»Doch ...«

»Und welche Folgen dieser Schlag gehabt hat? Damit Sie's wissen: Ich habe völlig das Gedächtnis verloren.«

Señor Ginero tat so, als würde er lachen; doch seine scharfe und zitternde Stimme verriet seine Wut:

»Ausgezeichnet! Ausgezeichnet! Aber Sie bedenken nicht, daß es einen Hund für die Vergeßlichen gibt ... Einen Amtsgerichtshund ... Den Gerichtsvollzieher! ... Dieser Don Miguelito ist drollig! ... Mein Sohn, die Schuldforderung wartet ein Jahr und noch ein Jahr, aber die Zinsen müssen pünktlich entrichtet werden.«

Señor Ginero hielt inne und hustete, während er sich die Brille mit dicken Goldrändern aufsetzte. Dann, sich umwendend zu der Stelle, wo der legitimistische Caballero stand, verneigte er sich tief:

»Könnten wir einen Moment unter vier Augen reden? ... Schon heute morgen bin ich mit dem Haushofmeister übereingekommen ... Diesem ehrbaren Diener, der hier im Haus geboren ist und soviel Anteil nimmt an dessen Schicksal!«

Der Marqués erwiderte mit Noblesse:

»Es bedarf keiner Geheimhaltung, Señor Ginero. Der Marqués de Bradomín verheimlicht nicht, daß er gezwungen ist, seine Ländereien zu verkaufen, um etwas beitragen zu können zu dem Krieg, der für seinen König geführt wird.«

Als er dies hörte, zog der Wucherer die Brauen hoch und machte die Miene des vernünftigen Menschen, der sich fremden Grillen anbequemt:

»Es ist nicht üblich ... Aber Sie haben recht: Wo kein Unrecht ist, braucht man das Licht nicht zu scheuen ... Schön also, aber kaufen kann ich nicht ... Eine Handvoll Unzen, die ich gespart habe, stelle ich Ihnen zu Verfügung ... Wenn Sie wollen, werden wir den Zins vereinbaren ... Der Herr Marqués hat Besitzungen, mit denen er siebenfach zu bürgen vermag für die Armseligkeit, die ich ihm leihen kann!«

»Dies alles wird mein Hausmeister mit Ihnen aushandeln.«

Und der alte Dandy streckte seinen einzigen Arm mit solcher Geringschätzung aus, daß der Wucherer unverzüglich hinausging, Bücklinge machend und sich die Stirn tupfend mit einem karierten Sacktuch, das er aus dem Futter seines Hutes ans Licht gebracht hatte. Cara de Plata konnte sich nicht mehr beherrschen und rief:

»Wie werden die dich begaunern!«

Der Marqués zuckte mit den Achseln:

»Schlimmer wär's, wenn ich mit diesem alten Fuchs zu verhandeln hätte.«

Der schöne Zweitgeborene lächelte bitter:

»Dieser Mensch da wird auch unser Haus erben! Mit den Rittergütern ist es bald aus und vorbei! Die alten Geschlechter verschwinden!«

[KAPITEL X]

Cara de Plata setzte sich, um das Abendessen einzunehmen am Tisch des legitimistischen Caballeros. Plötzlich brach er in ein seltsames Gelächter aus, das grausam klang, und blickte dem Marqués de Bradomín ins Gesicht:

»Xavier, ich bin hergekommen, weil ich dich um einen Rat bitten möchte. Ich erwäge, ob ich Banditenhauptmann werden soll.«

Der alte Dandy, der doch so sehr die Originalität, die Frechheit und die Verwegenheit liebte, machte eine gequälte Miene. Dann aber lächelte er unter dem Blick des schönen Zweitgeborenen. Die Augen von Cara de Plata, grün wie zwei Smaragde, hatten eine kristallklare und heitere Heftigkeit: die Augen eines jungen Tigers. Der Marqués de Bradomín erwiderte mit kühler Eleganz:

»Soll es ein ästhetischer Ratschlag oder eine Gewissensempfehlung sein?«

Der Zweitgeborene, der sich unterlegen fühlte, lachte wieder sein verzweifeltes Lachen:

»Xavier, hier wird es mit mir ein übles Ende nehmen ... Manchmal fühle ich mich versucht, diesen ganzen Haufen alter Häuser in Brand zu stecken ... Wenn ich nicht Klosterbruder werde, wie die Söhne von Señor Ginero, muß ich schließlich zum Räuberhauptmann werden.«

Er lachte nicht mehr, und um seinen Mund blieb eine große Traurigkeit.

Der Marqués blickte ihn durchdringend an:

»Was willst du von mir?«

»Daß du mir hilfst, eine Rotte für Carlos VII. auf die Beine zu bringen.«

Ein langes Schweigen entstand. Die Frau des Haushofmeisters kam herein, machte sich am Tisch zu schaffen, füllte ihnen die Gläser, und die beiden warteten, bis sie hinausging. Der legitimistische Caballero sprach langsam:

»Ich verfechte die Meinung, daß es darauf ankommt, den

Krieg auszuweiten zu einem großen Flächenbrand, nicht ihn zu verzetteln zu kleinen Flackerfeuerchen da und dort.«

Cara de Plata schaute ihn an, ohne den verborgenen Sinn solcher Worte zu erfassen. Der Marqués fuhr fort:

»Wir müssen all unsere Kräfte konzentrieren in Navarra, in Guipúzcoa, in Álava und in Vizcaya. Soweit irgend möglich, muß Verbindung gehalten werden zwischen allen Trupps, müssen diese taktisch eingesetzt werden für Überfälle und Patrouillen, um so Aragón und Alt-Kastilien in Aufruhr zu versetzen. Eine Rotte, die hierzuland, für sich allein, den Aufstand probt, wird binnen weniger Tage kassiert... Erforderlich ist, hier Geld zusammenzubringen und Männer zu rekrutieren, aber den Krieg anderswo zu führen.«

Cara de Plata unterbrach:

»Jeder einzelne muß Soldat sein in seinem eigenen Land.«

Der Marqués fuhr auf, widersprach aus Überzeugung:

»Nie und nimmer! Der beste Soldat ist immer derjenige, der beim Gedanken an Heimkehr die meisten Meilen zwischen sich und seinem Zuhause weiß. Spanien hat eine rauschende Militärgeschichte, seit es in fernen Ländern zu kämpfen begann. In Mexiko, in Peru, in Italien und in Flandern. Und selbst heute, in unserem Krieg, schlagen sich die Soldaten am besten, deren Heimat am weitesten weg ist.«

»Sind es nicht die Navarresen?«

»Nein.«

»Die Alavesen?«

»Auch nicht. Es sind die Kastilischen Legionäre.«

»Ein prächtiger Name!«

»Der König hat ihnen den gegeben.«

»Kannst du dafür sorgen, daß ich dienen darf bei den Kastilischen Legionären?«

»Ich kann dich mitnehmen. Aber du müßtest als gemeiner Soldat in die Kadettenkompanie eintreten. Wann willst du dich auf den Weg machen?«

»Sobald du es mir befiehlst.«

Der Marqués de Bradomín überlegte einen Augenblick:

»Vielleicht betraue ich dich mit einer wichtigen Mission, einer Botschaft für das Königliche Hauptquartier.«

Der schöne Zweitgeborene lächelte melancholisch:

»Du rettest mich, Xavier! ... Hier, wie gesagt, hätte es mit mir ein übles Ende genommen ...«

Plötzlich hörte man in der Nacht ein Sturmgeläut von Glokken, und die Tritte von Leuten, die vorbeirannten unter den Balkonen des Schlosses. Der Haushofmeister trat ein, Schreck im Gesicht:

»Es sind die Nonnen aus dem Kloster!«

Und Basilisa, die an einem der Fenster eine kleine Klappe öffnete und auf die Straße schaute, seufzte:

»Feuer ist es nicht, aber irgendwas ist los.«

Sie ließ ihre argwöhnischen Schielaugen, die unruhig waren wie die Pupillen eingesperrter Hühner, durch den Saal huschen und schaute dann wieder auf die Straße hinunter. Cara de Plata hänselte sie:

»Wahrscheinlich hopst irgendeine Hexe über die Dächer.«

Man hörte Stimmen von Kindern und von Frauen, die im Vorüberrennen pflatschend durch die vielen Pfützen hasteten, die in der Mitte des Platzes der Mond mit Lichtsplittern sprenkelte. Basilisa, völlig fassungslos, lief weg vom Fenster:

»Heiliger Herr im Himmel! Sie sagen, die Soldaten seien im Kloster!«

Der Marqués und der Zweitgeborene sprangen auf und starrten einander an, beide mit ein und demselben Gedanken in den Augen. Cara de Plata murmelte halblaut:

»Es hieß, die Nonnen hätten Gewehre unterm Hochaltar versteckt.«

Der Marqués runzelte die Stirn; er dachte an gewisse Worte der Mutter Äbtissin.

[KAPITEL XI]

Sämtliche Türen des Klosters waren von Posten bewacht, welche die Anweisung hatten, niemanden heraus und niemanden hinein zu lassen. Oben im Turm riß eine Nonne, irre vor Angst, noch immer an den Glockenseilen, während drunten, rings um das Kloster und den Garten, ein Trupp Matrosen patrouillierte, der von der Schaluppe Almanzora an Land gegangen war, jenem Schiff, das man am selben Abend, als die Sonne bereits untergegangen war, mit voll entfaltetem Segelwerk hatte in die Bucht einlaufen sehen. Der Kommandant, ein alter Liberaler, der mit seiner Gottlosigkeit prahlte, schritt eilig durch den Kreuzgang und die Kirche, gefolgt von vier laternenbewehrten Seeleuten, die unter den Altären stöberten, als durchsuchten sie den Laderaum eines Schmugglerbootes. Die im Chor versammelten Ordensschwestern sangen ein Miserere, und die Stimme der Orgel war unter den Gewölben wie die Stimme des Windes bei einem Schiffbruch, furchterregend und geheimnisvoll, Stimme der Sturmböen. Der Kommandant wollte die Zellen kontrollieren, und da trat aus dem Chor, ihn zu begrüßen, allein, mit dem Schleier vor dem Gesicht, die Mutter Äbtissin hervor:

»Herr Kommandant, wer in die Klausur einbricht, verfällt der Strafe der Exkommunikation.«

Noch immer hörte man den lateinischen Gesang der Nonnen, im Gleichmaß gehalten und geführt von der Stimme der Orgel wie vom Brüllen eines Löwen, der als Hirte wachte. Der Kommandant reckte sich drohend auf hinter dem Gitter des Sprechzimmers:

»Frau Nonne, ich kenne nur die Strafen, denen diejenigen verfallen, die Waffenschmuggel betreiben.«

Die Mutter Äbtissin preßte den Schleier vors Gesicht und küßte das Kruzifix ihres Rosenkranzes:

»Diese Gitter sind verschlossen für die Welt, und nur die ruchlose Gewalt der Ketzerei wird sie öffnen.«

Ihre fahlen, todesbleichen Hände vegruben sich in den Falten des Schleiers. Sie war ein regloser Schatten, der da mitten im Sprechzimmer stand, als wäre er hergekommen aus dem Untergrund einer Kapelle, wo er begraben gewesen war. Das weiße Ordensgewand, das in langen Falten bis zum Boden ging, hatte die Starrheit des Totenhemdes, und der verschleierte Nonnenschatten wirkte erschreckend, als würde er gleich zu Asche zerfallen, unterm Donnergedröhn der Orgel, zur Bekehrung und Erbauung jener gottlosen Soldaten. Die vier Matrosen verharrten unter dem Türbogen, und der Lichtkegel der Laternen tanzte über die Decke und die Wände. Manchmal geriet die ganze Gruppe in ein trunkenes Schwanken und stakste vorwärts, um in einem neuerlichen Schwanken wieder zurückzuweichen in den Rahmen der weiten Öffnung. Die Köpfe schummerten rötlich im Dämmerdunkel. Eine beschwipste Stimme brabbelte:

»Herr Kommandant, wolln Eugnadn, daß wir sie umlegn, die Weibsperson?«

Der Kommandant drehte sich um, befahl Ruhe, und ein Matrose torkelte vor, geschubst von den anderen, die Schulter an Schulter unter der Türe standen und lachten. Der Kommandant schrie:

»Stillgestanden!«

Und er begleitete den Befehl mit einem Säbelhieb gegen das Sprechgitter. Die Mutter Äbtissin hob den Schleier, und der ganze Stolz auf ihre Herkunft bebte in ihrer Stimme:

»Herr Kommandant, ich bin nicht dazu geboren, mich von der Soldateska anpöbeln zu lassen. Verlassen Sie dieses Gebäude. Man kann es erstreben, als Märtyrer zu sterben unter den Klauen von Tigern und Löwen, aber nicht unter den Hufen von Eseln.«

Der Kommandant hieb nochmals auf das Sprechgitter ein:

»Frau Nonne, mäßigen Sie sich! . . .«

Von der zerscharteten Klinge sprühten Funken auf. Einer der Matrosen lispelte leise den anderen zu:

»Eine Schwester Patrocinio ist uns erschienen!«

Die anderen lachten, taumelten, ohne aus der Reihe zu fallen.

Der Kommandant begann zu brüllen:

»Ich habe Vollmacht kraft Gesetz! Ich erfülle meine Pflicht! Ich werde Gewalt anwenden!«

Die Nonne kehrte ihm den Rücken zu und ging weg, ohne ihre ausschwingenden Gewänder zu raffen. Die Lispelstimme schrie:

»Sie geht, sich den Schnurrbart abzusengen!«

Ein wirres Gröhlen von Besoffenen gab Antwort:

»Was für ein Tanz! Was für ein Tanz!«

Der Kommandant zerschmetterte am Sprechgitter die Klinge seines Säbels:

»Stillgestanden! Ruhe!«

Und er trat auf sie zu, das Heft seiner Waffe reckend, aus dem nur noch ein Stümpfchen Stahl ragte:

»Stillgestanden!«

Als hätten sie es nicht gehört, wiederholten die Matrosen ihr Gröhlen:

»Was für ein Tanz! Was für ein Tanz!«

Und sie selber begannen zu tanzen. Der Kommandant stampfte wütend auf den Boden:

»Alle arrestiert! Ein Monat Arrest! Zwei Monate Arrest!«

Die Matrosen tanzten weiter, sich gegenseitig an den Schultern haltend. Der mit der Lispelstimme spielte mit den Fingern auf dem Gewehr, als wäre es eine Gitarre, und begann zu singen:

Isabel und Marfori,
Patrocinio und Claret,
Um eine Bank zu bilden,
Welch saubres Beinquartett! ...

[KAPITEL XII]

Im Sprechzimmer erschien eine Laienschwester, die im Gehen betete und sich bekreuzigte. Ihre genagelten Schuhe dröhnten auf den Dielen. Sie war groß, hatte ein bäuerliches Gesicht und schwungvolle Bewegungen. Statt des Habits trug sie einen Baskenrock aus Estamin, und über der gebräunten, blanken Stirn eine linnene Haube, die straff am Haaransatz aufsaß. Unablässig Gebetsworte murmelnd, suchte sie einen bestimmten Schlüssel in dem Bund, der ihr am Gürtel baumelte, und schloß die Tür des Sprechgitters auf:

»Kommen Sie herein und machen Sie Ihre Nachforschungen.«

Der Kommandant blickte die Schwester bärbeißig an, trat ein, und die vier Burschen seiner Mannschaft folgten ihm, wobei sie unter dummem Gelächter, gleichsam zum Prosit, die Laternen zusammenstießen. Die Schwester packte den, der ihr am nächsten war, beim Arm und schüttelte ihn:

»Mehr Respekt, ihr Heidenbengel!«

Unter den hochgezogenen Brauenbögen sprühte Glut aus den Augen der Schwester. Sie war die Tochter von Bergbauern, und aus Frömmigkeit hatte sie sich zum Laiendienst im Kloster gemeldet, wo sie nach Ablauf von sieben Jahren, auch ohne Mitgift, die Ordensgelübde ablegen und Nonne werden konnte. Drei Jahre war es nun her, daß sie aus ihrem Heimatdorf hergewandert kam, mit den Schuhen in der Hand, damit diese nicht kaputtgingen auf dem langen Weg; denn es war ihr Wunsch gewesen, sich mit Anstand der Mutter Äbtissin vorzustellen. Einer der Matrosen wollte seinen Arm um ihre Hüfte legen:

»Wir kentern, ahoi!«

Die Schwester suchte unter ihren Schlüsseln nach dem kräftigsten und nahm ihn mutig in die Faust:

»Wer mich antatscht, dem schlag' ich den Schädel ein!«

Und sie schritt voraus, leise betend und sich bekreuzigend. Man durchquerte eine große Halle mit vergitterten Fenstern und stieg eine steinerne Treppe hinauf, die zu der Galerie über dem Kreuzgang führte, wo sich die Zellen befanden. Das Kloster schien verlassen, und in der Stille der Gewölbe weckte das unehrerbietige Krakeelen dieses Trupps betrunkener Matrosen ein gotteslästerliches Echo. Von Zeit zu Zeit drang als mächtige, herrlich rauschende Bö der Gesang der Nonnen herein, geführt von der Orgel, und erlosch jählings, als wäre auf einmal alles verödet. Ständig hallten die Tritte des Trupps, die Laienschwester klapperte mit dem Schlüsselbund und schloß Türen auf, die hinter ihr haltlos hin und her schlugen. Die Soldaten drangen in die Zellen, durchwühlten die Betten, rissen das Stroh aus den Säkken, schmissen es umher und gingen lachend hinaus, wobei einer dem andern ein Nadelkissen oder sonst eine Kleinigkeit zeigte, die er für seinen Schatz mitlaufen ließ. Und wieder erschütterte der Bußpsalm das Kloster mit dem Schluchzen verlorener Seelen, und die Stimme der Orgel glich dem Gebrüll eines Löwen angesichts der erloschenen Sonne, am Tag des Zornes. Dann durcheilten sie Gänge, stille Säle, stiegen lange Treppen hinauf und hinunter. Als sie an irgendeinem Heiligenbild vorbeikamen, befiel den Kommandanten ein Bedürfnis, seine Gottlosigkeit zur Schau zu stellen, und er drückte seinen Mützenschirm tiefer in die Stirn, bis zu den Brauen. Die Burschen seines Trupps blickten halb ängstlich, halb staunend einander an, ohne daß einer es wagte, ihn nachzuahmen. Sie gingen hinaus in den Garten, fahndeten im Brunnen und unter den Zitronenbäumen, wo sie die geschmuggelten Gewehre aufzuspüren hofften. Verbittert und erbost stürmten sie zurück ins Klostergebäude. Erneut durchstöberten sie Flure und Vorratskeller, auf Schritt und Tritt von Spinnwebschleiern überhangen. Laterne voran, lehnten sie über riesigen irdenen Lagerkrügen und lugten in den Schlund; sie klappten die Deckel von Kornladen auf, hielten sie eine Weile und ließen sie dann mit gewaltigem Getöse fallen. Die Laienschwester stockte in der Sakristei, blieb stehen und blickte die Männer an, Entsetzen im Gesicht:

»Wollen Sie auch die Kirche durchsuchen?«

Statt zu antworten, drosch der Kommandant auf die Tür ein.

Die Laienschwester schleuderte den Schlüssel mitten in die Sakristei und rannte davon, schlug flüchtend das Kreuz, viele Male:

»Das ist das Ende der Welt! Der Antichrist geht um! Das ist das Ende der Welt!«

Der Kommandant ließ die Tür öffnen, und sie betraten die Kirche. Die Laternen schwenkend, schwärmten sie aus, verschwanden einzeln in den Kapellen, und mehrmals gingen und kamen sie vom Presbyterium zur Windfangtür, und liefen hin und her von einem Schiff zum anderen. Sie hoben die Altardekken ab und öffneten die Beichtstühle. Im Chor die Schatten der Nonnen sangen ihr Latein.

[KAPITEL XIII]

Die Gasse, an der das Kloster lag, war eng, und beim Sturmgeläut der Glocken hatte sie sich im Nu mit Weibervolk und Kindern gefüllt. Der Garten blickte hinab auf das Schwemmland der Flußmündung, ein trauriger Garten, mit duftenden Malvenstauden und uralten Zypressen, in denen eine Nachtigall hauste. Bei dem Tor, das ihn mit der Landstraße verband, saßen zwei Bettler, Mann und Frau, auf dem grünen Rain und sprachen mit dem Wachtposten. Es waren Landstreicher, die von Markt zu Markt zogen und Siebe verkauften. Die Frau, dunkelhäutig und schnippisch, sagte:

»Wenn hier Schmuggelware versteckt ist, dann werdet ihr sie bestimmt nicht finden.«

Und der Mann nickte dazu, wobei er ein geringschätziges Gesicht machte und eine schwarzbraune Hand auf seine Brust legte:

»Der arme Schlucker hier sollte Kommandant der Almanzora sein!«

Die Frau fuhr sich mit den Nägeln ins zerzauste Haar:

»Du würdest es besser machen!«

»Allein mit diesem Hund würde ich sämtliche Schlupflöcher aufspüren, in denen heiße Ware liegt.«

Die Hand, die noch immer auf seiner Brust lag, löste sich und zog am Schwanz eines kränklichen Köters, der dösend auf dem Quersack lag. Der Siebhändler lachte:

»Und wer ein rechtschaffener Mensch sein will, der darf nicht lügen.«

Die Frau kratzte sich noch immer den Kopf:

»Und es hat auch keinen Zweck. Lügen bringen die Seele ins Verderben.«

»Die Seele, die hab' ich zwar bis heut noch nicht zu Gesicht bekommen ... Aber die Admiralstressen, für die Schmugglerhatz, stehen meinem Hund zu ... Lach nicht, du, kleiner Matrose.«

Der Wachtposten antwortete:

»Für den Hund die Tressen, und für dich die Gehaltszulage.«
Die Frau rief den Hund:
«Komm her, Celeste!«
Der Hund warf sich ihr auf den Schoß, und die schmutzigen Fingernägel der Bettlerin begaben sich auf die Flohjagd in seinem Fell. Sie drehte den Kopf zum Wachtposten und rühmte das Tier:
»Der weiß mehr, als er wissen könnte, wenn er mit dem glorreichen Sankt Rochus durch die Welt gewandert wär'!«
Der Wachtposten lachte schräg zu ihr hinüber, während er, das Gewehr im Arm, vor dem Tor auf und ab ging. Er war klein, munter, mit kindlichen Augen und mit Wangen, die von der Sonne und vom Wind gebräunt waren. Plötzlich sprang der Siebhändler auf und schrie einem Esel, der, beladen mit reifrunden Holzrahmen, das Gras am gegenüberliegenden Wegrand abweidete:
»He, Juanito! Hör auf, Juanito! Sei kein Räuber, Juanito!«
Er schnappte ihn sich und brachte ihn herüber auf seine Seite. Weil das Biest aber weiterhin Gelüst auf das Grünzeug drüben hatte, bannte er es an Ort und Stelle, indem er einen Steinbrokken, den er aus der Mauer zog, auf den Halfterstrick legte. Nachdem dies vollbracht war, legte er sich längelang hin, die Arme unterm Nacken verschränkt:
»Kleiner Matrose, weißt du, was passiert in den spanischen Landen? ... Du weißt überhaupt nichts, weil du ein junger Spritzer bist; aber ich will's dir sagen ... In den spanischen Landen passiert's, daß diejenigen, die befehlen, samt und sonders Räuber sind ... Aber sie wollen's allein sein, und das ist keine Gerechtigkeit. Gerecht wär's, wenn man die Zuchthäuser aufschließen und den Leuten sagen würde: Wir können nicht alle rechtschaffene Menschen sein, also laßt uns alle Räuber werden. Du würdest schon sehen, kleiner Matrose, wie rasch da der Krieg aus und vorbei wär', mitsamt der Schmuggelei, und alles liefe besser, als es jetzt läuft.«
Die Frau seufzte:

»Das wäre eine gute Rechtsordnung!«

Und der Mann bekräftigte es, indem er sich mehrmals an die Brust schlug:

»Das ist die wahre Rechtsordnung Gottes!«

»Noch besser, als wenn du Kommandant der Almanzora wärst?«

Der Wachtposten blickte ihn mit seinen munteren und kindlichen Augen an, indes er mit dem Gewehr im Arm auf und ab ging. Der Siebhändler wiederholte mit größerer Lautstärke:

»Das ist die Rechtsordnung Gottes ... Und das andere, daß ich dein Kommandant wär', käme der Regierung bloß zugute; denn ich kenne die Tricks der Schmuggler aus dem Effeff. Und auch meiner Frau Gemahlin käm's zugute; denn dann hätte sie einen Papagei aus Brasilien. Na, Süße, das könnte dir doch passen: 'ne Schleppe hinter dir herschleifen und den lieben langen Tag deinem Lärvchen Luft zuwedeln mit einem Fächer!«

[KAPITEL XIV]

Auf dem Weg näherte sich eine Schar von Frauen mit ein paar Säuglingen. Sie umdrängten eine Alte, die schreiend daherkam, ihre Hände gegen den Kopf gepreßt:

»Räuber! . . . Elende Feinde! . . . Die jungen Burschen wegreißen von der Seite ihrer Eltern, um sie dann anzustiften, daß sie gegen Gottes Gebote verstoßen!«

Der Wachtposten blieb stehen und schaute auf den Weg. Die Alte, ein kurzer und schwarzer Schatten, rannte der Gruppe voraus, die Hände in den Haaren verkrallt, die Tuchmantilla über den Schultern, wie bei einer Beerdigung:

»Abtrünnige! Schlimmer noch als Abtrünnige!«

Der Wachposten hörte diese Schreie, im Hohlraum der Torpassage, wohin er sich zurückgezogen hatte. Unruhig schaute er auf den Weg. Die zwei Siebhändler fuchtelten mit den Armen, um den Esel zu scheuchen:

»Laß die Leute vorbei, Juanito!«

Das Tier machte einen Bocksprung, so daß die Holzreifen wild hin und her schaukelten, und stob davon. Die Alte, ganz zusammengekrümmt, die Hände dem Wachtposten entgegengestreckt, zeterte voll Wut und Jammer:

»Weh dir im Ketzerfeuer! Raus aus dem Tor da, mißratener Sohn! Mit Hieben werd' ich dich lehren, was Gutsein heißt, mißratener Christ! Schande deiner Mutter!«

Und kaum war er in ihrer Reichweite, schlug sie ihn auf beide Backen. Dann drehte sich die Alte um, zu den Siebhändlern, und schrie verzweifelt:

»Es ist mein Sohn! Es ist mein Sohn!«

Sie wischte sich zwei Tränen ab und schickte sich an, die Arme emporgereckt, am Wegrand sich hinzusetzen:

»Ist das die Zucht, die man dir angedeihen ließ?«

Ein Schluchzer zerriß ihr die Stimme. Der Wachtposten erwiderte, seinerseits schluchzend, während er die Torpassage verließ und von neuem hin und her ging:

»Es ist Befehl . . .«

»Die Christenlehre hast du vergessen!«

»Es ist Befehl!«

Die Stimme wurde ihm zu einem Knoten in der Kehle, und die Mutter, im Gras hockend, schaute ihn an, beklommen von Kummer und Angst, die Hände ringend unterm spitzen, zitternden Kinn:

»Die jungen Burschen wegreißen von der Seite ihrer Eltern, um sie dann in die Ketzerei zu treiben!«

Der Siebhändler murmelte mit hohl klingender Stimme:

»Man muß bedenken, daß der Junge keine Schuld hat. Befehl ist Befehl.«

Eine Patrouille kam vorbei, nahm den Wachtposten mit, und die Alte, ganz zusammengekrümmt, rappelte sich auf, um ihrem Sohn hinterdrein zu laufen, wobei sie ihn mit düsterer Stimme schalt:

»Sei ein guter Christ, Junge! Falls du kein guter Christ bist, kannst du dich nicht zu deinen Eltern gesellen, unter den Flügeln der heiligen Engel, wenn dir deine Stunde schlägt. Ach, mein Sohn, der Tod meldet sich nicht an, bevor er kommt, und wenn er jetzt käme zu dir, müßtest du in der Hölle brennen! Ach, daß dein blühender Leib vom Feuer gefressen werden soll! Ach, mein Sohn, daß dein Apfelmund, wenn ihn dürstet, mit brodelndem Blei getränkt werden soll! Ach, mein Sohn, daß deine Augen voll Morgenlicht dir ausgerissen werden mit Stechhaken! Kehr sie deiner Mutter zu! Schau, wie sie dahinkriecht auf den Wegen, damit Gott dir verzeihe!«

Die Alte hatte sich auf die Knie geworfen und rutschte kniend auf dem Erdboden voran, die Arme ausgebreitet, den Kopf schicklich verhüllt mit der Mantilla. Der Sohn drehte sich um, glühende Pein in den Augen, und sprang aus der Reihe:

»Steh auf, Mutter!«

Und er warf das Gewehr weg, rannte los, auf die Häuser der Ortschaft zu, rasch verschwindend in der ländlichen Dunkelheit, während ein paar Weibsleute die ohnmächtige Alte aufhoben.

KAPITEL XV

»Halt! Ergib dich! Halt!«
Es war ein Schrei, der sich steigerte zum Klack-Klack beim Durchladen der Gewehre. Der Matrose rannte wie einst, als er Kind war und man ihn mit den Toten schreckte; er rannte, ohne zu wissen, wohin, erfüllt von der Angst, eingeholt zu werden, erfüllt von einem dumpfen Verlangen, die Erde möge ihn verschlucken und verborgen halten, bis die anderen, die ihn einholen wollten, vorbei und weit weg wären.

»Halt! Ergib dich! Halt!«

Die Stimmen hallten ein dunkles Gäßchen entlang, dazu die Tritte auf den Steinplatten. Tack! Tack! Tack! Ihm war, als würde ein Arm länger und länger, sich biegend um jede Straßenbiegung. Auch wenn er ihn nicht sah, ahnte er doch, daß es ein Arm wie eine riesenlange Altarkerze war, der im nächsten Moment seine Schulter berühren würde. Was er mit den Augen sah, vermischte sich in seinem Inneren mit Erinnerungen aus früherer Zeit, trüben Erinnerungen, die sich verirrten in lauter regendurchweichten, lauter trauerverseuchten Tagen, wo die Glokken klangen für die leidenden Seelen, Tagen, die so ähnlich waren wie das Meer an der Küste von Lissabon. Ihm war, als sähe er nicht mit den Augen, nein, als träten die Dinge im Denken vor ihn hin, bläulich leichenblaß wie die Ertrunkenen auf dem Meeresgrund. Und wieder hallten die Stimmen:

»Halt! Ergib dich!«

An den Türen der Häuser streckten sich Köpfe heraus, die ihm nachstarrten, und die trüben Gesichter, nur verwaschen wahrgenommen im Vorüberrennen, gaben ihm das Gefühl, in einem Albtraum zu versinken. Manchmal glaubte er sich zu erinnern, daß man in einer fernen Zeit ihn so verfolgt hatte wie jetzt, und daß er durch dieselbe verwinkelte Gasse gerannt war, und daß er an denselben Türen vorbeigekommen war, aus denen sich dieselben Gesichter reckten wie jetzt. Und die Erinnerung war völlig schwerelos, wechselte ihre Erscheinungsform und verschwand. Deutlicher als die Dinge an sich, glaubte er jenes

Gefühl der Angst zu erinnern, das wiederkehrte, wie in einem Traum die Bilder wiederkehren, die man in einem früheren Traum gesehen:

»Halt! Ergib dich!«

Er hörte die Stimmen, als er eben im Begriff war, in eine Kehre einzubiegen. Flügel wollte er haben. Dann wäre da gleich das Haus seiner Mutter, in einem Stückchen Gartenland: Die Tür würde ihm offenstehen, und den anderen zuvorkommend, würde er rasch hineingehen, die Tür zumachen, sie mit den Querbalken verriegeln. Schließlich würde er sich unsichtbar machen in der Herdasche. Das war eine knäbische Wunschvorstellung, ähnlich der, die Kinder haben, wenn sie sich, um keine Angst mehr zu fühlen, unterm Bettzeug verstecken. Er spürte in der Luft das spukhafte Näherkommen jenes Armes, der immer länger wurde, um ihn zu packen, und der Schatten war, bald rechts, bald links, immer an seiner Seite. Und wieder die Stimmen:

»Halt! Ergib dich!«

Ein Schuß knallte, und dann ein zweiter. Der Matrose gelangte zur Straßenecke, bog ein. Die Tritte der Verfolger hallten durch die Gasse. Viele Köpfe reckten sich aus den Fenstern, bildeten Trauben und blickten gequält, wie auf den Altarbildern die Seelen im Fegefeuer. Die Verfolger bogen gleichfalls um die Ecke und blieben stehn. Der andere war auf den Gehsteig gestürzt, lag da, das Gesicht in einer Blutlache. Die zwei Kugeln waren in seinen Nacken gedrungen, und noch bewegte er ein Bein, der kleine Matrose.

[KAPITEL XVI]

Einige Frauen erschienen unter den Haustüren, glitten heraus auf die Straße, mit ihren Kindern, die sich an die Baskenröcke klammerten, streckten die Hälse vor, ohne sich heranzuwagen, bleich, verängstigt. Schattenhaft huschend, sammelten sie sich mitten auf dem Pflaster und tuschelten und schauten von weitem den Toten an. Ein Hund des Freisassen überquerte, den Schwanz zwischen die Hinterbeine geklemmt, die Straße und begann das Blut zu lecken: In der lastenden Stille hörte man das Schlabbern der Zunge auf den roten Steinen. Eine Alte rief ihn an und zeigte ihm ein Stück Maisbrot:

»Da, Zimtbrauner! Faß!«

Eine andere Alte warf einen Steinbrocken nach ihm:

»Verflucht seist du, räuberischer Köter!«

Plötzlich erhob sich ein Volksgeschrei, Frauenstimmen erschollen, heftig, hell, heiser. Auf Armen trug man die Mutter des Toten herbei, die in Ohnmacht war, ein Tüchlein über dem Gesicht. Der Freisasse stand hinter der Glastür eines Balkons, in dem großen Herrenhaus, dessen Trauf bis in die Straßenmitte vorkragte. Don Galán kam aus dem Mauerportal, pfiff dem Hund, und man hörte die mächtige Stimme von Don Juan Manuel:

»Hol zwei Laternen! Die ganze Nacht lang sollen sie zu Füßen des armen Ermordeten leuchten!«

Don Galán und ein Stalljunge brachten Ölfunzeln und übergaben sie ein paar Weibsleuten, Verwandten des Toten, die schluchzend soeben herbeigekommen waren, in Mantillas gehüllt. Die Weibsleute bedankten sich seufzend, warfen sich auf die Knie und begannen die Totenklage:

»Er war der König der jungen Burschen!«

»Er war die Blüte der Seeleute!«

»Sie raubten ihn seiner Mutter, für die Flotte!«

»Die einzige Stütze seiner Mutter!«

»Ach, wie schön sang er die Lieder zum Jota-Tanz!«

»Ach, wie rein sprach er die Sprache Kastiliens!«

»Sie raubten ihn seiner Mutter, und geben ihn nun zurück mit zerschmettertem Hirn!«

Die anderen Weibsleute näherten sich langsam denen, die da auf der Straße beieinander waren. Die Kleinen, an die Röcke geklammert, suchten ihr Gesicht in den Falten zu verbergen. Die Glocke des Klosters gab ihr Signal. Man hörte die Stimme des Freisassen, laut und herrisch:

»Verdammte Hexen! Statt herumzuflennen solltet ihr in den Flecken laufen und das Volk anstacheln zum Aufstand gegen diese Mörder!«

Ein paar Stimmen auf der Straße pflichteten bei:

»Er hat recht. Was not tut, das ist ein Aufstand von Männern und Frauen. Er hat recht! Er hat recht!«

»Ein Aufstand, damit sie uns alle erschießen!«

»Das sagt sich recht leicht, wenn man hoch oben auf dem Balkon steht!«

Diese Bemerkung machten im Dunkel zwei Bergbauern, die während der Markttage unterm Vordach des Herrenhauses Körbe flochten. Eine Alte erwiderte:

»Ihr alle aus eurer Gegend dort werdet als Hasenfüße geboren!«

Die Bergbauern knurrten einstimmig:

»Gewäsch! Gewäsch!«

Die Alte schrie:

»Angsthasen! Erbärmlicher als alle Hasen!«

Einer der Bergbauern zerrte am anderen:

»Komm, wir gehen weg!«

»Ein Aufstand! Warum macht den nicht der Freisasse?«

Und er senkte die Stimme, verdrehte den Kopf und ließ sich sehr geschwind abschleppen von seinem Kameraden. Eine andere Frau richtete sich auf und schrie, die Arme schwenkend, ihnen wütend nach:

»Geht heim zum Windelwechseln, ihr Schleimscheißer!«

Don Galán, der Narr des Majoratsherrn, warf ihnen eine Handvoll Dreck hinterdrein:

»Mein Herr ist nicht von eurem Schlag, er spricht von oben genauso wie von unten.«

Die säbelbeinige und bucklige Gestalt hob sich ab in der Straßenmitte, umflackert von Licht und Schatten der Laternen, die den Toten beleuchteten. Man hörte das Jammergeschrei der Mutter, die zwischen zwei Nachbarinnen daherkam, mit verhülltem Kopf, verzweifelt und heiser:

»Gott gebe, daß dieses Henkersschiff im Meer versinkt! Gott gebe, daß ein Blitzstrahl sie alle verbrennt! Gott gebe, daß sie als Schiffbrüchige angetrieben werden auf diesem Strand und die Hunde sie zerfleischen!«

Die Alte gelangte zu der Stelle, wo der tote Sohn lag, und sie stürzte neben ihm nieder, schlug mit den Knien gegen die Steine. Aufheulend umschlang sie ihn mit den Armen und küßte seinen leblosen und blutigen Mund:

»Sohn! Schatz! Mein Augentrost du!«

Droben auf dem Balkon ertönte die Stimme von Don Juan Manuel Montenegro:

»Arme Mutter!«

Die Alte richtete die Augen und die Arme hinauf:

»Nur diesen einen Sohn hatte ich auf der Welt, aber lieber ist er mir hier, tot, wie ihr alle ihn jetzt seht, als so, wie ich ihn heut abend gesehen hab', als er Gott unseren Herrn am Kreuzholz marterte.«

[KAPITEL XVII]

Don Juan Manuel zog sich zurück in den Saal, der im Dunkel lag, und begann hin und her zu gehen hinter der offenen Balkontür. Man hörte ein psalmodierendes Wehklagen von Weiberstimmen und von Zeit zu Zeit den wilden Schrei der Mutter:

»Mörder! Mörder!«

Don Juan Manuel Montenegro fühlte den heftigen Zorn verletzter Gerechtigkeitsliebe, die Herzenswallung eines fahrenden Ritters. Träumerisch gedachte er, den Ruhmestaten seines Urahns in der fünften Generation nachzueifern, jenes Mannes, der eines Nachts drei englische Piratengaleeren in Brand gesetzt hatte, allein mit Hilfe seiner Söhne, die alle noch Kinder waren, der Jüngste erst neun Jahre alt. Laut keuchend trat Don Galán ein, und der Freisasse brüllte ihm aus der dunklen Tiefe des Gemachs entgegen:

»Wir müssen es versenken, dieses Schiff des Königs!«

»Die Almanzora?«

»Ja.«

»Mit Gebeten wird man's kaum schaffen!«

»Die Nacht ist finster, und wir werden ungesehen bis zur Bordwand gelangen.«

»Meiner Treu! Ein blitzblanker Mond steht am Himmel, so daß man meinen könnte, es sei hellichter Tag!«

»Du wirst nicht mitgehen. Wo treiben sich wohl meine Söhne herum?«

»Die treiben sich wohl nirgends herum, denn sie werden auf dem Ohr liegen. Es wird bald Mitternacht sein.«

Don Juan Manuel ging mehrmals stillschweigend, den Kopf auf die Brust gesenkt, hin und her, vom einen Ende des Saals zum anderen: Seine Silhouette wurde nur sichtbar, wenn er am Balkon vorbeikam, den der Mond beschien. Plötzlich gellte in der Nacht der Schrei der Mutter auf:

»Mörder! Mörder!«

Die Schritte des Freisassen stockten, und in dem dunklen

Raum hörte man eine Weile lang nur das psalmodierende Wehklagen der Weiber. Don Juan Manuel begann aufs neue sein Hin und Her:

»Das Blut dieses Toten hat die Mauern meines Hauses befleckt ... Soll es daran vertrocknen? Es hat meine Fenster bespritzt, und hätte ich gerade hinausgeschaut, so hätte es mir die Stirn bespritzt ... Sollte es da eintrocknen oder abgewaschen werden? Dieses Verbrechen ist eine Schmach für den ganzen Ort! Und hätten diese Mörder, statt mit Blut, mir mit Dreck das Haus und das Gesicht besudelt, wie hätte ich ihnen da geantwortet? Wenn meine Söhne mir helfen wollten! ... Aber die sind nicht wie ich, und sie können wohl nicht mal den Schimpf erkennen ... Ich sollte sie jetzt herbeirufen, wie dies Diego Laínez tat... Wozu? Gott hat mich alleingelassen, und ich würde unter ihnen nicht meinen Rodrigo finden ... Vielleicht, wenn nicht was anderes dazwischengekommen wäre, hätte Cara de Plata es sein können! Jetzt ist dieser Bursche aufsässig gegen seinen Vater. Ich habe seinen haßerfüllten Blick auf mir lasten gefühlt! Und dies alles nur wegen eines Weibes, wo es doch so viele gibt! ... Don Galán wird morgen das Blut von der Mauer abwaschen. Wo sind wohl meine Söhne?«

Der Diener gähnte in einem Winkel:

»Schlafend im Mägdebett. Schlafend oder vögelnd!«

Don Juan Manuel ließ sich auf einem Sessel nieder:

»Noch ein paar Schritte, und dieser Mann, der draußen tot auf den Pflastersteinen liegt, hätte sich in mein Haus geflüchtet. Wenn die Mörder hätten eindringen wollen, so hätte ich ihn verteidigt. Ihn ausliefern – niemals! Die arme Mutter, sie würde mit all den Weibern kommen, die jetzt die Totenklage machen, und sie würden die Straße füllen mit ihren Schreien, damit ich ihn nicht den gedungenen Schurken ausliefere.«

Der Diener richtete sich auf, mit groteskem Gewieher:

»Juhu! Wachen Sie auf, mein Herr!«

»Ich schlafe nicht, Dummkopf.«

»Ich hab' schon befürchtet, Sie würden träumen.«

Don Juan Manuel lehnte seinen Kopf zurück:

»Ja, schlafen wir lieber. Zünde ein Licht an und zieh mir die Stiefel aus. Lassen wir die Lebenden und die Toten in Frieden ruhen.«

Man hörte den Diener, der Licht machen wollte, tastend herumtappen:

»Ich kann keine Kerze finden.«

»Dann geh' ich halt so zu Bett; der Mond wird mir voranleuchten.«

Ganz langsam näherte sich der Diener der Stelle, wo sein Herr war, und kniete nieder vor dem Sessel:

»Her mit dem Fuß! Juhu!«

»Zieh, Dummkopf!«

»Juhu!«

»Du reißt mir ja das Bein aus!«

Don Galán ließ sich, ein Wiehern ausstoßend, auf den Rükken fallen:

»Juhu! Juhu!«

Der Freisasse, den Kopf auf die Rücklehne des Sessels gebettet, sprach vor sich hin, was ihm durch den Sinn ging, während der Narr, zu seinen Füßen kniend, ihm die Stiefel auszog:

»Was für ein gemeiner Mord! . . . Der ganze Flecken müßte sich empören und zu den Waffen greifen . . . Angsthasen sind sie! . . . Ich bin allein und werde nichts ausrichten können . . . Armer Junge! Hätte er bei mir Zuflucht gesucht, ich hätte ihn verteidigt . . . Das ist die wahre Ritterlichkeit, und die wahre Barmherzigkeit, und die wahre Lehre des Philosophen aus Judäa . . . Ich verstehe, daß man Krieg macht wegen einer solch kleinen Ursache, und verstehe nicht, daß man es wegen eines Fürsten tut. Jesus von Nazareth führte keinen Krieg, aber er gab sein Blut für die Erlösung der Geringen, als alle es hingaben für die Könige und die Kaiser. Der Klerus leiert die Litanei lateinisch, damit die Sklaven, die das Land beackern, nichts kapieren. Dieser arme Bursche hätte Anspruch darauf gehabt, daß man ihn verteidigt . . . Alle wären gegen mich angerückt. Natürlich hätte ich mich mit dem Schießprügel verteidigt. Warum also predigen sie die Liebe zum Nächsten? Wenn ich ihn liebe wie mich selbst, so verteidige ich ihn wie mich selbst. Dieser Bursche, Sohn von Fischersleuten, war mein Nächster. Wer höher steht als ich, ist es möglicherweise nicht ... Ich sage: Er ist es nicht ... Aber der da draußen war es ... Ich lebe im Überfluß, folglich ist mein Nächster derjenige, der Hunger leidet ... Wir teilen das Brot, teilen den Mantel ... Wer soviel hat wie ich, wird mein Feind sein, ob er will oder nicht ... Und wer mehr hat, wird mein Henker sein, ob er will oder nicht ...«

Und Don Juan Manuel, väterlich und rauh, weckte mit dem Fuß den Narren auf, der, kniend vor dem Herrenstuhl, zu schnarchen begonnen hatte.

[KAPITEL XVIII]

Das Haus des Freisassen grenzte auch an einen grünen und stillen Platz, auf dem unter der winterlichen Sonne ein paar Geistliche sich zu ergehen pflegten. Es hatte ein großes, wappengeschmücktes Tor und eine Galerie, die das Haus mit der Klosterkirche verband und einen privaten Zugang zu der Empore bildete, welche zur Rechten des Hochaltars, in der Kapelle des Kardinals Montenegro, den Hidalgos dieser Sippe vorbehalten war. Micaela la Roja, eine alte, einst rothaarige Magd, stand kurz vor Mitternacht auf und zündete ein Licht an, aber ein Windstoß bewirkte, daß sie auf dem Korridor plötzlich im Dunkeln stand. Ihr war, als hörte sie die Stimme einer Frau, die hinter der Emporentür sein mußte und die Lippen ans Schlüsselloch preßte. Von Zeit zu Zeit vernahm man Schläge, die Hundegebell erregten. Es war eine sehr bedrängte Stimme, die da rief:

»Don Juan Manuel! ... Don Juan Manuel!«

Die Magd dachte nun, es sei die Seele des Toten, und sie hatte Angst. Im dunklen Korridor war ein Luftzug zu spüren, und es schien ihr, als wäre es die Stimme des Windes. Die Schläge gegen die Emporentür hallten dröhnend wider, und es bellten die Hunde, die unter der Weinlaube im Hof angekettet waren. Micaela la Roja begann laut zu beten, kniend im Mondschein, der durch das Oberlicht eines Fensters hereinfiel. Wieder ertönte jene geheimnisvolle Stimme:

»Don Juan Manuel! ... Don Juan Manuel! ...«

Micaela la Roja machte vor sich auf dem Boden das Zeichen des Salomonkreises und schrie aus Leibeskräften, sich oftmals bekreuzigend, die Worte eines Bannspruches:

»Ich beschwör' dich, bist du der höchste Daus, so fahr schaudernd von hier hinaus, von hier und zehn Meilen im Revier! Ich beschwör' dich, Schlag eins, im Angesicht des Mondenscheins! Ich beschwör' dich, Schlag zwei im Dunkel, bei der Sonne Glanzgefunkel! Ich beschwör' dich, Schlag drei zur Nacht, bei den Tafeln, die Moses gebracht!«

Zitternd schwieg sie, horchte auf die nächtlichen Geräusche, und wie eine Lästerung drang das Gewieher des Narren an ihr Ohr, der seinem Herrn die Stiefel auszog, in dem großen, kahlen Saal. Dann kamen wieder die Schläge und jene hart bedrängte Stimme. Nun war die Magd fest überzeugt, daß es eine gepeinigte Seele sei. Sie war eine kundige Person, wie alle alten Frauen, und sagte sich, daß sie, wenn der Satan hier sein Spiel triebe, nach Beendigung des Bannspruchs einen gewaltigen Donnerschlag gehört hätte und Schwefelqualm das ganze Haus durchdränge. Sie begann einen anderen Bannspruch, den für die umherirrenden Seelen:

»Wort aus dem Meßbuch, Lampe überm Altartuch tilgen den Flammenfluch! Ich beschwör' dich, Seele gesegneter Gebeine, verlaß diese Welt, kehr heim in die deine!«

Kniend im Mondschein, erfüllt vom Schrecken des Mysteriums, wartete sie darauf, das Flügelschlagen der Seele zu hören, die aus der Welt entschwand, um zurückzukehren ins Fegefeuer. Aber wieder dröhnten die Schläge gegen die Emporentür, und wieder bellten die Hunde. Da rannte sie fliehend durch den Gang, gelangte zu dem Raum, in dem der Freisasse war, und rief:

»Herr, mein Gebieter! Herr, mein Gebieter!«

Don Juan Manuel schrie aus seinem Sessel:

»Was willst du, Hexe?«

Und er befahl dem Diener, die Tür zu öffnen. Vom Entsetzen geschüttelt, trat die Alte herein:

»Die ganze Nacht schon hört man Schläge an der Emporentür!«

Der Freisasse stand auf:

»Träumst du nicht?«

»Ach jeh, träumen!«

»Es wird der Wind sein!«

»Es ist nicht der Wind!«

Der Narr murmelte, seine Stimme dämpfend:

»Es werden Diebe sein!«

Micaela la Roja erwiderte, noch leiser:

»Es sind keine Diebe, denn manchmal ruft eine sehr ängstliche Stimme nach unserem Herrn!«

Don Juan Manuel reckte sich arrogant:

»Nun gut, wenn sie nach mir ruft, dann ist es wohl recht und billig, wenn ich hingehe und ihr Antwort gebe. Was murmelst du, Hexe?«

Und der Freisasse verließ das Gemach. Die Planken des Korridors bebten unter seinen martialischen Schritten. Und auf der Straße, rings um den Toten, ging das Wehklagen der Weiber weiter, wie nach Noten, und der Mond schien herabzublicken auf die Erde, aus einem kalten und kahlen Himmel, dahingleitend in seinem Traumkreis, gleichgültig gegen die Liebe und gegen den Haß.

KAPITEL XIX

»Don Juan Manuel! Don Juan Manuel!«

Es war eine matte Stimme, die im Wind und in der Dunkelheit zu vergehen schien. Der Freisasse, vor der verschlossenen Tür verharrend, fragte gebieterisch:

»Wer da?«

»Eine Botschaft von der Mutter Äbtissin. Machen Sie auf, um der Allerheiligsten Jungfrau willen!«

Der Freisasse schob den Riegel zurück, und unter dem finsteren Gewölbe der Galerie erschien die Laienschwester, mit einer Laterne in der Hand:

»Die Mutter Äbtissin muß Sie sprechen, ganz dringend. Wenn es Ihnen nicht möglich ist, sie aufzusuchen, wird sie herkommen.«

Das Gewölbe machte das Lachen von Don Juan Manuel zum Spektakel:

»Hat eine Nonne, bei dem Schreck heut nacht, eine Fehlgeburt gehabt?«

Die Laienschwester schlug die Augen nieder und wollte sich schon bekreuzigen, versagte es sich aber, da sie weitere Lästerworte befürchtete, und hastete voraus. Der Caballero folgte. Durch einen Kreuzgang, der die Begräbnisstätte der Nonnen war, gingen sie zum Sprechzimmer. Hinter dem Gitter war undeutlich die Silhouette jener María Isabel Montenegro y Bendaña zu gewahren. Andere Schatten – sich aus den Ledersesseln erhebend, die auf der Besucherseite standen – kamen dem Hidalgo entgegen. Die Laienschwester schneuzte mit den Fingern den Docht der Wachskerze, die auf einem Tisch in einem Altarleuchter brannte, und dann hielt sie die Laterne in die Höhe, damit der Freisasse und diejenigen, welche zur Begrüßung auf ihn zutraten, das Gesicht des jeweils anderen sehen konnten. Don Juan Manuel breitete die Arme aus, als er den Marqués de Bradomín erkannte:

»Schön, daß wir uns treffen, Neffe!«

Dann schritt er stolz zwischen ein paar Klerikern und Cara de

Plata hindurch und näherte sich dem Sprechgitter:

»Was wünschen Sie, meine heilige Nichte?«

Zunächst hörte man einen tiefen Seufzer und dann die gequälte Stimme der Nonne:

»Ach, ich bin so dankbar für Ihr Entgegenkommen, Onkel Don Juan Manuel!«

Der Marqués de Bradomín, der Zweitgeborene und die Geistlichen scharten sich um den Hidalgo. Die Mutter Äbtissin nahm Platz auf einem Amtsstuhl, dicht am Gitter, und wies die Laienschwester an, eine weitere Sitzgelegenheit herbeizuschaffen, für ihren Onkel Don Juan Manuel Montenegro. Dann lüftete sie ihren Schleier und rang die Hände:

»Ich weiß nicht, wie ich's Ihnen sagen soll, Onkel Don Juan Manuel! . . .«

Sie gab einer anderen Nonne, die an der Tür des Sprechzimmers stand, einen Wink, mit dem Licht heranzukommen, und zog aus ihrem Brevier ein Papier hervor, das auf ein winziges Format zusammengefaltet war:

»Soeben habe ich diesen Brief erhalten, in dem mir gemeldet wird, daß in San Pedro de Sil eine Rotte in Gefangenschaft geraten ist.«

Der Hidalgo schaute den Marqués de Bradomín an:

»Für den Bandenkrieg ist unser Land hier ein übles Terrain!«

Der Marqués stimmte zu mit einem Nicken. Wieder seufzte die Nonne, und ihre Finger spielten zerstreut mit den Perlen des Rosenkranzes:

»Diese Rotte befehligte Roquito. Erinnern Sie sich nicht an Roquito?«

»Der Küster, der hier bei euch im Kloster war?«

»Ja, Señor. Sie haben ihn festgenommen und haben ihn auf die Folter gespannt. Die Person, die mir das schreibt, hat ihn im Gefängnis besucht, und sie sagt, man habe ihm die Hände und die Füße ausgerenkt, damit er gestehe, was er vom Kriege weiß.«

Don Juan Manuel lächelte verächtlich:

»Er hat wohl gestanden!«

Die Mutter Äbtissin bestätigte es, mit einer zagen Kopfbewegung:

»Diese Person, die mir schreibt, hat ihm die Beichte abgenommen, und sie sagt, er habe geweint, weil es ihm leid tut, daß er nicht fähig war, zu sterben, ohne die Lippen aufzumachen.«

Die Mutter Äbtissin wischte sich die Tränen ab. Die übrigen sagten kein Wort. Man hörte das Knistern der Wachskerzen, deren Tränen von den Leuchtern tropften, und den Flügelschlag des Regens an einem hohen Fenster, wo der Wind einen schwarzen Vorhang hin und her wogen ließ. Nach einer knappen Pause sprach die Mutter Äbtissin weiter:

»Roquito rief die Person, die mir schreibt, zu sich, um zu beichten, wobei er sie zugleich bat, uns schleunigst zu benachrichtigen von der Gefahr, der wir ausgesetzt seien. Damit jene Schinder endlich aufhörten mit der irren Quälerei, hat er gestanden, daß hier in unserem Kloster Gewehre versteckt sind. Heute haben sie eine Durchsuchung gemacht... Morgen kommen sie vielleicht wieder ... Roquito sagte nicht, wo die Gewehre liegen, und das hat uns bisher vor dem Schlimmsten bewahrt.«

Don Juan Manuel unterbrach mit ernster und kräftiger Stimme:

»Wenn er es nicht gesagt hat, wird er es noch sagen. Ihr hättet ihm die Zunge ausreißen sollen, bevor ihr ihn fortschicktet mit dem Auftrag, Soldaten zu befehligen. Bei diesen Dörflern kann man nicht vorsichtig genug sein.«

Der schöne Zweitgeborene fiel seinem Vater ins Wort:

»Diese Rotte hätte ich befehligen sollen!«

In seiner Stimme war eine edelmütige und ehrliche Erbitterung, die den Marqués de Bradomín erstaunte und entzückte:

»Beneidest du einen Nonnenküster?«

»Ich beneide niemanden... Aber den Mut zum Befehlen, den muß man geerbt haben, und mein Vater hat recht, wenn er sagt...«

Von weitem streckte ihm der legitimistische Caballero seine einzige Hand entgegen:

»Wenn sie dich nicht begraben, wirst du eine Rotte befehligen!«

»Dein Wort in Gottes Ohr! Denn mir graut davor, daß ein anderer mir Befehle erteilt.«

Die Mutter Äbtissin flüsterte, mit glänzenden Augen:

»Wie die Söhne doch den Geist der Väter erben!«

Und der Marqués de Bradomín erklärte:

»Den Geist ritterlicher Abkunft! ... Das hat der Liberalismus, dieser Zerstörer der gesamten spanischen Tradition, nie zu begreifen vermocht. Die Majoratserben waren die Geschichte der Vergangenheit, und sie sollten die Geschichte der Zukunft sein. Diese altmodischen und freigebigen Hidalgos entstammten einer kriegerischen Auslese. Sie waren die einzigen Spanier, die die Geschichte ihres Geschlechts lieben konnten, die den Kult der Vorväter hatten und den Stolz auf die Silben des Familiennamens. In ihnen lebte die Romantik der Schlachten und der wagemutigen Unternehmungen, die sie sinnbildlich darstellten in der Figur eines schreitenden Wolfes oder eines reißenden Löwen. Das Volk ist verkommen durch das Elend, und der höfische Adel durch die Katzbuckelei und die Privilegien, aber die Hidalgos, die ausgemergelten Hidalgos mit einem Dach überm Kopf, durch das der Regen tropfte, sie waren das reinste Blut, gefiltert im Seiher von tausend Jahren und von hundert Kriegen. Und alles hat Attilas Pferd zerstampft!«

[KAPITEL XX]

Man hörte ein Getrappel sehr eiliger Schritte, und Sekunden später hob sich ein Schatten unter der Türe ab. Der Maestre-Escuela ließ seine gewichtige und wohllautkundige Kanzelrednerstimme ertönen:

»Ist es Freund Minguiños?«

»Er ist es, Señor Maestre-Escuela. Mein Gruß gilt allen... In dieser Dunkelheit kann einer ja kaum das Gesicht des anderen erkennen.«

Der Marqués trat an den Tisch heran, auf dem die Kerze knisterte:

»Hier stehen wir und erwarten dich.«

Der Geistliche hustete mehrmals und holte, mit freundlich widerstrebender Miene, unter seinem Hut einen Brief hervor. Der Marqués fragte:

»Schreibt Bruder Angel?«

»Sie erkennen die eigene Handschrift nicht mehr! Gott steh uns bei! Sie erkennen die eigene Handschrift nicht mehr!«

Während der Geistliche mit einem kindlichen Keckern lachte, ging der legitimistische Caballero näher ans Licht, das Blatt Papier in der Hand:

»Tatsächlich! Meine Handschrift!...«

»Der Brief, den Sie mir gaben, für Bruder Angel!«

»Ist er nicht da?«

Der Geistliche hörte nicht auf mit seinem Kinderlachen:

»Nicht da! Nicht da!... Na also, ich habe ihm den Brief vorgelesen, hab' ihm die Unterschrift gezeigt, damit er weiß, daß er trauen kann, und schwupp die Sache wieder weggesteckt. Es ist nicht klug, Waffen in fremden Händen zu lassen, nicht mal, wenn es die Hände eines so guten Freundes sind, wie Bruder Angel einer ist.«

Der Marqués de Bradomín bebte vor hochherzigem Zorn:

»Ich bedauere, daß du ihn beleidigt hast!«

Minguiños war jählings betrübt:

»Xavierito, man muß mit Klugheit vorgehen.«

Langsam, mit betonter Achtlosigkeit, ließ der legitimistische Caballero den Brief auf den Tisch fallen, und angesichts der eingeschüchterten Miene des Geistlichen, der eine Hand ausstreckte, es aber nicht wagte, sie ihm auf die Schulter zu legen, bezähmte sich der Marqués:

»Ich anerkenne deine gute Absicht, und ich bin dir dankbar.«

Im zahnlosen Mund des Geistlichen begann wieder das kindliche Lachen zu hüpfeln, im selben Augenblick, da er mausflink den Brief schnappte und ihn über der Kerze in Flammen aufgehen ließ:

»Ich habe alles nach bestem Wissen und Gewissen gemacht. Habe ich gefehlt, so geschah es in bester Absicht ... Nun, Sie werden sehen ... Ich kam also zum Dorf Bealo, begleitet vom Haushofmeister Pedro de Vermo, und wir sahen Bruder Angel. Heiliger Gott, wie lang das dauerte, bis sie uns das Tor dort öffneten. Ich glaube, daß sie uns im ersten Moment für Räuber hielten. Bruder Angel machte sich dann mit uns auf den Weg zu ein paar Häusern, in denen er Freunde hat, und ließ diese wissen, daß sie beim Morgengrauen hier sein sollen mit ihren Karren.«

Die Mutter Äbtissin verriet Besorgnis:

»Sind das zuverlässige Leute?«

Der Geistliche erwiderte:

»Bruder Angel hat uns dies versichert ... Danach gingen wir hinunter zum Dorf Bradomín, und der Haushofmeister sprach mit denen, die dort Felder bestellen, welche zur Markgrafschaft gehören. Dann, auf dem Heimweg, gelangten wir zum Weiler Rúa, und ich sprach mit meinen zwei Neffen, damit sie auch kommen mit ihren Karren. Mehr ließ sich nicht machen.«

Der legitimistische Caballero drückte dem Geistlichen die Hand, der wieder lachte; die anderen dankten ihm mit beifälligem Gemurmel, und die Mutter Äbtissin stand auf hinter dem Gitter und winkte Don Juan Manuel herbei:

»Onkel, noch habe ich Ihnen nicht gesagt, welche Hilfe ich von Ihnen erwartet habe.«

»Ich hab' es erahnt, Nichte!«

Ein Weilchen herrschte Stillschweigen, indes die Augen der Nonne, weit aufgerissen und wachsam, zwischen den Eisenstäben hindurch nach dem Marqués de Bradomín ausspähten, als wollten sie ihn um Unterstützung ersuchen. Aber da der legitimistische Caballero sich ganz hinten im Sprechzimmer aufhielt, wo er mit dem Domherrn und dem Zweitgeborenen tuschelte, faßte sich die Nonne ein Herz und fragte, zwischen Seufzen und Lächeln:

»Was meinen Sie, Onkel?«

Der Freisasse blickte sie zornschnaubend an:

»Ich meine: Für was hältst du mich eigentlich?«

»Retten Sie die ganze Klostergemeinschaft, Onkel Don Juan Manuel!«

»Was geht mich die Klostergemeinschaft an! Du gehst mich etwas an, denn du bist von meinem Blut. Du brauchst meine Hilfe, du hast sie ... Du brauchst meinen Schutz, du hast ihn ... Und du hättest gar nicht danach zu fragen brauchen, Nichte.«

Die Nonne beschwor ihn schelmisch:

»Schreien Sie nicht, Onkel Don Juan Manuel! ... Das Gewölbe könnte einstürzen!«

Der Freisasse lachte schallend:

»Ich hab' diese Stimme, weil ich mich nie mit Geheimniskrämerei befasse! ... Ich mach' alles am hellichten Tag ... Buddeln wir also diese Gewehre aus ... Ein Knecht soll hinaufgehen zur Anhöhe von Bealo und die Karren zu meinem Haus deichseln; und sie sollen Spitzhacken mitbringen fürs Ausbuddeln der Gewehre.«

Minguiños fragte schüchtern:

»Von wo werden die Spitzhacken gebracht, Don Juan Manuel? Aus Ihrem Haus, mein Herr?«

»Aus der Hölle, Señor Don Minguiños!«

KAPITEL XXI

Der Marqués de Bradomín sprach halblaut mit Cara de Plata:

»Dein Vater wäre ein prächtiger Bandenchef!«

Der Hidalgo wandte sich um mit Arroganz:

»Neffe, wenn ich eine Bande bilde, dann nicht für einen König oder für einen Kaiser ... Wäre ich nicht so alt, hätte ich sie bereits gebildet, aber nur zu dem Zweck, mit Strick und Kugel für Gerechtigkeit zu sorgen in diesem Land, wo Füchse und Marder sich breitgemacht haben. Ich meine damit diesen ganzen Klüngel von Kanzlisten, Amtshyänen, vollgefressenen Heimkehrern aus Amerika und Aufkäufern nationaler Besitztümer. Dieses Aufsteigergesindel: Knechte, die zu Herren avancieren! Ich würde eine Bande bilden, um nach Recht und Gerechtigkeit mit ihnen zu verfahren, ihnen die Häuser niederzubrennen und sie alle aufzuknüpfen in meinem Eichenwald bei Lantañón.«

Der Marqués erwiderte mit einem liebenswürdigen und weltmännischen Lächeln:

»Diese Gerechtigkeit, welche wir, die als Adlige geboren wurden, ersehnen, und genauso die Bauern und Bürger, die noch Bauern und Bürger sind, wird Carlos VII. im ganzen Königreich verwirklichen.«

»Da müßte er Galgen errichten, ein ganzes Jahr lang, auf sämtlichen Plätzen und an sämtlichen Landstraßen entlang, und dafür ist er nicht der rechte Mann, euer Don Carlos. Ihr rühmt seine Milde im Krieg, und im Krieg darf man niemals milde sein. Wie bußfertige Betschwestern erzählt ihr, daß er heimlich durch seine Ortschaften geschlichen sei, um nur ja nicht seine Unterschrift unter ein Todesurteil setzen zu müssen; und das zeugt gewiß nicht von seinem königlichen Mut. Wo sind die Galgen an den Landstraßen und die Generäle, erhängt an ihren eigenen Schärpen; die an den Bändeln ihrer eigenen Beutel baumelnden Geldbonzen aus Amerika, die Geizhälse, die Juden, dieses ganze Geschmeiß der bibbernden Tyrannen, dem Isabel II. Ordenskreuze und Ehrentitel verliehen hat?«

»Don Carlos regiert noch nicht in Spanien.«

»Aber in Navarra und in Álava und in Vizcaya.«

Die Nonne legte die Hände zusammen, wobei sie eine Miene machte, die bang und gewitzt zugleich war:

»Ach Onkel, wollte man so Gerechtigkeit üben, müßte man halb Spanien entvölkern!«

Die Stimme des Freisassen hallte mit Gedröhn durch das weiträumige Sprechzimmer:

»Gott hat die ganze Welt entvölkert mit der Sintflut.«

Sehr gemessen mischte sich der Maestre-Escuela ein:

»Mehr noch als solche Akte grausamer Gerechtigkeit, mehr noch als Ströme vergossenen Blutes, brauchen die Völker weise Gesetze, richtige Gesetze, christliche Gesetze, einfach wie die Maximen des Evangeliums. Die Völker sind allemal Kinder, und sie sollten von einer sanften Hand regiert werden, und die Gesetze sollten Ratschläge sein, und in allen Anordnungen des Herrschers sollte das Lächeln Christi zu verspüren sein.«

Man hörte ein leises, lindes Weinen. Es war die Laienschwester, die, auf einer Bank kauernd, mit ihrem Schlüsselbund im Schoß, darauf wartete, daß die Besucher sich verabschiedeten; denn sie mußte die Türen des Klosters wieder verschließen. Die Mutter Äbtissin wollte wissen, was los war, und richtete sich auf in ihrem Sessel hinter dem Gitter. Aber die Bank stand ganz hinten an der Wand, und man konnte kaum die Umrisse der darauf sitzenden Person sehen:

»Was ist mit Ihnen, Schwester Francisca?«

Die vor Rührung zitternde Stimme der Dienerin zerfloß in ein Schluchzen:

»Wie schön er das schildert, Mutter! ... Wie schön er das schildert! ...«

Die Mutter Äbtissin lächelte nachsichtig und mitleidig:

»Gott steh Ihnen bei, Schwester!«

Und die Dienerin hauchte noch mit gebrochener und verzückter Stimme:

»Was für liebliche Worte, aus Honig und Nardenduft, mein Jesuskind!«

Kauernd auf der Bank, rieb sie sich mit den Fäusten die Augen aus und schnaufte mit winzigen, schnellen Atemstößen, um eine herzbeklemmende Wallung in ihrer Brust zu unterdrükken: Ihre Dorfmädchenseele genoß eine Empfindung kindlichen Glücks, etwas, das sie an den Klang der Fiedeln erinnerte, welche daheim die weihnächtlichen Hirtenlieder begleiteten. Die Mutter Äbtissin lehnte sich wieder zurück in ihren Amtsstuhl, öffnete und schloß mit zerstreuten Fingern die Schnallen des Breviers. Dann, aufblickend zu der Nonne, die dicht neben dem Sessel das Licht hielt, flüsterte sie sanft und andächtig:

»Schwester, haben Sie gemerkt, welch unschuldsvolles Herz? Sie hat die Einfalt jener Laienschwester, deren Geschichte unsere heilige Mutter Clara berichtet.«

[KAPITEL XXII]

Minguiños holte einen kleinen, schmächtigen Mann herein, der auf einem Auge blind war und El Girle genannt wurde. Er war Soldat gewesen im ersten Karlistenkrieg, und jetzt, nachdem er alt geworden, lebte er unterm Obdach des Klosters. Er war Botengänger und Gärtner und hub auch das Grab aus, wenn eine der Nonnen gestorben war. Bewehrt mit der Spitzhacke, kam er herein, und er seufzte, als er sie in einer Ecke abstellte:

»Die ganze liebe Nacht lang in der Absteige auf den Kapitän des Schoners gewartet!«

Die Nonne fragte:

»Besteht er darauf, schon morgen auszulaufen?«

»Der Kapitän ist gar nicht von Bord gegangen, hochehrwürdige Mutter.«

Der Domherr schaltete sich ein:

»Aber kann das nicht verschoben werden, wenigstens um einen Tag?«

»Der Matrose, der an Land sprang mit einem Brief für das Mädchen, sagte: Nicht um eine Stunde. Der Schoner ist amtlich abgefertigt, und er läuft aus, sobald es dunkel wird. Der Matrose sagte, daß der Kapitän nur bereit sei, an irgendeinem Strand anzulegen und dort die Gewehre an Bord zu nehmen; wenn aber das nicht hinhaut, werde er eben mit der halben Ladung im Bauch davonsegeln.«

Der Domherr jammerte:

»Verhängnisvoll! Verhängnisvoll! ... Die Karren werden also am hellichten Tag losfahren müssen.«

Beklommenes Schweigen entstand. Es dauerte so lange wie das Lippenbeben der betenden Mutter Äbtissin, die zum Schluß des Gebets sich bekreuzigte, indem sie die fahl schimmernden Finger von der Stirn zur Brust und von Schulter zu Schulter führte:

»Mein Gott, bewahre uns vor Verrat!«

Und jene andere, schweigsame Nonne, die das Licht hielt,

beugte sich mit Scheu zum Ohr der Mutter Äbtissin:

»Ist es nicht sehr gefährlich, noch heute die Gewehre abzutransportieren? Wäre es nicht besser, sie für eine Weile im Herrenhaus zu verstecken?«

Die Mutter Äbtissin gebot ihr durch einen Blick, zu schweigen, und der Domherr begann hinten im Sprechzimmer hin und her zu gehen, wobei er leise vor sich hin jammerte:

»Das Risiko ist groß, groß, groß! . . .«

Er verstummte, ging schweigend weiterhin auf und ab, mit gesenktem Kopf, den Umhang über der Brust zusammengerafft, und nach einiger Zeit wiederholte er beharrlich:

»Groß, groß, groß! . . .«

Don Juan Manuel unterbrach ihn:

»Die Gewehre können ein Jahr in meinem Haus liegen.«

Da erhob sich der alte Dandy, der im Sessel eingeschlafen zu sein schien, so reglos war er dagesessen:

»Die Gewehre werden im Krieg dringend benötigt, und man wird das Haus durchsuchen, genauso wie man das Kloster durchsucht hat. Mit viel Mühe ist es gelungen, ein Schiff zu chartern, das seit einem Monat wartend vor Anker liegt. Es kann nicht länger warten . . .«

Der Maestre-Escuela unterbrach:

»Argwöhnen Sie keinen Verrat?«

»Ich argwöhne, daß er bereits Schmuggelware an Bord hat und deshalb seinerseits Angst hat vor einem Fahndungsbesuch.«

Die Mutter Äbtissin stimmte ihm bei:

»Eben dies hat mir das Mädchen gesagt, als sie mir den Brief von Mister Briand brachte. Wenn wir es wünschten, werde er warten, aber man setze sich damit der Gefahr aus, daß sein Schiff beschlagnahmt wird.«

Und der legitimistische Caballero fuhr fort:

»Die Umstände sind nicht günstig, aber vielleicht gibt es nie eine bessere Gelegenheit. Ich habe mein Leben lang auf das Wagnis gesetzt, und ich glaube, daß die Karren noch heute losfahren sollen, bei hellichtem Tag. Je verwegener das Unternehmen, desto weniger Verdacht erregt es.«

Man hörte die bewunderungsvolle und ehrerbietige Stimme von El Girle:

»Er versteht was vom Krieg! ... Ich würde es übernehmen, die Karren zu einem Strand zu schaffen.«

Cara de Plata trat vor:

»Mach dein kaputtes Auge auf! Hast du mich noch nicht gesehen? Ich werde mit den Karren losziehen und die Gewehre einschiffen. Die Zeiten sind vorbei, da man die Küster mit der Führung von Banden betraute. Du bleibst hier, und wenn du etwas tun willst, dann schaufelst du mir ein Grab, für den Fall, daß ich auf der Strecke bleibe. Was nicht geschehen wird!«

Die Mutter Äbtissin hob ihre fahlen Hände hinter dem Gitter des Sprechzimmers:

»Mein Sohn, geschehen wird, was Gott der Herr gebeut! Empfiehl dich seiner Barmherzigkeit!«

KAPITEL XXIII

El Girle begann mit dem Pickel zu hacken und zu erkunden, wo es hohl klang. Die Gewehre lagen versteckt unter den Fliesen des Sprechzimmers, im Gewölbe einer alten unterirdischen Kapelle, die seit mehr als hundert Jahren gesperrt war und für keinen Gottesdienst mehr benutzt wurde. Man beeilte sich, die Waffen auszugraben und ins Haus des Freisassen hinüberzuschaffen. Bei dieser Plackerei halfen alle mit verschwiegenem und fanatischem Eifer. Es war eine Prozession, die sich hinzog durch die langen, vom Morgengrauen mit Trübnis erfüllten Kreuzgänge und quer durch die finstere Kirche, wo man in regelmäßigen Abständen Lichter angebracht hatte, um den Weg zu markieren und zu beleuchten. Sie funkelten aus der Ferne, das Dunkel durchlöchernd ... Bald war es eine Laterne, die man auf dem Boden abgestellt hatte, bald ein Kerzenstummel, Überrest von irgendeiner Totenmesse, der aufrecht zerschmolz, die Kanzelbrüstung betröpfelnd. Don Juan Manuel hatte sein Gesinde geweckt, um alle einzusetzen beim Transport, und als die Schmuggelware in Sicherheit gebracht war, ließ er sämtliche Knechte und Mägde sich in einem Saal versammeln und schloß die Türen, worauf er schwor, er werde ihnen die Zunge ausreißen, falls sie das Geheimnis nicht strikt für sich behielten. Micaela la Roja warf sich auf die Knie:

»Ach Herr, mein Gebieter, selbst wenn man mich ins Feuer steckt, würde ich es nicht sagen!«

Don Galán kratzte sich den Krauskopf:

»Andere können es ausplaudern und uns die Schuld anhängen ...«

Die Augen des Freisassen musterten mit bohrenden Blicken die versammelte Dienerschaft:

»Wenn es ruchbar wird, werde ich nicht lange nachforschen, wer geschwatzt hat. Ihr alle müßt es büßen. Und jetzt raus da!«

Die Knechte und Mägde verließen langsam den Raum, und mit gedämpfter Stimme sagten die einen zu den anderen:

»Jetzt wißt ihr Bescheid!«

Der Hidalgo wandte sich der Alten zu, die sich mühsam vom Boden erhob:

»An dir zweifle ich nicht, Hexe aus dem Höllenpfuhl!«

»Gott lohne es Ihnen, mein Herzensprinz!«

Auf der Straße erscholl wieder das Wehklagen der Weiber, die, rings um den Toten kniend, die ganze Nacht bei ihm gewacht, zwischendurch aber, während langer Pausen, geschwiegen und sich ausgeruht hatten. Wie die Vögel erwachten sie jetzt beim Sonnenaufgang, stießen ihre Schreie in die Luft, die Arme zum Himmel reckend und sich die Haare raufend gleich den Klageweibern früher Zeiten. Die Stimme der Mutter, müde und düster, war kaum zu hören in dem wilden Stimmengewirr all der Verwandten und Bekannten:

»Mörder! Mörder!«

Und die Bauern, die während der Nacht benachrichtigt worden waren, kamen allmählich, einer nach dem anderen, mit ihren Karren, deren Knarren, ein uralt-eintöniges Lied, die Erinnerung an ländliche Viehwege mitbrachte und Bilder von Kornmahd und Weinlese heraufbeschwor. Sie holperten über das Fliesenpflaster des Platzes, und die Ochsen, schwer einherstapfend mit pontifikalem Ernst, hatten schmucke grüne Zweige auf dem Haupt, welche die Bremsen fernhalten sollten. Voraus schritt ein Patriarch im Estaminkittel, der sich von Zeit zu Zeit umwandte und mit der langen, biegsamen Gerte das Gespann zu schnellerer Gangart antrieb:

»Hü, Falber! . . . Hü, Roter! . . .«

Die Karren fuhren durch das große Hoftor, das sperrangelweit offenstand, auf die Tenne, und die Bauern, alte Schlaufüchse, gaben dem, der sie ausfragte, ohne Hast die passende Antwort:

»Wir gehen zum Holzholen in den Eichenwald bei Lantañón. Da gibt's ein Freimahl!«

Der Marqués de Bradomín, der Zweitgeborene und der Domherr standen spähend hinter den Fensterscheiben eines Salons, der Ausblick bot auf den öden Platz.

[KAPITEL XXIV]

Don Juan Manuel ermunterte sich selbst, indem er an ähnliche Begebenheiten im letzten Krieg dachte und den anderen davon erzählte. Die Nonne, die in aller Heimlichkeit ins Haus des Freisassen gekommen war, wollte Cara de Plata auf dieses Vorbild hinweisen:

»Wenn du das Herz deines Vaters hast, kannst du viel Ruhm erringen unter den Fahnen des Königs!«

Und der Maestre-Escuela bemerkte:

»Schade, daß Don Juan Manuel nicht zu den Unsrigen gehören will!«

Der ahnenstolze Alte hörte seinen Namen und wandte seinen Kopf nach der Ecke, wo sie redeten:

»Was ist los?«

Die Nonne begegnete seinem Blick mit einem Lächeln, jenem weltgewandten und schmachtenden Lächeln aus den dreißiger Jahren, mit dem die Damen von damals sich porträtieren ließen und im Besuchszimmer die Caballeros empfingen:

»Onkel, warum zweifeln Sie an der christlichen Wirkung der Gesetze?«

»Ich zweifle nicht, liebe Nichte.«

Der Domherr, der zu Boden blickte und seinen Priestermantel knüllte, ließ diesen plötzlich los:

»Auf die christliche Wirkung der Gesetze gründet sich die Hoffnung von uns allen, die wir das großmütige Herz von Carlos VII. kennen.«

Don Juan Manuel lachte schallend:

»Sie sprechen von den Gesetzen wie von den Ernten!... Jedes Jahr, wenn ich säe, erhoffe ich einen besseren Ertrag ... Die Gesetze sind, schon von ihrer Niederschrift an, mißraten. Jedes Volk sollte seine Bräuche bewahren und sich nach ihnen richten. Ich habe jetzt siebzig Jahre auf dem Buckel und bin noch nie zu einem Amtsdiener gerannt, damit der mir für Gerechtigkeit sorge. Früher, da hatten meine Vorväter einen Galgen. Der Enkel hat keinen Galgen, aber er hat Hände, und wenn das Recht auf seiner Seite ist, so weiß er, daß er es nicht bei einem Richter eintreiben darf. Es könnte passieren, daß der es mir verweigert und ich ihm dann die rechte Hand abhacken muß, damit er künftig keine ungerechten Urteile mehr unterschreibt. Als ich das zum ersten Mal begriff, war ich ein junger Fant; mein Vater war gerade gestorben. Der Marqués de Tor hatte einen Prozeß gegen mich angestrengt wegen einer Kaplanei, einen Prozeß, den ich zu Unrecht gewann. Daraufhin suchte ich meinen Vetter auf und sagte ihm: Du warst ganz und gar im Recht, hacke diesem Richter die Hand ab, und ich übergebe dir die Kaplanei.«

Die Mutter Äbtissin flüsterte, erschreckt und doch lächelnd:

»Nie würde er das tun!«

»Er tat es nicht ... Aber ich gab ihm die Kaplanei zurück.«

»Armer Marqués de Tor, ich kann mir die Szene vorstellen! ... Er, stets so bedächtig!«

Don Juan Manuel warf die Arme in die Luft:

»Und dieser Schwachkopf hat weiterhin, sein ganzes Leben lang, Prozesse geführt, in bravem Respekt vor der Gerechtigkeit der Richter!«

Der Maestre-Escuela schüttelte mißbilligend den Kopf. Die übrigen waren nicht weit davon entfernt, dasselbe zu tun, und ihnen allen schienen die Worte des Hidalgos zwar originell, aber nicht eben vernünftig. Dann erklärte der Domherr in aller Ruhe, mit einem Lächeln wohlkalkulierter Ehrerbietigkeit:

»Mein Herr, daß es einen käuflichen Richter gibt, besagt nicht, daß am Gesetz etwas nicht in Ordnung ist.«

»Soweit einverstanden.«

Das wissensbewußte Lächeln auf den Lippen des Domherrn wurde deutlicher:

»Also, mein Herr? ...«

Don Juan Manuel machte eine heftige Gebärde:

»Aber wenn es bei einem guten Gesetz ein schlechtes Urteil gibt, kann es bei einem schlechten Gesetz auch ein gutes Urteil geben, und folglich steckt das, worauf es ankommt, nicht im Gesetz, sondern in dem Mann, der es anwendet. Deshalb vertraue ich so wenig auf die Gesetze, und noch weniger auf die Richter; denn immer habe ich festgestellt, daß ihre Gerechtigkeit geringer ist als die meine.«

Der Marqués de Bradomín, der hinten im Saal schweigend hin und her ging, blieb einen Augenblick stehen und kam dann, sehr gelassen, zu den Redenden herüber:

»Auch ich denke oft darüber nach, ob es nicht gut wäre, wenn eine Sichel die höchsten Köpfe abmähen würde, ehe unser König den Thron besteigt.«

Er schien davon überzeugt zu sein, und dennoch hatten seine Worte einen Anflug von Ironie, von jener Ironie, mit welcher der alte Dandy allen Dingen und allen Gefühlen den Anschein galanter Frivolität zu geben vermochte. Die Mutter Äbtissin schloß die Augen und flüsterte mit verinnerlichter und tief nachdenklicher Stimme:

»Früher waren die Anhänger der Sache nicht so! . . .«

Der Maestre-Escuela unterbrach:

»Und auch heute sind sie nicht so . . . Man merkt genau, daß unser erlauchter Marqués nur scherzt!«

Der Marqués zeigte ein mehrdeutiges Lächeln, das weder verneinte noch bejahte:

»Ich fürchte die Stunde des Triumphs, denn da werden all die September-Revoluzzer, die heute die Jakobinermütze tragen und in der Vergangenheit am einen Tag die Verehrer und am nächsten Tag die Verräter Isabellas waren, das karlistische Glaubensbekenntnis ablegen.«

Die Nonne hob das Kruzifix ihres Rosenkranzes empor:

»Mein Gott, halte die Bösen fern vom Schloß unserer Könige!«

Und in seinem gewichtigen und wissensbewußten Tonfall erklärte der Maestre-Escuela:

»Carlos VII. wird sich niemals mit den Verrätern versöhnen. Unser teurer Marqués, der lange Zeit im Hause des Königs gelebt hat, kann sagen, ob ich mich täusche.«

Mit einem Nicken, ohne die Lippen zu öffnen, pflichtete der legitimistische Caballero ihm bei, aber der Domherr stieß hartnäckig nach, wobei er seine Worte mit der grammatikalischen Akkuratesse und der klassisch klangvollen Betonung wohlgeschulter Kanzelredner offerierte:

»Ich gestehe, daß es mir lieb wäre, wenn Sie sich etwas deutlicher ausdrücken würden und ich zur Gänze erführe, was unser erlauchter Freund hierzu meint.«

»Señor Maestre-Escuela, ich meine, daß es viel schwieriger sein wird, in den königlichen Vorzimmern zu siegen, als im Krieg.«

»Aber Don Carlos wird sich nicht versöhnen mit den Verrätern!«

»Darum sage ich, daß vor dem Triumph eine Sichel die höchsten Köpfe abmähen sollte. Es gilt zu zerstören und zu erschaffen. So sieht es der König ... Doch er weiß, daß das Eisen, das zum Zerstören bestimmt ist, manchmal zerbricht bei diesem elenden Geschäft!«

Und als ob sie auftauchte aus mystischer Entrückung, seufzte die Nonne:

»Du willst sagen, daß die Hand, die das Unkraut ausreißt, nicht die Hand ist, die den Samen ausstreut.«

»Ich will, daß die königliche Hand, die wir alle küssen sollen, nicht voller Dornen ist und überronnen von Blut.«

»Ja, das darf nicht sein! Das darf nicht sein!«

Und jene glühenden Augen, tief eingesunken und von schwarzblauen Ringen umgeben, hingen eine Weile an den Augen des Marqués de Bradomín. Der Maestre-Escuela, welcher von einem Fenster aus zusah, wie man drunten die Gewehre auf den Karren verstaute und sie mit Stroh zudeckte, drehte sich um und beteiligte sich wieder am Gespräch:

»Oh! ... Wie könnte ein Anhänger der Sache etwas anderes ersehnen?«

Und die Nonne sprach, die Augen auf das Kruzifix des Rosenkranzes gerichtet, mit inbrünstiger Stimme:

»Süßer Jesus, schenke ihm die Gnade, daß er ein Sämann sein kann, nach deinem Bilde! . . .«

Der Domherr beharrte mit Ernst und wohlklangkundiger Rede:

»Vergessen wir nicht, daß die königlichen Hände, wenn sie geschunden werden beim Jäten des Unkrauts, auch den heilkräftigen Balsam finden, in der Liebe und in der Dankbarkeit seines Königreiches. Die Sanftmut ist nur für den Priesterstand Verpflichtung.«

Und er lächelte wiederum, wissensbewußt.

[KAPITEL XXV]

Als die Gewehre auf den Karren waren, ging der schöne Zweitgeborene hinunter zur Tenne und machte sich daran, die Waffen eigenhändig mit Strohbündeln zu bedecken. Es war gegen zehn Uhr, als sich die Kolonne in Marsch setzte, nach einer Atzung mit warmem Maisbrot und neuem Wein, welche die Alten und die Jungen, stehend aufgereiht im Schatten des hochbeinigen Kornspeichers, sichtlich genossen. Cara de Plata, schon auf seinem Pferde sitzend, sprach mit dem Domherrn und der Nonne, die aus einem Fenster schauten:

»Wir werden bei Sonnenuntergang dort sein und können dann einschiffen während der Flut bei Nacht.«

Die Nonne blickte himmelswärts:

»Gott geb's!«

Und der Domherr fragte:

»Wie weit ist es denn bis Lantañón?«

»Drei Meilen ... Aber wir werden dem Bergweg folgen. Auf dem können wir uns am besten verteidigen, falls wir angegriffen werden. Ich bin auf alles vorbereitet; in jedem Karren liegen ein paar Gewehre, die schon geladen sind. Wir werden uns wacker verteidigen.«

Auf den Sattelbogen gestützt, richtete Cara de Plata sich auf, schön und hochmütig. Der Maestre-Escuela ließ einen prüfenden Blick über die Heerschar der Bauern schweifen, die soeben das Morgenmahl beendete:

»Ist ein Jäger dabei?«

Cara de Plata wandte sich um und musterte die Männer:

»Zwei ... Die Torios, es sind Brüder. Aber andere haben als Soldaten gedient ... Und im Notfall werde ich allein mich verteidigen.«

Ein alter Mann kam heran und nahm die Tuchmütze von seinem kahlen, glänzenden Schädel:

»Worauf warten wir, junger Herr?«

»Ist alles bereit?«

»Alles, junger Herr.«

»Auf jeden Karren soll ein Mann steigen, und die jungen Kerle sollen vor den Gespannen gehen. Wenn sie uns angreifen, feuert ihr zunächst von oben. Ihr wißt schon, daß bei drei Gewehren die Patronen bereits im Lauf stecken, und daß über denen nur ein einziges Strohbündel liegt. Ihr legt euch längelang drauf und habt eine Hand am Schießprügel.«

»Wissen alle Bescheid?«

»Alle.«

Die Nonne beugte sich über das Fensterbrett:

»Es wird gut sein, wenn du es nochmal sagst, mein Sohn.«

Cara de Plata packte die Zügel des Pferdes und ritt rings um die Tenne, wobei er mit den alten Männern sprach und ihnen die Hand reichte. Danach, nur mit einer Geste, befahl er einem Knecht seines Vaters, die Flügel des Hoftors zu öffnen. Fast zur gleichen Zeit tauchte der Siebhändler auf, und in knappem Abstand sein Weib, das den Esel hinter sich herzog:

»Gottes Friede sei mit euch! . . . Prima Kornsiebe . . . Muß eines geflickt werden?«

Cara de Plata prellte vor mit zornsprühenden Augen und hetzte sein Pferd auf die beiden:

»Raus da, Tagediebe!«

Der Esel schreckte zusammen und galoppierte über den Platz, den Halfterstrick hinterdrein schleifend. Das Weib rannte, um ihn einzufangen, und der Mann stand im Eingang, zynisch lächelnd.

»Feine Mehltrommeln! . . . Für Maismehl, für Roggenmehl!«

Cara de Plata packte ihn am Kragen und ließ ihn in der Luft zappeln:

»Ich werde dich in den Brunnen schmeißen!«

Das Gesicht des Landstreichers wurde dunkelviolett, sogar die Augen, und die Zunge hing ihm über die speicheltriefende Lefze. Er verdrehte die Pupillen, erstickend:

»Ich bin ein armer Kerl!«

Die Nonne stieß einen Schrei aus:

»Du tötest den Mann da!«

»Er hat den Tod verdient!«

Cara de Plata ließ den Siebhändler los, der schlapp zu Boden fiel. Der Zweitgeborene sprang vom Pferd, hielt ihm den Mund zu und schleifte ihn vom Tor zur Tenne. In der Handfläche spürte er die Wärme jener kriechenden, um Atem ringenden, flehenden Stimme:

»Ich bin ein armer Kerl! Erbarmen, edler Caballero!«

Die Nonne, totenblaß, fragte:

»Ist er ein Spitzel?«

»Dreimal hab' ich ihn heute morgen verscheucht!«

Mit zusammengebissenen Zähnen, den Fuß auf der Brust des Siebhändlers, richtete er sich auf und wies nach dem Hoftor, damit man es schließe. Und der Knecht murmelte, als er den Riegel vorschob:

»Schon in aller Herrgottsfrühe hat er sich hier herumgetrieben!«

»Bringt etwas zum Fesseln!«

Ein Bauer trat herzu, das Leitseil seiner Ochsen in der Hand:

»Nehmen Sie das, junger Herr!«

Cara de Plata schnürte dem Gauner die Hände zusammen, steckte ihm ein Taschentuch als Knebel in den Mund und warf ihn auf einen der Karren, so daß er bäuchlings auf den Planken lag:

»Wenn irgendwas schiefgeht, schneide ich dir den Hals durch. Ich werde dich lehren, den Spitzel zu spielen!«

Die jungen Kerle hatten sich vor den Gespannen aufgestellt, und die Karren begannen jetzt hinauszufahren, einer nach dem anderen, in langem, knarrendem Zug. Der schöne Zweitgeborene schwang sich wieder in den Sattel, und sein Pferd wendend, blickte er hinauf zu den Fenstern seines Hauses.

[KAPITEL XXVI]

Der graue und wolkenbedräute Morgen verhieß Sturmwind und Unwetter an der Küste. Durch die Gäßchen, die zum Strand hinuntergehen, waren Ausschnitte eines hochauf hüpfenden und gischtsprühenden Meeres zu sehen. Es war eine blaue, heitere und erschreckende Vision in der regnerischen Düsternis jener Steigen, die von einem bleiernen Himmel überlagert wurden und sich hinabschlängelten zwischen armseligen Häusern, deren jedes eine Staffel vor der Tür hatte. Die Portalhallen der Kirchen schienen prall gefüllt vom Hall des Meeres; schallend und schutzlos nackt boten sie sich den andrängenden Winden dar.

Der Nachmittag verging unter unaufhörlichen Sturzgüssen, die begleitet wurden von einem langgezogenen Nachtgeheul. Zwei Frauen, Mutter und Tochter, umwirbelt von ihren Baskenröcken, überquerten den Platz und betraten das Schloß Bradomín. Der legitimistische Caballero empfing sie, beim Kaminfeuer sitzend, in der großen Bibliothek, wo er den lateinischen Text der Kriegsberichte Caesars las. Die zwei Frauen blieben an der Tür stehen, machten einen Knicks, lächelnd und wortlos. Sie trugen, wie die reichen Bäuerinnen, Mantillen aus Seidenplüsch und hatten sich lange Rosenkranzketten aus Gagatperlen, die in Silber gefaßt waren, um die Hände gewickelt. Es sprach die Tochter, mit seltsam starrem Ausdruck, der das ganze Gesicht bestimmte, und mit Augen voll wacher Aufmerksamkeit:

»Unser Haus ist es, wo Mister Briand zu speisen pflegt. Er hat uns dringlich aufgetragen, wir sollten zum Kloster gehen … Die Mutter Isabel schickt uns hierher …«

Sie hatte ein keusches Lächeln, das wie ein Duft sich auf traurige Weise verband mit ihrer dürftigen, matten und dunklen Stimme, die zuweilen zersprang in einem chaotischen Laut, wobei ihr die Luft entwich wie dem kaputten Balg eines Dudelsacks. Sie ging in die Nische der Balkontür, die ihr am nächsten war, und nestelte, den anderen den Rücken zukehrend, mit sittsamer Scheu ihr Mieder auf und zog einen Brief heraus, der lau war von der Wärme der Brust:

»Sie hat uns diesen Zettel gegeben, damit Sie wissen, wer wir sind ... Aber das habe ich Ihnen ja schon gesagt ...«

Der Marqués ließ die Augen über die paar Zeilen gleiten und betrachtete, durch die verweinten Scheiben hindurch, das Meer. Man gewahrte eine weite, grünliche Fläche, welche mit weißen Wollflocken übersät war, und die Mastbäume der Schiffe, ohne Segel, kahl und dümpelnd:

»Die Frau Äbtissin, meine Kusine, weist mich da auf eine traurige Sache hin!«

Das Mädchen lächelte, ohne zu antworten, und die Mutter flüsterte:

»Sie hat Sie nicht gehört.«

Durch Zeichen teilte sie ihr mit, was er gesagt hatte, und die Tochter unterbrach dieselben mit lebhaften Gesten, die besagten, daß sie begriffen habe:

»Mister Briand war besorgt wegen des Unwetters und wollte warten ... Die See geht sehr hoch, und auf dem Schoner ist ein Spant am Bug defekt ... Besonders übel, weil Wind und See von vorn kommen ...«

Die Mutter erklärte weitschweifig:

»Sie kennt sich in der Nautik aus wie ein Steuermann ... Vom vielen Lesen in den Büchern des Bruders. Des Ältesten, der jetzt als Zweiter Offizier auf der Joven Pepita fährt. Sie hat mit ihm gelernt, hat die kniffligen Dinge herausgesucht und ihm als Aufgabe gestellt, als wäre sie eine Hauslehrerin.«

Die Tochter verfolgte, mit einem vergnügten und liebenswürdigen Flackern in den Augen, die Lippenbewegungen der Mutter. Schließlich legte sie, errötend, ihr die Hand auf den Arm:

»Hör auf, Mütterchen!«

Und die zwei Frauen lächelten dem legitimistischen Caballero zu, während sie ihre Mantillen zurechtzupften. Beide hatten das gleiche Lächeln, in dem eine ferne und anscheinend ererbte Traurigkeit war. Aufs neue sprach das Mädchen:

»Mister Briand wollte, als er erfuhr, daß das Kloster durchsucht wurde, die Segel setzen. Da Roquito alles gestanden hat, was er wußte, und er davon wußte, daß der Schoner gechartert ist, befürchtete der Kapitän . . .«

Die Augen der Alten blinzelten gewitzt unterm Stirnsaum der Mantilla hervor:

»Er befürchtete das Aufkreuzen eines Schnüfflertrupps; denn er hat Tabak in der Ladeluke versteckt.«

Eine Blutwoge überflutete das Gesicht des Mädchens:

»Ist von dem Schmuggel die Rede? Das Zeug lag bei uns, und der Kapitän wollte es in Sicherheit bringen. Für sich selber hat Mister Briand noch nie etwas geschmuggelt.«

Die Alte duckte sich, lächelte verlegen und sagte in vertraulichem Ton:

»Was die lumpige Pinte abwirft, reicht kaum fürs Essen; da muß man sich schon nach einem Nebenerwerb umsehen.«

Das Mädchen fuhr fort:

»Mister Briand ist heute nachmittag an Land gekommen, und weil die See so tobte, sagte er, daß er nicht auslaufe . . . Das war, als er an Mutter Isabel schrieb. Wir alle dachten, die Gewehre seien noch im Flecken! Aber im Kloster sagte man uns, daß es unbedingt nötig sei, den Kapitän herumzukriegen, und daß wir hierher kommen und seine endgültige Entscheidung melden sollten . . .«

Die Alte fiel der Tochter ins Wort:

»Er wird auslaufen, ja, Herr, er wird auslaufen!«

»Er hat es mir versprochen!«

Über und über rot geworden, wandte das Mädchen ihre Augen von dem legitimistischen Caballero ab und schaute nach jenem Fetzen grünlicher und sturmzerwühlter See, den man durch die Balkontür gewahrte. Heimlich wischte sie sich die Augen aus, und die Mutter sagte zu ihr, die Worte mit ausdrucksstarken Gebärden begleitend:

»Sei unbekümmert . . . Er hat schon schwärzere Unwetter durchschifft und ist mit heiler Haut heimgekommen! . . . Und dabei hatte er nicht die Allerheiligste Jungfrau vom Karmel als Schutzherrin! . . .«

Das Mädchen weinte eine kleine Weile, wobei es seine Augen mit einem Tüchlein verdeckte, das nach Storax duftete. Dann blickte sie, blankäugig, dem Marqués ins Gesicht:

»Er wird auslaufen, ja, Herr, er wird auslaufen! . . . Die Mutter Isabel hat uns gesagt, alles wäre verloren, wenn er nicht noch heute in See stechen würde . . . Er wird auslaufen, Herr, er wird auslaufen! Ich hab' ihm doch gesagt, ich würde ihn nie mehr ansehen, wenn er es nicht täte! . . .«

Sie verstummte, nach Atem ringend, sich selbst bezwingend, während über die Wangen der Mutter hurtig die Tränen kullerten.

»Wenn er zurückkommt von dieser Fahrt, werden sie heiraten . . .«

»Falls die Jungfrau uns nicht ihren Schutz versagt!«

»Sie mögen sich schon seit vielen Jahren. Meine Tochter hat es endlich geschafft, ihn soweit zu bringen, daß er sich taufen ließ; wäre das nicht gelungen, würden sie niemals heiraten. Es war ein sehr feierlicher Akt, den die Mutter Äbtissin im Kloster veranstaltet hat!«

Wiederum legte die Tochter, scheu und bescheiden, ihre Hand auf den Arm der Mutter. Sie flüsterte:

»Wir wollen nicht zur Last fallen, Mütterchen. Gehen wir!«

Sie verabschiedeten sich, und der alte Dandy geleitete sie hinaus wie zwei Prinzessinnen. Barhäuptig stieg er die Treppe hinunter.

[KAPITEL XXVII]

Die Möwen flogen über den Strand, und das Meer brandete ein und aus in den Felsenstollen, brodelnd und brüllend. Es waren die Teufelstöpfe. Und das Schankmädchen zeigte sich von Zeit zu Zeit an einer Luke unter dem Dachvorsprung, die offenstand und eingerahmt wurde von einem indigoblauen Streifen. Es seufzte, während es ausschaute nach dem Schoner, der zwei Segel hißte. Eine Gestalt, die auf der Kommandobrükke stand, war der Kapitän, und die Mannschaft schlingerte auf Deck hin und her unter dem Singsang und dem Geschrei, welche die Arbeit an den Tauen begleiteten. Dann ließ das Schankmädchen die Augen übers Meer schweifen, bis zur Horizontlinie, wo die See in den Himmel überging, und der Blick seiner Augen und das blasse Rosa seines Mundes hatten eine gottergebene Traurigkeit. Die Stube war klein, ganz weiß gekalkt, und die Decke wurde von einem dicken Balken geteilt. Man roch den Brodem der Taverne, die in der Diele etabliert war: den Geruch des holländischen Zuckerrohrschnapses, der Strohkörbe voller Feigen und des feuchten braunen Zuckers, den die Alte, vor den Waagschalen hockend, in größere und kleinere Tüten abfüllte. Es war ein allesdurchdringender Geruch, traurig wie der Nieselregen und wie das Meer und wie das Gezänk der Seeleute, die drunten ein Kartenspiel machten. Das Mädchen griff nach seinem Nähzeug und setzte sich an das Fensterchen, schaute hinaus aufs Meer und ließ die Nadel im Linnen stecken. Der Schoner schien sich im Faltengewoge des Sprühregens zu verstecken, er fuhr mit niedergelassenen Toppmasten und zwei winzigen Segelfetzen, im Windschatten des Leuchtturms von Rúa. Mit einem Schluchzer neigte das Mädchen den Kopf und küßte seine Handarbeit. Es nähte an seiner Aussteuer. Das Jesuskind schien sich lächelnd zu erfreuen am hellen Weiß der Stube, dort auf seinem Eckplatz mit Spitzendeckchen, umringt von perlmuttglänzenden, märchenhaften Schneckengehäusen voller Meeresrauschen. Und ein Spielzeugschiff, mit englischen Flaggen und der Takelage eines Schoners, war an dem Balken aufgehängt, indigoblau bemalt wie der Fensterrahmen. Es knarrten auf der Treppe die Tritte der Mutter, die unter der Tür erschien, stehenblieb und einen Brief, den sie in der Hand hatte, durch die Luft schwenkte. Das Mädchen sprang auf:

»Von ihm!«

Die Alte antwortete mit vielsagender Gebärde, und dann schrie sie, über das Haar der Tochter streichend, ihr ins Ohr:

»Er kam her, solange wir im Schloß waren ... Er konnte nicht warten und hat dir den Brief hinterlassen ...«

Das Mädchen wiederholte sehr langsam:

»Er konnte nicht warten!«

»Er konnte nicht.«

»Wir verspäteten uns sehr!«

»Ja, ein bißchen verspäteten wir uns schon.«

»Wie Gott will ...«

Und sie preßte sich das Taschentuch auf die Augen. Die Mutter sagte:

»Aber, Dummchen, lies den Brief!«

Das Mädchen trat an die Luke. Das Licht war schon spärlich, und sie öffnete das Fensterchen. Der Wind zerzauste ihr das Haar, und dicke Tropfen verwischten die Tinte auf dem Briefumschlag. Unterm Dachvorsprung flatterten zwei Spatzen umher. Der verdämmernde Abend war trübselig wie ein Leben, das zu Ende geht, und die Lichter des Schoners entschwanden an einem nebligen Horizont. Das Mädchen verharrte, mit naßgeregnetem Gesicht, an dem Fensterchen und betrachtete den Brief, ohne ihn aufzumachen, und ein Lichthauch verglomm in seinen Augen wie draußen im Abend. Die Alte näherte sich:

»Wenn du nicht lesen kannst, zünde ich ein Kerzchen an.«

Sie sagte es laut der Tochter ins Ohr, den schneeweißen Kopf über den schwarzen, glänzenden Schopf des Mädchens beugend, das sich langsam umdrehte, mit Augen wie zwei Blüten:

»Ich werde ihn nicht lesen, Mütterchen ... Ich werde ihn nicht lesen, bis er selber zurückkommt ... Als Opfergabe werde ich ihn meinem Jesuskind darbringen.«

Und sehr blaß, doch lächelnd, legte sie den Brief unter das Schemelchen aus duftendem Holz, auf dem das Schnitzwerk stand, und kniete nieder. Die Mutter beeilte sich, das Fenster zu schließen, das von einer Bö gerüttelt wurde, und ging hinunter in die Diele, wo die Seeleute beim Kartenspiel stritten. Der Wind, das Meer und der Regen erschütterten das Haus. Die ganze Nacht hindurch betete das Mädchen in wirrem Kummer, hörte immerfort den Anprall der Wellen unter seinem Fensterchen und die Rufe der Fischer, die an Land zurückkehrten. Plötzlich erbebte die Glasscheibe so heftig, daß es den Kopf drehte. Es sah, daß die Luke offen war. Der Fensterflügel ragte in die Stube, reglos im rasenden Wind, als hielte eine Hand ihn fest, und es spürte, wie sich ihm die Haare sträubten unter einem feuchten und salzigen Sausen.

[KAPITEL XXVIII]

In treibenden Nebelschwaden erschien und verschwand der Leuchtturm von Rúa. Der Schoner zog unter ihm vorbei, hart am Winde segelnd; und kaum war die Landspitze des langgestreckten Strandes umschifft, korrigierte er den Kurs und steuerte, sämtliche Lichter gelöscht, die Bucht von Lantañón an, einen öden Platz, den die Bergflanken der Picos Lantaños schützend umschlossen. Der Uferschorf aus rauhem, gelblichem Kies drang ein Stück weit hinein in den Eichenwald, ein Gehölz aus wucherndem Dickicht und wild verkrümmten Bäumen, mit entrindeten Stämmen und Knorren, die hervorstarrten, so groß, glatt und rund wie Totenköpfe. Einige uralte Eichen, deren Wurzeln sich zwischen Felsblöcken verklammerten, beugten sich über das Meer und wurden bespritzt von den Wellen, die sich in die Höhlungen der Bergwand warfen. In knappem Abstand vom Meer fingen die Mühlen an, die dastanden, als hätte jene kindliche Hand sie im Gelände verteilt, welche an Weihnachten die Krippenszenen ordnet: altes Gemäuer mit Weinlaub an den Türen, über einem Tobel festgeklebt, durch den der Fluß hinabtost, ein hüpfender und schäumender Fluß, der im Frieden goldener Tage klingelt und klirrt von Klangspielen des Kristalls und sich sänftigt zum Stau traumstillen Staunens unter dem grünen Schatten der Weidenbüsche. Jetzt aber, verschlammt, lehmig gelb, hatte der Fluß die düstere Stimme des Berges und der Wölfe. Cara de Plata war bei Einbruch der Dämmerung hier eingetroffen. Die Karren auf dem Holperpfad hatten schon von weitem ihr Kommen angekündigt mit unaufhörlichem Knirschen und Knarren, einer Litanei, die trauriger wirkte in jener tiefen und granitenen Einsamkeit, unter jenem Regenhimmel, an dem irgendein Geier schlapp mit den Flügeln schlug. Die Bauern, eingemummt in die Binsenumhänge, hockten auf der Ladung, stumm und kopfnickend. Hin und wieder hörte man eine Stimme, die das Gespann antrieb:

»Hü, Falber! . . . Hü, Roter! . . .«

Die Karren folgten den Radspuren, die andere Karren in Jahrhunderten ausgeschliffen hatten im Gestein dieses angsterwekkenden Weges, der so alt war wie die Welt. Cara de Plata stieg ab vor der Tür der Mühle, die ein alter Mann verwaltete, welcher einst als Knecht seinen Großeltern gedient hatte, band den jungen Hengst an einen Pfosten und ließ ihn dort im Schutz des Vordaches stehen. Die Karren fuhren auf die Tenne, und der Zweitgeborene ging, begleitet von drei Männern, auf einem Trippelpfad zum Strand hinunter. Er setzte sich auf die Geröllhalde und schaute hinaus aufs Meer. Kein einziges Segel war zu sehen. Die Möwen flatterten am Strand umher. Eine zog flügelschlagend in großer Höhe vorüber. Cara de Plata beobachtete, wie sie sich emporschwang, sich niederließ auf einer Welle und wieder aufstieg mit schrillen Schreien. Er begann zu überlegen: Sie fliegt sehr hoch, aber sicherlich könnte ich sie töten, mit einem Schuß. Wenn ich sie töte, wäre das ein gutes Zeichen, und wir können die Gewehre unbehelligt einschiffen ... Wenn ich sie nicht töte ... Wenn ich sie nicht töte ... Der schöne Zweitgeborene zögerte, schob zweifelnd die Entscheidung hinaus, und die Möwe flog so hoch hinauf, daß sie beinahe schon im Himmel entschwand. Noch immer im Zweifel befangen, riß er das Gewehr an die Wange und schoß. Zunächst verwehrte der Pulverqualm ihm die Sicht, und dann meinte er, die Möwe fliege noch höher, fast in den Wolken. Nur einen Moment lang dachte er das. Er schaute, schaute und begriff, daß sie ganz langsam sank, kreiselnd, mit einer zerschmetterten Schwinge. Sie stürzte auf den Wellensaum. Einer der Bauern hob sie auf; ihr Gefieder troff. Sie hatte schwarze Flügel und eine weiße, blutbefleckte Brust. Die Hunde sämtlicher Mühlen bellten. Cara de Plata sprang vom Geröllhang hinab auf den Uferstreifen. Die Hand über den Brauen, suchte er mit den Augen aufs neue die See ab. Noch immer war in der ganzen grüngrauen, heulenden Weite kein einziges Segel zu sehen.

KAPITEL XXIX

Als er zur Mühle zurückkehrte, glaubte Cara de Plata zwei Gestalten wahrzunehmen, die über die Umfassungsmauer sprangen, gefolgt von einem Hund. Die Gestalten verkrochen sich im Dorngestrüpp, und der Hund blieb witternd auf dem Wege stehen. Der Zweitgeborene brüllte:

»Erbärmliche Ziegenbälger!«

Und er rannte dorthin, wo die Gestalten verschlupft waren. Der Hund floh mit aufgestellten Ohren, nachdem er mehrmals ein Kläff-Kläff ausgestoßen hatte, und der Zweitgeborene stöberte in dem Gesträuch, das den Bergpfad säumte:

»Und wenn ihr euch einbuddeln würdet! . . .«

Einer seiner Männer zeigte ihm ein Loch in der Hecke:

»Hier ist jemand durchgeschlüpft, junger Herr.«

Cara de Plata sprang hinüber auf die andere Seite. Im tiefen Dunkel der sternlosen Nacht hob sich kaum die Silhouette des Eichenwaldes ab. Hoch oben auf einer stachelbestückten Mauerkante stehend, schmetterte der schöne Zweitgeborene, umtobt von Windböen und peitschendem Regen, in die Finsternis hinaus:

»Morgen schnappe ich euch, erbärmliche Ziegenbälger! Ich weiß genau, daß ihr da geduckt im Duster hockt und mich hört. Wenn mir etwas in die Quere kommt, werde ich euch den Hals durchschneiden, euch, eurem Hund und dem Esel. So wahr ich hier stehe, ich werde gute Siebe aus eurem Fell machen!«

Er sprang von der Mauerkante herunter und ging hinein in die Mühle.

»Wo ist der Siebhändler?«

Die Bauern erinnerten sich auf einmal. Ein Alter im Estaminkittel stützte drei Finger auf seine kahle, glänzende Stirn; er sah aus wie eine Figur auf einem Altarbild:

»Ich hab's völlig verschwitzt, junger Herr!«

»War er auf deinem Karren?«

»Die Ochsen hab' ich ausgespannt, aber der arme Teufel blieb draußen liegen, in Sturm und Regen.«

»Er ist gerade abgehauen. Sein Weib ist hinter den Karren hergelaufen . . .«

»Und hat ihm die Fesseln abgenommen?«

»Gerade sind sie über die Mauer gesprungen . . . Aber geh du raus und schau nach . . .«

Der Alte ging mit zwei jungen Kerlen hinaus, und bald darauf hörte man seine Stimme:

»Wie der Fuchs! . . . Der Donnerschlag soll ihn treffen! . . . Genau wie der Fuchs! Wenn's ihm ans Leder geht, stellt er sich tot, und wuppdich ist er weg . . .«

Dann gaben die anderen Bauern, die rings um die Feuerstelle sich wärmten, ihren Kommentar ab:

»Warum bloß haben die Hunde nicht gebellt?«

»Dieses fahrende Volk hat so seine Tricks, mit denen man die Köter zum Kuschen bringt.«

»Es hat den Anschein, als ob sie mit den Augen die Viecher bannen würden.«

»Sie bannen sie mit einem Rindsknochen, den sie sich unter den Haxen tun.«

»Das Weib ist auch eine kecke Person!«

»Es heißt, sie leben in wilder Ehe miteinander.«

»Früher, da ging sie mit dem Blinden von Gondar.«

»Und das ist erprobt, daß man mit einem Knochen unterm Haxen . . .?«

»Erprobt!«

»Hast du eigene Erfahrung?«

»Ich hab's allerwegen gehört.«

Sie sprachen ernst und gemächlich, im Kreis um das Feuer hockend, mit dem tanzenden Flammenschein auf den Gesichtern, während der Rauch durch eine Luke im Ziegeldach abzog und wieder in die Küche zurückgejagt wurde vom Wind, der fauchend da droben lauerte wie eine unsichtbare Wildkatze. Ein junger Kerl kam herein, der Wache gestanden hatte:

»Señor Cara de Plata, ein Licht ist aufgetaucht, das an- und ausgemacht wird, draußen auf dem Meer.«

Der Zweitgeborene ging hinaus auf den Weg, und im selben Augenblick zeigte ihm ein Blitz den Schoner: schaukelnd auf fahler, schaumbedeckter und öder Meeresfläche. Der schöne Zweitgeborene drehte sich um zu seinen Leuten:

»Nehmt die Gewehre von den Karren!«

Er ging hinein in die Mühle, hielt ein Bündel Stroh ins Herdfeuer, daß es aufflammte wie eine Fackel, und rannte zum Strand hinunter. Der Schoner erschien seinen Augen im Aufplatzen von Blitzen, ohne Segelwerk, gebeutelt von der seitlich anstürmenden See. Es war ein völlig unfaßlicher Moment, völlig fahl, und dann war wieder schwarze Nacht, erfüllt vom Gebrüll des Windes und der Wellen. Von Bord gab man Zeichen mit einem Licht, das fiel und stieg. Cara de Plata gab Antwort, indem er seine Fackel schwenkte und dem Ufer entlang hin und her rannte. Das Licht verglomm und leuchtete wieder auf. Es schien, als würde es wild gewippt, so heftig schwankte das Schiff. Der Schimmer berührte die Wellen und schwang sich dann auf zu den Wolken. Plötzlich war er erloschen. Cara de Plata schwenkte, hoch auf einem Felsblock stehend, noch immer die Fackel. Zu seinen Füßen brach sich die Brandung, und die geifernd aufspringende Welle besprühte ihm das Gesicht und hinterließ auf den Lippen einen bitteren Geschmack, bitter wie Tränen. Er gierte nach Blitzen, um in der jähen Helle das Meer zu entdekken und den Schoner; und wenn dann wieder das Dunkel herrschte, schwenkte er verzweifelt die Fackel, denn ungewiß war ihm, was er gesehen hatte. Ihm war gewesen, als triebe der Schoner ab, kenternd, zwischen Gischtkämmen, kieloben. Schließlich zeigten ihm die Blitze nur noch die wütende Wüstenei der Wellen. Der Schoner war verschwunden. Cara de Plata wartete auf ihn bis zum Morgengrauen, und als ihm klar wurde, daß der nicht wiederkehrte, befahl er, die Gewehre am Strand zu vergraben. Dann entließ er seine Leute. Er selber blieb, noch immer eine vage Hoffnung hegend, in der Mühle; doch am Abend verlangte er sein Pferd und galoppierte davon, zur Heerstraße. Trotz dem Scheitern der Unternehmung empfand er eine innere Genugtuung. Zum ersten Mal erschien ihm das Leben als eine Fülle verlockender und verwegener Ausblicke. Es war jenes Leben, das er von Kindheit an erträumt und ersehnt hatte!

[KAPITEL XXX]

Durch das Dekanstor, das ein Überbleibsel von der alten Ortsbefestigung war, ritt der schöne Zweitgeborene auf schweißbedecktem Roß in den Marktflecken hinein, und als er in einem Bogen den Klostergarten passierte, dessen Mauer sich über dem Schwemmland der Flußmündung hinzog, sah er Lichter funkeln und eine große Menschenmenge sich voranbewegen auf der ländlichen Pflasterstraße, die im violetten Dunst des Sonnenuntergangs lag. Alle Glocken klangen zusammen im Totengeläut, und man hörte ein psalmodierendes Wehklagen von Weibern:

»Sie raubten ihn seiner Mutter, für die Flotte!«

»Er war der König der jungen Burschen!«

»Er war die Blüte der Seeleute!«

»Die einzige Stütze seiner Mutter!«

»Ach, wie rein sprach er die Sprache Kastiliens!«

»Ach, welch ein schmucker Bursche!«

Von Zeit zu Zeit stieg aus dem monotonen Wehklagen der Weiber der schrille Schrei der Mutter auf:

»Mörder! Mörder!«

Sie schritt hinter dem Sarg, der offen fortgetragen wurde, und beugte sich über das starre Gesicht des Sohnes:

»Mein Augentrost du! Mein Schatz!«

Es war eine innige und rauhe Stimme, tränenfeucht, von unheilbarer Traurigkeit. Sie verstummte und schritt dahin, über das fahle Gesicht des Sohnes gekrümmt, mit einer schmerzlichen und schrecklichen Heftigkeit in den Augen:

»Mörder! Mörder!«

Cara de Plata zügelte sein Pferd, so daß es neben dem Weg verharrte, und ließ den Leichenzug vorbeiziehen. Es war eine lange Prozession, mit Kindern, die ihre Mützen schlenkerten, Frauen, die Öllämpchen trugen, und barfüßigen Matrosen, die als letzte daherkamen, ohne Kopfbedeckung. Unter all den Leuten erblickte der schöne Zweitgeborene eine Gruppe von Domherren und Standespersonen, die den Marqués de Bradomín in ihre Mitte genommen hatten. Cara de Plata fragte eine hundertjährige Bettlerin, die weit hinterdrein zockelte, Gebete leiernd:

»Wohin bringt man den Toten? ... Dieser Weg ist ja nicht der zum Friedhof.«

»Aber ja, junger Herr! Aber ja! ... Es geht nicht zur Armengruft. Er kriegt ein Begräbnis Erster Klasse. Doch das wissen Sie längst, lieber Herr, und sie wollen sich nur lustig machen über ein armes altes Weib. Der Herr Marqués, gesegnet sei er, hat angeordnet, daß man ihn in der großen Grabstätte beerdigt, wo seine Eltern und Großeltern liegen, und alle seine Toten, seit Anbeginn der Zeiten. Dort bringt man ihn hin, mit diesem großen Gefolge ... Und der Ärmste kann das nicht sehen ... Möge Gott unser Herr ihn empfangen mit seinem Gefolge von Engeln und Seraphim und heiligen Männern und heiligen Frauen. Ave Maria Purissima ... Gott sei dein Schirm, Maria! ...«

Die Bettlerin fuhr fort in ihrer Litanei, allein, mitten auf dem Weg, während in weiter Ferne der schöne Zweitgeborene galoppierend entschwand. Jene alte Bettlerin, zitterig unter ihrem Kapuzenmantel, schien aus Erde gemacht, und das Flattern der Fledermäuse und der Klang der Glocken, vereint im Totengeläut, verdüsterten noch das Jammerbild jenes hundertjährigen Schattens, der, auf einen Stock gestützt, dahinhumpelte auf dem dämmergrauen Weg, hinter einem Leichenzug her.

[KAPITEL XXXI]

Vor dem Tor von Schloß Bradomín stieg Cara de Plata vom Pferd. Es war schon finstere Nacht, und zwischen den Pfützen auf dem Platz, die der Mondschein sprenkelte, war die Silhouette eines Hundes zu erkennen, der sich im dreckigen Wasser betrachtete, umgeben von tiefer Stille und tiefer Einsamkeit. Der Platz, mit seinem hohlen Widerhall und seinen Zypressen, die Schattenschleier von den Wipfeln herniederfallen ließen, glich einem Friedhof. Zuweilen, in langgedehnten Abständen, überquerte ihn ein Geistlicher mit flatternden Gewändern, stelzbeinig die Lachen überspringend, und verschwand in der Eingangshalle des Schlosses, die von einer verschnörkelten schmiedeeisernen Laterne nur sehr spärlich erhellt wurde. Manchmal aber war's ein Reiter, ein Dorfhidalgo, der mit tropfnassem Wettermantel vom Pferd stieg. Alle versammelten sich in einem langen und dunklen Salon, der an beiden Stirnseiten mit je einem goldenen Kanapee französischen Stils samt Kissen aus geblümter und ausgeblichener Seide prunkte. Der legitimistische Caballero hatte sie insgeheim zusammengerufen, mit der Bitte, Geld zu spenden und nach Kräften den Kampf zu unterstützen. Manche kamen aus abgelegenen Marktflecken und Dörfern. Übers Meer herbeigeeilt waren: der Erzpriester von Céltigos und der Amtsschreiber Acuña sowie Don Pedro de Lanzós und Don Diego de Montesacro, die Schwäger waren. Aus dem Bergland waren angereist: der Hauptmann Cantillo, Veteran des letzten Krieges, der Schultheiß von San Clodio, der Kammerherr Aguiar, drei reiche Bauern aus Barrantes und die Äbte von Gondar, Gondarín, Brandeso, Bealo, Lantañón und Lantaño. Der Marqués trat erst nach langem Warten in Erscheinung, gestützt auf den Arm von Cara de Plata. Er kam vom Friedhof zurück. Sein Gesicht war sehr blaß, und seine traurigen Augen stimmten auf geheimnisvolle Weise mit seinen schlanken Händen überein, die an einen Asketen denken ließen. Über den Schultern hatte er eine mit Zobelpelz verbrämte Pelerine, und auf der linken Seite erblühten die Blutlilien des Jakobskreuzes. Cara de Plata hatte, um ihn ohne Zeugen unterrichten zu können, draußen vor dem Salon gewartet. Als sie eintraten, sprachen sie noch mit gedämpfter Stimme:

»Wir werden ein anderes Schiff chartern.«

»Du gibst die Hoffnung nicht auf!«

»Ich, niemals! Aber halten wir es geheim ... Es könnte passieren, daß unsere Freunde sie aufgeben.«

Und der legitimistische Caballero ging voran und machte eine Runde durch den Salon, mit der Haltung eines alten Edelmannes. Die Äbte nannte er getreue Freunde, die Hidalgos sprach er als Vettern an, und für alle hatte er ein Beben in der Hand, wenn er ihnen Dank sagte im Namen des Königs. Er lauschte gerade den Darlegungen zweier Äbte, als ein Greis hereinkam, auf die Schulter seines Enkels gestützt. Er war von sehr hohem Wuchs, hatte ermattete Augen und einen weißen, wuchernden Bart. Die beiden Äbte staunten, wie sie ihn erblickten. Der von Gondar sagte:

»Es ist der Feldzeugmeister. Seit vielen Jahren ist er nicht mehr ausgegangen!«

Und der von Gondarín bestätigte:

»Am heurigen Osterfest hat er zu Hause die Kommunion empfangen. Ein Wunder ist geschehen.«

Der Marqués ging auf ihn zu, und der Alte streckte ihm die Arme entgegen, stammelnd, mit so angstvoller Anstrengung, daß sich sein Mund verzog und ein Speichelfaden herausrann. Von Zuckungen befallen, wandte er sich an den Enkel:

»Du! ... Erkläre!«

Der Enkel erklärte:

»Der Herr Maestre-Escuela hat den Großvater besucht, und er hat davon gesprochen, daß man Geld sammle für den Krieg ... Und der Großvater wollte selber herkommen, um es persönlich auszuhändigen.«

Der Alte stimmte bei, mit einem Heulschrei, indes er seinen ständig zuckenden Kiefer festhielt. Schließlich brachte er heraus:

»Sehr arm! ... Äh! ... Äh! ... Sehr arm! ... Ruiniert ... Äh! ... Jener Sohn ... Schon gestorben ... Äh! ... Äh! ...«

Der Enkel erklärte wiederum:

»Er sagt, daß er sehr arm ist, daß mein Vater ihn ruiniert hat, und daß es ihm nicht möglich ist, mehr für den Krieg zu spenden.«

»Äh! Äh!«

Und der Alte, die Augen voller Tränen, ließ drei Goldunzen fallen, die er in der zusammengepreßten Hand hergebracht hatte:

»Für den Krieg!«

Er sprach die drei Wörter mit ganz klarer Stimme aus und ging eilig fort, taumelig, mit schütterndem Schneebart, die Finger in die Schulter des Enkels verkrallt, der wankte unter der Last, die auf ihm lag. Der Marqués geleitete die beiden hinaus, um so dem Greis seinen Respekt zu erweisen. Als er zurückkehrte, war in seinen Augen eine tiefe Trauer. Dann deponierten die Hidalgos, die Äbte, die reichen Bauern auf der goldenen Konsole die Gelder, die sie als Beitrag zum Kampf mitgebracht hatten. Alles vollzog sich in tiefer Stille, und die Herzen wandten sich, wie in einem Gebet, jenem Schlachtfeld zu, über das der erhabene Schatten des Königs galoppierte.

[KAPITEL XXXII] Der Klostergarten. Ein Spätnachmittag, kurz vor der Dämmerung. Zwei Nonnen holen Wasser aus dem Ziehbrunnen. Neben ihnen picken ein paar reizende Vögelchen an den Malven, die auf der Brustlehne wachsen, und ein Glockenläuten schwingt in der Luft, das in dem blauenden Abend zu zerfließen scheint, und eine Nachtigall singt, verborgen in den Lorbeerbüschen einer Heckenrotunde, wo an anderen Nachmittagen, unter dem Gold der Sonne, die Lehrmeisterin ihre Novizinnen in der klösterlichen Kunst allerfeinster Stickerei unterweist. Der Garten hat den Duft einer frommen Legende. Auf einer Steinbank sitzend, verweilen dort das Mädchen aus der Schenke und die Mutter Äbtissin. Das Mädchen trägt Trauerkleidung:

»Ich konnte nicht früher kommen, Mutter!«

»Wirst du es nicht bereuen?«

»Gott ist so gütig. Wie sollte er mich nicht haben wollen!«

»Wir haben dich schon gestern erwartet.«

»Ich mußte die Wäsche meines Bruders richten, der zur See fährt und kurz nach Hause gekommen ist. Morgen geht er wieder auf Fahrt, und ich wollte seine Sachen in Ordnung bringen. Es ist ja nun das letzte Mal . . .«

Das Mädchen wischt sich die Augen, und die Nonne streichelt mit ihrer geisterhaften Hand die Zöpfe des jungen Dings:

»Verzeih mir dein Unglück, meine Tochter.«

Das Mädchen hebt den Kopf, verständnislos, und lächelt, mit einem ängstlichen Zittern auf den Lippen, und mit flehenden Augen:

»Ich denke an den Kapitän, und darum weine ich! . . . Ich habe seine Briefe mitgebracht, Mutter. Muß ich sie verbrennen?«

Das Mädchen zieht aus dem Busen ein Bündel Briefe, umschnürt mit einem schwarzen Band. Ihm zittern die Hände. Die Mutter Äbtissin verdeckt ihr Gesicht mit einer Schreckensgeste:

»Mein Leben lang werde ich's bereuen! Mein Leben lang!«

Das Mädchen stöhnt mit schwacher Stimme:

»Mutter, verbrennen Sie es; ich habe nicht den Mut.«

Die Nonne steht auf, blaß und schaudernd:

»Heb sie auf!«

»Ist das keine Sünde?«

»Ich weiß nicht ... Heb sie auf!«

Das Mädchen bleibt sitzen, das Bündel Papier auf dem Schoß, traurig die Briefe betrachtend. Dann lösen ihre bebenden, von der Nadel zerstochenen Finger die Trauerschleife und zeigen der Nonne das Kreuz, das auf einen der Briefe gemalt ist:

»Das ist der letzte ... Als ich den las, war er schon nicht mehr von dieser Welt.«

Das Mädchen schließt die Augen, um nicht zu weinen, und küßt das Kreuz. Die Nachtigall singt, verborgen in den Lorbeerbüschen. Weit weg, auf dem Myrtenpfad, gehen zwei Nonnen vorüber, mit großen Wasserkrügen, und der Garten hat einen unschuldigen Duft von Malven und Rosenrabatten. Das Mädchen läßt die Augen geschlossen:

»Mutter, ist es auch eine Sünde, wenn ich diesen Brief aufhebe, diesen einen nur?«

Die Nonne wirft sich, mit einem heftigen Schluchzer, vor der Bank auf die Knie und küßt die Hände des Mädchens:

»Warum fragst du das mich? Nichts, was du tun magst, kann Sünde sein. Ich bin dein Henker gewesen! Ich hatte dein Herz in meinen Händen, und ich hab' es zusammengedrückt, habe die Nägel hineingebohrt. Mein Kind! Meine Heilige du!«

»Was sagen Sie? ... Mutter Isabel, um Himmels willen, küssen Sie mir nicht die Hände! ... Mein Gott, ich versteh' nicht recht, was Sie sagen! ...«

Das Schankmädchen steht auf, atemlos, und die Nonne schaut sie unverrückt an mit schmerzlicher Dringlichkeit, im Gras hockend, den Kopf gegen die Steinbank gelehnt:

»Nein! ... Nein, ich hatte nicht das Recht, so viele Leben zu opfern! ... Armes Kind, mit was für traurigen Augen durchbohrt es mich! ... Die Soldaten fallen im Krieg, und eines Tages kann auch der König umkommen. Mein Gott, aber ich, als ich so viele

Leben dem Meer auslieferte, als ich dieses arme Geschöpf in schwarze Kleider zwängte, ich war wie ein Henker! ... Ach, nur wenn wir das eigene Leben opfern, kann man die Aufopferung anderer Leben fordern! ...«

In der Stille des Gartens hat die Stimme eine schmerzhafte Klarheit, und die Nonne scheint eine Nebelgestalt, völlig verschleiert vom Schatten der Lorbeerbüsche. Das Mädchen, bleich unter ihrer schwarzen Mantilla, schaut sie mit scheuen und flehenden Augen an:

»Mutter Isabel, weinen Sie nicht, Señora ... Jetzt verstehe ich, was Sie meinen ... Grämen Sie sich nicht meinetwegen ... Wer weiß, ob ich nicht noch glücklicher sein werde, hier, in diesem Frieden ... Wenn Gott es so gewollt hat ...«

Die Nonne erhebt sich, verwandelt; sie nähert sich dem Mädchen und küßt es auf die Stirn:

»Verzeih mir. Ich werde in den Krieg ziehen, und unter den Verwundeten, auf den Schlachtfeldern, werde ich Gott mein Leben darbieten. Du, meine Tochter, bete für mich.«

Sie umarmen sich stillschweigend. Die Mutter Isabel hört das Pochen ihrer Herzen, und den Gesang der Nachtigall in den Lorbeerbüschen. Der Garten, reglos im blauen Dämmer des Abends, bietet ihnen den unschuldigen Duft seiner Rosen dar. Hinter der efeubedeckten Umfassungsmauer meldet eine vorüberziehende Marktschreierstimme:

»Siebe! Siebe! ... Gute Mehltrommeln! ... Für Maismehl, für Roggenmehl! Kornsiebe, Seiher und Mehltrommeln!«

Im Flammenschein

[KAPITEL I]

Man hörte ein fernes Schellengeläut, das über den Schnee zu fliegen schien. Und jenes leichte und lustige Geklingel kam immer näher. Im Karren hinten sagte eine Stimme:

»Wir haben also doch nicht den falschen Weg eingeschlagen!«

Und der Mann, der zu Fuß neben dem Gespann herging, antwortete unwirsch:

»Ich weiß es noch nicht.«

»Das sind wohl die Glöckchen des Postkuriers!«

»Ich weiß es noch nicht.«

»Des Kuriers, der gegen Abend in Daoz eintrifft.«

»Ich weiß es noch nicht.«

»Gestern abend haben wir ihn gesehen, wie er gerade auf dem Marktplatz ankam.«

»Ich sage, ich weiß es noch nicht.«

Um einen Punkt zu machen, schnalzte er mit der Peitsche über die Ohren der Maulesel hin. Es war ein alter Mann, ergraut im Schmugglerleben, schweigsam, klein und zäh. Er begab sich an die Deichselspitze und marschierte los, eingemummt in die Reisedecke, eine Virginia rauchend. Die Räder gruben sich in den Schnee ein, und die Maulesel duckten sich unterm Peitschenknall und legten sich ins Zeug, mit einer schicksalsergebenen und bußwilligen Schwermut. Der Weg war ein schmaler Steig, der durchs Gebirge führte, zwischen Schluchten und Felswänden. Manchmal blieb der Karren stecken, und um beim Schieben zu helfen, stiegen zwei Frauen und ein junger Bursche aus. In der Ferne, auf schneeweißer Anhöhe, erschien ein Reiter, eine kaum wahrnehmbare schwarze Silhouette, die im Trab sich näherte. Der Schmuggler knurrte:

»Ein guter Spürhund! Hü, Obristin! . . . Hü, Einauge! . . .«

Der Bursche streckte den Kopf unter der Plane hervor, von der Schneewasser herabtropfte.

»Ist es der Postkurier?«

»Jetzt können Sie allein Ihres Weges ziehen. Hü, Einauge! . . .«

Der Bursche sprang vom Wagen herunter und spähte aus, den Weg entlang:

»Von wo kommt er?«

»Im Moment können Sie ihn nicht sehen, er reitet quer den Hang herab. Nur sein Hut ist zu erkennen, dort, dicht überm Schnee. Sieht aus wie ein schwarzer Vogel, der übers Feld trippelt.«

Aus dem Wageninneren sprach eine der Frauen:

»Wenn's der Postkurier wäre, brächte er uns Neuigkeiten.«

Der Schmuggler sog schmauchend an seinem Glimmstengel:

»Wenn die ewige Seligkeit uns doch allen so sicher wär'!«

Bewundernd sagte der Bursche:

»Scharfe Augen!«

»Die Augen sind nicht schlecht, mein Sohn. Aber auf die kommt es in diesem Fall nicht an. Ich kenne die Sprache der Glöckchen und verstehe genau, was sie sagen. Sie nicht, mein Sohn?«

»Ich hab' als erster sie gehört!«

»Sie hören sie, verstehen aber nicht, was sie verkünden. Die vom Klepper des Franzosen sagen nämlich: Du machst deinen Weg! Du machst deinen Weg! Und die von der Mähre Miguelchos: Wart nur ein wenig, bald bist du König! Klingelabimmel, dich krönt der Himmel! «

»Und wer ist's, der jetzt kommt?«

»Miguelcho. Schau, dort ist er.«

Der Reiter kam über ihnen, auf dem Rand der steilen Böschung, zum Vorschein. Er war in einen Poncho gehüllt und hatte auf dem Kopf eine schwarze Lammfellmütze, die seine Ohren verdeckte. Der alte Maultiertreiber fragte ihn barsch:

»Hallo, du! Wie sieht der Weg aus, Freund?«

»Schlecht! . . . Schlecht sieht er aus, der Weg!«

»Können wir wohl durchkommen bis Otaín?«

»Wie gesagt, der Weg sieht recht übel aus, aber ihr könnt schon durchkommen, mit Gottes Hilfe.«

Eine der Frauen fragt aus dem Karren heraus:
»Bruder, was für Truppen liegen in Otaín?«
»Heut in der Früh, als ich losritt, wimmelte es auf der Landstraße von Käppis. Ich hab' sie nur von weitem gesehen. Aber die Hornsignale hab' ich genau mitbekommen, das schon.«
»Und die roten Baskenmützen, wo sind die, Bruder?«
»Hoch droben im Gebirge, mein Gott!«
Der Bursche machte einen Sprung:
»Wie die Adler!«
»Genau so, mein Gott!«
Man hörte die Frauen im Wageninneren seufzen, während der Bursche und der Treiber einander fragend anblickten. Der Kurier beugte sich indessen vor, um die Zügel wieder in die Hand zu nehmen, die schlaff über den Hals des Gauls hinunterhingen, und der Schmuggler stoppte ihn, indem er seinen Peitschenstecken vorstreckte:
»Miguelcho, du bist ein Freund und verdienst es, daß man dir die Wahrheit sagt. Diese Herrschaften, die ich in meinem Karren befördere, kommen von drüben, aus dem französischen Gebiet.«
»Hab' ich mir gleich gedacht!«
»Sie haben sich mir anvertraut, und gestern haben wir ungeschoren die Grenze passiert. In Daoz haben wir übernachtet, und dort sagte man uns, eine Karlistenrotte sei in Otaín gewesen.«
»Stimmt! Aber da sie die Warnung erhielten, die Käppis seien im Anmarsch und wollten sie umzingeln, sind sie eines Nachts im Schutz der Dunkelheit abgezogen.«
»Weißt du nicht, wo wir zu ihnen stoßen könnten?«
»Genau weiß ich's nicht. Jedenfalls müßt ihr über Stock und Stein rauf ins Gebirge, und den Karren laßt ihr Karren sein. Kein angenehmer Weg, und wenn die Frauen es nicht schaffen . . .!«
Die Alte im Karren sagte:
»Die Frauen schaffen es, Bruder.«
»Na, dann finden sie im Gebirge droben die Karlisten. Ich

glaube, in der Gegend von Arguiña und Astigar.«

Der Schmuggler trieb die Maulesel an:

»Hü, Betschwester! ... Aufgeht's, Wachtposten! Schlaf nicht ein, du, Einauge!«

Die zwei Frauen guckten aus dem Verdeck, um den Kurier zu beäugen, und riefen:

»Vergelt's Gott, Bruder!«

»Zu Diensten!«

Miguelcho zurrte den Postbeutel am Sattelknopf fest und trabte davon, unterm lustigen Geläut der Schellen am Pferdehals. Der Schmuggler wandte den Kopf um:

»Bleib wohlauf!«

»Amen, und ihr desgleichen!«

Der Karren rollte wieder durch den Schnee. Der Bursche ging fortan zu Fuß und unterhielt sich mit dem Treiber, trotz dem Schneegestöber, das ihnen entgegenfegte.

»Hü, Wachtposten!«

Der Karren blieb stecken, und die Maulesel, sich duckend unterm Peitschenknall, schoben den Nacken vor, mit zuckenden Ohren. Als sie in die Kurve bei der Großen Grotte einbogen, gewahrten die Reisenden einen flackernden Flammenschein überm Schnee, und einen Mann und eine Frau, die sich im Höhleneingang wärmten. Noch ehe der Karren zu ihnen gelangte, standen die zwei finsteren Gestalten auf, schlugen sich in die Büsche und verschwanden. Der Bursche murmelte:

»Schade, daß sie abhauen; sie hätten uns vielleicht einen Hinweis geben können!«

»Wenn sie wollten, dann könnten sie wohl.«

»Sind's Bettler?«

»Spitzel sind's, die sich in Lumpen wickeln, um die Leute besser hinters Licht führen zu können.«

»Und für welche Armee spionieren sie?«

»Das weiß man nie. Mieses Pack!«

»Sieht so aus, als ob sie davonliefen!«

»Es wird ihnen kalt werden. Die beiden glaube ich zu kennen.

Sie war das Weib von einem, der vor kurzem erschossen wurde, und jetzt hat sie sich mit dem da zusammengetan. Sie sind Kundschafter von Don Manuel Santa Cruz.«

Die beiden Landstreicher, die im Heidegestrüpp untergetaucht waren, kamen wieder zum Vorschein, wie sie, einer Wasserrinne in der Bergflanke entlang, in die Höhe kletterten. Die Alte rief aus dem Karren:

»Cara de Plata, mein Sohn, geh hinauf! Verständigen wir uns mit ihnen! Haben wir's noch sehr weit?«

KAPITEL II

Der Pfarrer hatte seine Kundschafter ausschwärmen lassen, übers ganze Bergland, und ihnen Briefe, Grüße und dringliche Empfehlungen mitgegeben, die sie dem Don Pedro Mendía, dem Aderlasser, dem Einarmigen und Miquelo Egoscué überbringen sollten: vier Bandenhäuptlingen, die wie er den Krieg auf eigene Faust führten. Santa Cruz ersuchte sie in seinen Briefen, sich ihm anzuschließen, denn er wolle gemeinsam mit ihnen einen nächtlichen Überraschungsangriff auf die republikanischen Bataillone unternehmen, die Otaín besetzt hatten. Aber Don Pedro Mendía, der ein argwöhnischer und grimmiger alter Mann war, antwortete hierauf mit dem Befehl, den Sendboten zu verprügeln. Der Aderlasser und der Einarmige ließen wissen, daß sie kommen wollten. Später jedoch, als sie die Sache miteinander berieten, wurden auch sie mißtrauisch und zogen sich in abgelegenere Gebirgsregionen zurück. Nur Miquelo Egoscué folgte der Einladung. Er war ein hübscher, feuriger Kerl und galt im ganzen Lande dort als eine Gestalt von sagenhafter Kühnheit, die den naiven und barbarischen Charme eines alten Heldenliedes ausstrahlte. Wenn die Frauen auf den Höfen sich in der Küche versammelten, um den Mais zu entkörnen, so erzählten und rühmten sie die Taten jenes Mannes. Und die Großmütter gebärdeten sich da wie Verliebte, und die Mädchen seufzten, während sie dem Herdfeuer zuschauten, das in lauter golden zitternden Zungen aufloderte. Egoscué schlief gerade in der Kate eines Ziegenhirten, als der Brief des Pfarrers Santa Cruz eintraf. Der Hirt, ein junger Mensch mit blondem Haar, dessen Augen wie von einem Traumnebel umflort waren, rüttelte ihn sanft, um ihn aufzuwecken:

«Chef! Miquelo!«

Noch halb im Schlaf, ohne auch nur ein bißchen zu erschrekken, fragte der Hauptmann:

»Was ist los?«

»Man bringt einen Brief.«

»Von wem?«

»Sie sagen, vom Pfarrer.«

Egoscué, plötzlich hellwach, fuhr aus den Fellen und Farnkräutern auf, mit denen seine Pritsche gepolstert war:

»Vom Pfarrer Santa Cruz! Ich hätte nicht gedacht, daß er sich meiner erinnern würde, der Señor Don Manuel . . . Und wer bringt den Brief?«

»Zweie sind's . . . Ein Mann und eine Frau.«

»Wo sind sie?«

»Draußen, denn da hab' ich sie stehenlassen.«

»Laß sie nicht länger in Wind und Wetter warten.«

Der Hirt ging hinaus, und der Hauptmann setzte sich, um die zwei Abgesandten zu empfangen, ans Feuer, auf einen niedrigen Stuhl, dessen Sitzfläche aus Riemen geflochten war. Nach einer kleinen Weile kam der Hirt zurück:

»Sie wollten nicht hereinkommen, denn sie waren in Eile und haben das Papier dagelassen, und in Eile sind sie auch fortgelaufen.«

Miquelo Egoscué nahm den Brief, drehte ihn um und um, ohne ihn aufzumachen, und fragte den Ziegenhirten:

»Kennst du diese Leute?«

»Die Frau war verheiratet mit Tomi aus Arguiña. Und was den Mann angeht, der stammt nicht aus unserer Gegend. Aber ich hab' ihn früher gelegentlich schon gesehen.«

»Kenne ich ihn?«

»Wer weiß? Schon seit einiger Zeit zieht er mit den Partisanen des Pfarrers herum. Er hat's sehr wichtig mit der Religion. Und er ist dort in der Bande der Vorsprecher beim Rosenkranzgebet.«

Während der Ziegenhirt redete, überflog der Hauptmann die Zeilen, die der Pfarrer ihm geschrieben hatte. Als er damit fertig war, reckte er sich und schaute durch das Fensterchen, nach den Bergen.

»Es scheint so, als wollte der Pfarrer mit mir gemeinsame Sache machen.«

Der Hirt blickte ihn mit seinen nebelverhangenen Augen an:

»Und was wirst du tun, Chef?«

»Hingehen.«

»Geh nicht, Chef.«

»Was sollte das schaden? Wenn's mir nicht paßt, sind wir geschiedene Leute. Aber zunächst sollte man erfahren, was der Freund im Sinn hat.«

»Was der Wolf im Sinn hat. Chef, man darf, wenn er drum herum streicht, nicht den Pferch aufmachen, nur um herauszufinden, was die wölfische Absicht ist. Seit Urzeiten wissen wir, daß er vom Berg runterkommt, um die Schafe zu fressen.«

Der Hauptmann lächelte hochmütig:

»Ich bin Wolfsjäger gewesen!«

Er trat vor die Tür, mit der Flinte auf der Schulter, blickte zum Himmel hinauf, drehte sich um und rief in die Kate hinein:

»Steck einen Käse in den Schnappsack und gib mir meinen Patronengürtel. Ich will das Lager meiner Kerls aufsuchen.«

»Ich werde mit dir gehen, Chef.«

»Und deine Ziegen?«

»Wegen sieben, die ich noch habe ... Wir werden sie mitnehmen und aufessen.«

Er kam heraus, trieb die Ziegen zusammen, pfiff dem Hund, holte von drinnen seinen Hirtenstab und lief, ohne die Tür seiner Kate zu schließen, dem Hauptmann voraus, den fernen Gipfeln von Astigar entgegen. Alles war weiß, und in der Ferne flimmerte ein Firnglanz, fahles Gold. Es fiel kein Schnee mehr, und ein kalter Wind wehte lautlos über Felder und Wege.

[KAPITEL III]

Tief drunten in einer Klamm, umschlossen von nickenden Pinien, verbarg sich der Weiler San Paúl. Der Karren hielt auf dem Pfad, vor der Tür einer im freien Felde stehenden Schenke, und die Frauen guckten aus dem Verdeck, mit übernächtigen Gesichtern, die so blaß waren, daß es aussah, als hätte die Fieberglut der Augen sie ausgezehrt. Das Mädchen fragte die Alte:

»Und hier sollen wir übernachten?«

Die Alte antwortete mit entschlossener Miene:

»Ja, hier.«

»Die Liberalen sind in der Ortschaft?«

Mit unbeirrter Entschlossenheit sagte die Alte:

»So heißt es.«

Das Mädchen bekreuzigte sich:

»Ach, was für ein trübseliges Land!«

Tiefhängender Nebel verschleierte drunten die kleine Gruppe von Häusern, in denen man da und dort Feuer für die Nacht entfachte. Die zwei Frauen stiegen vom Karren herab und flüchteten zur Schenke, die Köpfe duckend unterm anstürmenden Schnee. Vom Weg aus gewahrte man den Flammenschein in der verqualmten Küche. Cara de Plata, mit mächtigen Sprüngen den beiden nachsetzend, holte sie ein unter der Tür:

»Hier werden wir in Sicherheit sein.«

Mit Ernst und Festigkeit antwortete die Alte:

»Gott geb's!«

Sie traten ein und gingen auf das Kaminfeuer zu. Dort döste ein altes Mütterchen, in einem aus Rohr geflochtenen Lehnstuhl. Das Kopftuch war ihr auf die Schultern gerutscht, so daß man den kahlen Schädel sah, von dem zwei Strähnen langen, weißen Haares schlaff herabhingen. Cara de Plata rief sie an:

»Oma, wo ist der Herr des Hauses?«

Die Greisin öffnete die Augen, mühsam sich regend in ihrem Sessel:

»Und du, wer bist du?«

»Ein Reisender.«

»Die Kaffer haben die Häuser drunten besetzt ... Hast du sie vielleicht gesehen?«

»Nein, ich hab' sie nicht gesehen. Wo ist der Hausherr?«

»Sie haben die Häuser drunten niedergebrannt ... Das hast du ja wohl gesehen.«

»Ich habe nichts gesehen.«

»Den Patronengürtel hab' ich im Bottich versteckt. Wie immer, wenn Krieg ist, mein Sohn. Hast du nicht die Kaffern gesehen? Ach! Ach! ... Wenn du allen den Kopf abschlägst, wollen wir tanzen. Du mit der Oma, die unterm Bett eine Sichel hat, zum Köpfen von Kaffern und Franzosen. Ach! Ach! ... Ich sterbe hier in diesem Sessel. Hundert Jahre, hundert Jahre ... Die Kinder ... Die einen längst wieder zu Erde geworden, die andern geschunden und gepiesackt schon in diesem Leben ... Ach, wie viele! ... Dreiundzwanzig hab' ich zur Kirche getragen. Deine Finger reichen nicht aus, sie zu zählen, auch nicht, wenn du's mit beiden Händen zweimal tust.«

Der älteste Sohn trat ein, der aus dem Stall kam:

»Was für erfreuliche Neuigkeiten gibt's auf der Welt, Freunde?«

Der Schmuggler ging auf ihn zu und fragte flüsternd:

»Ist es dir möglich, diesen Burschen, der sich da am Feuer wärmt, mitsamt den beiden Frauen auf Nebenwegen durchs Gebirge zu schleusen und sie an einen sicheren Ort zu bringen?«

»An einen sicheren Ort! Wo das ganze Land hier in Flammen steht. Einen sicheren Ort! ... Wo gibt es den, frage ich dich?«

»Gib deinem Hirnkasten mal einen kräftigen Stüber! Mein Gott, daß du auch nie aufs erste kapierst! Was ich meine, ist: Du sollst sie dorthin bringen, wo die Truppen von König Don Carlos kampieren.«

»Bis vorgestern sind sie hier gewesen, überall in der hiesigen Gegend. Ihr Standquartier hatten sie in Otaín.«

»Das wußte ich. Darum hab' ich sie hierher gebracht.«

Der Wirt drehte sich langsam um und schaute zu dem Feuer

hinüber, an dem sich die zwei Frauen und Cara de Plata wärmten. Er schüttelte den Kopf und blinzelte den Treiber an:

»Was für Leute sind das, hm?«

»Leute von Adel!«

»Und woher kommen sie?«

»Im Moment kommen sie von der Grenze. Aber sie haben halb Spanien durchquert.«

Wieder schaute der Wirt zum Herd hinüber. Die beiden Frauen hatten die Rosenkränze aus den Rocktaschen gezogen und beteten leise, auf einer Bank ohne Lehne sitzend. Cara de Plata stand noch immer, umloht vom rötlichen Flammenschein:

»Der Junge sieht prächtig aus!«

»Und er ist beherzter als ein Löwe! Er will in die Leibwache des Königs eintreten.«

»Und die Frauen, was wollen die im Krieg? Der Krieg ist keine Weibersache.«

»Die Frauen sind Nonnen, sie wollen die Verwundeten pflegen.«

»Und wo haben sie ihre Ordenstracht gelassen?«

»An der Grenze haben sie die zurückgelassen, um weniger behelligt zu werden. Und die Kleider, die sie jetzt tragen, hat das ranke Ding, das als Hausmagd im Parador de Francia dient, aus seiner Truhe gekramt.«

»Du meinst die Maribelcha, gelt?«

»Ja, sie geht jetzt in Trauer, denn ihr Vater ist umgekommen beim Desaster von Oroquieta.«

»Nun, ich weiß nicht, wo die Leute sich einem Karlistentrupp anschließen könnten.«

Der Schmuggler runzelte seine grauen Brauen:

»Mein Gott, du bist stur wie der Feuerstein, mit dem ich meinen Zunderschwamm anzünde! Du weißt es und willst es nicht sagen, aus lauter Argwohn.«

Der Wirt lachte und zwinkerte mit den Augen:

»Und du bist ein alter abgefeimter Fuchs, das sag' ich dir! Bürgst du mir denn dafür, wie weit auf die Leute Verlaß ist, die du in deinem Karren transportierst? Es gibt viel Verräterei, und viel Spitzelei, und viel Maskerade, die verbirgt, was man im Schilde führt, bedenk doch!«

»Ich bedenke alles. Und um deinen Argwohn zu zerstreuen, hab' ich dir gleich zu Anfang gesagt, daß du sie auf Nebenwegen durchs Gebirge schleusen sollst. Du weißt doch, wo die Rotte des Pfarrers ist.«

»Wissen tu ich's.«

»Also übernimmst du's, sie hinzubringen, wohin auch immer.«

»Von mir aus. Aber sie werden neben mir hergehen, ohne mir irgendwelche Fragen zu stellen. Wir kommen hin, und das genügt. Weder hier noch auf dem Weg sollen sie versuchen herauszukriegen, wo die Rotte des Pfarrers ist.«

Der Schmuggler schlug ihm auf die Schulter, wobei er ihn anblinzelte:

»Einverstanden, Kamerad.«

»Du mußt schon verzeihen . . . Aber wenn etwas ausgequatscht wird, so müssen wir alle dafür büßen, wir alle würden erschossen.«

Der Schmuggler antwortete mit einem Satz voller Ernst und Grimm:

»Mein Gott, und das wäre noch nicht das Schlimmste; sondern die Schmach, als Verräter zu gelten!«

Während er dies sagte, gingen sie zum Herd hinüber. Sie teilten Cara de Plata mit, was sie vereinbart hatten. Als der Handel abgeschlossen war, nahm der Wirt eine Schnapsbuddel aus dem Wandschrank und füllte drei Stamperl aus geschliffenem Glas, auf denen eine feine Schmutzschicht das Muster der eingravierten Randverzierungen nur um so deutlicher in Erscheinung treten ließ.

[KAPITEL IV]

Zwei Bettler betraten die Küche, ein Mann und eine Frau. Zankend kamen sie herein. Die Frau, die sich den Baskenrock über den Kopf gestülpt hatte, hielt an der bloßen Brust ein Kind, das blau vor Kälte war. Der Mann ging voraus, behend wie ein Gamsbock, obwohl sein rechtes Bein, vom Schenkel bis zum Knöchel, in nasse, dreckige Lappen gewickelt war. Der Wirt wandte sich um und gab ihnen durch eine Gebärde zu verstehen, sie sollten sich vertragen. Die beiden verstummten und näherten sich schlotternd, mit niedergeschlagenen Augen und eingezogenem Genick, dem Feuer. Die Alte aus dem Karren und das Mädchen beobachteten die Ankömmlinge aus den Augenwinkeln, ohne ihr Gebet zu unterbrechen. Als die Bettler dann beim Herd hockten, sahen sie aus wie zwei Haufen Lumpen, und erwärmt vom Feuer, dünsteten sie einen Elendsmief aus. Die Augen des Mannes starrten Cara de Plata an. Mit gedämpfter Stimme sagte er der Frau ins Ohr:

»Ich glaub', das ist ein Caballero aus meiner Heimat!«

»Halts Maul, Saufbold!«

»Sei kein Wolfsweib!«

»Saufbold!«

»Ist's bloß ein Trug, den der altböse Feind mir antut?«

Der Bettler, die Hände unter dem ungepflegten, wild wuchernden Bart übereinandergelegt, schaute unverwandt Cara de Plata an. Die Frau schob die Brust ins Mieder:

»Saufbold!«

Sie gab ihrem Gefährten einen mahnenden Puffer gegen die Schulter, legte ihm den Säugling in die Arme und machte sich daran, ihren Rock zu flicken, wobei sie vor sich hin summte. Der Mann beharrte:

»Potz Blitz! Potz Blitz! ... Und ob er's ist! ... Potz Blitz! ... Ein Caballero aus meiner Heimat.«

Das Weib schaute ihn an und ließ einen Augenblick die erhobene Nadel in der Luft stehen:

»Deine Heimat! Wo ist deine Heimat? In irgendeinem Zuchthaus, Saufbold!«

Das Kleine begann zu plärren, und der Bettler versuchte vergeblich, es zu beruhigen:

»Es hat Hunger!«

»Ich auch.«

»'s wär' wohl gut, wenn du ihm die andere Titte gäbst!«

»Halts Maul, Saufbold! Mein Herzenskind hat was, ihm tut was weh. Wenn die mildtätigen Herrschaften hier uns einen Tropfen Anisschnaps geben könnten, ihr würdet sehen, es gibt augenblicklich Ruh'.«

Die Alte murmelte, während sie die Perlen des Rosenkranzes durch ihre Finger gleiten ließ:

»Haben wir nicht.«

Und das Mädchen nahm das Kind in seine Arme:

»Wie blaß es ist!«

Die Bettlerin murmelte:

»Das ist Veranlagung. Sieben hab' ich gehabt, und alle hatten die gleiche Farbe.«

Die Alte fragte:

»Leben alle noch?«

»Kein einziges, außer dem da.«

»Gott erhalte es Ihnen.«

Und der Mann erwiderte, das Züngeln der Flamme betrachtend:

»Damit es Mühe und Plage erlebt!«

»Das redest du daher, weil du nicht sein Vater bist, Saufbold!«

Der Mann entgegnete, in unverändert grüblerischem Ton:

»Das arme Würmchen dauert mich, als ob's meines wär'!«

Die Alte fragte:

»Ist er nicht der Vater?«

Und die Bettlerin winselte:

»Nein, Señora. Der Vater ist tot, erschossen von den Schwarzen.«

Der Bettler bestätigte:

»Ein tüchtiger Mann!«

Die Frau begann wieder vor sich hin zu summen, während sie ihren Rock gegen das Licht hielt und kritisch die Risse betrachtete:

»Ach, vermaledeites Fotzelzeug! . . . Man kann nicht über Land gehen mit einem ordentlichen Kleidungsstück am Leib. Drei Tage ist's her, daß eine schicke Señora ihn mir gegeben hat in Irache! Prächtige Seide war's, so eine, die flimmert und glitzert.«

Die Alte wollte nachforschen:

»Dann kommen Sie also von weit her?«

Die Bettlerin antwortete nicht sogleich; sie war damit beschäftigt, den Faden abzubeißen, den sie eingefädelt hatte:

»Ach, gottsdonderschlächtiger Schlamassel! Na ja, wir kommen von Irache.«

Der Mann bekreuzigte sich und flüsterte schüchtern:

»Fluch nicht, Josepa!«

»Halts Maul, Saufbold!«

»Was nennst du mich so, wo ich doch keinen Schluck nehm'!«

Er kehrte sich dem Feuer zu, um die Lappen an seinem Bein frisch zu wickeln, und in die Flammen starrend, begann er zu beten, wobei er wiegend den ganzen Oberkörper vor und zurück bewegte:

»Herrgott, schenk uns den Reichtum deiner Geduld, daß wir ertragen die Leiden und die Mühsale in diesem großen Jammertal! Vater unser, der du bist im Himmel . . .«

Seine Worte verwirrten sich, und das Gebet sackte ab zum Gebrabbel. Die Frau hob den Kopf, ließ die Nadel zwischen ihren Fingern stocken und lächelte liebevoll:

»Nein, er nimmt keinen Schluck, wirklich nicht . . . Es ist nur eine eingefleischte Angewohnheit, den andern so anzureden.«

Der Mann fuhr selbstvergessen fort in seinem Gebet, und von Zeit zu Zeit zog er ein flackerndes Scheit aus der Glut und legte es auf den Herdrand. Eine ganze Reihe legte er hin. Als er dann auch noch in der Asche wühlte, schrie der Wirt ihn an:

»Was ist in dich gefahren, he du!«

»Potz Blitz! . . . Potz Blitz!«

»Siehst du nicht, daß du das Feuer versaust, sag mal!«

»Potz Blitz! . . . Potz Blitz!«

Und der Bettler, noch immer stier in die Flammen starrend, schlackerte ganz schnell mit den Fingern, die trocken klackerten, trocken wie ein Knacksen im Knie. Dann zählte er die Scheiter und machte eine entsprechende Anzahl von Knoten in den Strick, der seine Hose über den Hüften zusammenhielt. Nachdenklich verharrte er eine Weile, dann bekreuzigte er sich und legte die Scheiter zurück ins Feuer, eines nach dem anderen. Dabei sagte er leise:

»Ehre sei dem Vater! Ehre dem Sohne! Ehre dem Heiligen Geiste!«

Und er begleitete seine Worte mit dem Wiegen seines Oberkörpers, der sich in stetig gleichem Takt vor und zurück bog. Die Alte murmelte:

»Ein erbauliches Beispiel der Frömmigkeit!«

Als er dies hörte, zuckte der Bettler zusammen, drehte den Kopf herum und warf sich, die Arme weit ausbreitend, auf die Knie:

»Hosianna! Hosianna! Jetzt erlaubt mir der Herr, sie zu erkennen! Vorher hab' ich sie angesehen, und meine Augen waren blind. Jetzt aber, ohne daß ich sie sah, als ich ihr den Rücken zukehrte, da auf einmal, wie ich die Stimme hörte, da hat's geschnackelt, und mein Herz sagte mir, wer sie ist!«

Die Alte stand auf, ganz Herr ihrer selbst:

»Armer Mensch, er ist verrückt!«

»Ach, wie konnte ich bloß, warum hab' ich sie nicht erkannt an diesen schneeweißen Händen, Señora, Mütterchen!«

Und auf den Knien hinkriechend zu ihr, wollte er die Hände fassen und küssen. Die Alte wehrte sich, wollte sie ihm entziehen:

»Aber wer sind Sie? Aber wer sind Sie?«

Der Bettler schluchzte:

»Niemand erkennt mich! So sehr hat die Sünde mich verändert!«

Von der anderen Seite des Herdes erscholl die muntere Stimme des schönen Zweitgeborenen, der wach und aufrecht dastand, abgewandt vom Feuer:

»Der Teufel soll mich holen, wenn das nicht Roquito ist! Der große Roquito! Der Küster vom Kloster!«

Und er sprang über die lodernden Flammen, packte ihn am Kragen, hob ihn empor, so daß er in der Luft baumelte. Das Opfer kräuselte den Mund zu einer Demutsmiene:

»Ja, ich bin's, lieber Herr Carita de Plata.«

Der Zweitgeborene ließ sein feudales Lachen hören:

»Sieht so aus, als hätten sie dich ordentlich am Bart gezaust, Gevatter Roquito! Potz Blitz! Potz Blitz! Potz Blitz!«

[KAPITEL V]

Mutter Isabel, völlig verdutzt, schlug mehrfach das Kreuz:

»Nie hätte ich dich wiedererkannt! Wie bist du in solch schreckliches Elend geraten? Warum hast du nicht an unser Kloster geschrieben?«

Auf die Fragen der Nonne antwortete der ehemalige Küster, indem er sich an die Brust schlug:

»Ich bin ein großer Sünder! Ich bin ein Verworfener, Señora, Mütterchen!«

Und die Nonne erwiderte:

»Wie kommst du hierher?«

»Ich werde es Ihnen gleich sagen!«

Mutter Isabel dämpfte die Stimme, entrüstet und gestreng:

»Und diese Frau da, die du bei dir hast? Diese Frau da? . . .«

»Alles werde ich sagen. Ich lege eine öffentliche Beichte ab.«

Josepa beugte den Kopf vor und warf einen schrägen Blick herüber, wobei sie drei Finger in den Schlitz ihres Rockes hineinsteckte und herauszog.

Die Nonne schlug aufs neue und wiederholt das Kreuz:

»Mein Gott, in welchem Zustand finde ich dich vor!«

»Schwarz von Sünden, heiliges Mütterchen!«

»Bettelst du um Almosen?«

Der Wirt beugte sich zu Cara de Plata hinüber und machte eine boshafte Miene, die zur pikanten Grimasse wurde durch den Widerschein des Feuers, welcher flackernd zwischen Mund und Augen spielte:

»Der rechte Vorwand, will man landauf, landab laufen, ohne von irgendwelchen Posten oder Streifen gestellt zu werden.«

Der Küster, auf den Knien liegend, senkte den Kopf und breitete die Arme aus:

»Alles will ich sagen! Der Herr der himmlischen Heerscharen sendet mir einen Engel aus seinem Hause und mit Kunde von seinem Mund, damit er zerbreche die Kette der Sünde, die der altböse Feind mir um den Hals gelegt hat. Alles will ich sagen! Jetzt aber, christliche Seelen, erlaubt, daß ich mich verberge, wo niemand mich sehen kann! Erlaubt, daß ich in mich gehe und meine Schuld bedenke, meine übergroße Schuld!«

Wieder hämmerte er gegen seine Brust und entfloh in die Scheune. Mutter Isabel blieb schweigend sitzen, die Elfenbeinstirn getrübt von einer Wolke, die Augen stetig auf die Frau gerichtet, die den Baskenrock flickte. Dann, den Blick dem Kind zuwendend, das eingeschlafen war im Tragekorb, zwischen lauter Lumpen und Brotbrocken, betrachtete die Nonne es lange Zeit, sehr behutsam einen Zipfel des Tüchleins lüftend, welches der Küster ihm übers Gesicht gebreitet hatte, um es vor der unruhigen Helle zu schützen, die vom Herd herüberkam:

»Wie alt ist dieses Geschöpfchen?«

»Es kam zur Welt drei Tage nachdem die Schwarzen seinen Vater totgeschossen hatten. Vorzeitig ist es gekommen.«

Und sie rieb sich mit dem Rock die Augen aus, nachdem sie Faden und Nadel in einer kleinen Büchse verwahrt hatte. Der Wirt mischte sich ein:

»Du, hör mal, die Freunde hier wissen vielleicht nicht, wann das mit dem Vater passiert ist.«

»Wer weiß das nicht, wann Tomi aus Arguiña erschossen wurde?«

»Na, die Leute eben, die nicht aus unserer Gegend sind. Bildest dir wohl ein, er sei der große Napoleon gewesen! . . .«

»Ich bild' mir ein, daß drei Kreuze am Wegrand klar genug Auskunft geben. Da steht klipp und klar geschrieben, daß es die Kreuze für die drei Erschossenen sind: Tomi aus Arguiña, Machín aus Gaona und der andere Machín.«

Die Großmutter begann sich in ihrem Rohrstuhl zu regen:

»Von hier hat man sie abgeführt . . . Ach, Kinder, es hat nichts genutzt, daß wir sie versteckten, es hat nichts genutzt! . . . Alles haben diese Henker durchstöbert! Ach, weißt du noch, was sie sagten! . . . Und wie sie das sagten, sie würden das Haus und die Scheune anzünden! . . . Ausgefragt haben sie mich, nach meinen Söhnen. Ich sagte: Na, zum Jahrmarkt gegangen. Sie sagten: Nein, in den Krieg gezogen. Darauf ich: I wo, zum Jahrmarkt . . .

Sie gingen in die Scheune und entdeckten die vier, die sie aufspüren wollten. Derjenige, der grad hinausgegangen ist, der ist zwischen den Soldaten durchgewitscht. Ich sah ihn hier hereinkommen, schreckensbleich, und rief ihn her und hab' ihn hier unterm Sessel versteckt gehalten. Wieder rannten sie durchs ganze Haus ... Ach, ein Gefluche war das; aber gefunden haben sie ihn nicht! Die Oma, die saß ganz ruhig da. Und betete zum Herrn, und betete zur Heiligen Mutter Gottes und zum Heiligen Martin von Arguiña, der soviel Wunder tat.«

Der Wirt zwinkerte:

»So wurde er gerettet, wie sie sagt. Und der Mutter hat er's zu verdanken!«

Die Nonne fragte:

»Aber wer? Roquito?«

»Ja, Señora.«

Josepa erklärte:

»Alle vier waren aus dem großen Gefängnis ausgebrochen, das, wie man sagt, im Land des Mauren steht. Sie sind hierher geflohen, weil sie aus Arguiña stammten.«

Die Großmutter wisperte:

»Der nicht, der grad rausgegangen ist.«

»Mit Ausnahme von Roquito, der aus einem anderen Land kommt.«

Die Nonne fragte, während sie einen Blick wechselte mit Cara de Plata:

»Warum waren sie im Gefängnis?«

Josepa, die auf dem Boden hockte, richtete den Oberkörper auf und stemmte beide Hände auf die Hüften:

»Meint bloß nicht was Schlechtes! Sie waren grundehrliche Christen!«

Cara de Plata murmelte:

»Aber saßen im Gefängnis!«

»Wie du, junger Herr, drin sitzen könntest.«

Der Wirt pflichtete ihr bei, mit jenem irritierenden Blinzeln, das jedes seiner Worte zu widerrufen schien:

»Es waren grundehrliche Männer, und man hat sie wider alles Recht ins Gefänfnis gesteckt. Sie waren die ersten, die sich empörten, und weil sie Schmuggler waren, haben sie Hunderte von Gewehren hier über die französische Grenze geschafft. Tüchtige Männer!«

Josepa von Arguiña reckte die Arme, die entblößt emporragten, schimmernd wie Kupfer im Feuerschein. Sie schnaubte vor Wut:

»Es gibt keine schlimmere Bagage als die Justiz! ... Mit Müh und Not hatten sie's geschafft, sich bis hierher durchzuschlagen, und als sie schon glaubten, sie seien in Sicherheit, wurden sie wieder geschnappt, weil jemand sie verpfiffen hatte.«

Die Frau schluchzte. Alle schwiegen. Und als ob die Herzen in der Stille sich veständigt hätten, gingen die Blicke hintereinander hin zu dem Kind, das in dem Tragekorb voller Brotbrocken schlief, und das Kind wachte auf und weinte.

[KAPITEL VI]

Nachdem er beim Brunnen, im schneeweißen Hof, kniend sein Gebet verrichtet hatte, ging Roquito in den Stall, sich die Finger behauchend:

»Potz Blitz! . . . Potz Blitz! . . . Eine große Bußübung. Potz Blitz! . . . Potz Blitz! . . . Zur Linderung meiner Sünden biete ich dir mein Blut dar, herzliebster Jesus!«

Er nahm einer Kuh die Schelle ab, verwahrte sie an der Brust und ging hinaus auf den Weg. Einen Moment war er unschlüssig, schaute sich nach allen Seiten um, und dann lief er davon, in Richtung des Weilers San Paúl. Unterwegs überkam ihn die Nacht. Nur das Getöse der von stürzenden Wassern durchtobten Schluchten war zu hören. Roquito, unablässig weiterrennend, bekreuzigte sich und rief die Heiligen und die Marienbilder, die er am innigsten verehrte, beim Namen:

»Laß mich nicht allein in dieser Stunde der Prüfung, glorreicher Sankt Berísimo von Céltigos.«

Er überquerte eine Brücke, die fast vom Hochwasser überflutet wurde, und tappte dann durch ein versumpftes, struppig verwuchertes Ödland, in dem er sich verlief. Er rannte atemlos, sank ein im Morast aus Schlamm und Schnee, nichts als die wogende Nebelwand vor Augen:

»Mein Gott, Herr der himmlischen Heerscharen, laß mich nicht allein in dieser Stunde der Prüfung! Herr, entreiße mich dem Bann dieser Behexung, damit ich für dich mein Blut vergießen kann! . . . Potz Blitz! . . . Potz Blitz! . . . Dienst für den König, Dienst für Gott! . . . Hol mich raus hier, heilige Euchie!«

Er konnte den Weg nicht finden, bis der Mond aufging. Er rannte los, um nicht zu Eis zu erstarren, kam an einer Kirche vorbei, hörte das summende Wummern der vom Wind bewegten Glocke. Er blieb stehen, um sich die Kuhschelle um den Hals zu hängen, und ging hinab zu dem Weiler durch einen schmalen Hohlweg, der zum Wildbach geworden war. Flügelschläge des Orkans trieben Fetzen von Alarmrufen der Wachtposten zu ihm her. Von nun an ging Roquito geduckt, an den Umfassungsmauern der Obstgärten entlang. Die Schelle bimmelte, schlug ihm unentwegt gegen die Brust. Einige Hunde bellten in der Ferne. Eine erschrockene Stimme schrie in der Dunkelheit:

»Wer da?«

Roquito bekreuzigte sich, und mit einem Herzen voller Licht ging er weiter. Das Gelärm der Schelle kündete sein Kommen an. Er hörte in der Finsternis die Schritte des Wachtpostens, sah aber nicht seine Silhouette. Die Stimme zerriß aufs neue die Nacht:

»Halt! . . . Wer da?«

Und Roquito bekreuzigte sich nochmal und setzte seinen Rundgang fort, dicht an der Gartenmauer entlang. Er spürte eine linde Wärme, einen göttlichen Duft, als ob Blütenblätter von den Rosen des Paradieses auf seine Seele herniedergaukelten. Inmitten von Schnee und Wind empfand er, wie lieblich die Wege Gottes sind. Ein Schuß knallte, und ihm war, als ob die glühende Kralle des Satans seine Schulter aufrisse. Er schaffte es, ihn abzuschütteln. Eisigen Leibes genoß er es als ein Geschenk, daß lau das Blut herablief. Plötzlich tat sich eine Tür auf, hell erleuchtet von dem Flackerfeuer, das in der Diele entfacht worden war. Er sah ein paar Schattengestalten aufragen, die sich dunkel vom rötlichen Hintergrund abhoben. Er hörte Stimmen:

»Was war denn?«

»Hast du jemanden gestellt, Hilfskrieger?«

»Hast du Carlos den Pfennigspieler höchstselbst aufs Kreuz gelegt?«

»Au weia! . . . Vor lauter Angst hast du Partisanengespenster gesehen.«

Dann kam die demütige Stimme des frischgebackenen Rekruten, der Wache stand:

»Ich hab' ein Glöcklein gehört . . . Ich hab' Halt geboten, und man hat keine Antwort gegeben.«

Auf dem rötlichen Hintergrund der Tür zeichnete sich schwarz die Silhouette des Sergeanten ab, der seine Zigarre an einem glostenden Holzscheit anzündete. Seine Dienstmütze saß verrutscht auf dem Ohr.

»In welchem Jahr hat deine Mutter dich geboren, Hilfskrieger?«

»Ja, so auf Anhieb kann ich das nicht sagen, Herr Sergeant.«

»Im Jahr der Angst hat sie dich geboren. Du hast eine Kuhschelle gehört und befürchtet, es sei das Glöcklein, das den Weltuntergang verkündet ... Und hast uns das Abendessen verjagt. Elender Wicht, als wir da drin grad sagten, die verlaufene Kuh, die packen wir bei den Hörnern, da hast du sie uns vergrämt mit einem Schuß.«

Man hörte andere Stimmen, die sich zu der des Sergeanten gesellten:

»Elender Wicht!«

»Wenn's Partisanen gewesen wären, hättest du nicht geschossen.«

»Wartet mal, ich glaub', ich hör' die Schelle!«

»Ist's wohl eine Kuh?«

»Kaum eine Kuh, eher ein Schaf. Grad recht zum Abendessen kommt es.«

Roquito, in einen Mauerwinkel gequetscht, von Zweifeln und Ängsten geschüttelt, hielt den Klöppel der Schelle fest, damit er nicht zur Unzeit läute. Die Hunde, die den Pulverqualm rochen, spektakelten noch immer, als die anderen wieder hineingingen und die Türe schlossen. Die Nacht wirkte noch schwärzer, nachdem der Schein des Feuers, das in der Diele brannte, jählings getilgt war. Kurz darauf hörte man Gitarrengeklimper und den fröhlichen Radau des Jota-Tanzes. Die Schritte des Wachtpostens verstummten im Schnee, der den Weg bedeckte. Roquito ließ, ohne den Schutz der Mauer zu verlassen, ganz sacht die Schelle pendeln, die einen kaum hörbaren Ton von sich gab, waisenhaft einsam und verloren in der Nacht. Voller Unruhe glaubte er zu gewahren, daß die Schattengestalt des Wachtpostens auf ihn zukam:

»Potz Bitz! ... Potz Blitz! ... Du suchst das Viech bei den Hörnern zu packen ...«

Um den Wachtposten weiter weg zu locken, schlich Roquito lautlos davon. Verborgen im Laubengang vor einer Tür, ließ er die Schelle nochmals bimmeln. Der Wachtposten näherte sich mit tastenden Schritten, ohne ein Geräusch zu machen, durchschauert von der Lust, nun die Beute zu erjagen, die er seinem Sergeanten zum Abendessen bieten wollte. Er kam herein unters Rebengewölb. Da ging Roquito ihm entgegen, und um den anderen in seinem Irrtum zu belassen, ging er gebückt, die Hände im Schnee, die Schelle bimmelnd vor der Brust. Der Wachtposten streckte einen Arm aus und griff in die Luft. Jetzt sprang Roquito auf und stieß ihm sein Messer in die Kehle, mit solcher Wucht, daß er es nicht mehr herausziehen konnte. Er rannte zu dem Haus, betrat den Stall, raffte sich Stroh in großen Ballen unter die Arme und häufte es vor den Türen auf, unter den Fenstern, unter den Karren. Ab und zu hielt er inne, um zu lauschen. Die Soldaten der Feldwache hatten sich mit dem sauren Wein des Hausherrn einen Rausch angetrunken, barbarisch klangen die Jota-Lieder, und auf der Gitarre waren nur noch die dicken Baßsaiten übriggeblieben. Das Krähen eines Hahns ertönte. Roquito beeilte sich, steckte das Stroh in Brand, das er vollends verteilt hatte, und floh, mit den Armen fuchtelnd:

»Potz Blitz! Potz Blitz!«

Auf der Landstraße blieb er stehen, stützte sich auf eine Mauerkante und schaute auf den Weiler hinab. Unter dem Mond, der nun dahinglitt, umfangen von einem weiten, traumschön schimmernden Kreis, loderten die Flammen hochauf.

Roquito dachte an den toten Soldaten. Er erinnerte sich, daß der ein Rekrut war, und es tat ihm leid. Jählings erschauderte er:

»Heilige Jungfrau, es wird doch nicht der blutjunge Bursche gewesen sein, den wir gestern trafen und der uns Brot gab für das Kind!«

Er begann zu weinen und zu rennen. Nahe bei Otaín griffen ein paar Soldaten, die dort biwakierten, ihn auf, denn sie hielten ihn für verrückt, und da ein Blutfleck die Wunde kenntlich machte, die er im Rücken hatte, schickten sie ihn auf einem Fouragewagen zum Spital. Als er durch den alten agramontesischen Marktflecken fuhr, schüttelte ihn das Fieber, und er schrie im Delirium. Zwei Nonnen empfingen ihn an der Pforte dieses Hortes der Barmherzigkeit, der hundert Jahre zuvor von Doña Juana Azlor de Aragón, der Äbtissin des Klosters Santa Clara in Viana, gegründet worden war.

KAPITEL VII

Einige Offiziere spielten Domino im einzigen Café des Fleckens, und andere promenierten auf dem Platz, unter den Arkaden des Redín-Palastes. Der Platz war groß und still, flankiert von einer Kirche und einem Gasthaus. Ab und zu flog ein Glockengeläut über die Stille hin. Ein Hauptmann der Jäger, plump und beleibt, mit Flocken von Zigarrenasche im Bart, kam heftig erhitzt aus dem Café und ging, sich den Mantel zuknöpfend, auf zwei Offiziere zu, die miteinander diskutierten:

»Was gibt's, Caballeros? Weiß man schon, ob wir noch lange in diesem verdammten Kaff auf der faulen Haut liegen müssen?«

Der größere der beiden Offiziere, ein stattlicher junger Kerl, der auf dem Dolman der Husaren das Santiago-Kreuz trug, zuckte höchst gleichgültig die Achseln:

»Das weiß niemand. Es wird davon abhängen, was die Karlisten tun. Wie immer ... Sie führen uns an der Nase herum ...«

Der andere Offizier, ein Fähnrich vom Regiment Numancia, fiel ihm ins Wort:

»Ich glaube, daß wir sie binnen kurzem angreifen werden. Was meinen Sie, Herr Hauptmann?«

»Daß man dies gestern hätte tun sollen. Heute können zwei Dinge passieren ...«

Der Hauptmann stockte, kaute wütend auf seiner ausgegangenen Zigarre herum. Als der Santiago-Husar ihn so gedanklich beansprucht sah, fragte er mit einem Anflug von Spott:

»Zwei Dinge oder drei?«

Der Hauptmann schüttelte sich die Asche aus dem Bart:

»Ich weiß nicht ... Mir ging gerade eine andere Frage durch den Kopf ... Hast du mal dem Leutnant aus Andalusien zugesehen, wie der die Karten mischt? Ich glaube, der schlägt Volten.«

Der Husar lachte vergnügt:

»Man sollte bei ihm Stunden nehmen! Du hast dich also ausplündern lassen?«

Der Hauptmann, noch immer auf seiner Zigarre herumkauend, schlug mit dem Feuerstahl gegen den Flint:

»Du brauchst mich nicht zu bedauern, Junge. Ich werde mich schon zu revanchieren wissen. Ein Schwindler, den man durchschaut, ist wie der Vogel in der Hand.«

Der Fähnrich grinste dem Husar zu:

»Mir scheint, für die Revanche ist es bereits zu spät, Herr Hauptmann.«

»Heut abend werde ich schon einen finden, der mir was leiht. Falls du das meinst . . .«

»Nein, das meine ich nicht, Herr Hauptmann.«

»Nun, dann reden Sie, Herr Fähnrich.«

»Dieser Leutnant ist zum Bataillon von Alcolea abkommandiert worden.«

Und der Husar bestätigte:

»Heut nachmittag reist er ab nach Tolosa. Wir haben ihn gesehen, wie er sich ein Saumtier geholt hat, lieber García.«

Der Hauptmann schaute sie stirnrunzelnd an:

»Macht ihr Witze? . . . Nun gut, dann soll halt alles zum Teufel gehen! Das Schlimme ist, daß wir hier herumhocken, bis wir Schimmel ansetzen.«

Der Fähnrich wurde ungeduldig:

»Nein, ausgeschlossen, wir müssen den Pfarrer angreifen. Es gibt Geheiminformationen über die Stärke seiner Truppe . . . Kaum hundert Mann!«

Der Hauptmann schüttelte den Kopf:

»Ich glaube nicht an die Auskünfte von Spitzeln. Wenn die gesagt haben, es seien hundert Mann, dann sind es wohl tausend. Solange er auf dem Marsch war, hätte man ihn angreifen müssen.«

Der Husar legte ihm eine Hand auf die Schulter:

»Du hast uns bereits gesagt, daß jetzt fünf Dinge passieren können. Aber du hast verschwiegen, was für Dinge.«

»Zwei, hab' ich gesagt, Junge. Mich hältst du nicht zum Narren. Numero eins: Wir kommen hin, und er ist vom Erdboden verschluckt. Numero zwei: Er kriegt es spitz, daß wir ausrücken, und überrascht uns unterwegs, an einem Ort seiner Wahl, wo er die beste Deckung hat . . .«

Der Fähnrich unterbrach:

»Wir würden ihn angreifen, Herr Hauptmann.«

»Und es würde uns schwere Verluste kosten . . . Für nichts und wieder nichts, denn am Ende wäre er spurlos im Gebirge verschwunden.«

Der Husar lächelte zynisch:

»Möglicherweise greifen wir ihn gar nicht an . . . Nach gehabtem Ausflug kämen wir ruhmbedeckt nach hier zurück . . .«

Der Hauptmann warf die Zigarre zu Boden und zertrat sie:

»Möglicherweise! Möglicherweise!«

Der Husar fuhr im selben Tonfall fort:

»Ich sehe, wir kennen den Krieg. Als du kamst, habe ich eben hierüber mit dem Fähnrich Alaminos diskutiert. Wir werden die Karlisten angreifen. Aber nicht, um sie zu besiegen, sondern um einen Antrag auf Sondervergütung zu rechtfertigen.«

Er sprach ohne Groll, mit einem lächelnden Zynismus, stolz darauf, sich die kecken Bemerkungen leisten zu können, die der Hauptmann, ein verbitterter und schwer verschuldeter Veteran, sich wortlos anhörte, indes er seinen Bart kraulte. Sie begegneten zwei Obristen, die gleichfalls durch die Bogengänge bummelten und so die Zeit totschlugen. Damit die beiden ihn hörten, erhob der Fähnrich die Stimme und sagte, mit bombastisch geschwellter Brust:

»Der Herzog von Ordax sollte nicht so daherreden – gestatte, daß ich dir dies sage. Unsere Ehre ist die Ehre der Armee . . .«

Der andere reagierte lässig:

»Pah! . . . Gedenktagsphrasen!«

»Ich versichere dir, daß ich keinerlei Sondervergütung erwarte . . . Sollte ich sie erhalten, dann nur, weil ich sie verdient habe.«

Der Husar faßte ihn ins Auge, mit einem klaren und spöttischen Blick:

»Ich dagegen erwarte eine. Die Duquesa de la Torre hat meiner Mutter versprochen, ich würde eine bekommen.«

»Ich sag' dir nochmal: Du sollst nicht so daherreden. Es ist eine Beleidigung, mit der du uns alle beschmutzt!«

Der Duque de Ordax runzelte einen Moment die Brauen, dann lachte er laut auf und betrat das Café, in dem es wimmelte von Offizieren. Der Hauptmann und der Fähnrich schauten einander an. Der Bannerträger mit einer stummen Frage in den Augen, der andere väterlich lächelnd:

»Unser Streit ist damit keineswegs erledigt. Sein herzogliches Gehabe imponiert mir überhaupt nicht.«

»Haben Sie es mitgekriegt, dieses unverschämte Lachen? Unerträglich!«

»Seien Sie kein Kindskopf, Fähnrich Alaminos.«

[KAPITEL VIII]

Der Duque de Ordax nahm Platz an einem Fenster, und da die anderen noch unter den Arkaden standen, klopfte er an die Scheibe und winkte sie herbei. Der Hauptmann und der Fähnrich traten ein. Alaminos zeigte die Miene eines bockigen Knaben. Als der Husar die beiden kommen sah, murmelte er schlicht und ehrlich:

»Draußen ist es zu kalt, Caballeros.«

Der Hauptmann zog sich einen Stuhl her:

»Du untergräbst die Moral der Truppe!«

Und er verlieh seinen Worten eine Emphase wie die Prediger, wenn sie lateinische Sprüche zitieren. Der Herzog murmelte mit einer gewissen altadeligen Würde:

»Lassen wir das! . . .«

Und er legte seine behandschuhte Rechte auf die Schulter des Fähnrichs, der gezwungen lächelte und sein Flaumbärtchen streichelte, das über dem karminroten, weiblich wirkenden Mund nur wie ein Schatten vorüberwehenden Rauches war. Der Hauptmann steckte die Hände in die Hosentaschen:

»Jorge, die jungen Burschen sollen sich ihre Illusionen erhalten!«

Errötend blickte Alaminos sie an:

»Sie werden nicht leugnen, daß es tapfere Offiziere gibt, Offiziere, die kämpfen.«

Der Husar zuckte mit den Achseln:

»Gewiß. Einer davon bin ich . . . Aber was besagt das?«

Der Hauptmann lachte und blies über seinen Bart hin:

»Du untergräbst die Moral!«

Der Herzog blickte ihn mitleidig an:

»Aber du mußt doch mit mir einer Meinung sein!«

»Na, Mensch, einer Meinung gar!«

»Du hast hundert Ehrenkreuze, hundert Medaillen und hundert Jahre Hauptmannserfahrung. Seit dem Afrikakrieg bist du Hauptmann?«

»Nein, schon länger. Dort hab' ich das Kreuz des Heiligen Ferdinand bekommen. Befördert wurde ich, weil ich mitgeputscht habe in Vicálvaro.«

Der Duque de Ordax und der Fähnrich lachten angesichts der Treuherzigkeit des Veteranen. In diesem Augenblick näherte sich dem Tisch eine bucklige Alte, die ein grob gewobenes Wollkleid trug:

»Was wünschen die Herren Militärs?«

Der Hauptmann wandte sich an den Husaren:

»Spendierst du, Herzog?«

Der andere bejahte mit einem Kopfnicken, und die Alte machte sich daran, die Marmorplatte blankzuwischen:

»Da die Mannsleute fort sind, müssen Sie schon Nachsicht haben mit der schlechten Bedienung. Allein wir Frauen sind noch da.«

Der Hauptmann unterbrach sie:

»Nicht mal ein Kellner ist also gestern dageblieben?«

»Als wir schlossen, verlangte er, daß wir ihm die Abrechnung machen, und noch in der Nacht ist er abgehauen.«

»Zu den Karlisten?«

»Was blieb ihm anderes übrig! Er ging nur widerwillig, aber seine Eltern waren vom Berghof gekommen und hatten es so bestimmt. Die Ärmsten weinten, denn schon drei von ihren Lieben sind im Krieg.«

Die feingeschwungenen Jungmädchenbrauen runzelnd, schmetterte der Fähnrich Alaminos seine Faust auf den Tisch:

»Diese Eltern müßte man standrechtlich erschießen!«

Die Alte widersprach sehr energisch:

»Warum? Habt ihr kein besseres Lied auf Lager? Heilige Jungfrau, ich hab's eilig, und ihr bestellt nicht!«

Der Herzog vertrieb sich die Zeit, indem er den Platz inspizierte und angelegentlich Zwinkerblicke und Lächelgrüße mit einem Mädchen tauschte, das sich von Zeit zu Zeit auf dem großen, ausladenden Balkon des Gasthauses zeigte. Auf das Drängeln der Alten hin stupste ihn der Hauptmann mit dem Säbel:

»Was nehmen wir?«

Der Herzog wandte den Kopf, bezeugte durch seine Miene völlige Indifferenz und schaute dann wieder zu dem Mädchen hinüber. Eine Weile verharrte der Hauptmann in ernstem Nachsinnen:

»Herr Fähnrich, wie wär's, wenn wir einen Feuerzauber veranstalten würden?«

Der Fähnrich wiederholte verständnislos:

»Einen Feuerzauber?«

»Mit Rum!«

»Fabelhaft, Herr Hauptmann!«

Das alte Mütterchen wieselte zwischen den Tischen hin und her, um das Gewünschte zu bringen. Der Herzog sandte noch immer seine Lächelgrüße zum Gasthausbalkon hinüber, und der Hauptmann übernahm die Zubereitung der Feuerzangenbowle. Ihm gegenübersitzend, betrachtete der Fähnrich mit schmerzlicher Versessenheit das Spiel jener scherzhaft-schimärischen Flammen:

»Es war mein Traum, General zu werden!«

Der Veteran lächelte matt, das Lächeln eines müden Löwen:

»Wir alle haben, als wir jung waren, den gleichen Traum geträumt!«

Sie versanken wieder in Stillschweigen, und tief drinnen in ihren Pupillen zitterte die blaue Bowlenflamme wie das letzte Zucken jener Träume. Der Fähnrich fragte in vagem Ton:

»Haben Sie resigniert, Herr Hauptmann?«

»Seit langem!«

»Versteh' ich nicht . . . Ich würde da nicht länger kämpfen.«

Der Duque de Ordax warf ihnen einen spöttischen Blick zu:

»Warum kämpfen die Karlisten?«

Und der Fähnrich antwortete trocken:

»Weiß nicht. Bin noch nie Karlist gewesen.«

Der Hauptmann beteuerte, indem er eine Hand auf die Brust legte und so einem Heiligen ähnlich sah, strahlend vor Herzenseinfalt und Glaubensfestigkeit:

»Ich kämpfe wie der gemeine Soldat, für die Ehre meiner Fahne.«

Der Fähnrich Alaminos ließ nicht locker:

»Der gemeine Soldat, wenn man den ließe, der würde das Gewehr wegschmeißen und nach Hause laufen.«

Der Hauptmann lief rot an:

»Nicht alle. Ich bin gemeiner Soldat gewesen und habe auch gekämpft für meine Ideen.«

Der Duque de Ordax fragte:

»Was für Ideen waren das, deine Ideen, García?«

Der Veteran stand auf. Die Woge seines Bartes wallte über die Brust und bespülte die Schultern. Er sah aus wie der gigantische Sankt Christophorus:

»Die Ideen der Freiheit und des Fortschritts!«

Die Flammen der Bowle waren erloschen, und der Veteran, da er nun mal schon stand, nutzte die Gelegenheit, füllte die Gläser. Die drei tranken, stießen mit den Gläsern an, und der Fähnrich hob sein Glas höher als die anderen:

»Auf die Beförderung unseres Freundes, des edlen Herzogs von Ordax!«

Und schrecklich war der rachsüchtige und neidische Ausdruck seiner blauen, fast kindlichen Augen. Der Hauptmann nahm den nächsten Schluck:

»Auf die Republik!«

Die anderen lächelten verschwommen, ohne sich anzublikken. Und als der Hauptmann das Glas auf den Tisch stellte, so daß es klirrte, bemerkte der Herzog spöttisch:

»Eine Respons wäre wohl eher angemessen gewesen als ein Toast!«

Der Fähnrich ließ seine weißen Zähne sehen:

»Herr Hauptmann, jetzt sollten wir anstoßen auf das Wohl des Sohnes von Isabella. Nicht wahr, Jorge?«

»Ich weiß nicht.«

»Du weißt nicht? . . . «

Ein heimtückisches Lachen gluckste in seiner Stimme, und

der Veteran mit seinem gemütlichen Gesicht schüttelte mißbilligend den Kopf. Dabei sah er einen Offizier der Jäger hereinkommen, den er voller Herzlichkeit anrief:

»Leutnant Velasco, kommen Sie her, trinken Sie mit uns.«

Der Offizier grüßte, indem er die Hand an den Schirm des mit Wachstuch überzogenen Käppis legte:

»Sie tun gut daran, daß Sie sich eine Aufmunterung gönnen! Es ist beschlossene Sache, daß wir ausrücken und dem Pfarrer nachsetzen.«

Alaminos fragte:

»Weiß man, wann?«

»Morgen vielleicht ... Aber nur Infanterie-Einheiten.«

Der Duque de Ordax leerte sein Glas vollends mit einem Schluck und stand auf:

»Welche Infanterie-Einheiten?«

»Ontoria und Arapiles.«

»Ich werde um die Erlaubnis bitten, euch zu begleiten. Hier ist es mir zu langweilig. Bis bald!«

Er grüßte militärisch und ging hinaus auf den Platz, seinen Säbel auf dem Boden nachschleifend. Der Fähnrich lächelte bitter:

»Was für ein Schmierenkomödiant!«

»Ein netter Kerl! Vergessen wir nicht, daß er uns freigehalten hat, Fähnrich Alaminos.«

Und der Veteran, mit leuchtenden Backen und einem lieblichen, herzgewinnenden Lodern in den Augen, füllte aufs neue die Gläser:

»Trinken Sie, Leutnant Velasco! ... Weiß man, wo der Pfarrer steckt?«

»Die Spitzel behaupten, in Astigar.«

»Das ist bestimmt erlogen!«

»Erstunken und erlogen! ... Es heißt ja, er habe die Leute von unserem Sonderkommando in San Paúl umlegen lassen.«

»Und den Weg schafft man nicht in einer Nacht. Ich kenn' ihn genau!«

Der Fähnrich fragte:

»Aber, ist diese Nachricht bestätigt worden?«

»Die Nachricht von der Erschießung ist noch nicht endgültig bestätigt. Das einzige, was man mit Sicherheit weiß, ist der heroische Widerstand, den die Unsrigen geleistet haben. Der Pfarrer hatte mehr als zweitausend Mann, und er überraschte sie im Schlaf. Heut morgen kam ein Soldat hier an, mit Wunden am ganzen Leib.«

»Und die anderen?«

»Man befürchtet, daß sie in Gefangenschaft gerieten.«

Der Hauptmann stöhnte:

»Es würde mich nicht wundern, wenn man sie barbarisch niedergemacht hätte.«

Auf dem Platz blies man die Signalhörner. Das Café brodelte über vom Gedränge der Offiziere, die lauthals redeten, ihre Dominosteine auf die marmornen Tischplatten knallten, grimassierend und mit den Händen fuchtelnd in einem rauchigen Brodem. Und inmitten dieser Wirrwarrhöhle, über den glänzenden Käppis, blinzelten vier Petroleumlampen einander zu, unter grünen Schirmchen.

[KAPITEL IX]

Der Feldmarschall Don Enrique España war in den alten agramontesischen Marktflecken eingerückt wie in ein frisch erobertes Truppenlager der Mauren, mit fliegenden Fahnen, dröhnenden Trommeln und einer hungrigen, zügellosen Soldateska voller Hochmut und Willkür. Die altgedienten Sergeanten feuerten händeklatschend grüne Rekruten an, die aus Geltungsgier sich naßforsch aufspielten, die Kolonne verließen, in die Häuser eindrangen, die Mädchen umarmten, Bottiche voller Wein herausschleppten ... Um das Städtchen zu züchtigen für seine klare legitimistische Tradition, wählte sich der bejahrte General ein Nonnenkloster zum Quartier und befahl, die Glokke stillzulegen, welche die Gebetszeiten verkündete. Erst Tage später, nach einer Bewirtung mit Schokoladentrank und Konfitüren, erweichten ihn die Bitten der Nonnen, und mit der Galanterie eines alten Edelmannes gab er diese Unterkunft auf, um in den Redín-Palast überzuwechseln.

Die Gräfin, eine ob ihrer liberalen Ideen ehemals hochberühmte Dame, lebte seit vielen Jahren zurückgezogen in diesen Mauern, ohne jemals die Straße zu betreten. Sie war eine Greisin von hohem Talent und außerordentlicher Energie, mit einer etwas überständigen Eitelkeit eingedenk ihrer vergangenen Schönheit, ihrer Briefschreibekunst und des Ruhmes von General Redín. Als die Kunde vom Triumph der liberalen Waffen zu ihr gedrungen war, hatte sie den Schildpattkneifer aufgesetzt und nach der Feder verlangt, um ihren Palast dem Sieger anzubieten, der die in Otaín versammelten Karlistenrotten vertrieben hatte. In dem Brief, einem sehr langen, mit schon zittriger Hand geschriebenen Brief, gedachte sie ihrer Trauer und ihrer Einsamkeit, mit einer Melancholie, welche die gute alte Zeit heraufbeschwor, jene Zeit, da die Ringellocken über die Wangen rieselten und die Kamelien auf der Schnürbrust dufteten. Einen Seufzer widmete sie den glücklichen Tagen von einst, als der Tod noch nicht das schöne Leben ihres unvergeßlichen Gemahls hinweggerafft hatte, des Oberkommandierenden der

Streitkräfte Don Francisco de Redín y Espoz, des Grafen von Redín und Markgrafen von Arapiles – des Nationalhelden in der großen Epopöe vom Kriege gegen Bonaparte!

Nach langen Jahren taten sich nun aufs neue die hohen Balkontüren des Palastes auf, und die Sonne drang, Leuchtbahnen glitzernden Staubes bildend, in die Gemächer ein und sah die Schattengestalt der greisen Herrin wandeln, und das lichte Kleid ihrer Enkelin. Im Patio ertönte jeden Morgen der Schmettergesang einer Trompete, und in den langen Galerien wurde das Klirren der Sporen begleitet vom Scheppern der Säbel. Die Gräfin hatte das Gefühl, sie erwache zu neuem Leben. Mit großmütterlichem Lächeln beugte sie sich aus diesem oder jenem Fenster, um sehen zu können, wie die Adjutanten des Generals hereinstürmten, wenn sie bei Einbruch der Dämmerung von ihren Ausritten über Feld zurückkehrten in munterem Schwarm. Und jedesmal, wenn sie bewundernd den Schneid der jungen Männer musterte, mußte sie sich die Augen wischen. Im Innenhof hallte der Hufschlag der Pferde wider mit herrlichem Gelärm, und die alten Steine wurden belebt vom knallbunten Schick der Uniformen und dem Knattern flatternder Fahnentücher.

Die Ankunft des Generals und seines Stabes bewirkte eine gewaltige Veränderung in dem dunklen Palast der Redín. Frühmorgens schon bedeckte die Marquesa ihr schneeweißes Haar mit einem Spitzentuch, und an den Hals hängte sie sich ein goldenes Medaillon, worin, wie ein Gefangener, eingekreist von Diamanten, eine Miniatur verwahrt war, ein Porträt des unvergeßlichen Generals Redín. Die Enkelin aber verbrachte die Stunden im Salon, plaudernd mit irgendeinem Offizier des Stabes. Die Herren hofierten sie mit großem Respekt, und sie blickte zu ihnen auf mit einem bezaubernden Lächeln, wobei sie spürte, wie ihre Wangen sich ein wenig erwärmten. Gelegentlich sprach sie, um die galanten Übertreibungen zu dämpfen, von ihrer Langeweile in diesem Palast, wo gestrenge Damen regelmäßig zum Kränzchen zusammenkamen, noch immer, altersgebeugt und graunzig, die Schlachten des Ersten Karlistenkrieges erörterten, Linnen zerrupften und daraus Verbandszeug machten, das in zwei Lager gesondert wurde. Doña María Liñán, die Gouvernante, und die Großmutter arbeiteten für die verwundeten Liberalen; und die anderen, eine Gruppe von fünf alten Jungfern, für die verwundeten Karlisten.

War sie einmal für eine kurze Weile ohne Eskorte, so betrachtete Eulalia sich im Spiegel, steckte sich eine Blume an und spielte auf dem Klavichord der Großmutter einen Walzer, den sie früher oft getanzt hatte, wenn die Eltern Feste gaben in ihrem Madrider Palast; in jenem großen, uralten und urfröhlichen Kasten, der zwischen seinen Wänden den Spektakel einer Kirmes zu beherbergen schien, ein Volksfest, besucht von Prinzessinnen, die sich als kesse Gassengören verkleidet hatten, und von Herzögen, die als feurige, muskelfrohe Vorstadthelden aufkreuzten. Zuweilen suchte die Großmutter die Nähe der Enkelin. Eulalia hörte von weitem das Tok-Tok ihres Stockes herankommen und wandte sich zur Tür, um ihr ein Lächeln entgegenzuschicken, während ihre Finger über das angegilbte Elfenbein flogen. Die Gräfin ließ sich auf einem Sessel nieder und verschränkte die von Pulswärmern zur Hälfte verhüllten Hände auf der silbernen Krücke ihres Rohrstockes. Vor Augen hatte sie das Bildnis des unvergeßlichen Generals Redín. Es war ein Ölporträt von riesigem Format, gemalt im Jahre 1830 von Antonio Esquivel. Es stellte den Helden in Galauniform dar, mit weißem, goldbesticktem Kasack, weißer Kniehose und hohen Stiefeln. Eine Hand hatte er auf dem Knauf seines Säbels, die andere auf der Brust, wo drei Finger unter der Schärpe von Carlos III. verschwanden. Einige pechschwarze Locken, platt in die Stirn gekämmt, hingen ihm bis zum Brauenbogen herab, und die Augen hatten einen schönen Blick, kriegerisch und wild. Nachdem sie mehrmals geseufzt hatte, wobei sie die Lider mal hob, mal senkte, pflegte sie einzuschlafen vor dem Konterfei ihres unvergeßlichen Gemahls, eingelullt von den Erinnerungen und von dem Walzer, den ihre Enkelin spielte.

O leichte Musik, die kummerschwer dem alten Klavichord entquillt! Eulalia hatte sie vergessen, und plötzlich glaubte sie, sie höre sie ganz weit weg, traumhaft verschwommen, unter dem Blick eines Husaren, der auf dem Dolman das Jakobskreuz trägt. Sie hatten zusammen den letzten Walzer getanzt. Der Husar hat sie daran erinnert, und sie ist feuerrot geworden. Jetzt, in einer Traurigkeit, die ihr Tränen in die Augen treibt und die sie sich nicht erklären kann, beugt sie sich vor und legt, ohne den Walzer zu beenden, die Stirn auf das Elfenbein des Klavichords, das ein langgezogenes Ächzen von sich gibt:

»Was für ein Tollkopf! Was für ein Tollkopf! Und er hat geheiratet!«

[KAPITEL X]

Die Signalhörner durchstießen mit vielstimmigem Geschmetter das Geläut von Glocken, die zur Messe einluden. Im Vorhof der Kirche, auf den Ruf des kleinen Glöckchens wartend, standen einige bejahrte Herren beisammen – die Ehrbarkeit des alten agramontesischen Marktfleckens – und beobachteten das Antreten der Truppe. Eingemummt in ihre feierlich-ernsten Capas spazierten sie hin und her, und zuweilen blieben sie stehen, um irgendeinen Kommentar abzugeben. Don Teodosio de Goñi ließ sein gackerndes Lachen vernehmen:

»Vom Glockenturm aus, ein ordentlicher Schuß, und der Fatzke dort, mit dem scharlachroten Ordenskreuz, der grad aus dem Palast herauskommt, wäre erlegt. Wenn ich nur könnte, würd' ich jetzt noch heimrennen und die Flinte holen!«

Don Iñigo de la Peña stimmte zu:

»Hätten wir im voraus drangedacht, dann lägen jetzt die Flinten droben im Turm versteckt, und wir könnten ein paar zur Strecke bringen.«

Seinen eingeschnurrten, wie eine breite Querfalte wirkenden Mund aus der Vermummung hebend, lachte Don Teodosio aufs neue:

»Mir entginge er nicht, der Husar mit dem knallroten Kreuz, und ebensowenig der Sergeant dort mit dem Schnauzbart! Den hab' ich auf dem Kieker, den Sergeanten dort!«

Und ein langgewachsener, asketisch dürrer Alter, der einen grobwollenen Bauernmantel über den Schultern hatte, murmelte:

»Da sind wir uns einig, lieber Teodosio!«

»Auch du!«

All die Herren zeigten sich höchst überrascht, genau wie Don Teodosio. Der Caballero im Bauernmantel blickte ihnen unbewegt in die Augen, mit seinen sanften Augen, in denen ein blumenhaftes Geheimnis lebte:

»Dieser Sergeant ist bei mir einquartiert . . .«

»Oh! Oh! Oh! . . .«

Und alle lachten, mit jenem langsamen und brüchigen Lachen, das immer in Hustern endet. Don Teodosio brummelte:

»Hat er dir den Hühnerstall ausgeräumt?«

Und als ob dies bereits erwiesen wäre, sprach Don Eulogio, der eine Tonsur trug, mit schalkhaftem Ernst:

»Das hätte ich nicht von Ihnen gedacht, daß Sie sich so vom Rachedurst ...«

Der Greis mit dem Bauernmantel unterbrach ihn:

»Ihr wißt genau, daß ich kein Federvieh hab'! ... Aber dieser Sergeant ist ein schlechter Mensch. In meinem Bett liegt ein armer Landser, den er halbtot geprügelt hat. Er hätte ihn vollends totgeschlagen, wenn ich nicht, als ich das Schreien hörte, hinuntergegangen wär' und ihm den armen Teufel aus den Händen gerissen hätte.«

Don Pelay de Leza sprach so bewegten Herzens wie ein Kind. Sein altes Gesicht, mit solch reinen Augen, hatte das hauchdünne Weiß der Hostie und eine kindliche Klarheit. Die anderen wurden angesteckt von seiner Gemütserregung. Don Teodosio fragte zornig:

»Du hast ihn in deinem Bett, diesen Landser?«

»Ja.«

»Gut ... Er soll nicht zurück zur Truppe ... Schon ein Soldat mehr für die Sache.«

Don Diego Elizondo, ein knochiger Riese, der eine schwarze Brille trug, machte furchterregende und verächtliche Gebärden:

»Ein schlechter Soldat, wer sich verprügeln läßt! Der soll heimgehn und seiner Mutter wieder auf den Schoß klettern, dieses Jüngelchen ... Zum Karlisten taugt er nicht.«

Don Teodosio gackerte:

»Aber das Gewehr soll er als Pfandstück dalassen.«

Sie waren stehengeblieben, hatten einen Kreis gebildet und setzten nun ihren Bummel im Schatten der Kirche fort. Auf dem Platz sammelten sich die Jäger unterm Geschmetter der Signalhörner. Eilig kamen sie aus den engen Gäßchen herbeigestürzt, das Gewehr auf der Schulter, überm Käppi eine Wachstuchhülle. Vor dem Tor des Palastes hielt ein unbewaffneter Soldat mit der Rechten den Zaum des rundbauchigen Maulesels, auf dem der General zu reiten pflegte, und in knappem Abstand warteten ein paar Mann vom Troß mit mehreren Schindmähren, deren jede die Nüstern im eigenen Gerstenbeutel vergraben hatte: es waren die Reittiere für die Hauptleute dieser Infanterietruppe – ein Kriegstribut, den der Distrikt erst nach langem Streit bewilligt hatte. Plötzlich entstand auf dem Platz lebhafte Bewegung, und zwei Diener, die sperrangelweit die Torflügel des Palastes öffneten, postierten sich zu beiden Seiten in ehrfurchtsvoller Haltung. Der General kam heraus, begleitet von seinem Stab. Er schritt sehr langsam, seinen buschigen Schnurrbart schniegelnd, den Kopf leicht geneigt, um zu hören, was der eine oder andere ihm sagte. Bevor er aufsaß, näherte er sich den Soldaten, musterte sie wortlos, mit gerunzelten Brauen und einem mürrischen Schnauben. Er sprach mit einigen altgedienten Sergeanten, brachte einem Rekruten die rechte Haltung bei, indem er ihn mit einer gewissen väterlichen Schroffheit an den Schultern rüttelte, und drückte dem Hauptmann García die Hand:

»Wie geht's, Hauptmann? Sie haben doch an der Expedition von Oberst Zurbano teilgenommen?«

»Jawohl, Herr General.«

»Dann kennen Sie wohl das Arguiña-Tal?«

»Jawohl, Herr General.«

»Und die Berge von Astigar? Oder hat Oberst Zurbano dies nicht mehr geschafft?«

»Zwischen den beiden Gipfeln sind wir durchgezogen. Ein Marsch von zehn Stunden für drei Meilen, Herr General.«

»Schlechter Weg?«

»Der schlechteste, den man sich denken kann.«

Geschmeichelt durch diese Vernehmung, strahlte der alte Kämpe übers ganze Gesicht. Der General ließ zwischen Frage und Frage jeweils eine lange Schweigeweile entstehen:

»Welche karlistischen Verbände hat man dort verfolgt?«

Der Hauptmann runzelte die Stirn und mimte tiefes Nachsinnen. Ihm hatte sich soeben als Quell ungeahnter Wonne das Arkanum der Pausen offenbart. Er wollte es dem General gleichtun und ließ seinerseits Lagunen gestauter Stille entstehen, in die er selber eintauchte wie in ein lustvoll-frommes Mysterium:

»Wir befolgten Geheimbefehle des Hauptquartiers . . . Der Oberst hat mich seines Vertrauens gewürdigt, und mehrmals hörte ich von seinen Lippen, es sei Ehrenpflicht, aufzuräumen mit den Hottentotten von Santa Cruz . . .«

Und er legte sich eine Hand aufs Herz, als wollte er der heroischen Geste von Oberst Zurbano gedenken:

»Wo habt ihr den Pfarrer überrumpelt?«

»Wir haben ihn nicht überrumpelt. Als wir die Berge unter unsere Kontrolle gebracht hatten, war er bereits verduftet, Richtung französische Grenze. Wir hatten ein paar Schießereien mit einer anderen Bande, die uns unterwegs eine Zeitlang aufs Korn nahm und schließlich vor uns floh. Ein Schäfer sagte uns, es sei die Bande von Miquelo Egoscué gewesen.«

Der General grübelte ein Weilchen:

»Der Weg ist also miserabel?«

»Hundsmiserabel!«

»Nun, es muß sein! Unser ruhmreiches Banner muß sieghaft wehen über den Gipfeln von Astigar!«

Der General erhob die Stimme im selben Moment, da sein Blick sich in Gang setzte und rasch die Front der strammstehenden Soldaten abschritt. Der Hauptmann fühlte sich inspiriert, gerührt und erregt, als näherte er seine Lippen dem Glas, um einen Trinkspruch auszubringen am Schluß eines Banketts:

»Herr General, geführt von Eurexlenz, werden wir es schaffen, unser ruhmreiches Banner selbst auf der Sonne noch aufzupflanzen.«

Don Enrique España lächelte. Unvermittelt fragte er, da er gewahrte, wie der gerügte Rekrut unterm Gewicht des Gewehrs erneut zur windschiefen Figur wurde, den uniformierten Buben:

»Hast du noch keinen Pulverdampf gerochen?«

Der Soldat starrte ihn an, die Augen fragend aufgerissen, als hätte er nicht begriffen. Ein Korporal kam ihm zu Hilfe:

»Er fragt dich, ob du schon deine Feuertaufe erlebt hast.«

Und der Soldat brüllte, als ob der General eine Meile von ihm entfernt wäre:

»Nein, Herr General!«

»Nun, heut wirst du's noch erfahren, wie die Kugeln pfeifen, mein Sohn.«

Er drehte sich auf dem Absatz um, bedeutete durch einen Wink, daß man ihm sein Maultier bringen solle, und stieg auf mit der Gemächlichkeit eines Domherren. Aufs neue schmetterten die Signalhörner, und die Pioniereinheit marschierte als erste los. Die alten Legitimisten, die im Vorhof der Kirche promenierten, blieben stehen, um sich den Vorbeimarsch der Truppe anzusehen. Don Teodosio de Goñi zischelte aus seiner Vermummung:

»Mal sehen, wie die zurückkommen!«

Und Don Diego Elizondo erwiderte, indem er seine schwarze Brille zurechttrückte:

»Mit ein bißchen mehr Dreck an den Gamaschen.«

»Oder mit lädierter Birne!«

Der bebrillte Riese wandte sich an den Caballero im Bauernmantel:

»Glaubst du an diese Verfolgungsjagd auf den Pfarrer?«

Don Pelay de Leza blickte alle an, schüchtern lächelnd, als wollte er sie versöhnlich stimmen, und flüsterte dann mit einer traurigen und herzlichen Lindigkeit:

»Ich kann an diese Dinge nicht glauben!«

Don Diego Elizondo schrie:

»Ich auch nicht! Und ich behaupte, daß die Guiris sich mit dem Pfarrer verständigen!«

Don Pelay seufzte:

»Einig sind sie sich darin, daß sie den Namen der Karlisten in

Verruf bringen. Die anderen Nationen hätten uns als kriegführende Partei anerkannt, wenn nicht die Greueltaten von Santa Cruz gewesen wären! Ich greife das nicht aus der Luft: General Don Antonio Lizárraga hat dies so gesagt.«

Das kleine Glöckchen hatte schon vor einer Weile gebimmelt, und der Caballero im Bauernmantel ging nun hinein, um die Messe zu hören. Die anderen folgten ihm. Don Teodosio gackerte:

»Manuel Santa Cruz mag ein Verblendeter sein, aber er ist kein Verräter!«

Don Iñigo de la Peña entgegnete schroff:

»Er führt Krieg wie ein Bandit!«

»Wie man den Krieg führen muß! Wie man den Krieg führen muß!«

Und Don Diego Elizondo schrie:

»Der Pfarrer steckt mit den Guiris unter einer Decke. Aber sie haben ihre Rechnung ohne Miquelo Egoscué gemacht, ohne Don Pedro Mendía, ohne den Einarmigen und den Aderlasser! . . .«

[KAPITEL XI]

Miquelo Egoscué führte eine Truppe von hundert Rotmützen, tapferen Leuten, die es gewohnt waren, Strapazen zu ertragen. Seine Freischärler machten den Eindruck, als wären da lauter Brüder beisammen, Söhne irgendeines alten Patriarchen, der noch Recht zuteilte unter der Eiche von Astigar. Miquelo Egoscué traf sie an in der Berghöhle, wo sie ihr Standquartier hatten. Er ließ die sieben Ziegen töten, die der Hirt mitgebracht hatte, und während diese fürs Festmahl gebraten wurden überm großen Knüppelholzfeuer, teilte er seinen Kameraden mit, was der Pfarrer ihm geschrieben hatte.

»Ich geh' hin, mit denen, die mir folgen wollen.«

Der Zweite Mann der Bande gab Antwort für alle:

»Gut so.«

Es war ein alter Müller aus Arguiña. Der Hauptmann fuhr fort:

»Zunächst mal gehn wir hin ... Dann wird man sehen ... Einverstanden?«

»Einverstanden, Hauptmann.«

Und in der Felsenhalle strömten die Stimmen aller zu einem dunklen Rauschen zusammen und weckten das Echo, das einst, vor Jahrtausenden, das Gebrüll der Löwen wiederholt hatte. Die Gestalt des Hirten erhob sich mitten im Qualm des Lagerfeuers:

»Chef, ich geh' hinunter zum Pfarrhaus und hole die Stute des Priesters. Du solltest nicht zu Fuß gehen. Wenn du willst, daß wir dich sehen, dann mußt du dich schon ein bißchen erhöhen.«

Er bückte sich, um die sieben blutbespritzten Viehschellen in den Schnappsack zu stecken, dann sprang er davon und rief:

»Damit ich nicht zu spät komme, reite ich euch auf der Stute entgegen, und wir treffen uns unterwegs.«

»Warte auf uns in der Schenke am Weg nach Frankreich.«

Der Müller aus Arguiña, der neben dem Feuer gelegen hatte, richtete sich langsam auf, wobei er sich die Baskenmütze aufsetzte:

»Ich traue nicht recht, Miquelo.«

Der andere fiel ihm jäh ins Wort:

»Wem traust du nicht?«

»Dem Pfarrer . . . Wem sonst wohl?«

»Ich trau' ihm auch nicht. Gerade deshalb will ich wissen, was er im Sinn hat.«

»Eben heute hat ein Kurier uns erzählt, daß er Anweisungen von König Don Carlos mißachtet hat.«

Ein Bursche, der damit beschäftigt war, ein großes Stück Ziegenfleisch überm Feuer zu drehen, murmelte:

»Er will der Einzige sein! Früher war ich eine Zeitlang in seiner Rotte, und ich kenn' ihn genau.«

Der Müller nickte. Weiter hinten meldete sich eine Stimme:

»Juanco, der Sendbote, erzählt, es sei so gewesen: Santa Cruz habe die Order entgegengenommen, sie in Gegenwart seiner Leute gelesen, zerrissen und die Fetzen lauthals lachend weggeschmissen . . .«

Die Stimme kam von jenseits des Feuers, wo ein kranker junger Kerl jetzt sein abgezehrtes Profil zeigte, indem er, am ganzen Leibe zitternd, seinen Kopf von dem Poncho hob, der ihm als Kissen diente. Und noch weiter weg ertönte eine andere Stimme, die in der Höhle dröhnend widerhallte:

»Da hätte ich dabeisein sollen! Bei Gott, auf der Stelle hätt' ich ihn umgelegt, ihm eine Kugel in den Kopf gejagt!«

Umspielt vom goldenen Tumult der Flammen, ragte die Gestalt eines Mannes auf, mit nacktem Oberkörper, die Arme bis zu den Ellbogen von Blut überströmt, der eine Ziege abbalgte, die mit dem Gehörn an einem Felsvorsprung festgebunden war. Und die Stimmen verketteten sich wie die Echos:

»Weiß man, ob der Befehl wirklich von König Don Carlos kam?«

»So sagt Juanco!«

»Der Befehl war nicht vom König. Er war von General Lizárraga.«

»Santa Cruz will allein auf der Welt sein.«

»Der Neid ist eine schlimme Sache.«

»Aus Neid schimpft man ihn einen Verräter.«

»Ist er es nicht? Andere sind es gewesen, die einen besseren Ruf hatten als er.«

»Cabrera war einer!«

Der Hauptmann rief:

»Ob er ein Verräter ist oder ein Getreuer, das werden wir morgen wissen. Und bis dahin halte ich ihn, wie bisher, für einen Freund.«

Er nahm eine Ziegenkeule vom Feuer und begann, sie in Stücke zu zerteilen. Ein Bursche aus Roncesvalles wandte ein:

»Noch trieft das Blut, Hauptmann.«

»Du würdest es roh essen.«

Ein anderer erklärte mit Nachdruck:

»So schmeckt es besser.«

»Habt ihr keinen Wein?«

»Ich hab' ein Bälglein voll, Hauptmann.«

»Hol's her, Junge.«

Miquelo Egoscué trank lange und geruhsam. Nach ihm tranken die anderen. Ein Soldat sagte:

»Aus purem Rebensaft.«

Und der Hauptmann:

»Laßt noch was übrig für eine spätere Runde, Kinder.«

Als sie mit der einen Keule fertig waren, griffen sie nach der nächsten. Die hundert Mann der Bande tranken und taten sich gütlich an dem ländlichen Festschmaus. Der Müller aus Arguiña fing an zu singen und stellte die abgehauenen Köpfe der sieben Ziegen in einer Reihe auf: Im Flammenschein boten sie einen verhexten Anblick, mit ihren fahlen Augen, ihren blutigen Bärten und ihren höllischen Hörnern. Man hörte das Knallen und Knattern des Salzes im Feuer. Miquelo Egoscué bot einem Soldaten, der in seinem Kreis saß, Wein an:

»Junge, auf geht's, sing uns was!«

Der Soldat erhob sich mit einem Juchzer, pflanzte sich in der Mitte der Höhle auf und warf seine Mütze in die Höhe:

»Chuchuruchu! Wer will in Wettstreit treten mit Pedro Larralde? Ich spiel' mich nicht auf als gewiegten Verseschmied, Freunde! Nur so zum ehrbaren Vergnügen!«

Ein langes Schweigen entstand, und dann dröhnte eine Stimme:

»Hier ist Martín Rojal!«

Mit den blutigen Armen und dem noch nackten Oberkörper trat der Bursche vor, der die Ziegen abgebalgt hatte. Munter schrie der Müller aus Arguiña:

»Es lebe der Liedermann aus Albéniz!«

Und andere riefen:

»Es lebe der aus Astigar!«

Der aus Albéniz tauchte aus dem schwarzen Qualm, riesenhaft und nackt, und stellte sich an den Eingang der Höhle. Der von Astigar folgte ihm nachdenklich. Er war blaß, hatte einen großen schwarzen Bart und eingesunkene Augen wie ein Mönch. Er war Novize gewesen in einem Kloster in Frankreich. Er schloß die Augen und begann aus dem Stegreif zu singen:

Frau Königin, schneeweiße Rose,
Blüte aus königlichem Blut,
Königin, die ihr Schleiertüchlein
zerreißt und lind auf Wunden tut:
Als man mir im Spital 'ne Kugel
aus meiner Brust schnitt, ach wie gut,
daß ihre schönberingten Hände
mein Kissen stützten, treu, voll Mut.

Er hatte eine tiefe Stimme. Nachdem er geendet hatte, hielt er noch immer die Augen geschlossen. Der aus Albéniz sang:

Weiße Hände unserer Herrin,
weißer als die Zitronenblüte,
weißer als Wollvlies, als der Mehlflaum,
als der Hagel, der frisch versprühte,

als die Mütze von König Carlos
und der Schneemond, der fahl umglühte . . .
Weiße Hände, und jeder Finger
sternhell blinkend und voller Güte.

Der Liedermann aus Astigar öffnete die Augen, verhalten lächelnd:

»Gib mir die Hand!«

Aber er konnte bloß noch den Schattenriß des anderen sehen, der übers Feuer sprang, die blutigen Arme weit ausgebreitet:

»Chuchuruchu!«

Das Mondlicht fiel auf den Schnee, und sein Widerschein drang hell in die Höhle hinein. Das Festmahl endete mit Geschrei und Jubelgesängen, und der Hauptmann gab den Befehl zum Aufbruch. Draußen stellten sie sich auf in Reih und Glied, unterm nächtlichen Blau, und in den Herzen war das geheimnisvolle und funkelnde Zittern der Sterne. An der Berghalde drunten, mitten in der düsteren Masse eines Pinienwaldes, zittert auch ein Licht. Dort ist die Schenke, die Schenke am Weg nach Frankreich.

[KAPITEL XII]

Cara de Plata und der Schmuggler wärmten sich in der Küche der Schenke und warteten darauf, daß es Mitternacht würde, um sich dann auf den Weg zu machen, unterm Geleit des Wirtes. Die Nonne und das Mädchen hatten sich hinaufbegeben ins Obergeschoß, wo sie, nach langem Gebet, nun dösten, nebeneinander in einem Bett, das aus sieben aufgestapelten Matratzen bestand. Man hörte das Hufklappern eines Pferdes. Dann wurde an die Tür gepocht. Der Wirt kam schlaftrunken aus der Scheune, entfernte einen alten Packsattel, mit dem man die Fensterluke verdeckt hatte, beugte sich hinaus und fragte, wer der Reisende sei. Aber zur gleichen Zeit erkannte er ihn auch schon, und ohne die Antwort abzuwarten, hob er die Sperrbalken ab. Herein kam der Hirt, das Pferd hinter sich her ziehend:

»Ave Maria Purissima!«

Er ging quer durch die Küche, mitsamt dem Pferd, und verschwand in der Stalltür. Der Wirt folgte ihm mit der Öllampe, die er vom Leuchtertischchen genommen hatte. Die Küche wurde jetzt nur noch vom Herdfeuer erhellt. Cara de Plata und der Schmuggler sprachen flüsternd miteinander:

»Ich argwöhne irgendeinen Verrat.«

»Sie kennen diese Leute nicht, mein Sohn. Echter als eine Goldunze!«

Der Zweitgeborene verzog das Gesicht, indes er die Glut schürte, und gleich darauf kamen der Hirt und der Wirt zurück:

»Den beiden Damen und dem jungen Herrn wird es also nicht an Begleitung fehlen!«

Der Wirt, der dem Schmuggler zublinzelte, füllte ein Glas mit Chacolí-Wein und bot es dem Hirten an:

»Um den Frost aus den Knochen zu vertreiben!«

Der andere erwiderte mit gedämpfter Stimme:

»Man dankt für den guten Willen . . . Man dankt, aber ich nehm' keinen Schluck . . .«

»Sowas Verrücktes!«

Der Hirt schüttelte den Kopf:

»Mitternacht ist vorbei, und der Freitag hat schon begonnen. An diesem Tag faste ich, bei Wasser und Brot, das ganze Jahr über . . .«

Der Hirt näherte sich dem Feuer und bat, sich auf die Bank setzen zu dürfen, auf welcher der Schmuggler und Cara de Plata saßen. Sie machten ihm Platz, und der schöne Zweitgeborene musterte ihn von oben bis unten mit einem hochmütigen Blick:

»Das Fasten ist nichts für Soldaten!«

Und er leerte auf einen Zug die Tasse, die, halb voll noch mit Wein, neben ihm auf der Bank gestanden hatte. Der Ziegenhirt murmelte:

»Daß man Partisan ist, entbindet einen nicht von Gottes Gebot.«

Der Schmuggler blies den Rauch seines Glimmstengels beiseite; dann hustete er mit schelmischer Übertreibung, wobei er den Hirten über die Achsel anlinste:

»Das ziemt sich für Eremiten . . . Und da du allein mit deinen Ziegen in den Bergen haust, hast du ja wohl auch etwas von einem Eremiten.«

»Nicht mal Ziegen hab' ich, Opa, und ich hause von heute an auch nicht mehr auf dem Berg. Ich hab' mir vorgenommen, als Soldat dem König Don Carlos zu dienen . . . Und standhaft wie der Tüchtigste, ohne deshalb auf das Fasten zu verzichten.«

Cara de Plata lächelte geringschätzig:

»Es hat keinen Sinn, daß du hungerst, wenn dir das nicht zur Demut verhilft, Bursche. Weißt du überhaupt, wie weit dic Courage eines Mannes gehen kann?«

Der Hirt hatte die Arme über der Brust verschränkt:

»Ich behaupte: So weit, wie ein anderer gelangt, werde ich auch gelangen, mit Gottes Hilfe.«

Der Wirt rief herüber:

»Und wenn er dir nicht hilft, Ciro Cernín?«

Der Hirt schwieg ein Weilchen und schaute ausdruckslos in die Flammen:

»Mit Anstand zu sterben, dazu wird er mir allemal verhelfen.«

Und der Wirt, der die Querhölzer wieder an der Tür anbrachte, hielt inne, um zu entgegnen:

»Die Hilfe von oben wird wohl nicht dir allein vorbehalten sein! Sie wird allen zuteil, auch wenn nicht alle fasten.«

Der Hirt antwortete, während er die Augen senkte und vor Kälte erschauderte:

»Ich kasteie mich, damit sie mir nicht ermangele! . . . Aber warum seid ihr gegen mich?«

Cara de Plata fiel ihm ins Wort:

»Die Kasteiungen der Soldaten sind anderer Art . . . Marschieren, wenn es zu marschieren gilt, und Hunger leiden, wenn kein Brot da ist, und unter freiem Himmel schlafen, wenn kein Bett da ist. Aber zu guter Stunde, da heißt es sich erlaben.«

Der Schmuggler und der Wirt stimmten begeistert zu:

»Genau!«

»So ist es!«

Der Hirt schüttelte den Kopf, vor dem Feuer hockend mit verschränkten Armen. Goldenschimmernder Nebel war in seinen Augen:

»Nein, nicht Ciro Cernín! Nicht Ciro Cernín!«

Cara de Plata schaute ihn spöttisch an:

»Und du meinst, du seist im Krieg so tapfer wie der Allertapferste?«

Der Hirt antwortete leise:

»Wie der Allertapferste.«

»Wie ich?«

»Keinen Deut weniger!«

»Wie der König?«

»Der König läßt sich nicht mit unsereinem vergleichen.«

Cara de Plata fuhr auf, seine Weintasse am Boden zerschmetternd:

»Der König ist mit mir zu vergleichen, denn auch ich stamme von Königen!«

Der Hirt blickte ihn an, mit einem klaren, schönen Blick:
»Ich hätt' nicht gedacht, daß du vom Adel bist.«
Der schöne Zweitgeborene entfernte sich und ging wortlos und stolz in der Küche hin und her. Dann setzte er sich wieder auf die Bank, stützte seinen Kopf in beide Hände und starrte ins Feuer, während die anderen in ihrer alten baskischen Sprache die Taten von Miquelo Egoscué zu rühmen begannen. Sie waren noch immer mit der Schilderung seiner Heldenstücke beschäftigt, als die Mannen von seiner Bande in die Schenke hereinbrandeten und sie mit fröhlichem Tumult erfüllten. Auf der obersten Treppenstufe erschien die Nonne, völlig bestürzt:
»Was ist los, Cara de Plata?«
»Soldaten, von den Unsrigen, Tante.«
Die Señora stieg langsam herunter und blickte sich suchend um, da sie den Hauptmann begrüßen wollte. Miquelo Egoscué kam, begleitet von dem Wirt, ihr entgegen:
»Señora Madre, hier sind wir, zu Ihren Diensten.«
Die Nonne flüsterte mit nobler und aufrechter Freundlichkeit:
»Danke, mein Sohn!«
Der Wirt zog sich zurück und holte einen großen Krug Talavera-Wein, der alsbald rot schäumend sich in den Chacolí-Schlauch ergoß, während die Nonne und der Hauptmann weiterhin miteinander sprachen:
»Ich weiß Bescheid . . . Ihr Wunsch ist es, ins Königliche Hauptquartier zu gelangen.«
»Der Königin zur Seite zu stehen . . . Ihr helfen zu können, sie zu unterstützen in diesen Stunden, die so entscheidend sind für sie und für die Sache. Ich glaube, es genügt nicht, von ferne Hilfe zu leisten – uns alle fordert der Krieg.«
Der Hauptmann wiederholte energisch:
»Ja, alle!«
»Die Soldaten, daß sie ihr Blut vergießen; uns, die armen Frauen, daß wir das Blut stillen. Alle Mütter und alle Schwestern sollten hier sein. Was denkt wohl der Soldat, wenn er stirbt in

einem Spital oder auf einer Landstraße, alleingelassen, ohne einen Menschen, der ihm die Augen zudrückt?«

»Nun, er denkt wohl, daß es wenige Frauen gibt, die das Herz haben, dem Krieg ins Gesicht zu blicken, das Blut zu sehen und den Tod ... Und Nonnen noch weniger; alle haben Angst vor dem Pulver!«

»Ich habe auch Angst. Ich bin immer sehr feige gewesen, und jetzt will ich tapfer sein ... Die Tapferkeit ist eine Tugend, die so groß ist wie die Demut, wie die Barmherzigkeit, wie die Armut.«

Miquelo Egoscué riß sich die Mütze vom Kopf, hellauf begeistert:

»Bravo, Mutter Isabel!«

Die Nonne schürzte ironisch die Lippen, und zugleich erröteten ihre blassen Wangen:

»Die Tapferkeit läutert alle Tugenden, und die Furcht verschüttet sie unter Schlacken. Früher wußte ich das nicht; vor kurzem hab' ich's gelernt ...«

Der Hauptmann sagte, ganz leise, als wäre er in einer Kirche:

»Die Tapferkeit ist alles!«

Die Nonne schaute den schönen Zweitgeborenen an, der auf sie zukam, und sie lächelte melancholisch, als sie Miquelo Egoscué auf ihn hinwies:

»Sehen Sie den jungen Burschen da?«

»Den man Silbergesicht nennt?«

»Ja ... Sein Vater, der in Sünde lebt seit vielen Jahren, ist ein Schürzenjäger, Despot und Krawallkopf, aber seine Tapferkeit und sein Erbarmen mit dem Nächsten sind beispielhaft ... Ich glaube, daß er in seiner letzten Stunde das Heil erlangen wird, dank diesen zwei Tugenden ... Da er keine Furcht kennt, hilft er seinen Knechten und seinen Freunden selbst in den größten Gefahren. Und wenn einer etwas Übles getan hat, sagt er es ihm ins Gesicht ... So träuft er Honig auf viele Wunden und reißt viele Masken ab.«

Cara de Plata stand da, hörte aufmerksam zu, mit strahlenden Augen und einem kecken Lächeln:

»Ohne die Tugenden meines Vaters wären wir Söhne Banditen. Aber manches vererbt sich. Die Tapferkeit und die Nächstenliebe sind die Fundamente eines Geschlechts. In früheren Zeiten gab es geistliche Orden, zu deren Gelübden das der Tapferkeit gehörte, an erster Stelle. So steht es jedenfalls in der Geschichte der Ritter vom Templerorden.«

Die Nonne korrigierte ihn ernst und eindringlich:

»An erster Stelle steht der Glaube.«

Und sie stieg hinauf ins Obergeschoß, um Eladia zu wecken. Das arme taube Mädchen schlief noch immer, trotz dem Spektakel, den jene hundert Rotmützen machten. Mutter Isabel weckte es behutsam auf und berichtete ihm, den Mund am Ohr, von der Ankunft der Partisanen. Dann, ehe sie in die Küche hinuntergingen, beteten die Nonne und das Mädchen den Heiligen Rosenkranz.

[KAPITEL XIII]

Man hörte die Stimme der Greisin und das Krähen der Hähne. Eine verschlafene junge Magd zog den grünen Estaminvorhang zur Seite, der die dürftige Lagerstatt abschirmte, auf der die Alte ruhte, mit der Katze zu ihren Füßen. La Mai Cruz steiperte sich vom Kopfkissen ab und stieß einen Seufzer aus:

»Ach, meine mürben Knochen!«

Sie winkte einen Soldaten herbei, mit einer hageren Hand, die sie aus dem Daunenzeug hervorbrachte. Der Soldat kam ans Bett, und die Alte deutete mit dem Finger auf den Ofen. Der Bursche verstand nicht, was sie sagen wollte, und fragte schreiend:

»Was möchten Sie, Oma?«

»Junge, mach den Ofen auf ... Und mit den anderen, wie unter Brüdern, teil das Brot.«

Der Soldat ging zum Ofen, nahm den Deckel ab, welcher aus einer Steinplatte bestand, in deren Mitte ein Kreuz eingemeißelt war. Die Großmutter folgte ihm mit den Augen und richtete sich so hoch wie möglich aus dem Kissen auf, ständig ein bißchen mit dem Kopf wackelnd:

»Ich denk', es werden fünf Laibe sein, mein Sohn.«

Der Soldat zog sein Messer aus der Scheide und verteilte das heiße, goldbraune Maisbrot an ein paar wenige Kameraden, die sich um ihn geschart hatten. Manche von ihnen zerkrümelten es in die Tassen, worin sie ihren säuerlichen Chacolí-Wein hatten, und Mai Cruz sagte zu ihnen:

»Diese Krümel sind gut, wenn's ein süßer Heuriger ist. Und wenn der bitzelt und in die Augen hüpft im Januar ... Ach, ich hab einen Topf Honig gehabt, aber grad jetzt ist er alle! ... Wenn ihr den auf die Glut setzen würdet, ah, da könntet ihr's euch versüßen ... Ich weiß nicht, welche Katze den Honig wegfrißt ... Die Maid ist neu im Haus ... Ach Kinder, wie könntet ihr's euch versüßen ... Wenn man ihn aufs Feuer stellt, dann labt er das Herz ...«

Lächelnd wie ein Kind, plapperte La Mai Cruz, ohne daß

irgendwer darauf achtete. Die Soldaten machten sich marschbereit, und es herrschte ein gewaltiger Trubel in der Küche. Miquelo Egoscué hatte sich mit dem Schmuggler angelegt; er wollte, daß dieser die Nonnen in seinem Karren transportiere, denn die Paßstrecke war nicht so schwierig, wie der durchtriebene Alte hartnäckig vorgab. Wohlverstaut unter der Plane, hörten sich die Nonnen geduldig das Geschimpfe des Schmugglers mit an, der zwischen Stall und Karren hin und her ging, um seine Maulesel einzuspannen:

»Hü, Obristin! ... Auf geht's, Einauge! ... Ein Blitzschlag soll dir das Kreuz spalten! ...«

Mutter Isabel rief einen verwundeten Soldaten herbei und forderte ihn auf, im Wagen mitzufahren. Es war ein blutjunger Kerl, mit verbundener Stirn. Er stieg auf, gestützt von den vornehmen Händen der Äbtissin, während das Mädchen, angestrengt und furchtsam lächelnd, ihm das Gewehr hielt. Plötzlich tauchte La Josepa auf, mit lautem Geschrei. Sie kam aus der Scheune, wo sie geschlafen hatte:

»Säufer! Saufbold! Wo versteckst du dich, Haderlump?«

Der Müller aus Arguiña vermahnte sie von weitem:

»Zähm dein Mundwerk, Josepa!«

Die Bettlerin ging zurück in den Schober, um ihr Kind zu holen, und kam dann wimmernd zum Karren her:

»Wo ist mein Roque? Haben die hohen Herrschaften nicht meinen Mann gesehen?«

Streng antwortete Mutter Isabel:

»Nein, wir haben ihn nicht gesehen.«

»Haben Sie vielleicht eine milde Gabe für mein Herzenskind?«

Und sie hob das Kind empor, das in die Luft grapschte mit seinen milchigen und runzligen Händen. Eladia nahm es in die Arme:

»Es ist ganz blau vor Kälte!«

Die Bettlerin seufzte:

»Arme Kinder!«

Sie roch nach Wein und rieb sich die Augen mit beiden Händen. Um die Hüften hatte sie sich eine Soldatenjacke gebunden. Mutter Isabel schaute sie mitleidig an:

»Ist Roquito verschwunden?«

»Ja, gnädige Frau.«

»Hat er sich wohl versteckt?«

Josepa wimmerte:

»Überall hab' ich nachgeguckt! ... Vielleicht zeigt er sich wieder, wenn er weiß, daß die Mutter Isabel nicht mehr in der Gegend ist. Es ist nicht das erste Mal, daß er sich dünne macht. Manchmal überkommt ihn diese Art Verrücktheit.«

»Er ringt hart, um sich den Krallen des Satans zu entwinden.«

La Josepa fing an, sich die Haare zu raufen:

»Glauben Sie bloß nicht, daß wir in wilder Ehe leben ... In heiliger Unschuld ... Wir gehen gemeinsam, um einander zu helfen. Ich lehr' ihn, was es für Trippelwege gibt, wenn er von einem Ort zum andern muß; denn er stammt nicht von hier. Die Herrschaften wissen, daß ich nicht daherlüge. Und er teilt mit mir, was er hat; mit mir und dem Kleinen ... Schelm! Hübscher! Tapferer! Flinker!«

Sie breitete die Arme aus, indes sie ihr Kind anrief, das auf dem Schoß von Eladia hüpfte. Der Karren begann zu rollen, und der Schmuggler, der neben dem Gespann herging, ließ die Peitsche knallen:

»Hü, Obristin! ... Hü, Einauge! ...«

Mutter Isabel flüsterte rasch:

»Komm rauf, Tochter, steig ein.«

Die Bettlerin blinzelte heftig, zerrte an den Zipfeln ihres Kopftuches, so daß es straff auf dem Kopf saß, und stieg ein. Vor der Tür der Schenke wartete der Hauptmann, auf der Stute des Priesters von Astigar. Die hundert Rotmützen formierten sich auf dem Weg zur Marschordnung. Wieder knallte die Peitsche des Schmugglers:

»Hü, Obristin! ... Hü, Einauge!«

Es war noch nicht heller Tag, als sie die Landstraße verließen und sich auf Gebirgspfade begaben. Von ferne sah man, wie sie über Stock und Stein sprangen, mit munteren Rufen, die Ziegen verscheuchend. Der Karren folgte, im Schutzgeleit von ein paar Mann, einem schmalen Fuhrweg, zwischen zackigen Granitgraten: langsam zog er dahin unterm Gleitflug der Geier und der Drohung gewaltiger Felsblöcke, die lose auf den Berghängen lagerten. Kurz vor Mittag gelangte er in den Marktflecken Urdax. Auf dem Marktplatz tanzten die jungen Mädchen mit den karlistischen Freischärlern, die über Ziegenpfade schon viel eher hergekommen waren, und auf dem Balkon seines verwitterten Herrenhauses blies den Dudelsack ein alter Mann, der als Chirurg am Ersten Krieg teilgenommen hatte. Als er den Karren aufkreuzen sah, kam er herunter auf den Platz und rief dem Schmuggler zu, er solle rüberkommen und vor dem Portal seines Hauses anhalten. Dann nahm er die Mütze vom Kopf und wandte sich an Mutter Isabel:

»Von Miquelo hab' ich schon erfahren, wer Sie sind, meine Damen. In meinem Haus werden Sie Buße tun für Ihr Verschwörertum.«

Er nahm die Nonne, die ihm eine Hand entgegengestreckt hatte, um vom Karren zu steigen, mit seinen Armen auf, und das gleiche tat er dann mit Eladia. Stockenden Atems, aber lächelnd blickte Mutter Isabel ihn an:

»Schönen Dank!«

»Schön ist der Dank, aber nicht minder die Dankende. Zu einer Nonne darf man sowas nicht sagen, aber ich tu's – und wenn's Ihnen unangenehm ist, um so schlimmer!«

Mutter Isabel lachte in spontaner Sympathie:

»Uns ist's nicht unangenehm, Señor.«

»Serafín Fornoza. Nichts von Señor. Auch wenn ich einen weißen Kopf hab', bin ich kein Würdegreis. Etwa so alt wie das kleine Fräulein da.«

Wieder zog er seine Mütze und grüßte Eladia mit einer tiefen Verbeugung. Das arme Mädchen antwortete ihm mit einer traurig-unsicheren Miene voller Herzlichkeit. Die Nonne flüsterte:

»Sie ist taub. Man muß lauter reden.«

»Durch Zeichen werde ich mich mit ihr verständigen, wie mit einer Freundin hinterm Fenstergitter. Es kann freilich sein, daß ich nicht mehr so recht in Übung bin!«

Und mit wimpernflinken Fingerbewegungen klimperte er den Lobpreis ihrer Augen, sie mit dem Zwinkerblinkern der Sterne vergleichend. Eladia wurde rot und erzählte es lachend der Mutter Isabel. Sie gingen ins Haus hinein, und die Töchter des Chirurgen, sieben kleinstädtische junge Damen, stürzten im Schwarm die Treppe herunter, um sie zu empfangen. Entzükkensgesten, Schreie, Freudengewirbel.

[KAPITEL XIV]

Am Nachmittag desselben Tages kam ein Bauer mit der Meldung, die republikanische Kavallerie sei in der Nähe; und sofort versammelten sich auf dem Platz die Freischärler und einige bejahrte Männer aus dem Flecken, die mit ein paar alten Flinten nur schwach bewaffnet waren. Eine Witwe, die direkt neben der Kirche wohnte, und ein Bub, ihr Sohn, läuteten Sturm, mit sämtlichen Glocken. Die Tänze wurden abgebrochen, die Gemütlichkeit, welche geherrscht hatte, war wie weggefegt, und alle machten sich bereit für den Rückmarsch ins Gebirge. Sich auf einen Kampf mit der republikanischen Kavallerie einzulassen, wäre zu riskant gewesen; und dennoch wollte man nicht einfach fliehen, auf die bloße Nachricht hin, sie sei in der Nähe, sondern wollte dem Gegner auflauern hinter Felsen an der Landstraße und den einen oder anderen Reiter aus dem Sattel heben. Der Bauer, der die Meldung gebracht hatte, trank, sich den Schweiß abwischend, vor der Tür des Pfarrhauses einen Schöpfbecher voll Apfelwein aus:

»Rote Waffenröcke! Mehr als dreihundert, und . . .«

Miquelo Egoscué entschied, zu warten, bis man die Stoßrichtung jener Truppe erkennen würde, die noch drei Meilen Weges entfernt war. In einem großen Saal, wo ein großer, hufeisenförmiger Tisch stand und eine Christusfigur an der getünchten Wand hing, sagte der Bandenführer erklärend zu Cara de Plata:

»Ich habe ein paar Doppelposten längs des Weges placiert, Scharfschützen, die nicht ins Leere knallen werden, und zugleich uns durch die Schüsse informieren. Bei solcher Absicherung ist es kaum möglich, daß der Feind uns überrumpelt, denn ich weiß Bescheid über seine Bewegungen und kann ihn an der Nase herumführen.«

In einem Sessel zu Füßen der Christusfigur saß die Nonne. Der Krieg kam ihr allmählich vor wie eine lange, traurige Agonie, wie das Grimassieren eines Epileptikers. Die versumpften Felder und der schlammige Schneematsch, welcher die Wege bedeckte, bewirkten in ihr eine unbestimmbare Empfindung von Angst und Kälte: es war die gleiche Empfindung wie früher, wenn sie zusah, wie jemand während eines Wolkenbruchs beerdigt wurde, und wenn sie hörte, wie der Regen auf den dumpf dröhnenden Sarg hämmerte. Sie hatte sich den Krieg großartig und strahlend vorgestellt, erfüllt vom Donnergetöse der Trommeln und den hellen Klängen der Signalhörner. Einen Krieg hatte sie sich ausgemalt: hochherzig wie ein Hymnus, in dessen Brausen die Schwerter leuchteten wie Feuerzungen und die Kanone als die Stimme der Berge zu vernehmen wäre. Sie sehnte sich danach, zu dem Flackerfeuer zu kommen, in dem sie verbrennen wollte, und wußte nicht, wo es war. Überall gewahrte sie den Widerschein, fand aber nirgendwo das Geloder goldener Zungen, heilig wie ein Opferbrand:

»Daß doch meine Seele zerginge in der Flamme deiner Liebe, mein Herr Jesus Christus!«

Als der Abend dämmerte, erfuhr man, daß die republikanische Kavallerie sich geteilt und in den Ortschaften Elorza, Ergoy, Ayanz und San Pedro de Orlaz Quartier genommen hatte. Der Müller, welcher der Zweite Mann in der Partisanengruppe war, überbrachte diese Meldung dem Bandenchef, der sich umdrehte und mit der schlichten Direktheit des alten Haudegens zu den anderen sagte:

»Es besteht also keine Hoffnung mehr, daß sie kommen.«

Mutter Isabel fragte:

»Warum, Señor Miquelo?«

»Weil sie hier in den Bergen auf Schritt und Tritt derart Angst haben, daß sie, sobald es dunkel wird, sich in den Dörfern einriegeln, bis die Sonne wieder aufgeht.«

Cara de Plata sagte:

»Demnach wird also der Krieg bei Tage geführt.«

»Von seiten der Guiris, ja; wir führen ihn jedoch zu jeder Stunde, und mehr bei Nacht als am Tage.«

Der alte Fornoza bemerkte:

»Den Karlisten flößt die Nacht keine Angst ein. Sie sind Wölfe, die alle Schlupfwinkel des Gebirges kennen und auch im Finstern sich dort völlig sicher bewegen.«

Mutter Isabel erlaubte sich, mit dem leichten Lächeln einer vornehmen Klosterdame, die Andeutung eines Einwandes:

»Aber ich meine, daß auch die Republikaner bei Nacht angreifen, wie vor kurzem in Monreal.«

Die Augen von Miquelo Egoscué funkelten:

»Ich war dabei! Es stimmt, daß sie bei Nacht angriffen; aber da haben sie Lehrgeld gezahlt. Nouvilas, ihr General, war schon umzingelt von den Unseren, und wir haben ihnen die Kanonenwischer unterm Hintern weggezogen ... Jetzt gehen sie mit der Sonne zu Bett, wie die Hühner.«

Wieder ertönte die Kirmestrommel, und der Chirurg ging hinaus auf den Balkon mit seinem scharlachroten Dudelsack. Aufs neue fingen die Tänze an und die Juchzer zu den baskischen Zorcico-Liedern:

»Chuchuruchu! Chuchuruchu!«

Eine Schar kleiner Bengel entfachte ein Feuer. Sie liefen von Haus zu Haus und erbettelten bei den alten Frauen getrocknete Zistrosenbüschel, Kiefernreisig und Maisstroh. In Grüppchen vor den Türen stehend, trugen sie psalmodierend ihre Bitte vor wie ein Lernsprüchlein in der Schule:

»Mai Mari! Mai Juani! Mai Rosa! Gibt's einen Armvoll Futter für unser Feuer?«

Sie kehrten zurück auf den Platz mit munterem Gelärme, das widerhallte in jenem ländlichen Saal mit gekalkten Wänden, wo der Partisanenchef und der Zweitgeborene hin und her schritten, von einem Ende zum anderen, in der tiefen Stille des Abends, vor den weltentrückten Augen der Nonne, die noch immer mit gekreuzten Händen in dem Ledersessel saß, unter den Füßen der Christusfigur. Ab und zu blieb einer der beiden an der Balkontür stehen, reglos, und ließ seine Augen sich am Anblick der Tanzenden weiden. Einmal, als er wieder am Balkon stand, sah der Bandenführer eine Bettlerin herkommen, die vom Platz aus laut nach ihm rief:

»Herr Hauptmann! Herr Hauptmann!«

Es war Josepa aus Arguiña. Der Hauptmann trat auf den Balkon:

»Was gibt's?«

»Es heißt, die Schwarzen kommen nicht mehr. Willst du, tapferer Mann, daß ich irgendwohin gehe? ... Befiehl, daß man mir einen Laib Brot in diesen Korb tut, und du wirst morgen neueste Nachrichten haben.«

Miquelo Egoscué ließ seine Augen über die fernen Berge schweifen:

»Ein langer Weg ist da zu laufen!«

Die Bettlerin erwiderte:

»Befiehlst du, daß man mir einen Laib Brot gibt und einen Tropfen Anisschnaps für mein Kleines, dann soll's mir gleich sein, ob der Weg lang ist oder kurz.«

Und balkonwärts hob sie das Kind empor, das blau vor Kälte schien, eingewickelt in scheußliche gelbe Lappen. Eine Nachbarin kam heraus mit einem Brot und einem grünen Krüglein. Der Bandenhäuptling flüsterte:

»Schnurstracks nach San Pedro de Olaz.«

Die Nachbarin bemerkte:

»Fast vier Meilen!«

La Josepa machte einen Hupf:

»Vergelt's Gott, Mai Rosa! Der lange Weg soll mir egal sein. Eiserne Sandalen würd' ich durchwetzen, dem König Don Carlos zuliebe ... Und um all die Schwarzen an einem Galgen baumeln zu sehen, die Schwarzen, die mich zur Witwe gemacht haben und zur Bittstellerin vor den Haustüren!«

Der Partisanenführer ermahnte sie knapp:

»Paß auf, daß sie dich nicht erschießen!«

»Dazu sind die nicht imstand! Sollten sie Verdacht schöpfen – zwanzig Stockschläge könnten sie mir verabreichen lassen ...«

Sie setzte sich das Kind auf eine Hüfte und ruckte grüßend mit dem Kinn. Die Nonne, die auf den Balkon herausgekommen war, sah sie davongehen, bebürdet mit dem Kind, und mit dem

Brot für unterwegs. Ihr war, als vernähme sie tief aus ihrem Inneren und aus der dämmerigen Luft eine Stimme:

»Lerne du, den Pfad dieser nackten Füße zu gehen! Nimm dir ein Beispiel an diesem bescheidenen und sündigen Leben, ganz entflammt vom frommen Gefühl eines Volkes, für das sein Durst nach Gerechtigkeit eins ist mit der strahlenden Hoffnung, daß es eines Tages, wenn der Krieg zu Ende ist, einen milden Vater findet in seinem König. Josepa aus Arguiña ist wie einer jener verlassenen Hunde, die an den Straßenrändern umherstreunen, auf der Suche nach einem Herren, und die, herrenlos noch immer, rasend werden vor Durst unter der Sonnenglut im August: Hunde, die mit Steinwürfen verfolgt werden, Hunde mit schimmernden Augen, die eines Tages getötet werden von der Guardia Civil!«

[KAPITEL XV]

La Josepa schlief in einer Höhle, nahe bei San Pedro de Olaz. Im Morgengrauen begab sie sich hinüber zu der Mühle, wo einige Soldaten sich einquartiert hatten; und sie trieb sich bei ihnen herum und begann um Almosen zu betteln. In der Ferne ertönte eine Trompete. Die Soldaten striegelten eilig die Pferde. Ein paar gingen, eingemummt in Decken, hinunter zum Fluß, und was sie sangen, hatte eine jugendfrische Helle in dem kalten und regnerischen Morgen. Sie sangen heimatliche Lieder, welche die ursprüngliche Seele des Hirten- und Kriegervolkes spüren ließen. La Josepa ging in die Mühle hinein, und als ihr auffiel, wie blaß das Gesicht des Kindes war, das in ihren Armen schlief, stimmte sie eine Bittlitanei an, man möge ihr doch gestatten, sich am Feuer zu trocknen. Ein mitleidiger Soldat überließ ihr ein paar Überbleibsel von seiner Verpflegung. La Josepa revanchierte sich mit einer neuen Litanei, einer Danklitanei:

»Gott soll dir's lohnen, Sohn einer guten Mutter. Gott soll dir's lohnen, netter, behender Junge! Bist du schon lang bei der Truppe? Dann marschier nur heut noch nach Hause, den Entlassungsschein zusammengerollt im Sack! Beim glorreichen Sankt Cernín, du siehst ja aus, als wärst du noch keine fünfzehn! Wirst schon einiges mitgemacht haben? Leid und Mühsal! Leid und Mühsal! . . . Wie heißt deine Schwadron, Junge?«

Der Soldat lächelte stolz:

»Erste von Numancia!«

»Und was heißt das?«

Der Soldat machte eine unbestimmte Miene:

»Das ist halt der Name der Schwadron . . . So hat man sie halt getauft! . . .«

Die Bettlerin vergrub die Fingernägel in ihrem Schopf:

»Ein Glück im Unglück ist ja, daß ihr zu Pferd seid . . . Die armen Teufel, die zu Fuß gehen müssen, jetzt, wo die Wege verschneit sind! Und wo geht ihr nun hin, von hier aus?«

»Dahin, wo man uns hinschickt.«

»Mit den guten Pferden, die ihr habt, schafft ihr sicher unzählige Meilen am Tag. Ihr seid wohl viele tausend Mann?«

Der Soldat schaute die Bettlerin an, ein vages Mißtrauen im Blick, das sich zerstreute, als er sah, wie sie gebückt dasaß und dem Kind die Brust gab, das elendiglich zitterte unter seinen Lumpen. Ohne zu antworten, ging er auf eine niedere Tür zu und rief laut:

»Chefin! . . . Wir gehn jetzt! . . . Nichts für ungut! . . .«

Man hörte eine Frauenstimme:

»Auf Nimmerwiedersehen, hoffentlich!«

Die Soldaten ritten ab, in einem Trab, der herrlich prasselte auf dem hartgefrorenen Weg, und die Müllerin kam unter die Tür, um sie davonziehen zu sehen. Sie war eine junge, resche Person, das Haar weiß vom Mehl, und die Augen grün wie das Wasser des Flusses, und die Wangen leuchtend in sonnigem, ländlichem Liebreiz. Bis die letzten Reiter hinter einer Wegbiegung verschwanden, blieb sie wortlos in der Türe stehen, in die Ferne schauend, eine Hand reglos über den Augen, wie eine Figur auf einem Altarbild:

»Ich mache das Kreuz, wenn ich die sehe! Sie haben weder Hörner noch Schweif, aber Teufel sind sie doch.«

La Josepa stimmte zu:

»Aus den finstersten Schlünden der Hölle!«

Die Müllerin betrachtete das Kind, das an der Brust der Bettlerin hing:

»Was gibst du dem Kleinen da? Meiner Treu! Gift!«

Sie ging hinein und öffnete eine große Truhe, aus der sie einen Krug nahm, der zugedeckt war mit einem Tuch aus hausgewobenem Linnen, gesäumt mit einer rötlichen Borte. Die aus Arguiña stand noch immer unter der Tür und blickte spähend ins Gelände:

»Sind viele Truppen hier in der Gegend?«

»Nun, gestern sind sie den ganzen Tag lang pausenlos vorbeimarschiert, zu Pferd und zu Fuß. Und heute, so heißt's, soll das grad so weitergehen.«

»Wenn Don Manuel nicht so weit weg wäre, der würd' sie Mores lehren!«

Die Müllerin schüttelte den Kopf, während sie die Milch aus dem Krug in einen Napf goß:

»Gib's dem Kleinen.«

La Josepa nahm den Napf und kauerte sich nieder, den Rükken an der Wand:

»Der ist verwöhnt ... Er schluckt's nicht, es sei denn aus der Titte ... Ich muß es trinken, und er läßt sich's dann angelegen sein, es aus mir herauszunuckeln.«

Die Müllerin machte eine Gebärde des Bedauerns, indes sie, die Schürze voller Maiskolben, sich beim Feuer niedersetzte, um die Kolben zu entkörnen. Plötzlich hielt sie inne, gespannt lauschend, und wie ein Raschelrauschen von Laub klang die Stimme Josepas:

»Truppen im Anmarsch!«

Man hörte den Gleichschritt einer Kolonne, die auf dem Weg herankam. Die Müllerin ließ die Maiskolben fallen und rannte zur Tür:

»Forales sind's, du!«

Die Forales, denen seit dem vorigen Krieg der Ruf besonderer Tapferkeit vorausging, waren mit dem Gebirge so vertraut wie die Freischärler des Königs. Als Abenteurer im eigenen Land hatten sie die fröhliche Wildheit der Soldaten von einst, und die Liebe zum Blut und zum Feuer. Die schöne spanische Tradition! Von den Partisanen wurden sie gehaßt wie Abtrünnige, und noch größer war der Haß auf sie in jenen patriarchalischen Gehöften, über die sie plündernd herfielen, ohne die Frauen zu respektieren oder den greisen Hausherrn, der den Rohrsessel nicht mehr verlassen konnte. Als sie sah, daß die Forales hielten, ging die Müllerin ins Haus und verschloß die Tür. In zwei getrennten Reihen rückten sie an, zwischen sich, streng bewacht, ein Häuflein von fünf Gefangenen. Ein Soldat sprang voraus und klopfte mit dem Gewehrkolben an. Drinnen sagte die Müllerin:

»Sie werden die Tür einschlagen, du! Mach auf, Josepa.«

Die Bettlerin gehorchte, wobei sie drohend zischelte:

»Ist denn kein Gift im Haus, das man ins Brunnenwasser schütten könnte!«

Die Truppe drängte in die Mühle herein, die Gefangenen vor sich her stoßend, denen man die Hände gefesselt hatte. Sie waren völlig verdreckt, und man sah es ihnen an, daß sie unterwegs geschleift worden waren. La Josepa quetschte sich zwischen den Soldaten hindurch und ging auf einen der Gefangenen zu:

»So weit hast du's also gebracht, Saufbold!«

Der Mann hob den Kopf und runzelte die Schnauze zu einem ungefähren, greisenhaften und kindlichen Lachen:

»So weit hab' ich's gebracht! . . . Potz Blitz! Potz Blitz! . . . Weißt du, sie schleppen mich zur Erschießung, Josepa.«

Die aus Arguiña blickte die Forales mit einer verächtlichen Miene an:

»Dazu sind die nicht imstand!«

Roquito zuckte mit den Achseln, duckte sich und blinzelte:

»Wer weiß! Potz Blitz!«

Neben dem Feuer hockend, das Kinn auf die Knie gestützt, schien er auf groteske Weise zu schrumpfen, in seinem eigenen Lachen zu versinken und darin umherzukullern wie das Kügelchen in einer Klapperschelle. La Josepa sah, daß seine Hände durch die Abschnürung dunkelviolett verfärbt waren, und fühlte großes Mitleid:

»Sie schleppen dich ab wie die Juden den Herrn.«

In den Augen Roquitos zuckte eine Liebesflamme aus der Dämmertrübnis vager Geistesverwirrung:

»Der Teufel wird sich schön die Haare raufen, nachdem er mich doch schon am Wickel hatte! . . . Hast du ein Stückchen Brot, Josepa?«

Die Bettlerin zog einen Ranken aus der Rocktasche und hielt ihm den vor den Mund.«

»Beiß ein Stück ab.«

Roquito schlug gierig die Zähne hinein:

»Potz Blitz! Potz Blitz!«

»Schikane ist's, dir nicht mal die Stricke so zu lockern, daß du das Brot mit eigenen Händen halten kannst.«

»Laß mich nur Mühsal ertragen!«

»Wie kam's, daß sie dich geschnappt haben?«

»Ein paar Soldaten brachten mich ins Spital, wegen einer Verwundung, die ich im Rücken habe. Du mußt sie dir ansehen, denn sie brennt, und solltest sie mit Schweinespeck einreiben, falls die Hausherrin ein mildtätiger Mensch ist. Im Spital, beim Delirium, das mich dort überkam, hab' ich alles gestanden.«

»Du richtest dich selber zugrund, Saufbold!«

Roquito begann zu lachen, wobei er die Forales anschaute:

»Die sagen, sie schleppen mich fort, um mich vor ein Kriegsgericht zu stellen. Doch sie schleppen mich fort, um irgendwo unterwegs mich zu erschießen.«

Stoisch murmelte einer der Gefangenen:

»Uns allen blüht das gleiche . . . Die Soldaten verhehlen es nicht . . . In Otaín sagte man uns, daß wir nach Pamplona gebracht werden sollen . . . Manche haben das geglaubt, aber inzwischen ist es auch dem letzten klargeworden, was ihn erwartet.«

Roquito wandte sich an Josepa:

»Schieb mir das Brot zwischen die Zähne. Hast du's gehört, daß alle Schwarzen, die im Weiler San Paúl waren, in den Flammen umgekommen sind? Weißt du, wer Feuer an die Türen gelegt hat? Hier, schau ihn dir an!«

La Josepa schrie, mit einer Stimme, die in schallendes Gelächter umkippte, was so wirkte, als bräche ein Schluchzen aus ihr hervor:

»Und das hast du geschafft, Saufbold?«

Roquito zog den Kopf zwischen die Schultern, runzelte die Schnauze und lachte das knäbische Lachen vager Geistesverwirrung:

»Potz Blitz! Potz Blitz!«

In diesem Moment kamen einige Forales herbei, und mit den Gewehrkolben jagten sie die Gefangenen auf. Zwei alte Männer baten darum, man möge sie doch noch ein Weilchen ausruhen lassen; aber der Anführer der Truppe lehnte dies ab. Alle gingen hinaus auf den Weg, und vier Forales verließen die Kolonne, wobei sie einen der beiden Alten mitnahmen. Man sah, daß sie die Landstraße verließen und einem Pfad folgten, der ins Felsgeröll führte. Die Gefangenen blickten einander schweigend an. Der andere Alte murmelte:

»Der ist der erste.«

Nachdem einige Zeit verstrichen war und es ein Getuschel unter den Soldaten gegeben hatte, verließen vier andere Forales die Kolonne, wobei sie einen jungen Burschen aus Roncesvalles mitnahmen. Als sie ihn in eine Kehre trieben, drehte er sich um und schrie:

»Es lebe Carlos VII.!«

Roquito war der letzte. Die Bettlerin stand auf der Türschwelle, mit trockenen Augen und einem Mund, der vor Blässe ganz weiß war. Sie hatte das Kind auf den Armen, und der ehemalige Küster rief ihr zu:

»Bring mir den Kleinen her, daß ich ihn küsse, mit Erlaubnis des Herrn Offiziers.«

La Josepa kam mit dem Kind und hob es hinauf zum Mund des Gefangenen, der beim Versuch, sich vorzubeugen, aufstöhnte, da der Wundschmerz ihn durchzuckte:

»Lebwohl, Spatz! Sei kein Sünder!«

Er ging fort, flankiert von den Soldaten. Josepa aus Arguiña blieb einen Augenblick reglos stehen, mitten auf der Straße, dann rannte sie los, dem Gefangenen hinterdrein:

»Wärt ihr imstand, ihn zu töten! ... Wärt ihr denn imstand!«

Josepa, mit dem Säugling rittlings auf der Hüfte, folgte dem Peloton, schreiend und schreiend. Der ehemalige Küster, mit gefesselten Händen, erhobenem Kopf und dem Ausdruck der Geistesverwirrung im Gesicht, war in seinen durchnäßten Lumpen ein heroischer und strahlender Hampelmann.

[KAPITEL XVI]

»Man muß die Dinge so erledigen, wie Gott es vorschreibt.«

Diego Mail, der Sergeant der Forales, sagte das im Tonfall eines endgültigen Urteilsspruches, als er merkte, daß die Burschen seiner Mannschaft flüsternd untereinander ausmachten, dem Roquito ihre Kugeln durch den Kopf zu jagen. Der Trompeter kniff ein Auge zu und wies auf La Josepa:

»Wenn die Señora uns hartnäckig nachläuft ... Und schließlich muß es ja mal sein ...«

Sie durchquerten einen Pinienwald, in dem völlige Stille und ein trauriges Duster herrschten. Hin und wieder nur vernahm man das Flattern eines Vogels im Gezweig, und einmal erblickten sie den Fuchs, der vom Dorf heimkehrte: weit entfernt, mit gesenktem Schweif, strich er flink vorbei. Sie schrien ihm nach:

»Ho! ... Ho! ...«

Die Landstraße durchmaß den ganzen Wald, der sich fast eine Meile weit erstreckte. Roquito marschierte zwischen Gewehren, mit gefesselten Händen, halblaut betend. Und neben der Straße her, das Kind in den Armen tragend, ging Josepa aus Arguiña, mit Augen, die verängstigt und zornig zugleich waren. Die Forales flüsterten noch immer miteinander und sprachen sich ab:

»Sonst eskortiert die uns bis nach Olaz!«

»Und geht uns auf die Nerven, verflixt nochmal!«

»Das Rechte wäre: Wir binden sie an einen Baum und überlassen sie ihrem Schicksal!«

»Wenn wir raus sind aus dem Wald, finden wir keinen geeigneten Platz mehr.«

Pedro Guillén und Juan aus Olite machten sich an den Sergeanten heran. Der Veteran schüttelte den Kopf, noch ehe er sie anhörte, und wiederholte seinen feierlichen Spruch:

»Man muß die Dinge so erledigen, wie Gott es vorschreibt.«

Geheimnistuerisch gab Pedro Guillén zu bedenken:

»Wenn wir raus sind aus dem Wald, finden wir keinen geeigneten Platz mehr, Herr Sergeant.«

»Wir werden ihn abliefern, wie das Gesetz es vorschreibt, im Gefängnis von Orlaz!«

Juan aus Olite erwiderte:

»Um uns morgen dann erneut mit ihm auf den Weg zu machen, Herr Sergeant.«

Barbarisch feixend, lachte Pedro Guillén:

»Zu guter Letzt müssen wir ihn halt doch umpusten ... Und wenn die Señora dabei zugucken will, würde ich ihr das Vergnügen nicht rauben.«

Der Sergeant machte seine Augen zu schmalen Schlitzen und betrachtete aufmerksam die Spitzen seines weißen Schnauzbartes:

»Vor den Augen dieser Frau, sage ich, können wir als Christen den Mann nicht abknallen.«

La Josepa blickte sie rachgierig an, ohne ein Wort zu sagen. Sie kamen zu einer weiten Lichtung, die sich durch die Regenfälle in einen Sumpf verwandelt hatte, und machten Halt, um die Sache zu beraten. Der Sergeant ließ seine Augen über das Gelände schweifen, das in grünem, immerwährendem Schatten lag, hoch umwölkt vom Dämmerwesen der Pinienwipfel.

»Hier war's, damals, im letzten Krieg! ... Die Landstraße gab's noch gar nicht! ...«

Er machte ein paar Schritte, schaute sich die Stämme an und blickte hinauf in die Baumkronen:

»Groß geworden sind sie!«

Juan aus Olite antwortete:

»Seither sind auch Jahre verstrichen!«

»Aber ja!«

Pedro Guillén bemerkte:

»Wenige Menschen von damals sind noch am Leben.«

»Die Menschen sind nicht so langlebig wie die Pinien, auch nicht so stark, so standhaft. Schau dir das an, wie die aufgeschossen sind, wie sie im Saft stehen, während ich nicht mal ein Abklatsch von dem Burschen bin, der ich mal war.«

Juan aus Olite, der ein Neffe des Veteranen war, fragte:

»Also, was machen wir, Onkel?«

»Wenn die Frau uns auf den Fersen bleibt, haben wir keine Wahl. Wir müssen den Häftling abliefern in Olaz.«

»Die Frau bleibt uns auf den Fersen.«

Pedro Guillén zeigte sämtliche Zähne, als er wieder in sein großes, barbarisch fröhliches Lachen ausbrach:

»Hier könnte sie schreien, so laut sie will – nur die himmlischen Vöglein würden sie hören.«

Der Sergeant ließ sich auf einem Stein nieder, der eine Flurgrenze markierte:

»Nachher würde sie durch die Weiler laufen und es an die große Glocke hängen. Ach, Jungens, ihr wißt wenig vom Leben! Der Krieg wird vorbeigehen, und wir werden dableiben und müssen hier miteinander weiterleben, denn dazu sind wir als Kinder ein und derselben Erde geboren. Macht die Dinge nicht noch schlimmer, als sie schon sind. Das vorige Mal, da war ich der gleichen Meinung wie ihr heute. Der Friede wurde geschlossen, und ich mußte fortgehen, in fremde Gegenden, denn hier, in der Heimat, war mir das Leben verleidet durch das Grauen, das mich befiel, wenn ich in irgendein Haus trat und sehen mußte, daß darin zumindest einer fehlte. Ich sah da nicht mehr die Parteien, sondern den leeren Platz und die Trauerkleider der Frauen.«

Gedankenversunken blieb er sitzen, hob langsam den Kopf und schaute hinauf zu den Pinienkronen. Eine schwarze Wolke überzog den Himmel, welche die Lichtung einzuschließen schien, wie die Stille und der Schatten des Pinienwaldes ringsum sie einschlossen. Einengung, bedrückend und aufstachelnd. Pedro Guillén schlug mit dem Gewehrkolben gegen die Stämme und legte das Ohr ans Holz:

»Das wummert, als ob eine Kanonenkugel eingeschlagen hätte!«

Der Veteran murmelte, die Augen nach oben gerichtet:

»Wie groß sie geworden sind! Und sie werden noch viele Kriege sehen, während wir . . . «

Ein Bursche, der sich auf den Erdboden gelegt hatte, schrie:

»Jetzt schlagen die Holzfäller zu, Herr Sergeant. Man hört die Axthiebe.«

Alle hielten inne und lauschten. Man hörte die Hiebe, die ins Holz krachten, fern und gewaltig, in gemächlichem Takt. Die Forales setzten sich in Marsch. Josepa aus Arguiña lief hinterdrein, und mit den Zähnen knackte sie Pinienkerne auf, die sie dann dem Kind in den Mund steckte. Der Sergeant berichtete eine Begebenheit aus dem vorigen Krieg:

»Damals gab es hier noch keine Landstraße. Es war ein Pfad, auf dem kein Karren vorwärts kam. Ein Saumpfad nur, auch wenn er als Fahrweg bezeichnet wurde. Und Pedro Mendía, der Vater von dem, der heut als Partisan herumzieht, überfiel mit seiner Bande einen Trupp von zwanzig Mann und ließ sie alle erschießen. Ehe er abzog, befahl er, zwanzig Bäume mit einem Kreuz zu markieren. Zur Abschreckung und Belehrung, sozusagen. Wenige Tage später kamen wir hier vorbei, mit dem großen General Mina. Er sah die Kreuze und ließ sie zählen: Zwanzig, Herr General. Er blieb völlig ruhig. Gegen Abend kamen wir nach Lecaroz. Niemand von uns, glaube ich, dachte noch daran; und der General sagte, ohne vom Maultier zu steigen: Schnappt euch vierzig Mann. Die gab es nicht, nur Greise und Buben; denn die Burschen waren alle bei den Partisanen. Von jeher waren die Leute von Lecaroz überzeugte Karlisten. Greise und Buben wurden also hierher gebracht, vierzig an der Zahl, und wurden erschossen. In die Pinien ritzten wir vierzig Kreuze.«

Schallend erklang das Lachen von Pedro Guillén:

»Das war noch der wahre Krieg!«

Der Veteran wandte den Kopf und schaute zurück:

»Ich glaub', einige von den Bäumen hab' ich wiedererkannt! . . .«

Er nahm Abschied mit einem langen, verhangenen Blick, in dem jene Traurigkeit war, welche die alten Bulldoggen in den Augen haben. Gegen Abend lieferte er den Häftling ab, im Gefängnis von Olaz. Josepa aus Arguiña schlief auf der Türschwelle.

[KAPITEL XVII]

Zwei Tage hielten sich die Partisanen von Miquelo Egoscué im Marktflecken Urdax und in dessen Umgebung auf. Bei Anbruch des dritten, als die Sterne noch funkelten, machten sie sich auf den Weg. Der Karren bildete den Schluß des Zuges, eskortiert von drei fußkranken Soldaten. In der Nähe von San Martín de Goy stießen sie auf eine Bande von sieben Mann, die plötzlich querfeldein auf sie zukamen, aus einem von Lachen durchsetzten Gelände, das bleifahl schimmerte im Morgengrauen. Alle kannten sich, und schon von weitem riefen sie einander zu:

»Stehenbleiben! Stehenbleiben!«

»Was ist los?«

»Der Feind rückt an. Er kommt auf der Landstraße.«

»Weit weg?«

Für alle antwortete ein alter Mann, der nur mit einem Prügel bewaffnet war:

»So, daß sie uns packen, wenn wir hier noch länger rumstehn und schwatzen.«

Miquelo Egoscué sprengte vor, prächtig sein Pferd beherrschend:

»Von wo kommen sie? Und wer hat sie gesehen?«

Viele Stimmen gaben Antwort:

»Wir alle haben sie gesehen.«

Und der Alte fügte hinzu:

»Jetzt sind sie wohl beim verbrannten Kiefernwald angelangt ...«

Ciro Cernín, die Augen voller Glut, reckte seinen Hirtenstab:

»Ein heimtückisches Schurkenstück des Pfarrers!«

Der Hauptmann gebot ihm mit einer heftigen Gebärde, zu schweigen. Sich vorbeugend über den Sattelbogen, hörte er die sieben Bauern an, die, mitten unter seinen Leuten schon, lauthals die drohende Gefahr verkündeten. Der Müller rief den Alten an, der sich auf seinen Prügel stützte und ein Gesicht machte, als wäre er in Abgründe finsteren Nachsinnens versunken:

»Pero Mingo.«

Der Alte hob den Kopf:

»Zu Befehl!«

»Was grübelst du, he?«

»Ich grüble nach, auf welche Weise ich mir wohl ein Gewehr beschaffen könnte . . . Ein Prügel nützt wenig im Krieg.«

Und er wies den Mannen von Miquelo Egoscué seinen Knüttel vor, knotig wie die Keule auf einer Spielkarte. Der Liedermann aus Albéniz schrie ihm zu:

»Wenn ich falle, erbst du meinen Karabiner, Pero Mingo.«

»Dich schlägt ja nicht mal ein Blitz entzwei.«

»Ich kämpfe in der vordersten Linie.«

»Und ich muß mir mit dem Prügel ein Gewehr erwerben, sobald wir die Kerle angehen . . .«

Miquelo Egoscué rief den Alten herbei und fragte ihn, über den Sattelbogen gebeugt, mit gedämpfter Stimme:

»Hast du genau gesehen, daß es Käppis waren, Alter?«

»Genau hab' ich das gesehen!«

»Sind's viele?«

»Unzählige! Die republikanischen Truppen sind alle auf dem Marsch, um sich im Tal von Olaz zu vereinigen.«

Egoscué legte sich die Hand auf die Augen, und so verharrte er ein Weilchen, als wollte er in seinem Inneren die Stimme der spontanen Herzenseingebung vernehmen:

»Was ist da zu tun?«

Wieder und wieder sagte er denselben Satz vor sich hin, über den Vorderzwiesel gebeugt, wobei er die Zügel des Pferdes losließ. Schließlich unterbrach ihn der alte Pero Mingo barsch:

»Mein Sohn, was da zu tun ist, wirst du schon selber sehen, denn dazu bist du der Hauptmann!«

»Und Sie sind der Anführer der Mannen, die sich soeben uns angeschlossen haben!«

»Ich bin bloß der Wegweiser für sie gewesen, weil ich der Älteste bin; denn befehligen lassen die sich von keinem. Das sind Wölfe aus Roncesvalles, Nachkommen derer, die den

Großen Karl zerfleischt haben. Die lassen sich von keinem befehligen!«

»Alter, sag ihnen, sie sollen sich an mich halten.«

»Da müßtest du schon der große Bernal del Carpio sein!«

»Ich bin Miquelo Egoscué.«

Mit funkelnden Augen, aufrecht in den Bügeln stehend, spähte er aus, die Straße entlang. Dann, zu seinen Leuten gewandt, die sich in freudig erregtem Getümmel drängten, sprach er mit dem feurig-naiven Herzenseifer des kampfgewohnten Soldaten, und seine Stimme hatte den vollen Klang einer Bronzeglocke:

»Jungens, wir wollen kämpfen für König Don Carlos! Wenn wir siegen, wird er uns allen die Hand geben, zum Dank für die Treue und die Tapferkeit, wie er es das vorige Mal tat, damals bei Aoíz. Jungens, wir wollen kämpfen für den König und für Doña Margarita! Wenn wir dabei den Tod finden, so erlangen wir damit auch Ruhm und Seligkeit, als Soldaten und als Christen. Den Glanz des irdischen Ruhms und den Glanz des unvergänglichen Lichts, das Gott der Herr verleiht. Ach, Mannen aus Navarra, wir kämpfen auch für die Kinder, unsere Prinzen, die noch so klein sind, daß ich mit eigenen Augen sie an der Brust der Königin gesehen hab'!«

Die Soldaten schrien:

»Es lebe Gott! Es lebe der König!«

Ein Wort des Hauptmanns, und alle rannten in losem Schwarm den Berghang hinauf, duckten sich und verschwanden zwischen Gestrüpp und Felsgeröll. Hin und wieder sah man eine rote Mütze, die rasch hinter einem Buckel Deckung suchte und weiter weg, hoch oben in den Felsen, wieder auftauchte und verschwand. Miquelo Egoscué näherte sich dem Karren, in dem die Frauen saßen:

»Was tun wir?«

Und er drehte sich um, schaute fragend den Schmuggler an. Der Alte blickte verschmitzt:

»Da haben wir ja was Leckeres auszulöffeln!«

Der Hauptmann bestimmte:

»Hier können die Frauen nicht bleiben. Sind sie entschlossen, weiterzufahren, werde ich ihnen eine Eskorte mitgeben.«

Der Schmuggler trieb das Gespann mit dem Peitschenstekken an:

»Hü, Einauge! ... Eine Eskorte und dazu einen Trommler, der uns ankündigt mit Radau. Den Wagen mitsamt den Frauen führ' ich ungeniert mitten durch ein ganzes Heerlager. Mein Gott, irgendwas lernt man ja schließlich in fünfzig Jahren Studium auf Wegen und Pfaden. Aber keinerlei Eskorte ... Chef, der Wagen und die Frauen, sonst nichts.«

Das Mädchen, das aufmerksam die Lippenbewegungen verfolgt hatte, flüsterte:

»Und wo steigen wir aus?«

»Das mag der liebe Gott wissen, und vielleicht auch irgendein Heiliger!«

»Wär's nicht besser, umzukehren und nach Urdax zurückzufahren?«

Mutter Isabel machte eine ablehnende Miene und rief Cara de Plata an, der auf eine Feldmauer geklettert war und von dort Ausschau hielt:

»Mein Sohn, da wir nun mal nicht stehenbleiben können mitten auf dem Weg, fahren wir eben weiter ...«

Der Schmuggler verpaßte einem der Mauleselrücken einen weiteren Peitschenhieb:

»Der junge Herr bringt uns nichts ein. Sind wir uns da einig oder nicht?«

Cara de Plata gab ihm einen Klaps auf die Schulter:

»Da sind wir uns einig. Ich bleibe, und werde hier meine Feuertaufe erleben.«

Mutter Isabel blickte ihn eindringlich an:

»Gott geb's, daß es keine Bluttaufe wird!«

Cara de Plata machte eine jähe, freudige Gebärde:

»Was ich will, das ist eine Gelegenheit, mich hervorzutun.«

Der alte Fuhrmann schien ein schräges, schelmisches

Lächeln zu verbeißen, während er den schönen Zweitgeborenen von der Seite her ansah und ein Auge zukniff unter der grauen Widerborstigkeit der Braue:

»Dann sagen Sie mir schönen Dank für das Geschenk.«

Mit hochmütigem Trotz schaute Cara de Plata ihn an und zog unverzüglich sein Gewehr hervor, das er im Karren versteckt hatte:

»Lebt wohl allesamt!«

Eladia erhob sich mit einem schüchternen Lächeln und hielt ihm ihren Rosenkranz hin. Cara de Plata trat auf sie zu, und das Mädchen hängte ihm die Gebetskette um den Hals:

»Tragen Sie das immer, Don Miguelito.«

Cara de Plata nickte, ging munter weg und postierte sich am Wegrand hinter einer Mauer. Ein Windstoß hatte ihm den Hut davongeweht, und überm feinen Elfenbein der Stirn wirbelten die Locken goldenrot. Der Hauptmann rief, als er ihn Stellung beziehen sah:

»Weiter weg, Señor Cara de Plata. Es ist nicht gut, will man so sichtbar sich hervortun. Auf, wir gehn ins Dickicht. Es gilt den Feind zu überrumpeln. Das ist unser Krieg.«

Er stieg vom Pferd, zog es am Zügel hinter sich her und gesellte sich zu dem Zweitgeborenen. Nebeneinander erklommen sie den Hang und tauchten droben ins Gehölz, wo sie sich auf die Lauer legten. Kurz danach war auf dem ganzen Weg, der zwischen hohen Bergkämmen sich hindurchwand, nur noch ein Bimmeln zu hören, das Bimmeln von Kummetglöckchen.

[KAPITEL XVIII]

Die Sonne ging hinter den Bergen auf. Eine Wiese war da, wie aus Smaragd, und ein schwarzer Wald, mit nacktem Geäst, das starr sich abhob vom Gold des morgendlichen Lichts, als wäre es mit Tusche hingemalt. Der Karren rollte auf der Landstraße, schwerfällig und schwankend. Nur die Frauen fuhren darin, denn der verwundete Soldat war ebenfalls bei dem Partisanentrupp geblieben. Eladia wiegte das Kind in den Armen, die Nonne schaute auf den Weg, und der Schmuggler, der auf dem Gabelholz der Deichsel hockte, war durch das ständige Genottel eingenickt. Von Zeit zu Zeit löste Mutter Isabel den Blick vom Weg und zog sich in sich selbst zurück. Sie blätterte in ihrem Brevier, las ein paar Worte und betrachtete ein Bildchen der Jungfrau mit dem Kind: es war ein Stich, die Wiedergabe eines italienischen Gemäldes, und das Bildchen barg für die Nonne den unschuldigen Zauber der alten Rosensträucher im Klostergarten. Die Nonne gewahrte, wie von diesem Stich der ländliche Duft des Evangeliums ausging: sie gewahrte ihn an dem Apfel, den das Kind wie im Spiel emporhob, und an dem Flachsbündel, aus dem die Jungfrau Maria das Leinengarn spann.

Und zwischendurch ließ Mutter Isabel ihre Augen auf den Fluren ruhen, die goldüberschimmert im Lichte lagen, und sie seufzte beim Gedanken an den Krieg. Sie erinnerte sich an die entflammte Kampflust jener Bauern, die den heranrückenden republikanischen Truppen auflauerten. Es war ein Volk von Kreuzfahrern, das für den Glauben kämpfte. Und doch: wenn sie auszogen, um zu sterben und den Tod auszuteilen, hielten sie keine innere Einkehr, spürten nicht die Seele von Grund auf erzittern vor dem heiligen Geheimnis der ewigen Gerechtigkeit. War das der Krieg? Ein Vergessen des Lebens und seines Ziels! Ein Gleißen, das alle Gedanken zu Asche macht! Das Fauchen und Gehämmer einer Schmiede, in der die Seelen sich röten und geschlagen werden wie das Eisen! Dort, im Gestrüpp am Felshang, lagen versteckt die Bauern, bereit, sich herabzustürzen auf die Straße – und niemand wußte, wer von ihnen dem Tod verfallen war. Er war schon bei ihnen, und keiner spürte ihn.

Mutter Isabel überließ sich der Versenkung, und die Augen auf ihr Brevier gerichtet, ließ sie die Tränen auf die Buchseiten tropfen, gerührt von der wundersamen Einfalt des Bildchens, auf dem die Jungfrau am Flachsrocken spinnt und das Kind den Apfel in die Höhe hält. Sie weinte bitterlich. Dies war die Partitur, nach der das Spiel der Welt gespielt werden sollte: eine Folge wechselnden, sich ablösenden Lebens in der Lieblichkeit häuslichen Friedens. Und das Gesetz für alle Menschen: jenes ländliche und göttliche Buch, in dem die Gleichnisse Jesu standen. Aber dieses Gefühl verbrannte wie ein Duftharz in der Flamme eines anderen Gefühls, das aufloderte, als die Nonne mit tränenbetauten Augen aufblickte und in den Morgendunst schaute: Ganz in der Ferne blitzten die Gewehre der republikanischen Truppen. Die Fahnen flatterten, und man sah die Reiter aufragen, welche die Reihen der Käppis kommandierten. Die Nonne erzitterte vor Begier nach dem Sieg; es war ein leidenschaftliches, heftiges Zittern. Da begriff sie das Ziel des Krieges, begriff, daß das Blut auf diesen Feldern auch ein Zeichen der Erlösung war.

Die auftauchende Sonne ließ die Knöpfe der Soldatenmäntel funkeln, wenn ihre schrägen Strahlen auf das Metall prallten. Als Vorausabteilung kamen Jäger, in einer lockeren, von den Gräben links und rechts der Landstraße aufgespleißten Marschordnung. Sie bewegten sich sorglos, sangen Lieder, um die Strapazen des Marsches leichter zu ertragen, und schleppten zwei Bauern mit, Vater und Sohn. Sie hatten die beiden beim Holzhacken in einem Buchenwald angetroffen und durch Drohungen gezwungen, ihnen als geländekundige Führer zu dienen. Als die Truppe nahe war, hielt der Schmuggler mit seinem Karren am Straßenrand, spannte die Maulesel aus und jagte die Tiere auseinander, indem er ein paarmal mit der Peitsche knallte. Die Mulis flüchteten, die Riemen des Zaumzeugs hinter sich her schleifend, und verzogen sich in eine Senke, wo sie zu grasen begannen und Ginsterknospen knabberten:

»Laßt's euch schmecken!«

Und der Alte schlug mit dem Feuerstahl auf den Flint, um seinen Glimmstengel anzuzünden. Dann sagte er erklärend zu der Nonne:

»Wenn die Guiris den Karren haben wollen, müssen sie Halt machen, und zwar so lange, bis ich die Biester wieder eingespannt habe ... Kann sein, daß sie die Verzögerung nicht in Kauf nehmen wollen und uns deshalb ungerupft lassen.«

Die Nonne drückte Zustimmung aus, indem sie sehr langsam die Lider senkte, bis der Wimpernschleier den dunklen Ring berührte, der das Auge umschloß. Erfüllt von holder Gelassenheit, schaute sie nach einem Weilchen wieder auf den Weg und sah die Soldaten herankommen, die mit Geschrei den Wagen umringten. Es waren bartlose Bürschchen mit kahlgeschorenem Schädel, die in ihren zu weiten Mänteln an ertrinkende Schiffbrüchige erinnerten. Ein Sergeant, der sich auf die Böschung des Straßengrabens gesetzt hatte, das Gewehr zwischen den Beinen, stand auf, als ein Offizier vorbeiritt, und berührte mit den Fingerspitzen den Schirm seines Käppis:

»Herr Leutnant, nehmen wir den Karren mit?«

Der Offizier blickte verdutzt und unschlüssig hin und her:

»Ohne Troß kommen wir schön voran ... Das werden schon die von der Nachhut entscheiden ... Na ja, machen Sie mal eine Stichprobe ...«

Er ritt weiter, und zu einem anderen Offizier gewandt, sagte er:

»Nicht den Karren, aber die Fracht würde ich gern mitnehmen. Die Kleine ist hübsch!«

»Nicht übel.«

»Nach dem Abendessen in Olaz, da wär' sie dir grad recht.«

»Was für ein Quartier uns da wohl erwartet!«

»Uns – ein gutes. Wer zuerst kommt, findet immer Unterkunft.«

»Alles in diesem Land ist uns feindlich.«

»Die Nachhut, die wird unter Gottes freiem Himmel schlafen dürfen.«

»Bist du schon in Olaz gewesen?«

»Ja, früher mal.«

Die Nachhut war eine Jägerkompanie, die so weit hinterdrein zockelte, daß sie fast schon den Kontakt mit der übrigen Marschkolonne verloren hatte. Es waren Grünschnäbel und Kranke, samt ein paar Veteranen. Ein Soldat blieb stehen und betrachtete den Karren:

»So kommt man besser voran als zu Fuß!«

Der Schmuggler schmauchte seinen Glimmstengel, grimmige Verachtung im Gesicht. Ein anderer, keckerer Soldat bemühte sich, seinen Kopf unter die Plane zu stecken und die Frauen mit kessen Komplimenten anzupflaumen. Ein dritter greinte flehentlich wie ein Bettler:

»Oma, haben Sie Erbarmen! Wollen Sie mir nicht das kleine Mädchen schenken, nachdem ich doch nie auch nur das geringste von Ihnen erhalten habe?«

Der Fuhrmann trat dazwischen:

»Troll dich, Junge, zieh deines Weges, statt ehrbare Leute zu belästigen.«

Gil García, der alte, kampferprobte Hauptmann, der nach Damenart auf dem Esel eines Müllers ritt, stoppte mitten auf der Straße:

»He da! Der Mann soll mal herkommen.«

Und er deutete auf den Schmuggler. Der Alte ging mit entblößtem Kopf zu ihm hin:

»Was befehlen Euer Gnaden?«

»Woher kommst du?«

»Heut früh bin ich aufgebrochen in Urdax. Dann, unterwegs, hat man uns gesagt, daß eine Partisanenhorde sich in der Gegend herumtreibe, und da hab' ich kehrtgemacht mit dem Karren.«

»Und warum hast du die Mulis ausgespannt?«

»Um ihnen den Gefallen zu tun. Verstockte Biester sind das! Sie haben schlappgemacht, und da wollte ich ihnen eine Schnaufpause gönnen.«

Der Veteran, auf dem Packsattel thronend, sah ihn mit halbgeschlossenen Augen an und wackelte ein wenig mit dem Kopf:

»Du bist mir ein sauberer Vogel!«

Weihevoll wie ein Gipsheiliger hißte er seine Rechte über den Ohren des Esels, und ein Sergeant kam herbei, sehr bestrebt, es sich nicht anmerken zu lassen, daß er hinkte. Der Hauptmann wies auf den Karren:

»Durchsucht ihn.«

Murrend sagte der Schmuggler:

»Meinetwegen, durchsucht ihn halt . . . Das ist zwar schon gemacht worden. Eine Belästigung für die Frauen und für alle. Euer Gnaden wissen ja, ich halte meine Finger raus. Weder mit den Karlisten noch mit den Liberalen. Ich hab' nur einen König, den, der hinten auf dem Geldstück mich anguckt.«

Der Hauptmann wiegte sich auf dem Esel und befingerte seinen Bart:

»Ein sauberer Vogel bist du!«

Der Sergeant fragte:

»Was soll mit dem Karren geschehen, Herr Hauptmann? Er ist leer. Die Frauen haben ihn für die Heimreise gemietet.«

Der Veteran meditierte. Vor seinen verschwommenen, gedankenversponnenen Augen hob und senkte der Esel seine langen Ohren. Gil García, gestärkt durch die Meditation, hob den Kopf und stopfte sich eine Handvoll Barthaar in den Mund. Mümmelnd betrachtete er den Karren, der schief auf der Böschung hing, ein Rad in der Luft, und auch die beiden Frauen, die beteten:

»Lassen Sie ihn weiterfahren, Sergeant Morote.«

Schaukelnd zog er auf seinem biblischen Reittier von dannen. Der Fuhrmann grüßte redlich rauh, als rechter Navarreser:

»Herr Hauptmann, wünsche Euer Gnaden Gesundheit allerwegen und viel Glück!«

Und als der Filzdeckel wieder auf seinem Platz saß, schräg die Stirn verdeckend bis zu den grauen Wolfsbrauen, schaute der Schmuggler den Sergeanten an, der davontrottete, ohne länger sein Gehumpel zu verbergen, den Hauptmann verfluchend und die eigenen Schnürstiefel, wahre Stolperlatschen mit klaffenden Sohlen:

»Der aalt sich auf dem Eselsrücken und spuckt große Töne! . . . Sauweg, verdammter! . . .«

Das taube Mädchen berührte den Arm der Nonne:

»Lassen sie uns weiterfahren?«

Mutter Isabel schloß halb die Augen und legte zugleich einen Finger auf ihre Lippen. Stillschweigend, ohne den Karren zu verlassen, beobachteten die beiden Frauen die vorbeimarschierenden Soldaten. Jetzt kamen die paar letzten Infanteristen: einige hinkten, andere schleppten zwei Gewehre auf der Schulter. Die Nonne empfand Mitleid, sie fühlte am eigenen Leib etwas von jener Mattigkeit und jenem Elend, während sie den Streifen Straße betrachtete, der sich den Berg hinaufzog. Als der Vorbeimarsch beendet war, stiegen die Frauen vom Wagen, setzten sich an den Wegrand und wollten beten, bis die Maulesel wieder angeschirrt wären. Da rollte plötzlich das Echo eines Schusses durch die kristallklare Morgenluft. Der Schmuggler schrie:

»Einer hat schon ins Gras gebissen!«

Eladia ahnte etwas, wandte sich angstvoll um und schaute die Nonne an. Mutter Isabel war leichenblaß. Im inneren Spiegel erschien ihr jener Trupp verdreckter, humpelnder Soldaten, von denen einige, die kräftigsten, die Gewehre der anderen trugen. Es war eine Erinnerung, die aufging in ihrer Seele wie eine Blüte und wie eine Wunde. Der letzte Soldat, der vorbeigezogen war, hatte einen goldblonden Flaumbart und die Augen eines Kindes, Dorfbubenaugen, in denen das Geheimnis der Landschaften zu leben schien, die sie gesehen hatten. Und die Nonne gesellte hinzu, was ihr in Erinnerung war von den Bengeln, denen sie so oft zugeschaut hatte, vom Fenster ihrer Zelle aus, wie sie die Kühe hüteten auf den Wiesen von Viana del Prior.

Auf der Böschung der Landstraße sitzend, inmitten einer felsigen Gebirgsgegend, seufzte sie nach den grünen Horizonten der Heimat, nach der Sonne an ihrem Fenster, die das schwindende Leben einer Malve aufleuchten ließ.

Das Knattern des Gewehrfeuers hallte über die Berge hin: Donnergrollen eines fernen Gewitters, hätte man meinen können. Mutter Isabel stand auf, getrieben vom Verlangen nach etwas Dunklem, Heiligem, das nicht zur Helligkeit wurde: Sie sah die Rauchwölkchen über die Dickichtflecken am Berghang fliegen und fühlte, wie ihre Angst wuchs beim Anblick von dem Streifen Straße, der sich hin und her wand, um die Höhe zu erklimmen. Es war ein Weg, von Menschen gemacht, und es schien, als führte er nur in den Tod. Jene Dorfbuben, in blaue Militärmäntel und rote Hosen gezwängt, Buben, die ein grausam demütigendes Schicksal aus Gemeinden gerissen hatte, wo Friede war und die Anmut altüberkommener Daseinseinfalt, zogen in den Krieg als pflichtschuldige Knechte, wie sie auch zum Ährensicheln auf den Acker des Reichen ziehen mochten. Welch ein Unterschied, wenn man an jene anderen Soldaten dachte, die Soldaten von König Don Carlos! Wahre Kreuzfahrer!

[KAPITEL XIX]

Jene Nachhut aus Kranken und Grünschnäbeln zog, ohne Verbindung mit den vorausmarschierenden Kompanien, zwischen zwei Erhebungen dahin, die wie die Brüste einer Riesin aussahen. In einiger Entfernung waren die Konturen einer Holzbrücke zu erkennen, deren verschneites Geländer eine weiße Barriere bildete, überragt auf beiden Seiten von steilen Berghalden, wo in Schründen und Klüften Kieferngehölz wucherte. Und zwischen dem Kieferngeflecht und dem Fluß, an der linken Flanke, lag ein sumpfiges Saatfeld. Gil García gab seinem Esel im selben Moment die Sporen, als er einen blutjungen Hauptmann anrief, der eben damit beschäftigt war, sich eine Zigarre zu drehen, und die Zügel herrenlos über den Hals seines Reittiers hinunterhängen ließ:

»Der rechte Ort zum Hackfleischmachen!«

»Nicht ungeeignet!«

»Schlechthin ideal!«

Der andere steckte sich die Zigarre zwischen die Lippen und schaute sich um, während er sich vorbeugte, um die Zügel zu ergreifen. Im selben Augenblick ertönte ein Schuß, und der Veteran drehte sich um, behäbig grinsend wie ein feister Kleriker:

»Hab' ich nicht ein gutes Gespür?«

Niemand gab ihm Antwort. Die Soldaten lockerten eilig ihre Marschreihen auf, und der andere Hauptmann stieg ab, wobei er das linke Auge zukniff, und dies so vehement, daß sich die ganze Gesichtshälfte verzog. Über der Brückenbrüstung tauchten die Läufe von ein paar Gewehren auf, die in der Sonne funkelten, daß es nur so eine Pracht war. Bei diesem Anblick stockten die Jäger mitten auf der Landstraße, mit einem instinktiven, einhelligen Ruck. Einige Rauchwölkchen, schwarze Zirrusflöckchen, schwebten über den Dickichtnestern am Berghang. Wieder knallte es, und die Reihen lockerten sich noch mehr. Vier oder fünf Soldaten fielen längelang auf die Landstraße, wie Pappkameraden in einer Jahrmarktsbude. Versteckt in der

Bergwildnis, feuerten die Karlisten von beiden Seiten. Der Veteran schrie emphatisch:

»Wir halten eine Lagebesprechung zu Pferde!«

Er war überall der dienstälteste Hauptmann, und dessen erinnerte er sich stets im rechten Moment und nutzte es zur Mehrung seines Ruhmes. Der Esel, der stocksteif mitten auf der Straße stand, beehrte die vorbeizischenden Geschosse mit Kopfbewegungen, die wie Faxen wirkten. García tätschelte ihm den Hals und sprach ihm väterlich zu:

»Brav so! ... Ich muß dir Ohrringe anhängen, wenn sie dir die Lauscher hübsch durchlöchern, mein Sohn.«

Vier Offiziere und der frischgebackene Hauptmann versammelten sich rings um Hauptmann García zur Beratung. Erschrocken äugten sie nach dort, wo die Kugeln herkamen, und suchten verstohlen Deckung hinter der Statur des Veteranen, der, hoch auf dem Esel thronend, sich den Bart streichelte, selig lächelnd, wie dies ein Kirchenvater beim Konzil vielleicht getan hätte. Ohne Hast forderte er durch eine Geste den jüngsten Offizier auf, seine Ansicht zu äußern, worauf der Jüngling die anderen anblickte und mit zitternden Fingern seinen Schnurrbart zwirbelte. Der Veteran drängte:

»Ihre Meinung?«

Der Offizier, der zum ersten Mal die Kugeln pfeifen hörte, schloß die Augen und murmelte mit trockener, hoffnungsloser Stimme:

»Greifen wir an, Herr Hauptmann! Hier werden wir zu Hackfleisch gemacht!«

Der Veteran, der das Gelände ausspähte, richtete sich in den Bügeln auf mit einem tatendurstigen Schrei:

»Da sind sie! Da sind sie!«

Einige Rotmützen kamen zwischen den Schroffen hervor und rannten hinab zur Brücke. Man sah die schwarzen Silhouetten der Partisanen, deutlich abgehoben vom lichten Blau der Höhen, behend und hüpfend. Als man nun ihre Rufe hörte, laut hallend in der Stille der Felsenwelt, verspürten jene Jäger, die in dünnem, langgestrecktem Zug gleich einer Herde über die Landstraße trotteten, auf einmal, wie der brandheiße Odem des Krieges ihnen in die Seele fuhr, darin umherbrauste, sie blähte und in den Wind warf wie ein Fahnentuch. Jeder alte Sergeant war da ein Heerführer, ein Vorbild in der Stunde der Bewährung. Der im Kampf ergraute Hauptmann stieg vom Esel, mit heroischem Gebrüll:

»Meine Söhne, wir wollen uns mit Ruhm bedecken! Unsere Ehre ist die Ehre des Vaterlandes! Wir haben zwei Mütter: die Züchtige, die am häuslichen Herde waltet, und unsere Fahne.«

Er eilte an die Spitze der Truppe mit flatterndem Bart und glänzenden Augen, denen beinahe schon die Tränen kamen, denn er wurde stets als erster gerührt von der Gefühlswucht seiner Donnerworte. Ein zwölfjähriger Bengel, Sohn eines Troßknechts, schrie zur gleichen Zeit wie der Hauptmann und wieselte zwischen den Marschreihen hindurch, um sich den Esel zu schnappen. Das Tier, ledig seiner Reiterlast, reckte, streckte und schüttelte sich, wobei es ein so schaurig dröhnendes Iah-Geröchel ausstieß, daß das jahrtausendealte Echo jenes Gebirges aus dem Schlaf erwachte und des Klanges von Rolands Horn gedachte. Als er zum Esel gelangt war, schwang sich der Junge in den Sattel, ritt munter los und trabte, mit den Hacken den Eselsbauch traktierend, mitten zwischen den Jägern. Kurz vor der Brücke schlug eine Kugel ihm ein Loch in die Stirn. Noch immer ritt er auf dem Esel, mit gelben Händen, indes ein Auge ihm über die Wange herabhing, an einem blutigen Fetzen baumelnd. Er neigte sich langsam vor, bis er stürzte, und der Esel blieb reglos neben ihm stehen. Der Vater, der es von weitem sah, rannte herbei, schneebleich. Die Jäger feuerten in wildem Schwall gegen die Karlisten, welche die Brücke besetzt hielten und nur mit dünnem, aber stetigem Geknatter Antwort gaben. Es war zu merken, daß sie geruhsam zielten und schossen, wie auf hoppelnde Hasen, vom Hochsitz aus, oder auf Wachteln, bei der Treibjagd durch Getreidefelder. Der Troßknecht, über den leblosen Leib des Sohnes gebeugt, bewegte, umschwirrt von den Kugeln, unablässig den Kopf hin und her. Ein Soldat, der verwundet mitten auf der Straße niederstürzte, rief ihn an, flehte inständig, er solle ihn wegziehen, bis in den Straßengraben. Er stöhnte, beide Hände auf einen Einschuß pressend, der ihm den Bauch zerrissen hatte:

»Freund, gib mir die Hand!«

Der Troßknecht richtete sich auf, mit ausgedörrten, tränenlosen Augen, schleifte ihn am Mantelkragen von der Straße und ließ ihn im Graben liegen, neben dem toten Sohn. Der Soldat blickte ihn dankbar an, mit einem schmerzlichen, starren Lächeln um den blassen Mund:

»Die hätten mich zerstampft wie eine Traube.«

Der Troßknecht, beide Hände erhebend, sagte heftig zu ihm:

»Sieh dir meinen toten Sohn an!«

Die Jäger wichen auf der linken Flanke zurück, verließen die Straße und flüchteten in aufgelöstem Schwarm durch ein Saatfeld. Unterdessen versuchte auf der rechten Flanke ein Trupp, die Klippen zu erklettern, um von dort aus die Brücke zu beherrschen, welche die Mannen von Miquelo Egoscué in die Luft jagen wollten. An vorderster Front stieß Hauptmann García seine heroischen Schreie aus:

»Standhaft, Jungens. Ihr werdet eure unbesiegten Stirnen mit dem Lorbeer des Sieges bekränzen! Denkt an Numancia!«

Wieder und wieder gellte das Angriffsgeschmetter der Trompete, mit herzerhebendem, strahlendem Vibrato. Einige Offiziere hatten sich unter die Soldaten gemengt. Einer, noch sehr jung, schien einzig und allein von der Sorge beansprucht, nicht über die Scheide seines Degens zu stolpern, der ihm beim Laufen gegen die Beine schlug. Alle überließen es den Sergeanten, die Soldaten wieder in Reih und Glied zu bringen. Jene Soldaten, die über das Saatfeld fluteten, hatten, herdenhaft dahintreibend, das dumpfe Gefühl, daß sie siegen könnten. Die Sergeanten schrien mit heiserer Stimme:

»Antreten! Stillgestanden!«

Der Troßknecht richtete sich auf und stieß wütend einen Soldaten beiseite, der, rückwärts gehend, fast seinen genagelten Stiefel auf das Gesicht des toten Buben gesetzt hätte. Der Soldat drehte sich um, Entsetzen in den Augen, und rannte weiter, ohne dem Feind noch länger die Stirn zu bieten. Mitten auf der Straße ließ er das Gewehr fallen, kurz darauf strauchelte er und stürzte. Andere Soldaten wichen zurück, zerstampften das blutverschmierte Gras, und der Troßknecht lud sich den Körper seines Sohnes auf die Schulter und stapfte durch das Saatfeld. Auf einmal sah er sich umdrängt, geschubst, gerüttelt: er konnte nimmer gehen, konnte sich nimmer regen. Eine Trompete wechselte ihr Signal. Die Jäger, die sich außer Schußweite der Karlisten neu formiert hatten, setzten zum Sturm auf die Brücke an. Der Troßknecht mußte den Leib seines Sohnes liegen lassen, unter den Füßen der Soldaten. Die Rotmützen zeigten sich auf den Schroffen. Da sie sahen, mit welcher Wucht die Jäger attakkierten, schossen sie ohne Deckung und feuerten sich gegenseitig an mit munteren Rufen, wie bei der Sichelernte und beim Zorcico-Tanz.

[KAPITEL XX]

Zwei Partisanen zeigten sich hoch droben über einer Klamm, in der die karlistische Nachhut sich eingenistet hatte. Rasch waren sie hinaufgeklettert, und sie riefen etwas. Man sah sie als Schattenrisse vor dem fahlen Blau mit den Armen fuchteln und die Gewehre schwingen. Dann, noch weiter weg, noch höher droben, taucht ein einzelner Partisan auf, der die gleichen Rufe ausstößt, und dann ein weiterer, der in großen Sätzen von Felsblock zu Felsblock abwärts springt. Es waren die Doppelposten, die man oberhalb des Weges placiert hatte, mit dem Auftrag, die Bewegungen der republikanischen Vorhut zu beobachten und zu melden. Die Rufe waren aus dieser Entfernung nicht zu verstehen, aber der Bandenführer wußte genug, als er den verzweifelten Eifer sah, mit dem jene flinken Figuren, die in der blauen Weite sich winzig ausnahmen, die Arme in die Luft warfen. Kein Zweifel: alarmiert durch die Schießerei, hatten die Republikaner kehrtgemacht und eilten zurück, um ihrer Nachhut zu Hilfe zu kommen. Miquelo Egoscué erblickte plötzlich den Müller aus Arguiña an seiner Seite:

»Ordne den Rückzug an, Miquelo.«

»Ist getan, was getan werden konnte?«

»Und nicht schlecht.«

»Würde der Pfarrer nicht noch mehr draus machen?«

Der Müller schloß die Augen:

»Der Pfarrer hat eine andere Phantasie als wir.«

Als er das ferne Getön der republikanischen Signalhörner vernahm, sagte der Partisanenhauptmann:

»Wir haben das Blut der Guiris in Wallung gebracht.«

»Wenn sie uns nachsetzen wollen – das Dickicht droben wird uns wirksam verteidigen.«

Der Rückzug hatte begonnen, und die karlistischen Freischärler drangen geduckt durchs Gestrüpp. Manchmal legten sie sich auf die Erde und zielten bedächtig, mit leuchtenden Augen und qualmumwölkten Gesichtern. Sie standen auf, bekreuzigten sich und rannten, was die Beine hergaben, bergauf. Wenn sie außer Atem waren, warfen sie sich wieder bäuchlings auf den Boden und feuerten von neuem. Cara de Plata, mit rauchgeschwärzter Stirn und gänzlich eingedunkeltem Gesicht, aus dem die Augen in herrlicher, hochmütig-kühner und wilder Schönheit funkelten, trat auf den Bandenführer zu:

»Und die Stute lassen wir zurück, Señor Miquelo?«

Die Stute spitzte die Ohren im Schutz einiger gewaltiger Felsblöcke, festgebunden mit dem Halfterstrick am Stumpf eines Weißdorns, den die Köhler abgehauen und in den Meiler gesteckt hatten. Der Bandenchef schaute den schönen Zweitgeborenen verwundert an:

»Was soll man denn machen, wenn's unmöglich ist, sie über die Schroffen zu bringen!«

»Ich bring' sie drüber!«

»Du wirst runterrollen.«

Cara de Plata sprang zu der Stute hinunter. Der Hauptmann und der Müller blickten einander vielsagend an. Der Alte aus Arguiña knurrte:

»Tollkühne Männer und guter Wein, die können nicht von Dauer sein.«

»Man geht nicht in den Krieg, um sich ein langes Leben zu sichern.«

»Ich hab' keine gute Meinung von all den Leuten, die aus anderen Landen kommen.«

Sie folgten Cara de Plata mit den Augen. Ohne ein weiteres Wort zu äußern, sahen sie zu, wie er die Stute losband, den Sattel abnahm und auf dem bloßen Rücken des Pferdes losritt. Er lenkte es ohne Zügel, und es war, als verliehe er ihm Flügel, um übers Knüppelholz hinwegzukommen, und Krallen, um sich festzuhalten auf den Felsen, ohne daß die Sehnen rissen. Der Bandenchef wandte sich um zu dem Alten aus Arguiña:

»Einer von den guten Reitern!«

»Und was für einer, Miquelo!«

Die Jäger sammelten sich wieder auf der Landstraße und zogen über die Brücke. Einige Verwundete, die zum Weg hinkrochen, baten, man solle sie zu den Karren tragen. Schweißüberströmt und durstig ging ein Trompeter zum Flußufer hinab und warf sich ins Gras, um zu trinken. Als er sich aufrichtete, sah er zwischen Zistrosengesträuch einen karlistischen Freischärler, der auf ihn zielte, und fast zur gleichen Zeit spritzte ihm Erde in die Augen. Der Karlist dort droben schrie und breitete die Arme aus, während eine Rauchwolke seine Gestalt umschwebte. Der Trompeter riß das Gewehr an die Wange:

»Jetzt kommt meine!«

Und der andere blieb auf dem Felshang und machte einen Kreuzsprung nach Zorcico-Art, in der Luft wirbelig die Beine verschränkend: er sah die Kugel abprallen, und mit den Beinen kreuzweis trillernd, stieß er seinen kampflustigen und urtümlichen Schrei aus:

»Chuchuruchu!«

Wie ein Steinbock sprang er von Felsspitze zu Felsspitze, bis ganz oben hinauf, und dort begann er seine Flinte zu laden, die Jagdflinte eines Bauern. Drunten am Flußufer gewahrte er den Trompeter, der mit der gleichen Schaustellung beschäftigt war, und wartete, das Gewehr im Arm, mit den Absätzen tänzerisch das Gras betrommelnd. Er schoß und blieb reglos stehen, höhnisch den anderen herausfordernd, der zwischen den Bäumen hervortrat und die Uferböschung hinaufstieg, um ihn aufs Korn zu nehmen. Der Trompeter maß mit den Augen die Entfernung ab, während er langsam, ganz langsam das Gewehr hob. Plötzlich sah er, daß der Partisan einen Augenblick lang mit den Händen wedelte und zu einem grotesken Schnörkel in der Luft wurde. Er stürzte ab, gegen die Felsspitzen prallend, ins Dickicht plumpsend und fetzenumflattert daraus hervorrollend, um weiter bergab zu plotzen. Endlich platscht er in den Fluß, der ihn mitschleift und verschlingt. Der Trompeter drehte sich, wollte sich umsehen und entdeckte den Troßknecht, der zwischen zwei Toten saß und ein Gewehr lud:

»Bist du's gewesen?«

»Ich bin's gewesen . . .«

Der Trompeter starrte ihn wütend an:
»Der hat mir gehört!«
Der Troßknecht stand auf, und langsam ging er auf den Soldaten zu. Er legte ihm eine Hand auf die Schulter, und ihre Gesichter berührten sich beinahe:
»Trompeterlein, und mein Sohn, wem hat der gehört?«
Es war, als zerschmetterte er ihn mit den Augen, seinen verwölkten, abgründigen Augen. Dann, mit den staksigen Schritten eines Automaten, ging er zurück, um sich wieder zwischen die zwei Toten zu setzen.

KAPITEL XXI

Die Signalhörner erklangen. Es war eine strahlende, grausame Heiterkeit, wie die der Sonne in der morgendlichen Luft. Dieser Einsiedlerluft, wunderdurchweht, mit dem Duft frischgesprossener Kräuter, entweiht durch den Pulverqualm! Das Gewehrfeuer hatte aufgehört, und nur gelegentlich noch pfiff eine verirrte Kugel vorbei, rollte das Echo eines Schusses durch die hallenden Schluchten des Gebirges. Keine rote Mütze zeigte sich mehr zwischen Zistrosen und Felsspitzen, kein Schrei gellte... In der Ferne sah man, wie die Linien der Jäger auseinanderliefen, um die Karlisten zu umzingeln: die Mannschaften der Nachhut und der Vorhut strebten aufeinander zu in einer abgestimmten Bewegung und erkletterten den Berg von beiden Seiten her. Zwei Kompanien hatten sich auf der Landstraße aufgestellt und verharrten da reglos in Gefechtsordnung. Plötzlich änderten sich die Signalmelodie der Hörner und die Bewegung der Linien: Nachdem die Schaustellung einer Verfolgung der Karlisten geleistet war, kam der Befehl zum geordneten Rückzug. Die Frontkompanien standen noch immer in Reih und Glied auf der Straße. Ein junger Adjutant mit Brille machte sich, aufs Brückengeländer gestützt, einige Notizen. Weiter weg teilte der kampferprobte Hauptmann García seinen Tabak mit ein paar Soldaten. Er saß auf einem Steinhaufen, mit aufgeknöpftem Waffenrock und einem unbeschuhten Fuß, den er wegen einer Quetschwunde entblößt hatte. Er konnte nicht gehen, ohne heftige Schmerzen zu spüren, betrachtete aber alle Dinge immer noch mit einem strahlenden Lächeln. Er sagte zu den Soldaten:

»Wir haben gesiegt! Bravo, Jungens!«

Zwei Sanitäter kamen, um ihm die Wunde zu verbinden, aber er schubste sie jovial beiseite:

»Ihr habt mir zu harte Hände. Ruft doch die Frauenzimmerchen da drüben her.«

Und er nahm einen winzigen Stein von dem Schotterhaufen und warf ihn, um sie auf die beiden Frauen hinzuweisen, die in einiger Entfernung, drunten am Flußufer, den Soldaten Wasser holten und sich um ihre Wunden kümmerten. Einer der Sanitäter murmelte:

»Die erfüllen sicherlich ein Gelübde. Sie sind in einem Karren dahergekommen.«

Die zwei Frauen, die ein Soldat durch Zuruf informierte, ohne zu ihnen hinunterzugehen, stiegen zum Weg herauf. Eladia trug ein Servierkörbchen mit Zupflinnen und Binden in den Händen. Die beiden wandelten nebeneinander, mit der gleichen Miene lächelnder Demut. Sie langten an, und die Nonne grüßte mit diesen Worten:

»Da sind wir, ganz zu Ihren Diensten!«

Sie knieten sich bei dem Hauptmann hin, auf das niedergetretene und blutbefleckte Gras. Der Veteran zündete sich eine Zigarre an:

»Also, los geht's! Wenn ich jammere, kümmern Sie sich nicht drum, meine Töchter!«

Die Nonne nahm eine Binde aus dem Körbchen, das Eladia hielt, und rollte sie auseinander, um damit diesen dunkelvioletten, scheußlichen Fuß zu umwickeln. Ihre Hände zitterten wie zwei Lilien, zauderten, ihn zusammenzupressen; die Finger sanken ein und hinterließen fahle Spuren in dem übel aufgedunsenen Fleisch. Die zwei Sanitäter blinzelten einander zu. Eladia sah es, und über und über errötend, gab sie der Nonne flüsternd den Rat:

»Rollen Sie die Binde nicht auseinander, Mutter. Wickeln Sie sie ab, Stück für Stück, direkt um den Fuß herum, während Sie ...«

Der Veteran sah die spöttischen Gesichter der zwei Sanitäter und blickte sie grimmig an:

»Was grinst ihr, Barbaren?«

Mutter Isabel wandte sich langsam um, voll adliger Würde:

»Meine Söhne, wollt ihr mich unterweisen?«

Der Veteran schrie:

»Nein, Señora ... Die machen es schlechter ... Das sind Barbaren.«

Die Nonne rief die beiden weiterhin mit den Augen zu Hilfe. Einer der Sanitäter näherte sich, und mit großer Geschicklichkeit verband er den geschwollenen und verunstalteten Fuß. Mutter Isabel beobachtete abwechselnd, mit gleicher Aufmerksamkeit, das Tun des Pflegers und die Miene des Veteranen. Sie staunte gleichermaßen über die Gelassenheit, mit welcher der eine den Schmerz ertrug, und über die gewandte, unsanft-sachliche Hand, mit welcher der andere die Wunde verband. Als der Sanitäter fertig war, gab der Hauptmann ihm eine Zigarre und zog ihn am Ohr:

»Eine Roßkur nennt man das!«

Dann, zu den Soldaten gewandt, die um ihn herumstanden, befahl er, sie sollten ihm seinen Esel suchen. Die Nonne bot ihm einen Platz im Karren an und bedeutete dem Schmuggler aus der Ferne durch Zeichen, daß er das Gefährt herbringen möge. Der Alte steuerte es zwischen den aufgelösten Kolonnen hindurch, und vier Soldaten verfrachteten mittels einer Wolldecke den Hauptmann, nachdem sie zuvor den Boden des Wagens mit etwas Gras gepolstert hatten. Gil García, der ein Bauernkind war, fühlte, als er den Duft und die Feuchtigkeit des frischen Heus wahrnahm, wie die Erinnerungen aufblühten in seinem Herzen. Er schloß die Augen, um sich selbst als Kind zu sehen, und um die Felder zu sehen, während man ihn transportierte in jenem Verwundeten-Konvoi, der sich langsam auf einer fremden Heerstraße fortbewegte, mit zwei Kompanien voraus und zweien hinterdrein, zwischen Marschreihen von Soldaten hindurch, die sangen und lachten. Als der Karren in einer Schlammlache stockte, öffnete er die Augen:

»Was ist los?«

»Ein übles Morastloch, Herr Hauptmann.«

»Wieviel Verwundete sind's?«

»Neun, Herr Hauptmann.«

»Welchen Dienstgrades?«

»Abgesehen von Euer Gnaden, lauter gemeine Soldaten.«

»Und jene Frauenzimmerchen?«

»Laufen hinterdrein, Herr Hauptmann.«

Die Frauen folgten zu Fuß, hinter dem letzten Karren: einem Bauernkarren, von Ochsen gezogen, auf dem drei Tote gestapelt lagen, deren bleiche Hände unter den Rändern einer alten Wolldecke hervorragten, die man über die drei gelegt hatte. Um sich nicht mit dem Ausheben einer Grube aufhalten zu müssen, wollte man sie nach San Pedro de Olaz schaffen. Aber noch ehe man dorthin gelangte, wurde ihnen ein christliches Begräbnis zuteil, auf dem Friedhof eines Dorfes, in dem die Truppen Rast machten. Und allein die Nonne und die Novizin blieben dort zurück, als die Signalhörner zum Aufbruch bliesen. Allein blieben sie im Frieden des Dorfes, betend für die Toten im Schatten der Zypressen, wo bei Sonnenuntergang eine Amsel sang.

KAPITEL XXII

Auf dem Friedhof war ein alter Mann mit zwei Ziegen, die das Gras auf den Gräbern abweideten. Die Nonne und die Novizin, die befürchteten, sie könnten den Weg zum Dorf verfehlen, nutzten die Gelegenheit und begleiteten den Hirten, als dieser aufbrach. Es war ein grüner Pfad, eingesenkt in friedevolle Andachtsstille, und der Alte sprach baskisch und lachte, daß man seine zahnlose Mundhöhle sah. Kristallklar war die ganze Landschaft, und die Berge schienen aus Amethyst zu sein. Nahe beim Dorf erhob sich eine Frau, die am Wegrand ausgeruht hatte, und rannte den Nonnen entgegen. Es war Josepa aus Arguiña. Sie sprach schusselig, wobei sie einen Schnapsdunst um sich verbreitete:

»Vorher schon hab' ich Sie entdeckt, unter den Kaffern, und hab' mir gedacht: Die werden als Gefangene mitgeschleppt. Um was rauszukriegen, bin ich rumgelaufen und hab' denen, die Quartier suchten, die Häuser gezeigt, wo sie jetzt untergebracht sind ... Und Roquito, was für ein Heldenstück der vollbracht hat! ... Das werde ich Ihnen alles noch erzählen ... Und jetzt, auf diesem Weg da, wohin geht's, mit meinem Geißenopa?«

Mutter Isabel antwortete:

»Weißt du vielleicht, wo wir übernachten könnten?«

Und Eladia, die diese Frage verstanden hatte, flüsterte:

»Ein Winkel in einem Stall.«

»Sie kriegen schon ein ordentliches Bett zum Eindachsen. Ach, aber Sie bringen mich in eine brenzlige Lage!«

Eladia wiederholte:

»Ein Winkel in einem Stall, mit der Kuh und dem Maulesel dazu – das Jesuskind hatte ja auch nichts Besseres.«

»Sie, mein kleines Fräulein, wollen nun also auch Ihr Kreuz tragen ... Aber Roquito, was für ein Heldenstück der vollbracht hat! ...«

Eladia fragte:

»Was ist aus dem Kind geworden?«

»Ich hab's in einem Gehöft. Dort, im selben Haus, wo die Herrschaften Unterkunft finden werden ... Die junge Bäuerin stillt zur Zeit ein Kind, und aus Barmherzigkeit gibt sie dem meinen auch eine Titte. Ich selber hab' keinen Tropfen Milch mehr ... Alles ist versickert, hat sich in meinem Körper verteilt. Gestern, als ich mich schlafen legte, zog ich mein Hemd aus und fand, daß der Leib auf einmal viel blanker war, milchweiß, obwohl ich im Stockfinstern saß.«

Der Alte mit den Ziegen bog in einen Seitenpfad ein, und die Frauen gingen allein weiter, dem Dorfe zu. Sie gelangten in den Ort, durch eine Straße, die gesäumt war von Obstgärten und niederen Katen, aus denen Rauch aufstieg in den Dämmerfrieden des sinkenden Tages, die Luft durchwürzend mit dem Geruch verbrannten Kiefernreisigs. Im Nu hatten sie das Dorf durchquert und waren am anderen Ende wieder ins Freie gelangt, auf ein Gefilde, wo alte Nußbäume standen und eine Kapelle. La Josepa wies auf das Gehöft, das als Silhouette sich vom Gold der untergehenden Sonne abhob:

»Dort ist es!«

Es war ein schwarzes Haus, mit einer schwarzen, kahlen Rebenlaube vor der Tür, hinter einer Umfassungsmauer, die beschattet wurde von der schwarzen Krone eines Nußbaumes. Eladia schaute die Nonne an und flüsterte:

»Werden sie uns aufnehmen, Mütterchen?«

La Josepa fiel ihr ins Wort:

»Das sind Leute, die alle dem König Don Carlos treu ergeben sind. Seit dem letzten Krieg schon, an dem die Großväter teilnahmen. Den einen haben sie erschossen!«

Mutter Isabel schaute ruhig die Bettlerin an, mit klaren, tiefen Augen:

»Du kennst die Besitzer?«

Josepa aus Arguiña lächelte bescheiden:

»Ehrlich gesagt, ich wußte, wer sie sind; aber bis gestern hatte ich noch nie von ihrem Brot gegessen.«

»Und bietest es heut schon uns an!«

La Josepa blickte sich nach allen Seiten um und sagte dann der Nonne ins Ohr:

»Roquito ist hier versteckt.«

Von Grauen gepackt, hob sie geheimnisvoll die Hand und deutete auf das Gehöft. Eladia starrte, da sie nichts verstand, die Nonne an, mit einem Blick voll heiterer Schüchternheit und Zuneigung. Mutter Isabel strich ihr zärtlich über den Kopf:

»Mein franziskanisches Blümlein.«

Die Bettlerin sprach weiter, ständig um sich blickend:

»Ich hab's Ihnen noch nicht gesagt. Im Gefängnis von Olaz hatten alle Gefangenen untereinander abgekartet, daß sie ausbrechen und zu den Karlisten fliehen wollten ... Das war in derselben Nacht, als Roquito dort schlief. Sie flohen also, mit dem Gefängnisaufseher an der Spitze, und haben eine Partisanenbande gebildet. Zunächst mal kamen sie hierher, zu diesem Gehöft, wo viele Karabiner versteckt waren.«

»Ist Roquito nicht mit ihnen gegangen?«

Die Bettlerin dämpfte die Stimme:

»Er konnte nicht. Er ist im Versteck geblieben, um abzuwarten, bis die Wunde verheilt, die er im Rücken hat, seit dem Heldenstück, das er in San Paúl vollbracht hat. Denn Roquito war's, der dieses Heldenstück vollbracht hat, als er sich aus der Schenke davonstahl.«

Sie waren schon dicht beim Haus, da kam ein Hund ihnen entgegen, der ein Stück Kette mitschleifte. Die Nonnen blieben erschrocken stehen, indes die Bettlerin sich bückte und nach einem Stein suchte. Mit diesem in der Hand, ging sie weiter auf das Haus zu, laut rufend:

»Ugena! Ugena!«

Eine junge Bäuerin kam heraus, recht gelassen, rief den Hund, ging zu ihm hin und packte ihn an der Kette:

»Der tut keinem was.«

Josepa aus Arguiña näherte sich, ohne den Stein loszulassen, den sie in der Faust hatte:

»Eine Pfote hätte ich dir zerschmettert, Saufbold!«

Die Frau aus dem Gehöft richtete einen mißtrauischen Blick auf die beiden Frauen, die noch immer reglos draußen auf dem Weg standen, und die Stimme dämpfend, sagte sie sehr leise zu Josepa:

»Vier Soldaten sind gekommen, mit dem Quartierzettel.«

Die Bettlerin riß ihre Augen auf, die voller Dunkel waren:

»Und Roquito? ... Herr, mein Gott, Heiliges Sakrament, nie gibt es Ruhe!«

Ihre Stimme, die es gewohnt war, demütige Bittstellerlitaneien anzustimmen vor den Haustüren, klang plötzlich groß, jählings geadelt durch Schreck und Geheimnis. Die Bäuerin gab Antwort, nachdem sie sich einen Finger auf die Lippen gelegt hatte:

»Wir haben ihn dir gut versteckt!«

Während Josepas Augen sich weiteten vor Entsetzen, steckte sie beide Hände unter ihr Mieder, von einem Kälteschauer geschüttelt:

»Mein Gott, sie würden euch allesamt im eigenen Haus verbrennen, wenn sie je ihn entdecken! ... Die gleiche Qual, die er den anderen antat! Ach, Ugena, mich durchzittert's!«

Sie entfernte sich für einen Augenblick von der Bäuerin und rief den beiden Nonnen, sie sollten nähertreten. Auf dem Weg, im Schatten des Nußbaumes, kamen die vier Frauen zusammen, und die Bettlerin begann ein Bittgemurmel:

»Ugena, Tochter guter Eltern, diesen frommen Seelen hab' ich gesagt, wer du bist. Ich hab' ihnen nichts vorgegaukelt, wenn ich ihnen sagte, daß die junge Herrin von Urría ein Herz hat, milder als Butter. Mehr Honigsüße hat meine Herrin im Herzen als eine Melone aus Calahorra! Also, die beiden Damen sind hergekommen, um hier die Nacht zu verbringen in stiller Zurückgezogenheit.«

Die Bäuerin fuhr auf:

»Ach, das ist ganz unmöglich. Wir haben Einquartierung ...«

Mutter Isabel neigte den Kopf, und dann sagte sie mit einem herben Lächeln:

»Wir kommen von sehr weit her, und nur der Ruf Ihrer Barmherzigkeit hat uns bewogen, dieses Haus aufzusuchen ... Aber wenn Sie den Hund anbinden, werden wir auf der Türschwelle übernachten.«

Die Bettlerin berührte verstohlen den Arm der Nonne:

»Geben Sie sich ihr zu erkennen, Señora Madre.«

Die Nonne lächelte:

»Unsere Kleidung bezeugt nicht unseren Stand.«

Abwartend hörte die Bäuerin zu, mit einem leisen Argwohn, den auch das Lächeln ihres leuchtend roten, ländlich schönen Mundes nicht ganz verbergen konnte. La Josepa erhob die Arme, die im Dämmernebel sich ausnahmen wie aufsteigender Rauch:

»Es sind Nonnen, die zu dem Spital reisen, in dem die Frau Königin die Verwundeten pflegt.«

Über die vier Frauen, reglos mitten auf dem Weg, sank der Schatten des Nußbaumes herab, und im Tonfall der Worte von Josepa aus Arguiña schwang die bange Ungewißheit der Stunde, und schwarze Schicksalsahnung eines wunderfürchtigen Volkes. Kaum hatte die junge Hausherrin vernommen, daß die vermeintlichen Bauersfrauen Nonnen waren, wollte sie ihnen die Hände küssen. Dann, an ihrer Seite schreitend, geleitete sie die Fremden ins Gehöft hinein mit jenem wohlgemuten, bukolisch zufriedenen Lächeln, das im Gesicht guter Haushälterinnen erscheint, wenn sie zuschauen, wie die Gaben des Weinbergs und des Weizenfeldes unter Dach und Fach gebracht werden. Der Segen Gottes.

[KAPITEL XXIII]

Die Nonnen schliefen in der Dachstube, beide in einem Bett, zwischen Laken aus hausgesponnenem Leinengarn, die lieblich nach Lavendel dufteten, und auf Maisstrohsäcken, so prall und doch schwammlocker wie das Festtagsbrot, wenn es frisch aus dem Ofen kommt. Sie schliefen mit den Kleidern am Leib und in großer Unruhe, denn von drunten war das Schnarchen der Einquartierten zu hören, und das scheue Umhertappen der Leute aus dem Haus, die argwöhnisch die ganze Nacht hindurch wachten und ständig durch die Ställe und den Garten ringsum die Runde machten. Die Soldaten, die in dem Gehöft logierten, waren vier Burschen aus der Region Ampurdán, die ein jähes Katalanisch von westgotischer Ungeschlachtheit redeten. Der Herr des Hauses hatte ihnen Holz, Salz und eine Pfanne gegeben, damit sie in einer Ecke des Herdes sich ihr Essen bereiten konnten. Bis kurz vor Mitternacht spielten sie mit den Karten, und dann warfen sie sich zum Schlafen auf den Küchenboden. Der alte Bauer schaute sie an, als wären es Barbaren. Ihm, der sein Haus noch nach patriarchalischer Sitte regierte, war der Landfremde bisher stets mit der strengen Rede Kastiliens begegnet. Er hörte den Ampurdanesen mit einem abschätzigen Lächeln zu, seinen Tabaksbeutel streichelnd, und kam für sich zu dem Schluß, daß kein Unterschied sei zwischen dem kläffenden Gezerf der Hunde und diesem rüden, angriffswütigen Geschrei, das die Münder zerriß und die Mienen verzerrte. Er verließ die Küche erst, als er sah, daß sie eingeschlafen waren. Da ging er zum Melken in den Stall, wo sich die Schwiegertochter und Josepa aus Arguiña zu ihm gesellten. In aller Heimlichkeit sprachen die drei. Der Alte:

»Heut nacht lege ich mich nicht hin, keine Stunde.«

Ugena, die Schwiegertochter:

»Ach, was für Unheil hat uns dieser Roquito Roque ins Haus gebracht!«

Josepa aus Arguiña:

»I wo, er ist doch sicher geborgen!«

Der alte Bauer kniet sich auf die Spreu, die den Stallboden bedeckt, und beginnt zu melken. Er hat die ernste Seelenruhe eines Patriarchen:

»Sicher! ... Wenn ein Engel seine Flügel über ihn breitet, dann ist er sicher geborgen ...«

Ugena jammerte:

»Wenn sie ihn entdecken, erschießen sie uns allesamt!«

Der alte Hausherr schüttelte den Kopf:

»Gott, der uns das Leben schenkt, der schickt uns auch den Tod. Aber es könnte sein, daß sie nur mich erschießen, weil sie sehen, daß ich der Herr im Haus bin; und wo ein Herr ist, da gebietet nicht das Gesinde ... Euch Frauen würden sie dann in Ruhe lassen.«

La Josepa wisperte:

»Wo ist er versteckt?«

Ugena lehnte ihr Gesicht an die Schulter der Bettlerin:

»Im Schornstein ist er.«

Der Bauer lächelte, sich erinnernd:

»Wie er da reingekraxelt ist, herrje!«

Und die Schwiegertochter fügte hinzu, mit düsterer Stimme:

»Er sah aus wie ein Poltergeist in Bocksgestalt!«

Die Bettlerin fuhr auf:

»Huch, was für Vergleiche stellt die Herrin an!«

Die beiden Frauen bekreuzigten sich, und der Alte erhob sich, um in die Küche zu gehen. Eine kleine Weile blieb er unter der Türe stehen, dann näherte er sich dem Herd. Auf der Steinkante kauernd, tat er, als wärmte er sich an der Glut, und richtete die Augen nach oben, um in die Schwärze des Schornsteins hinaufzuspähen. Die Soldaten schliefen noch, in einer Ecke funkelten die Gewehre, und die Augen der Katze lauerten inmitten der Asche. Der Alte ging wieder hinaus, so behutsam, wie er kurz zuvor hereingekommen war, und stellte fest, daß die Frauen nicht mehr auf der Stallschwelle waren. Klamm vor Kälte, hatten sie sich zum Brodem der Schafe zurückgezogen, und dort sprachen sie halblaut miteinander, auf den Hacken hokkend. Der Alte trat ein, und sie machten sich noch kleiner, als sie ihn, Auskunft heischend, anblickten. Die Schwiegertochter fragte:

»Ist er noch im Schornstein?«

»Ich konnte nichts sehen.«

Die Bettlerin zuckte zusammen, jählings erschaudernd:

»Gut möglich, daß er hinaus ist aufs Dach.«

Langsam und bedächtig wie ein Gelehrter sagte der alte Hausherr, während er den Nacken eines Schafes kraulte, das munter geworden war:

»Dann würden sie ihn von der Straße aus entdecken, egal auf welcher Seite.«

Schweigend verharrten die drei, und schließlich, als erwachte sie aus einem Traum, sagte die Schwiegertochter seufzend:

»Selbst wenn er aufs Dach hinaus wollte, er würde es gar nicht schaffen. Pedrín Domingo, Gott schütze ihn, hat doch ganz droben gegen die Diebe ein Eisengitter angebracht. Erinnern Sie sich nimmer, Herr?«

Der Alte gab ihr recht, indem er mit derselben Hand, die den Nacken des Schafes streichelte, kurz abwinkte. Wieder verharrten sie wortlos. Die Frauen nickten allmählich ein, und rissen plötzlich, völlig bestürzt, die Augen auf. Einmal, weil die Kinder weinten, die in der Krippe schliefen, unter ein paar leichten Saumsätteln; ein andermal, weil ein Hahn krähte; und wieder ein andermal, weil eine unverriegelte Tür schlug. Beide erwachten gleichzeitig, als die Morgenglocken erklangen. Sie gingen in den Garten, und um ihre Unruhe zu verhehlen, fingen sie an zu singen, während sie sich am Brunnen wuschen. Noch waren sie damit nicht fertig, da sahen sie den Alten, der mit verstörtem, blutleerem Gesicht aus der Eingangslaube hervorkam:

»Kaum habt ihr den Schlaf aus den Augen gerieben, legt ihr schon los mit Liedchengeträller!«

Die Frauen verstummten und schlenkerten die nassen Hände in der Luft. Sie zischelten wie mit einer Zunge:

»Ach, schnell, sagen Sie, was los ist, Onkel Tibal!«

»Diese Schwarzen haben ein Mordsfeuer entfacht! ... Sie verbrennen das Küsterchen bei lebendigem Leib.«

Die Frauen schauten mit Entsetzen den Rauch an, der über das Dach wehte. Josepa aus Arguiña ließ sich am Brunnenrand zu Boden fallen und raufte sich das Haar, jammernd:

»Du wolltest das Martyrium erleiden wie die Heiligen, und jetzt hast du's, Saufbold!«

Ugena ging auf den Alten zu:

»Fliehen Sie ins Gebirge, Großvater. Das Küsterchen fängt an zu schreien, sobald das Feuer ihm an den Leib geht, und alles kommt raus ... Wenn die Sie erwischen, werden Sie erschossen. Gehn Sie ins Gebirge, Großvater, gehn Sie ins Gebirge!«

Sie gab ihm einen herzhaften Schubs. Der Alte schien verängstigt:

»Mal sehen! Man wird schon sehen! ... Wenn das Küsterchen ganz raufgekrebselt ist, schlägt das Feuer nicht bis zu ihm hinauf ...«

Die Schwiegertochter schubste ihn von neuem:

»Fliehen Sie ins Gebirge, Großvater!«

»Begreifst du denn nicht, daß sie dann dich dafür büßen lassen, Tochter?«

»Ich werde denen schon sagen, du seist an allem schuld, du ganz allein ... Das werd' ich sagen, verlaß dich drauf! ...«

La Josepa seufzte:

»Onkel Tibal, gehn Sie fort! Wenn die sehen, daß Sie geflohen sind, müssen die das ja wohl glauben.«

Der alte Bauer schaute das Haus an, Abschied nehmend, und ging wortlos weg, mit gesenkter Stirn. Die Frauen bekreuzigten sich. Die aus Arguiña sagte:

»Gott sei mit ihm!«

Und Ugena, die junge Herrin:

»Roquito, Roque, was für Unheil hast du über uns gebracht!«

Dann betraten sie die Küche, die voller Rauch war. Klamm von der Nachtkälte, hatten die Soldaten ein ganzes Bündel dürrer Ginstergerten, das für das samstägliche Kochen und Backen bereitgelegt war, auf die Herdglut geworfen. Als die beiden Frauen die gewaltige Lohe sahen, schauten sie einander an, gestanden sich stumm ihr Grauen.

[KAPITEL XXIV]

Kaum waren die Ampurdanesen für ein Weilchen nach draußen gegangen, um dort mit Münzenwerfen sich die Zeit zu vertreiben, da streckte die Bettlerin ihren Kopf unter den Rauchfang und schaute hinauf in den Schornstein:

»Hab Geduld, Roquito.«

Von oben kam eine klägliche Stimme:

»Sie verbrennen mich bei lebendigem Leib!«

»Hab Geduld!«

»Versuch doch, das Feuer zu verzetteln.«

La Josepa wollte dies tun, doch im selben Moment kam ein Soldat herein, der ihr eine Nadel samt eingefädeltem Garn reichte, damit sie ihm die Knöpfe an seinem Mantel festnähe. Ohne eine Antwort abzuwarten, nahm er ihr das Kind aus den Armen und begann, dem Kleinen ein Lied zu singen:

»Ach, ach, ach, kleine Buben! . . .«

Kurz darauf stürmten auch die anderen Soldaten herein, flüchtend vor einer unheimlich schwarzen Wolke, die soeben den ersten Schauer dicker Tropfen herabprasseln ließ. Der restliche Morgen ging in Gewittergüssen unter, und die vier Ampurdanesen scharten sich rings um das Feuer, wo sie ihre Waffen putzten. Die Frauen beteten in der Dachstube, kniend an einem Fenster, das ständig erschüttert wurde von Wind und Regen, tragisch illuminiert zuweilen von niederzuckenden Blitzen. Ugena ging ab und zu lautlos hinaus und huschte vom Stall zur Küche, mit geweiteten Augen und unhörbaren Schritten. Und wer zwischendurch immer wieder mal auftauchte, sich irgendwo an den Herdrand setzte und heimlich das Feuer zu verzetteln suchte, war Josepa aus Arguiña. Die Soldaten bedrohten sie, unter barbarischem Gelächter, mit den Bajonetten, während das Essen in der Pfanne brotzelte wie der Räuberschmaus im Kessel überm Lagerfeuer. Plötzlich erschien der Hund in der Küche und begann unter dem Rauchfang wütend zu bellen. Von draußen rief lauthals die Bäuerin nach ihm, und Josepa, totenblaß geworden, erklärte den Soldaten:

»Der hat irgendeine Katze gesehen!«

Die anderen lachten. Sie hatten die Pfanne gerade vom Feuer genommen und boten jetzt mit ihren Zinnlöffeln eine Kostprobe an: dem Köter und dem Weibsstück, das ihn an der Kette fortzerrte. Fern und dringlich erscholl wieder und wieder die Stimme der Bäuerin:

»Poca Pena! Poca Pena!«

Überraschend hellte sich der Himmel auf, und die Soldaten verließen die Küche, um ihr Münzenspiel draußen fortzusetzen, unter der Rebenlaube, die noch tropfte. Josepa rief durch den Rauchfang in den Schornstein hinauf:

»Die Räucherkur wird dir guttun, Roquito!«

Der Küster in der Höhe stöhnte:

»Ich kann nicht mehr!«

»Wolltest du nicht das Martyrium erdulden wie die Heiligen? Na, jetzt hast du's, Saufbold!«

»Ich komm' um vor Durst . . . Könntest du mir nicht einen Tropfen Wasser geben?«

Die Bettlerin füllte einen Bottich, packte ihn mit beiden Händen und guckte, ehe sie auf den Herd kletterte, kurz zum Fenster hinaus:

»Die sind vom Spielteufel besessen . . . Trink nur in Ruhe, Roquito, bis dir's aus den Ohren läuft!«

Sie hielt den Bottich mit emporgestreckten Armen, ohne die Tür auch nur einen Moment aus den Augen zu lassen. Die schwarzen Hände des Küsters kamen herab: man konnte hören, wie er im Finstern schlürfte. La Josepa fing den leeren Bottich auf. Die Bäuerin kam herein:

»Haben sie Verdacht geschöpft, sag? Ständig starren sie hinauf nach dem Rauch, der übers Dach weht, und quasseln in ihrer Sprache.«

Die aus Arguiña antwortete:

»Vorher war's genau das gleiche. Sie wollen wissen, wie das Wetter wird.«

Roquito stöhnte:

»Holt mich hier raus! Habt ihr keinen anderen Platz, wo ich mich verstecken könnt'? Der Rauch erstickt mich noch.«

Die Bäuerin fuhr auf, Angst in den Augen:

»Roquito, Roque, was für Unheil hast du über uns gebracht! Ein anderes Versteck haben wir nicht, es sei denn unterm Weiberrock, wie die Alte vom Briz-Hof sagt.«

Roguito greinte:

»Hier sterbe ich! ... Potz Blitz! Potz Blitz! ... Ich sterbe vor Hitze!«

Josepa sprang unter das Schornsteinloch und antwortete mit rauher Stimme:

»So gewöhnst du dich wenigstens rechtzeitig dran, ehe du in den Siedekessel des Satans stürzt, Saufbold! Auf, mach schon, tu doch, was du getan hast, als die Klosterfrauen dich mit einer Bande betrauten. Komm schon runter, Waschweib, mach dir Luft, plauder alles aus, damit sie uns alle erschießen! ... Was soll's, wozu noch deine Heldentat von San Paúl rühmen?«

Roquito droben begann zu lachen und zu weinen:

»Es lebe Carlos VII.! ... Zähme deine Giftzunge ... Ich werde in den Flammen sterben! Ich will den Martertod eines benedeiten Heiligen sterben! ... Es lebe Carlos VII.!«

Die beiden Frauen flehten:

»Sei still, Roquito, du stürzt uns ins Verderben.«

Der Küster lachte, lachte ein wahnwitziges, gewaltiges, hallendes Lachen im Hohlraum des Kaminschachtes:

»Wenn ich doch eine Vierundzwanziger-Kanone hätte!«

»Du stürzt uns ins Verderben, Roquito!«

Das Lachen des Küsters erlosch, und Stille herrschte in der Küche. Bleich vor Schreck, stiegen die Frauen hinauf in den Dachstock, um mit den Nonnen zu beten. Das ganze Haus war voller Rauch. Durch die Türen hindurch war das Geheul des Windes zu vernehmen, und die Soldaten flüchteten sich wieder in die Küche, aufgescheucht von einem neuerlichen Wolkenbruch, und die Herrin des Hauses huschte aufs neue von hier nach dort, mit geweiteten Augen. Und so verging der Tag, zwischen Wolkenbrüchen und jähen Sonnenblicken, voller Trübsal und Schrecken ... Es war schon gegen Abend, als ein Signalhorn erklang, klar die Weisung gebend: Antreten zum Appell! Zwei und zwei, zogen die Einquartierten fort, den Weg zum Dorf hinunter. Ugena und die Nonnen sahen vom Dachstubenfenster aus, wie sie in der Ferne verschwanden. Mit Freudenrufen sprangen sie die Treppe hinunter:

»Sie sind schon außer Sichtweite!«

»Du bist gerettet, Roquito!«

»Das war Gottes Beistand!«

Mit zittrigen Händen fegte La Josepa auf dem Herd das Feuer beiseite. Roquito ließ sich von oben aus dem Schornstein herabfallen. Sein Gesicht war eine einzige schwarzrote Blase. Er erhob sich nicht, er jammerte auf:

»Ich sehe nichts! Ich sehe nichts!«

Die Bettlerin näherte sich ihm und stieß einen Schrei aus:

»Seine Augäpfel sind versengt!«

In lautlosem Entsetzen drängen die Frauen ihre Köpfe zu einer Traube zusammen, um jene blinden und wundroten Augen zu betrachten. Eladia richtete sich wortlos auf, und ihre Hände, lind wie Balsam, legten sich helfend auf die versehrten Augen des Küsters, der vor ihr kniete, dic Arme ausgebreitet, gleich Kreuzesbalken. Aufmerksam starrte Mutter Isabel, zerwühlt von dunkler Reue. Sie fühlte sich schuldig vor dem Schmerz fremden Lebens, und sie brach in ein Schluchzen aus.

Gerfalken aus der Vorzeit

[KAPITEL I]

Santa Cruz stürzte sich erneut auf Otaín. Aus den Buchenwäldern des Gebirges strich er talwärts wie die Wölfe bei Sonnenuntergang, lief lautlos die ganze Nacht hindurch und gelangte an die Tore des Städtchens, als die Hähne der Morgenfrühe krähten. An die tausend Mann hatte er bei sich, Weinleser und Hirten, Kesselflicker, die auf den Wegen ihr Gewerbe ausschreien, und Holzsäger, die an den Ufern der Flüsse arbeiten, Köhler, die Feuer entzünden auf den Bergen, und Töpfer, die Ziegel brennen in den Piniengehölzen, lauter einfache Leute, schlicht und wild wie ein primitiver Volksstamm, grausam gegen die Feinde und treu ergeben seinem Häuptling. Bauern, die lächelnd, mit Tränen in den Augen, kindlichen Geschichten von eingemauerten Prinzessinnen lauschten, und die ihren Feinden den Hals durchschnitten mit der barbarisch frommen Freude, der Lust an Tanz und Lied, die zu den blutigen Opferfesten vor den Steinaltären der alten Kulte gehörte.

Noch fünfhundert Infanteristen hielten das Städtchen besetzt, als die Partisanenrotte des Pfarrers sich auf den Flecken herabstürzte wie Gerfalken im Stoßflug. Zwei Trupps von je hundert Mann drangen als erste mit Gebrüll in die Ortschaft ein, der eine durch das Flußbett, der andere durch die Marktstraße. Sie setzten die Haustüren in Brand, verprügelten die alten Männer und jagten die Frauen, mit Kindern auf dem Arm, vor sich her. Die republikanischen Soldaten, die in den Privatquartieren überrascht wurden, rannten erschreckt heraus, sich die Augen reibend. Sie lieferten eine Schießerei in den Gassen nahe bei einem Kloster, das zur Festung gemacht worden war, nachdem Don Enrique España das Städtchen den Karlisten entrissen hatte. Ohne Ordnung wichen sie zurück, hineingestrudelt in die Menge der Partisanen, die mit aufgepflanzten Bajonetten voranstürmten. Der Pfarrer sperrte mit dem Rest seiner Leute sämtliche Ausgänge von Otaín. Aber als die Signalhörner der Republikaner auf der Festung droben zum Rückzug bliesen, begriff er, daß die Ortsbesatzung sich in jenes Gemäuer flüchten und dort verschanzen sollte, und er drang, Blut und Feuer verbreitend, in das Städtchen ein. Über seinem Kopf gingen die Fenster auf, und viele Stimmen schrien:

»Tut uns nichts an! Wir alle stehen auf eurer Seite! Es lebe Carlos VII.!«

[KAPITEL II] Santa Cruz errichtete Brustwehren und brachte zwei Geschütze in Stellung, die er im Gefecht bei Hernani erbeutet hatte. Er forderte die Insassen der Festung zur Übergabe auf; da aber die Belagerten die Bedingungen nicht akzeptieren wollten, welche der Rebell stellte, begann er die Beschießung, die den ganzen Tag andauerte. Am Abend, als das Feuer eingestellt wurde, stieß die Rotte von Miquelo Egoscué zu ihm. Die beiden Bandenführer begrüßten sich trocken: Egoscué mit offenkundigem Groll, der andere mißtrauisch und ohne ihn anzublicken. Santa Cruz stand, umringt von einer zwölfköpfigen Leibwache, im Vorhof der Kirche. Egoscué näherte sich ihm zu Pferde:

»Don Manuel, alle im Flecken beklagen sich, sie seien von Ihnen behandelt worden wie Feinde.«

Der Pfarrer antwortete tonlos:

»Ich hab' sie behandelt, wie sie es verdienten... Und was du mir zu sagen hast, das sag mir nicht vom Sattel herab.«

Drei Männer von der Leibwache des Pfarrers traten vor. Egoscué überließ ihnen die Zügel und stieg ab. Santa Cruz hatte sich an die Kirchenmauer gelehnt, und der andere Bandenführer ging mit ausgestreckter Hand auf ihn zu:

»Also, hier bin ich mit meinen Leuten, Don Manuel!«

»Wie immer: wenn die Messe schon halb vorbei ist. Und wieviel Mann bringst du mit?«

»Alles in allem: nicht ganz dreihundert Mann.«

»Haben sie Munition?«

»Nicht eine Patrone mehr.«

Der Pfarrer schaute noch immer auf den Boden, und langsam den Blick hebend, äugte er schräg zu den Partisanen hinüber, die sich auf dem Platz befanden. Es waren rund hundert Mann, darunter keine zwanzig, die zur Bande von Egoscué gehörten. Die übrigen liefen von Haus zu Haus, auf der Suche nach einem Quartier. Don Manuel Santa Cruz drückte dem anderen Bandenführer kräftig die Hand und schaute ihm ins Gesicht:

»Nun, Soldaten ohne Patronen taugen nichts... Und ich sag'

dir kein Dankeschön für die Hilfe, die du mir bringst. Die Soldaten ohne Patronen lassen, das bedeutete im vorigen Krieg Verrat, und im jetzigen gilt das gleiche.«

»Ich bin kein Verräter, Don Manuel!«

»Ich sage auch nicht, du seist einer. Ich sage dir: Die Leute ohne Patronen lassen, das besagt, wenn nicht Verrat, so doch Unfähigkeit zur Führung. Du hast deine Sache gut gemacht, als du noch zwölf Mann bei dir hattest . . .«

»Und mache sie jetzt gut!«

»Sei kein hochmütiger Wüterich. Wir besprechen das noch. Heute essen wir miteinander zu Abend, und morgen werden deine Jungens und meine gemeinsam kämpfen. Ich habe Patronen für alle.«

Don Manuel Santa Cruz ging mit seinen zwölf Leibwächtern in die Kirche hinein. Mißtrauisch blickend, schritt er zwischen ihnen, ohne Waffen, ohne Rangabzeichen, und er wirkte eher wie ein Gefangener als wie ein siegreicher Feldherr. Er war stämmig, von gedrungener Statur, hatte die grauen Augen eines Bauern, der keinem über den Weg traut, und einen struppigen, rotblond flammenden Bart. Seine Aufmachung war weder priesterlich noch kriegerisch. Blaue, winzige Baskenmütze, eine Lammfelljacke, lose über die Schultern geworfen, Kniehose aus Leinen und blaue Strümpfe, welche die Wadenmuskeln erkennen ließen. Dieser nüchterne, keusche und kraftvolle Bandenhäuptling bewegte sich mit erstaunlicher Behendigkeit und Ausdauer, und er war so wachsam, daß man ihn niemals überrumpeln konnte. Diejenigen, die mit ihm zogen, erzählten, er habe beim Schlafen stets ein Auge offen, wie die Feldhasen.

KAPITEL III

Im Oktober 1873 besetzten die republikanischen Truppen viele Dörfer und Weiler im Tal von Baztán. Jeden Tag kamen neue Regimenter, die durch ihre Abgabeforderungen das fruchtbare Land auspowerten. Diese Streitkräfte, die ständig umherzogen, hatten nun Befehl erhalten, sich zu vereinigen, zum Angriff auf Estella. Moriones, der soeben zum Oberkommandierenden ernannt worden war, wollte die Stadt erobern, diesen heiligen Schrein des Karlismus. Das war der Sieg, der den triumphalsten Widerhall fände, der Sieg, den die gesamte republikanische Armee ersehnte. Einstimmig erscholl im Generalstab der Ruf:

»Es gilt eine große Schlacht zu schlagen und sie zu gewinnen.«

Die Soldaten waren allmählich kriegsmüde geworden und wollten nach Hause. Ständig auf Vormarsch und Rückmarsch, hatten sie kaum Zeit, sich in irgendeinem Dorf auszuruhen, hörten stets hinter ihrem Rücken den Geschwindschritt der karlistischen Banden, der Herrscherinnen von Navarra. Und der Kommandierende General suchte die Gelegenheit zur Schlacht, um der gesamten Armee den Triumph darzureichen wie das Brot der Kommunion. Es war höchste Zeit, den Schrei zu ersticken, der durch die Täler und über die Berge hallte:

»Es lebe Carlos VII.!«

Don Enrique España führte die im Baztán zusammengezogenen Truppen. Der altgediente General diktierte mißlaunig raunzend Ordern, inspizierte die Bataillone und ritt mit seinen Adjutanten aus. Manchmal knurrte er, auf seiner Zigarre herumkauend:

»Nichts als Stabsmarotten.«

Don Enrique España hegte die Befürchtung, man habe sich überhaupt nichts dabei gedacht, als man ihm die Anweisung gab, gegen Estella zu marschieren. Reich an Jahren und an Erfahrungen, hörte er nur mit halbem Ohr zu, wenn die Befehle verlesen wurden, die laufend aus dem Hauptquartier eintrafen. Nahm er gelegentlich den Ordonnanzbogen aus den Händen des vortragenden Adjutanten, so tat er dies nur, um die kalligraphische Meisterschaft des Schreibers zu bewundern. Ihm gefielen die reinlichen Federzüge der spanischen Schrift; er lächelte und ließ gedankenverloren die Asche seiner Zigarre aufs Papier fallen. Zweifellos dachte er daran, wie er, mit Korporalsstreifen auf dem Ärmel, vor dreißig Jahren in einer Schreibstube seine militärische Laufbahn begonnen hatte. Und das Papier emporhebend, es in der Luft schwenkend, pflegte er zu sagen:

»Diese armen Federfuchser sind die einzigen im Generalstab, die was arbeiten.«

Er führte die Befehle aus, ohne ihnen den geringsten Wert beizumessen, in der Überzeugung, der Krieg werde dann ein Ende finden, wenn alle seiner gründlich überdrüssig wären. Er war so bar aller Illusionen und Siegeshoffnungen wie seine Soldaten. Umwölkt von immerwährender Verdrossenheit, weil er beim Spiel verlor und im Krieg nicht vorankam, gab er sich wenig Mühe, seine Meinung zu verhehlen:

»Sämtliche Generäle konspirieren zugunsten des Sohnes von Isabella. Ich bin der einzige, der treu zur Republik steht... Darum bezahlt sie mich so, wie der Teufel seinen ergebenen Dienern dankt!«

Es wurmte ihn, daß er genötigt worden war, seine Truppen aus Otaín abzuziehen. Die Massierung aller Kräfte wertete er als kindische Bosheit des neuen Oberkommandierenden und des Generalstabes. Es war eine hinterhältige Desavouierung aller früheren Pläne, ein Intrigantenstreich zum Zwecke der Verhohnepiepelung all derer, die zuvor am Ruder waren. Aus dem Hauptquartier kamen Tag für Tag so unergründliche Befehle, daß man meinen konnte, es handle sich jeweils um die Niederschrift eines urzeitlichen Orakelspruches. Don Enrique España ließ sie ablegen und verlangte Erläuterung, die niemals eintraf. Der Generalstab war, trotz der in ihm waltenden Gedankenlosigkeit, gewillt, den Anschein zu wahren, es würden in seinem Kreise tiefsinnige strategische Kombinationen ausgeklügelt. Ein vergebliches Bemühen, leerer Schall, das Gebrüll von Ochsen, die keinen Pflug ziehen. Don Enrique España lieh solcher Blöße keinen Schleier:

»Sie nehmen uns da weg, wo man uns dringend braucht, und schieben uns herum, ohne selbst zu wissen, wohin. Sie werden Estella angreifen, aber mit den Truppen aus der Ribera. Und wir, hingehalten durch diese Wonnen von Capua, werden alles verlieren, was wir gewonnen haben. Für soviel Soldaten sind die Köpfe im Generalstab ein bißchen zu klein.«

Umringt von seinen Adjutanten, ließ er es zu, daß sein Pferd das Gras am Wegrand abknabberte, und schaute derweilen hinaus ins Tal, das in lauter Grün und Frieden dalag. Ein bezaubernder, urfrischer Liebreiz ging davon aus, die Anmut jener Landschaften, in denen die alten Evangeliarien die Kindheit Jesu erblühen lassen. Auf den weißen Wegen, zwischen schauernden Getreidefeldern, fruchtschweren Weingärten und goldenen Kastanienhainen, sahen sie neue Truppen anrücken, die sämtliche Landstädtchen zwischen Urdax und Tolosa preisgegeben hatten.

[KAPITEL IV]

Drei Späher kamen, einer nach dem anderen, mit der Nachricht, daß die Bande des Pfarrers über die Bergpässe ziehe. Schnell und lautlos bewegte sie sich, wie die Wölfe, wenn sie hinunterwechseln zur Ortschaft. Unterm Gebell der Hunde hatte sie, ohne sich aufzuhalten, die schlafenden Dörfer durchquert: San Paúl, Astigar, Arguiña. Aber die Späher wagten keine Vermutung, was das Ziel des unheimlichen Rebellenführers sein mochte, den man im Abenddämmer noch in der einen Gegend gesehen, der aber beim Morgengrauen ganz woanders, zwanzig Meilen entfernt, wieder zum Vorschein kam. Die drei Späher, die jetzt auf einer Bank saßen, am Eingang des Hauses, in welchem der General Quartier genommen hatte, priesen in ihrer baskischen Sprache diese fabelhafte Fähigkeit. Noch ruhten sie sich aus, als ein alter Mann erschien und Meldung machte vom Überfall auf Otaín. Er kam auf einem guten Maultier angeritten und sagte, die Señora Marquesa habe ihn geschickt. Nachdem er ihn angehört hatte, ließ der General ihn abtreten, indem er ihm mit einer leichten Handbewegung die Türe wies, und wandte sich seinen Adjutanten zu:

»Rin in die Hose, raus aus der Hose! Jetzt werden gleich Befehle eintrudeln, wir sollen schleunigst die Garnison in dem Flecken verstärken; denn sie leistet zweifellos Widerstand in der Festung.«

Ein Oberst trat ein, in Uniformrock und Zivilhose. Es war der Chef des Stabes:

»Und wenn sie keinen Widerstand leistet, Herr General?«

Don Enrique España machte eine steinerne Miene:

»Das geht dann auf deren Kappe.«

Der Oberst antwortete:

»Und das Schlimmste ist, daß man jetzt keinen einzigen Soldaten entsenden kann, ohne vorher den Oberkommandierenden zu konsultieren. Soeben ist diese telegraphische Order eingetroffen.«

Und er faltete ein blaues Papier auseinander, das er mitgebracht hatte. Don Enrique España wies es von sich:

»Was steht drin?«

»Wir sollten uns bereitmachen für gemeinsame Operationen mit den Truppen, welche die Linie Tafalla-Puente la Reina halten. Jede einzelne Etappe haben sie uns exakt vorgeschrieben.«

Der General schüttelte angewidert den Kopf:

»Wir sollen also nicht mehr nach Vera runter?«

»Nein, Señor.«

»Aber war denn nicht geplant, daß wir ins Barranca-Tal vordringen sollen? Die haben die reine Wetterfahnenstrategie! Sollten wir denn nicht mit der Heersäule von General Primo operieren?«

Und er streckte den Arm vor, die Depesche fordernd, welche der Chef des Stabes gerade nochmal überflog. Der General näherte sich dem Fenster, betrachtete das Papier von allen Seiten und übergab es einem seiner Adjutanten:

»Lesen Sie es langsam vor.«

Alle hörten in andächtiger Stille zu. Die Oberste Heeresleitung wollte jetzt Estella angreifen über die karlistischen Stellungen bei Santa Bárbara de Mañeru. Dem General España wurde eine Marschroute samt Zeitplan mitgeteilt. Über den Velate-Paß sollten all die im Baztán konzentrierten Streitkräfte vordringen und via Alcoz nach Oteiza hinabmarschieren. Dann gelte es, Stellungen zu beziehen, mit denen man das Arga-Ufer beherrschen würde: die rechte Flanke in Cizur, die linke in Puente la Reina, das Zentrum in Belascoaín.

Alle malten sich im Geist jenen langen und beschwerlichen Marsch aus, der durch eine Gegend führen würde, wo die karlistischen Banden, die Herrscherinnen der Berge, immerzu Anschläge und Überfälle verübten. Als der vorlesende Adjutant verstummte, begnügte sich der greise General mit der Bemerkung:

»Zu diesem Befehl muß eine Erläuterung angefordert werden.«

Der Chef des Stabes fragte:
»In welcher Hinsicht, Herr General?«
»In jeglicher Hinsicht. Telegraphieren Sie auch den Vorfall von Otaín. Wie wir ja vorher schon gesagt haben: Man kann nicht einen einzigen Soldaten entsenden ohne vorherige Konsultation. Ich vertraue darauf, daß die Garnison Widerstand leistet in der Festung.«
»Das steht zu vermuten. Nichts ermuntert dermaßen zu heroischer Verteidigung wie die Grausamkeit des Feindes.«
Diese Worte murmelte halblaut der Chef des Stabes. Der General stimmte ihm zu durch ein Kopfnicken:
»Wir haben's gesehen im letzten Krieg ...«
»Das erklärt auch manche kollektiven Heldentaten in der Antike.«
Und der Chef des Stabes schickte sich an, ein langes Telegramm an den Generalstab aufzusetzen. Plötzlich drehte er den Kopf herum:
»Ich glaube, die Belagerten in Otaín können lange warten, bis sie Hilfe bekommen.«
Er schaute alle spöttisch an, als gäbe er ihnen ein Rätsel zu knacken. Don Reginaldo Arias war ein kleiner, kahlköpfiger Mann, mit der krummen Nase und dem schiefen Blick eines prozeßlüsternen und gerissenen Wucherers. Der General zuckte mit den Achseln:
»Warum sagen Sie das, Oberst?«
»Wenn ich's erklären sollte, wüßte ich nicht ...«
Vom Fenster her fragte ein Husarenhauptmann, der in der Gruppe der Adjutanten stand:
»Sie wissen nicht, wie Sie's erklären könnten, Herr Oberst?«
»Ich weiß es nicht, lieber Herzog ... Ich weiß nicht ...«
»Ich schon ... Die Republik braucht dringend ein Gemetzel, dessen Urheber Santa Cruz ist. Die Karlisten bemühen sich in den europäischen Hauptstädten um die Anerkennung als kriegführende Partei.«
Mit einem boshaften Zwinkern gab der Stabschef ihm recht:

»Verständlich, mein Lieber. Die Anerkennung als kriegführende Partei würde ja bedeuten, daß die Grenzen sich öffnen und der Waffenhandel in Schwung kommt.«

Der Duque de Ordax rief lachend:

»Wir sind also der gleichen Ansicht. Man braucht ein Gemetzel, um die Karlisten vor aller Welt als Horden von gemeinen Banditen hinstellen zu können. Dann wird Castelar die Arme gen Himmel recken, einen Schwur auf das Blut so vieler Märtyrer leisten und an sämtliche Botschafter eine Note richten. Es ist derzeit das diplomatisch Klügste, dem Pfarrer in die Hand zu spielen.«

Der General stand auf, seine Zigarre anzündend:

»Ich wünschte, meine Herren, Sie würden sich ein bißchen mäßigen beim Äußern solcher Meinungen. Das ist eine freundschaftliche Bitte.«

Der Chef des Stabes folgerte:

»Daß Santa Cruz zur Zeit mehr von den Karlisten verfolgt wird als von uns, besagt nichts. Santa Cruz ist ein Verfechter der alten baskischen Provinzialrechte, der Don Carlos nicht als höchste Autorität anerkennt.«

Und er fuhr fort mit der Ausarbeitung des Telegramms an die Oberste Heeresleitung. Die Adjutanten, die sich in den Erker zurückgezogen hatten, unterhielten sich halblaut; und zwischen Wand und Tisch, in einem Freiraum von drei Schritten, ging Don Enrique España hin und her, leise trällernd. Plötzlich blieb er stehen und schaute die Adjutanten an:

»Unmöglich, daß einer politischen Intrige wegen der Oberkommandierende jene tapferen Männer opfert, die eingeschlossen sind in der Festung von Otaín. Ich verbiete Ihnen, daß Sie sowas sagen oder denken. Zerreißen Sie dieses Telegramm, Oberst. Augenblicklich werden Truppen ausrücken zum Entsatz dieser mutigen Männer. Zerreißen Sie dieses Telegramm.«

Der ergraute Krieger trat an den Tisch und zerknüllte das Papier mit zitternden Händen.

[KAPITEL V]

Santa Cruz wollte den Flecken züchtigen, weil dieser, uneingedenk seiner klaren legitimistischen Tradition, den republikanischen Truppen gestattet hatte, Tragtiere und Nahrungsmittel an sich zu nehmen. Furchtsam verkrochen sich die Schöffen, und der Bandenchef ließ durch einen Büttel ausschreien, ein jeder von ihnen sei zum Tode verurteilt, falls er nicht vor Einbruch der Dunkelheit sich im Pfarrhaus stelle, das der Rebell zu seinem Feldquartier gemacht hatte. Er verbreitete solchen Schrecken, daß alle erschienen ... Und nachdem er sie eine Weile angehört hatte, während er ein Glas Wein trank und eine Scheibe Weißbrot verzehrte, befahl er, ihnen jeweils fünfzig Stockschläge zu verpassen auf dem Platz des Alten Rechts:

»Eins! ... Zwei! ... Drei! ...«

Trommelwirbel markierten den Takt. Ein seitlich postierter Sergeant zählte unerbittlich streng die Schläge, und im Chor zählten die Schulkinder mit, die auf die Bäume geklettert waren; ebenso manches alte Weib, das sich mit frommer Inbrunst an den vorigen Krieg erinnerte.

»Einazwanzig! Zweiazwanzig! Dreiazwanzig! ...«

Der ganze Flecken strömte zusammen, um der Bestrafung beizuwohnen. Balkone und Fenster waren dicht bevölkert. Nur der Redín-Palast blieb verschlossen. Einige Partisanen waren mit einem Leutnant hineingegangen, um die Markgräfin festzunehmen. Die alte Dame, informiert durch ihre Dienerschaft, erwartete sie im Besuchszimmer, wo sonst allemal sich ihr Kränzchen zusammenfand, in einem Sessel sitzend, den Oberkörper straff gereckt, die Hand auf die Polsterung der Krücke gestützt. Es war die feierliche Haltung, mit der sie auch den Herrn General Don Enrique España empfangen hatte. Neben ihr befand sich, stehend und ein wenig zitternd, Eulalia. Als die Marquesa de Redín die Partisanen eintreten sah, blickte sie sehr gestreng zu ihrer Enkelin auf und ermahnte sie flüsternd:

»Eulalia, vergiß nicht: Diese Leute können uns zwar töten,

aber eines können sie nicht – uns zittern sehen ... Keine Tränen, keine Bitten, meine Liebe!«

Und sie streichelte heimlich die Hand des Mädchens. Eulalia gab keine Antwort; entgeistert starrte sie den Soldaten entgegen, die in das Zimmer eindrangen. Die Markgräfin, die sich den Kneifer aufgesetzt hatte, stellte die Eindringlinge mit jener angesäuerten Höflichkeit, die manchen alten Damen eigen ist, zur Rede:

»Ich kenne Sie nicht, und bin höchlichst erstaunt über diesen Besuch.«

Die Partisanen lächelten, sich in den Spiegeln betrachtend, mit einem Schimmer bäuerlicher Ehrbarkeit auf den goldbraunen, freimütigen, breiten Stirnen unter den blauen Baskenmützen. Der Leutnant blieb in der Mitte des Gemaches stehen:

»Sie müssen vor Gericht erscheinen, im Pfarrhaus, wo die Kommandantur ist. Wenn Sie nicht gehen können, wird man Sie im Sessel hintragen.«

Die Marquesa de Redín schaute ihre Enkelin an, die sich vorbeugte, um ihr beim Aufstehen behilflich zu sein. Die beiden waren sehr blaß, und Eulalia sagte der Greisin ins Ohr:

»Gehe ich mit Ihnen, Großmama?«

Die Markgräfin schüttelte den Kopf:

»Ich weiß nicht ... Ich weiß nicht ... Es ist wohl besser, wenn du hierbleibst.«

Und sie ging allein auf die Partisanen zu, über ihren Krückstock gebeugt. Mitten im Zimmer blieb sie stehen und griff nach ihrem Kneifer, um den Leutnant zu beäugen, der sehr hochgewachsen war. Als sie die Augengläser wieder sinken ließ, sagte sie trocken und barsch:

»Gehen wir zur Kommandantur.«

Die Tränen unterdrückend, ohne noch einmal nach ihrer Enkelin zurückzublicken, die ihr bis zur Treppe folgte, umdrängt von der bestürzten Dienerschaft, ging die Marquesa hinaus. Auf der ersten Treppenstufe hielt sie inne und rief ihrer Zofe:

»Du wirst mit mir gehen.«

Die Zofe, deren Haar schon weiß war, trat tief bekümmert vor und reichte ihr den Arm. Flankiert von den Soldaten, stiegen sie hinab, ganz langsam. Auf dem Platz dröhnte noch immer die Trommel, und der Chor der alten Weiber und der Kinder zählte die Schläge, die soeben der Schöffe bekam, welcher als letzter die vom Pfarrer verhängte Strafe erlitt:

»Acht! ... Neun! ... Zehn! ...«

Als die Marquesa de Redín aus dem Palast trat, entstand eine kurze Stille: manche Stimmen verstummten, andere zählten nur zögernd weiter. Die Leute gingen beiseite und machten mit ängstlichem Respekt der alten Dame Platz, die zwischen Soldaten daherkam. Auf ihre Zofe gestützt, tat sie ihren Gang erhobenen Hauptes, die düsteren Augen auf den Pöbel gerichtet, und murmelte wieder und wieder:

»Was für Inquisitoren!«

[KAPITEL VI]

Santa Cruz blieb die ganze Nacht über hellwach und ging hin und her auf der Sonnenterrasse des Pfarrhauses. Als der Morgen graute, ging er hinunter in den Flur, und die Partisanen, die dort schlafend lagen und den Weg versperrten, berührte er mit seinem Stab, um sie aufzuwecken. Nachdem er die Messe gehört hatte, ließ er im Vorhof der Kirche die zweihundert Mann, die mit Egoscué gekommen waren, antreten und mit Munition versorgen:

»Und jetzt – nieder mit den Ketzern!«

Mit verschlossener, unwirscher Miene sah er zu, wie sie hintereinander in langer Reihe zu den Schützengräben zogen, wo bereits wieder das Feuer gegen die in der Festung Belagerten eröffnet wurde. Er hatte angeordnet, einen Stollen zu graben, und daran arbeiteten pausenlos alle loyalen Männer des Städtchens, unterstützt von ein paar Frauen. Um zwölf Uhr erhielten die Partisanen in den Schützengräben ihre Rationen: Kugeln, Traubenmost und warmes Brot. Mit Jubelrufen wurde der Proviant aufgenommen. Der Pfarrer ging zwischen den Leuten umher, wortlos, stur die Stirn gesenkt, den Stab in der Faust. Da und dort blieb er stehen und befahl, die Beschießung nicht zu unterbrechen. Die Kanonen in der Festung antworteten, mal die eine, mal die andere, und die Geschosse bohrten sich in die aufgeschüttete Erde der Brustwehren. Santa Cruz ging ruhig hin und her, ohne Heldenpose, mit geneigtem Kopf, sich bekreuzigend. Am Weg zu den Weinbergen, in denen die Vorhut lag, setzte er sich zum Ausruhen auf einen Stein und betrachtete die Schützenlinien. Da gewahrte er, daß auf eben diesem Pfad zu Pferde ein alter Mann daherkam, der bei allen in der Bande nur »der Sekretär« hieß. Und wie er den anderen so dahertraben sah, überkam ihn jählings eine Anwandlung von munterer Leutseligkeit:

»Hier braucht man kein hörnenes Tintenfaß, Don Rafael.«

Der Alte in seinem Sattel schüttelte den Kopf:

»Ich bin ausgeritten, um mal nach den prächtigen Rebstöcken hier zu sehen.«

»Sind es die Ihrigen?«

»Meine! . . . Ich kenne nicht einmal den Besitzer.«

Sie sahen, wie ganz in der Nähe eine Granate einschlug, die das Wasser eines Bewässerungsgrabens in Fontänen himmelwärts jagte; und Santa Cruz blieb sitzen, während das Pferd des anderen zur Seite ausbrach:

»Gehen Sie nur heim, Don Rafael. Im Stall des Pfarrhauses hat man die Marquesa eingesperrt. Schicken Sie ihr einen Beichtvater, Don Rafael.«

Er sprach mit gemächlicher, träumerischer Stimme, ohne den Alten anzusehen, der ein sehr bekümmertes Gesicht machte.

»Großer Führer, zunächst werde ich Ihnen einen Gerichtshof bilden und dann die Dame vorladen! So wird Lizárraga nicht behaupten können, wir würden hinrichten ohne Prozeß.«

Als er den Namen des karlistischen Generals hörte, wandte Santa Cruz seine Augen wieder den Schützenlinien zu und schwieg, mit einem kalten Lächeln im kupferfarbenen Bart. Der Sekretär verabschiedete sich mit einer Geste geübter Advokatengrandezza, drehte seinen Klepper um und trabte gen Otaín. Da erhob sich Santa Cruz von dem Stein und stieg hinauf zum Weinberg, wo die Vorhut lag. Seine zwei Kanonen, die auf der Kuppe eines Hügels in Stellung gebracht waren, schafften es nicht, eine Bresche in das Mauerwerk der Festung zu schlagen. Jenes alte Kloster war massiv aus Stein gebaut, und die Republikaner hatten sich Schießscharten hineingebrochen. Der Rauch der Entladungen schien stetig vor dem gewaltigen Gemäuer zu schweben, das im Lauf der Jahrhunderte eine rötliche Tönung angenommen hatte. Als der Abend sich herabsenkte, gab es fünf tote Partisanen, die auf Tragbahren zum Friedhof gebracht wurden. Ein Geistlicher mit Birett ging hinterdrein, umgeben von ein paar Weibsleuten, die sich Mantillen über den Kopf geworfen hatten und weinten. Der Priester betete hastig ein Responsorium und sauste heimwärts in langen Sätzen, zwischen den Frauen, die im Rennen die Zipfel der Mantilla auf der Brust zusammenpreßten. Santa Cruz hatte bei dem Friedhofsgang ständig die Route im Auge, auf der man sich ins Gebirge zurückziehen konnte. Es war ihm klargeworden, daß die Republikaner Hilfe erwarteten und ihm nicht die Zeit blieb, mit ihnen fertigzuwerden. Als er aus der Kampfzone zum Quartier zurückging, kam ihm ein Späher entgegen. Santa Cruz betrachtete ihn geruhsam:

»Woher kommst du?«

»Aus Elizondo.«

Auf seinen Stab gestützt, hörte sich der Pfarrer mit gesenktem Blick den Bericht an. Sein Verdacht wurde bestätigt: schon erfuhr er, daß Verstärkung für die Republikaner im Anmarsch war. Er hieß den Kundschafter warten und ging ins Pfarrhaus hinein. Ganz allein in einem abgeschlossenen Raum mit blankem Holzboden, begann er hin und her zu gehen. Das mollige Bett, das ihm die Mutter des Vikars am Tag vor der Besetzung Otaíns sorgsam hergerichtet hatte, war noch unberührt. Halblaut vor sich hin redend, erwog er seine Möglichkeiten:

»Ich gehe, lauere ihnen auf... Sie bekommen eins aufs Haupt und ziehen sich zurück... Schon bin ich wieder hier und jage die da in die Luft... Läuft was schief, dann wutsch in die Berge mit mir... Aber ich hab' ganz vergessen, daß über die alte Redín noch das Urteil gefällt werden muß!«

Gähnend öffnete er den Mund, der groß aufklaffte, leuchtend rot, daß es aussah, als quölle Blut aus dem fuchsblonden Bart, und legte sich, um ein Auge voll Schlaf zu nehmen, auf das Bett, das seit zwei Nächten auf ihn wartete.

KAPITEL VII

Einen leichten Schlaf nur schlief der Bandenführer. Auf der Gasse unter seinem Fenster lärmte man in fröhlichem Trubel. Die Kirmestrommel und der Dudelsack ertönten in wirrem Durcheinander und verflochten ihre Klänge mit grotesker Phantasie. Santa Cruz brüllte nach den Mannen seiner Leibgarde, die immer Wache hielten, solange er schlief. Er hörte sie herkommen durch den Korridor:

»Was ist los?«

Die Burschen hatten eine naive Freude in den Augen:

»Der Spruch der Ratsversammlung wird vollstreckt, Don Manuel.«

Noch immer hörte man den schrillen Wirrwarr der Kirmestrommel und des Dudelsacks und das muntere Geschrei von Frauen und Kindern. Der Pfarrer schaute aus dem Fenster. Auf dem Platz, vor dem roten Hintergrund des Sonnenuntergangs, sah er eine Greisin, die mit hochgeschnallten Steigbügeln und abgewinkelten Beinen auf der Kruppe eines Esels ritt – voraus der Kirmestrommler, hinterdrein der Dudelsackpfeifer. Sie zogen durch eine große Menschenmenge, und die Frauen hoben die Kinder in die Höhe. Der Bandenführer fragte, ohne den Kopf zu drehen, die Leute seiner Leibwache:

»Ist das die Marquesa de Redín?«

»Ja, Herr.«

Er zog sich vom Fenster zurück, die Augen halb geschlossen; sein Gesicht wirkte angegriffen:

»Es gibt da also eine Ratsversammlung, die Urteil fällt!«

Die Burschen wurden ernst und blickten sich verstohlen an. Sie spürten die Wut des Bandenführers in diesem halblaut ausgesprochenen Satz. Der Pfarrer ging hinaus auf die Sonnenterrasse, wo mehr Partisanen waren, und schaute sie alle an, indes er zwischen ihnen hindurchging. Als er am anderen Ende war, fragte er:

»Und der Sekretär?«

Ein Bursche antwortete:

»Ich hol' ihn! Er war im Weinkeller!«

Santa Cruz schüttelte den Kopf und ging wortlos weg, im Gehen sich auf seinen Stab stützend, so abweisend ungesellig wie ein Bettler. Er kam zu der Kneipe, blieb auf der Schwelle stehen und luchste in den dunklen, höhlenartigen Raum hinein. Drei runzlige alte Männer mit geröteten Glatzen hockten auf Weinschläuchen rings um die Schlachtbank, über die ein leinenes Handtuch gebreitet war, damit sie als Tisch dienen konnte. Und auf dieser Tischdecke, neben einem Teller voller Zuckerkringel, stand, sich mählich und mild erwärmend, der herzerquickende Talaverakrug. Lachend schauten die drei Alten dem wilden Treiben auf dem Platz draußen zu, und aus den zahnlosen Mündern rann ihnen der Wein. Der Pfarrer trat langsam näher:

»Ave Maria Purissima!«

Die Alten antworteten, sich erhebend, im Chor:

»Ohne Sünde empfangen!«

Santa Cruz fragte, wobei sein ganzer Bart erzitterte:

»Ist dies der Gerichtshof?«

Die Alten umringten ihn mit offenen Armen:

»Endlich ist er hier, der große Partisan!«

»Der über alle Generäle lacht!«

»Der mehr taugt als der König!«

Der Pfarrer machte einen katzenschnellen Sprung und ließ seine Hand, rund und weiß wie ein Brot, auf die Schulter des Sekretärs niedersausen:

»Was haben Sie getan?«

Der Sekretär begann zu lachen und brach, mehr und mehr sich krümmend unterm Gewicht dieser Hand, schließlich in ein Winseln aus:

»Verzeihung, großer Führer!«

»Was haben Sie getan?«

»Ich habe einen Gerichtshof gebildet!«

Und wieder lachte er und feixte den anderen Alten zu, die in einer großen Weinlache knieten, zwischen den Scherben des

Kruges. Santa Cruz schaute die dreie an, mit jener schläfrigen Arglist, die einen frösteln machte. Da mischte sich die Mutter des Vikars ein:

»Ach, lassen Sie mich bloß die Tür zumachen! Jesses, welche Schande, wenn das die Leute sehen!«

Es war eine hochgewachsene, hagere Dame, mit straff gestriegeltem Haar, das im Nacken zu einem walnußgroßen Knötchen zusammengerafft war. Der Bandenführer murmelte in ärgerlichem und gequältem Ton:

»Machen Sie rasch zu, Doña Angelita!«

Der Sekretär hechelte unter der Hand des Pfarrers:

»Sie ist regelrecht verurteilt worden, und man hat sie hier vor Gericht gestellt, um über sie Recht zu sprechen!«

Einer der Alten sprang auf:

»Ganz versessen war sie auf die blauen Bohnen!«

Und der andere sang, während sein Kopf hin und her schwang wie der Klöppel einer Glocke:

»Blaue Bohnen für einen Gauch? Frische Roßäpfel täten's auch! Frische Roßäpfel täten's auch!«

Sein Kopf stand still, und er begann zu schluchzen, ein langes, langes Schluchzen, das zerbarst wie eine Welle. Aber da beginnt der andere zu wiederholen:

»Frische Roßäpfel täten's auch! Frische Roßäpfel täten's auch!«

Der Sekretär zitterte unter der Hand des Pfarrers wie ein Stücklein Vieh vor dem Schlächter:

»Jetzt sind sie dusselig, weil sie getrunken haben! Wer kann's leugnen? Aber vorher waren sie's nicht . . . Wer kann's leugnen? . . . Weil die Alte so hartnäckig drauf bestand, man solle sie erschießen, kam's uns halt drauf an, dem Stolz einen Duck zu geben . . . Weil sie sich so hochfahrend gab, dachten wir halt: Dich werden wir den Höhenflug lehren, wir werden dir gleich Federn verpassen . . . Sie protzte: Ich fürchte mich nicht vor den Kugeln, denn ich bin die Gattin eines Helden! Und da sagten wir halt: Nix blaue Bohnen – Roßäpfel! Statt der großen Pose eine kleine Posse!«

Man hörte die heisere Stimme der Vikarsmutter, die hinter dem Rücken von Santa Cruz die Szene beobachtete:

»Besoffene Kerle!«

Der Sekretär, der sich wand unter der Hand des Bandenführers, stöhnte mit sehr höflicher Stimme:

»Nicht auf alle trifft dies zu, Doña Angelita, nicht auf alle!«

Santa Cruz rüttelte ihn rabiat:

»Gottloser Mensch du!«

Der andere knickte zusammen, mit dem Aufschrei:

»Alles Übel kommt von den Weibern! ... Wär' meine Nichte nicht gewesen, die in der Gasse am Alten Markt wohnt ... Sie hat mir einen Topf Honig gebracht; und weil ich, als ich ihn versuchen wollte, darin eine Kröte fand, hab' ich ihn nicht mehr angerührt. Ich wollte ihn auch nicht verschenken; denn Kröten sind ja giftige Tiere. Und es war so ein schöner, goldgelber Honig!«

Zärtlich verzückt rief einer der Alten:

»Als wir den Körper der Angeklagten einschmierten, sah er aus wie ein Messingkessel!«

Der Sekretär blickte ihn liebevoll an und haspelte dann los:

»Mir kam nämlich die Idee, sie federn zu lassen. Das war eine Strafe, die in früheren Zeiten die Menschen sehr ergötzte ...«

Die Mutter des Vikars fiel ihm ins Wort:

»Auch in neuerer Zeit. Ich hab's hundertmal gesehen im vorigen Krieg.«

»Es ging drum, den herrlichen Honig von meiner Nichte zu nutzen ... Des Anstands wegen beließen wir der guten Dame den Unterrock, und man schmierte ihr den Körper ein. Wahrlich, sie sah aus wie ein Ungeheuer! Ihr knittriges Pergamenthäutchen war über und über bestrichen mit leckerem Gratishonig ... Diese Nichte ist übrigens die Tochter meiner ältesten Schwester, die für mich wie eine Mutter war ... Wahrlich, sie sah aus wie ein Messingkessel! Dabei gab es keinerlei Verstoß gegen die Gesetze des Anstands. Da sie sehr alt ist, verfügt die Señora nur noch über recht geringe Reize – womit ich armer

Teufel ihr jedoch nicht ihren Rang als Marquesa absprechen möchte. Man hat sie bekleidet mit den Federn von ein paar Hennen, die wir eigens schlachteten, und hat sie dann ausfliegen lassen, auf dem Esel des Ölmüllers. Es ist eine Strafe aus alter Zeit, und die Menschen von damals verfolgten mit ihren Urteilssprüchen immer einen zwiefachen Zweck: Den Bösen bestrafen und den Guten ergötzen ... Brot und Spiele ... Brot der Gerechtigkeit!«

Er beendete seine Rede mit einem Ächzen, denn der Bandenführer stieß ihn heftig gegen die zwei anderen, die noch immer in der blutroten Weinlache knieten. Wortlos verließ Santa Cruz die Kneipe, den Bart auf die Brust gedrückt, den Blick schroff abgewandt. Seine weiße und sommersprossige, von goldenem Flaum bedeckte Hand umklammerte ganz oben den Stab, der ihm half, seinen Gang zu mäßigen. Draußen spielte der Kirmestrommler seine Weise, und eine andere der Dudelsackpfeifer, und beide Weisen verflochten sich, grotesk im Kontrast, wie die Holzpantinen jener klapprig-fidelen Tattergreise, die bei dörflichen Festen tanzend einbrechen in den Reigen der jungen Mädchen.

[KAPITEL VIII] Der Pfarrer öffnete das Fenster und schaute zum Himmel. Das Funkeln der Sterne war kaum zu sehen. Er war ruhig und überließ sich seinen Gedanken, während seine Augen reglos am Schatten der Berge hingen. Unter dem Gewölbe der Nacht wirkten alle Geräusche seltsam bedeutungsvoll. Das Bellen der Hunde, die Schritte der Patrouillen, das Wasser des Flusses, das über Stauwehre rauschte – es waren religiöse Stimmen, geheimnisvoll wie jene unbekannten Sehnsüchte, welche die Seelen erschaudern lassen in ihrer dunklen Nacht. Und alle Dinge sagten eine Wahrheit, welche die Menschen noch nicht zu fassen wissen. Die Schatten und die Geräusche, die Sterne, die aufflammen und erlöschen, die silbrigen Flüsse, dic das Himmelsglitzern mit sich führen in der Tiefe, die Schritte, die widerhallen auf der Erde, alles hatte eine Ewigkeit und eine Wirksamkeit im großen Rhythmus der Welt, wo nichts verlorengeht, weil alles das Werk Gottes ist.

Aber jener Bandenführer, der seine Kirche verlassen hatte, um Krieg zu führen, Blut und Feuer um sich verbreitend, sah in der Nacht nur die Dunkelheit, die seinen Kampfträumen günstig war. Er überlegte, ob er mit seiner Bande den Truppen entgegenziehen sollte, die sich dem Städtchen näherten. Er zitterte, ehe er sich entschloß, und seine ganze Seele war lauernd gespannt, erhellt von einem Glanz, wie er in den Augen der Katzen aufblitzt. Es war nötig, in aller Heimlichkeit die Belagerung aufzuheben und in der Finsternis so zu verschwinden, daß die Belagerten nichts von dem Abzug merkten. Er entschied sich mit einem unguten Gefühl, voller Befürchtungen, die seine Wangen eiskalt werden ließen. Nur hundert Partisanen ließ er zurück, die früh am Morgen vor der Festung eine Schau abziehen und die Eingeschlossenen durch Aufforderung zur Kapitulation und Parlamentärsverhandlungen beschäftigen sollten. Die Bande zog grüppchenweise ab, jeweils nur ein paar Mann, da sonst die Republikaner von der Festung aus vielleicht die dunkle Linie der Marschkolonne auf der hellen Landstraße hätten wahrnehmen können. Als Santa Cruz Otaín verließ, nahm er die drei Alten in Fesseln mit. Auf der Kuppe eines Hügels angelangt, blieb er stehen und befahl seinen Leuten, Halt zu machen:

»Jungens, ihr habt ja gesehen, wie ich Gericht gehalten habe über die Schöffen von Otaín. Das geschah wegen der Hilfe, die sie den Republikanern leisteten, als diese in den Flecken eindrangen. Wenn einer es noch nicht wußte, jetzt weiß er's.«

Die Partisanen antworteten wie ein Mann:

»Einverstanden! Einverstanden!«

Der Bandenführer schwieg einen Moment, bis das Geschrei der Heerschar verebbte, die auf dem steinigen Gelände am Weg entlang lagerte. Der Atem dieser Rotte von Landleuten vermischte sich mit dem Rauschen des Buchenwaldes. Der Pfarrer starrte streng die drei Alten an, die er gefesselt mitschleppte:

»Jetzt gilt es, diejenigen zu bestrafen, die aus einem Gerichtsurteil einen Karneval gemacht haben. Eine Judenposse; Juden erfanden ja das Schilfrohrzepter, um unseren Herrn Jesus Christus zu verhöhnen. Die Marquesa de Redín sollte erschossen werden wegen Verrats; denn obwohl sie hierzulande geboren ist, stellt sie sich gegen die alten Rechte dieses Landes und begünstigt die Republik. Ich befahl, ihr einen Beichtvater zu geben; aber diese drei Weinschläuche verurteilten sie zum Spazierenreiten auf einem Esel. Was tun mit ihnen?«

Die Bande antwortete mit einem Geraune; dann ließen sich einzelne Stimmen vernehmen:

»Don Manuel soll sie bestrafen! Don Manuel soll sie bestrafen!«

Der Pfarrer wandte langsam seinen Blick den drei Alten zu und musterte sie in Ruhe. Dann, beide Hände auf den Stab gestützt, sprach er zu der Bande, die reglos vor ihm harrte, unterm aufgehenden Mond:

»Ich muß euch auch sagen, daß sie bis heute getreue Leute waren, die unserer Sache gute Dienste geleistet haben ... Deshalb sollen ihnen die Fesseln von den Händen genommen werden, und sie sollen in vorderster Reihe marschieren und kämpfen. Jedem sein Gewehr!«

Der Sekretär schrie mit seiner scharfen, durchdringenden Stimme:

»Das ist keine Strafe, eine Ehre ist es, und ich danke Ihnen dafür, Don Manuel.«

Die anderen besprachen sich in gelassener Ausführlichkeit, während man ihnen die Stricke löste. Als sie ihr Konzil beendet hatten, erhob der Sekretär aufs neue die Stimme:

»Meine Gefährten sehen es auch nicht als Strafe an, und sie danken Ihnen.«

Die dreie grüßten und marschierten los, einer hinterm andern, um ihren Platz an der Spitze des Zuges einzunehmen. Dort angelangt, murmelte einer, sich umwendend zum Pfarrer:

»Ich wär' Ihnen dankbar, wenn man mir das Gewehr erst dann aushändigen würde, wenn der Feind in Sicht ist. Señor Don Manuel, ich bin siebzig, und man hat mir die rechte Schulter kaputtgeschossen. Aber ich bin Soldat und Jäger gewesen, und noch immer, noch immer . . .«

Der Pfarrer antwortete knapp:

»Gut. Marschieren Sie ohne Gewehr.«

Er trat beiseite, unter die Bäume, und ließ die gesamte Truppe an sich vorbeiziehen. Dann schloß er sich der Nachhut an, ging am Wegrand entlang, den Stab in der Hand, und überlegte. Sein Denken galt beständig dem Krieg. Er fühlte, wie überall, wo er hinkam, die Liebe aufschoß und der Haß; doch in den Abgrund des eigenen Herzens schauend, sah er, daß all seine Taten einander glichen: Glieder ein und derselben Kette. Was die einen in Liebe entflammte, das entflammte die anderen in Haß, und der Rebellenführer schritt zwischen Brandstiftung und Plünderung voran, getrieben von der Sehnsucht nach der Morgenfrühe, die den Frieden brächte für jene feuchtgrünen Dörfer, die ihr Leben ausrichteten nach der Stimme der Glocken, beim Gang aufs Feld, beim Mittagsmahl, beim Abdecken des Feuers mit Asche und beim Häufeln des Heus in den Krippen. Seine Grausamkeit glich der Grausamkeit des Weingärtners, der qualmende Feuer entfacht gegen das Ungeziefer, das seine Rebstöcke befallen hat. Er sah den Rauch emporsteigen wie bei einem Brandopfer, mit der heiteren Erwartung, die Weinlese feiern zu können an einem Tag des Herrn, unter dem Gold der Sonne und der Stimme jener Glocken aus altem Kupfer, die so lieblich läuten.

Da dachte er an seine Kirche in Hernialde, hoch droben am Hernio, und an seine Frühmesse. Mit dem zärtlich-genauen Erinnerungsvermögen eines Bauern empfand er in seinem Herzen, wie die Wege sich im Morgengrauen talwärts schlängelten, wenn er zu anderen Dörfern hinabging, um zu singen bei den Festen zu Ehren der Alten Glorreichen Schutzheiligen: Santiago, San Clemente, San Frutos. Die heitere Nacht steigerte jenes Traumglück, und wie er so unter den Buchen dahinging, die kaum den Mond sehen ließen, erzitterte seine ganze Seele und spannte ihre Flügel aus im schimmernden Nebel der Prozessionen, umwölkt vom Weihrauch und umglänzt vom Gold der Liturgengewänder. Er sehnte sich danach, aufs neue jene Anmut zu empfinden, die ihn den Chorraum lieben ließ, und sein ländlich bescheidenes Haus, mit dem Windhund an der Tür, und dem Mais, aufgehängt zum Trocknen auf der Sonnenterrasse. Das Haus neben der Kirche und die Messe in der Frühe.

Der Rabe hatte den sanften Flügelschlag einer Taube.

KAPITEL IX

Am Kreuzweg bei Belda gewahrte der Bandenführer einen Kundschafter, der quer über die Wiesen herkam, über Wiesen, die lieblich und üppig dufteten unter dem Mond. Santa Cruz entfernte sich weit von seinen Leuten, um mit dem Mann unter vier Augen zu reden. Als die beiden sich gegenüberstanden, murmelte er die finsteren Worte, mit denen er alle Spitzel empfing:

»Woher kommst du?«

»Aus Arguiña.«

»Schieß los. Aber hüte dich davor, mich zu betrügen.«

»Also, die Guiris, die hab' ich nicht gesehen, und von denen rede ich auch nicht; denn ich selber lege keinen Wert darauf, Ihnen irgendwas vorzumachen. Ich bin die ganze Zeit durchs Tal gelaufen, seit ich mich auf den Weg machte. Um so früh wie möglich anzukommen, bin ich nicht mal stehengeblieben, mich umzuschauen; ich war klatschnaß vom Schweiß und bin an der Furt durch den Fluß gewatet; denn die Brücke lag irgendwo weiter rechts, und ich wollte sie nicht lange suchen.«

Der Pfarrer unterbrach ihn mit beherrschter, ruhiger Stimme:

»Sag, was du weißt.«

Der andere fuhr fort, äußerst erregt:

»Der Student ist gestorben, an seinen Verwundungen. Morgen beerdigen sie ihn.«

»Hast du selbst ihn gesehen?«

»Mit eigenen Augen. Im ganzen Haus heulten und schrien die Frauen und die Kerle von seiner Bande.«

»Wieviel Mann?«

»In Arguiña waren es heut wohl an die zweihundert. Gegen Abend sind sie alle fortgegangen, um sich den Freischärlern von General Lizárraga anzuschließen.«

Der Rebellenführer antwortete nichts: den Bart in der Hand, ging er seines Wegs. Bei einem Engpaß, wo die Truppe nur sehr langsam vorankam, einer hinterm andern, rief er einen Partisanen an, der aus der Gegend von Roncal stammte. Er war der

Meldegänger der Bande, in der er von allen Cepriano Schnellfuß genannt wurde. Er stand stramm vor dem Pfarrer und lächelte:

»Was ist mein Auftrag, Don Manuel?«

Santa Cruz sprach sehr langsam:

»Geh zurück nach Otaín; und die Männer, die ich dort zurückließ, führst du mir nach Larraga.«

»Muß ich rennen, Don Manuel?«

In der Stimme des Partisanen bebte ein kindliches Lachen. Der Pfarrer legte ihm die Hand auf die Schulter und sagte:

»Du mußt rennen, Cepriano ... Und sobald du hinkommst, müssen alle unverzüglich sich auf die Socken machen.«

Cepriano rief, übermütig und schüchtern zugleich:

»Vermute ich zu Unrecht, Don Manuel, daß ein anderer Hase uns über den Weg läuft, ein sehr viel fetterer Braten?«

»Ein sehr viel fetterer.«

»Die Sache in Otaín geben wir auf?«

»Für den Moment, ja.«

»Also, los denn!«

Der Roncalese nahm die Bändel seines Hutes zur Sicherheit zwischen die Zähne und hüpfte wie ein Zicklein den Felshang hinauf und davon. Santa Cruz verharrte abseits von seinen Leuten; der Verzicht auf sein Vorhaben in Otaín machte ihm noch zu schaffen. Aber ein größerer Plan forderte seinen Ehrgeiz heraus, wie in der Schlacht eine flatternde Fahne den Krieger fordert. Er wollte unter seinem Kommando alle Banden aus Guipúzcoa vereinigen, und den Traum verwirklichen, der ihm an einem Wintermorgen vorschwebte, als er mit drei Mann seine Kirche in Hernialde verließ. Er wollte der Einzige sein. Blut und Feuer um sich verbreitend, wollte er den Krieg führen, beflügelt von dem schönen Gefühl, seiner Idee zu folgen und dem Haß des Feindes zu begegnen. Den Krieg wollte er, den das gemeine Volk zu seiner Sache macht, wenn der Bauer seine Saat verläßt und der Hirte seine Herde. Den heiligen Krieg, der höher ist als der Ehrgeiz der Könige, der zünftigen Strategen und der großen

Feldherren. Der Pfarrer spürte in seinem Inneren jene Wahrheit pochen, die ihm zuteil geworden war in der Abgeschiedenheit seiner Kirche, als er dort in Geschichtsbüchern las, die von Taten der Griechen und der Römer berichteten; oder an golden schimmernden Nachmittagen, wenn er hin und her wandelte auf der Sonnenterrasse, und während langer Nächte, im zuckenden Schein der Kerze, die sich verzehrt. Jetzt war jene Wahrheit zu der seinen geworden, er spürte sie, heilig und blutig, ganz erfüllt vom prophetischen Heilsgeheimnis, wie die Eingeweide eines Opfertieres, hingeschlachtet vom weissagenden Druiden.

Unter den Buchen des Bergwaldes schritt er dahin, auf seinen Stab gestützt wie ein erschöpfter Pilger, und seine Augen füllten sich mit Tränen, als er an die Zerstörung der alten Städte dachte, die nicht zu Sklaven der großen Reiche werden wollten. In seinem Inneren erklang ein Nachhall der klassischen Harmonie, in der Sallust und Nepos so viele Heldentaten erzählen. Das war ein göttlich klingendes Latein, schöner noch, feierlicher noch als der gregorianische Chorgesang. Und mit dem Haß auf die Legionen und Adler Augusti, wie er in Erinnerung an die Kanzelsprache zu sagen pflegte, empfand er zugleich die Begeisterung für die patriarchalischen und kriegerischen Stämme der freien Basken. Er träumte davon, daß seine Heerschar diesen Vorbildern entspräche, und daß sie aus den Schlachten hervorginge mit bluttriefenden Waffen, bluttriefenden Armen. In seiner Rotte marschierten Schnitter mit der Sichel und Hirten mit Schleudern und Ochsentreiber mit Piken. Seine Seele verständigte sich in der Stille mit der Seele aller; er wußte, welche die Stärksten waren, welche sich verzehrten in einer Flamme fiebriger Leidenschaft, welche blindwütig kämpften und welche die Urgabe der List besaßen. Um sie zu lenken und ihre Kräfte zu nutzen, hatte er sie sich in Gattungen eingeteilt: Wölfe, Katzen, Füchse, Gemsen. Einen nur nannte er Nachtigall, denn es war ein Liedermann. Niemals hat es einen Heerführer gegeben, der mehr als er das Wesen all seiner Soldaten in seinem eigenen Wesen vereinte. Das Blut eines ganzen Volkes war es, was den

Kelch dieses tonsurierten Rebellenführers füllte. Und während des Marsches blieb er mehrmals stehen und betete leise, mit dem glühenden Glauben eines Kriegers von einst:

»Herr, entledige mich meiner Feinde!«

KAPITEL X

Hinter der Klamm, wo der Weg wieder breiter wurde, holte er Miquelo Egoscué ein. Nachdem er geraume Zeit an seiner Seite gegangen war, wortlos und mit ausweichendem Blick, flüsterte er, als ob er aus einem Traum erwachte:

»Miquelo, morgen beerdigen sie Sorotea.«

Der andere blickte zu den Sternen auf, mit heiterer Ruhe:

»Sorotea! ... Er war ein guter Partisan. Ein tapferer Kerl! Miteinander sind wir beide fortgezogen aus Larraiz, und schwimmend mußten wir den Fluß durchqueren, um zum Lager der Karlisten zu kommen. Ich werde ganz gewiß für das Heil seiner Seele beten.«

Der Pfarrer ging voraus, ohne daß weitere Worte zwischen ihnen gewechselt worden wären, und er begann sich im Wolfstrab zu bewegen, lief an der marschierenden Bande entlang und erteilte mit gedämpfter Stimme allen seinen Leutnants Befehle. Er gelangte an die Spitze des Zuges und blieb dann am Wegrand stehen, umringt von seiner Leibgarde. Er stützte sich auf den Stab, wie ein Ziegenhirte, der unter seinen Augen die Herde vorbeiziehen läßt, um die Tiere zu zählen. Als Egoscué vorbeiging, rief er ihn an und behielt ihn bei sich:

»Wir haben noch etwas miteinander zu reden, Miquelo.«

Die ganze Bande war vorbeimarschiert, und die beiden Rebellenführer blieben am Wegrand stehen. Sie hörten die Nachtigallen schlagen. Der Pfarrer setzte sich auf einen Felsblock, lehnte sich an den Stein, das Gesicht dem Sternenhimmel zugewandt. Um sie herum plauderten gemächlich die Männer der Leibwache:

»Heut ist in Arguiña einer von den Besten gestorben.«

»Das kann doch nicht wahr sein.«

»Don Manuel hat's gesagt.«

»Es hat doch geheißen, die Verwundungen seien harmlos.«

»An der richtigen Behandlung hat's gefehlt.«

»Er war ein guter Partisan!«

»Und ob!«

»Er hatte noch nicht mal ’nen richtigen Bart ums Kinn, und gehörte doch schon zu den Allerbesten. Da sieht man’s mal wieder: Der Tod greift wahllos zu.«

»Ach was, gerade auf die prächtigen jungen Burschen ist er besonders scharf!«

»Wie die alten Weiber ... Der Teufel soll sie holen!«

»Man sagt, die Leute von seiner Bande seien von Emissären aufgesucht worden ... Sie sollen sich dem General Lizárraga anschließen.«

»Lizárraga hält sich in der Gegend von Tolosa auf.«

Santa Cruz reckte sich, saß aufrecht auf dem Felsblock und sah alle an, mit einem neblig schweifenden und abweisenden Blick, als ob er sie nicht erkennen würde:

»Miquelo! Miquelo!«

Der andere Bandenführer, der am Fuß einer Eiche stand, wandte forsch sich um:

»Hier!«

Und er trat aus dem Schatten des Gezweigs heraus ins helle Mondlicht. Santa Cruz stellte sich zwischen seine Leibwächter, die plötzlich verstummt waren, einsatzbereit. Vom Steilhang kullerten ein paar Steine herab, ins Rollen gebracht durch die Stiefel der Partisanen, die droben die Paßhöhe überschritten. Sie waren schon weit entfernt. Egoscué fühlte sich umringt von der Stille der Bergwelt und wurde von einem schlimmen Argwohn befallen. Der Pfarrer, die Stirn gegen den Stab gepreßt, den er mit den Armen umschloß, sagte zu ihm, ohne ihn anzublicken:

»Miquelo, du hast dem General Lizárraga etwas verraten, das ich geheimhielt.«

»Ein Lügner, der das behauptet hat.«

»Wo sind die Gewehre, die ich im Weiler Gorostiza vergraben habe?«

»Dort müssen sie wohl sein, wenn man sie nicht geholt hat.«

Der Pfarrer erwiderte, mit völlig ruhiger Stimme:

»Andere müssen sie geholt haben ... Und damit die Verräterei ein für allemal ein Ende hat, müssen die diversen Bandenchefs verschwinden, und nur einer darf übrigbleiben. Das sage ich dir!«

Egoscué ahnte jählings den finsteren, schwindelerregenden Abgrund, den der Ehrgeiz im Herzen des Tonsurträgers aufgerissen hatte, und spürte Eiseskälte an den Haarwurzeln. Er schalt ihn scharf und laut:

»Du hast mich eingeladen, und jetzt sehe ich, daß es ein Fangeisen ist, das du ausgelegt hast, um mich zu Fall zu bringen, elender Pfaffe!«

Santa Cruz erwiderte kalt, ohne die Stirn von dem Stab zu trennen:

»Eine halbe Stunde hast du Zeit.«

Egoscué durchbohrte ihn mit rasenden, angsterfüllten Augen, schwer atmend, ohne den Knoten sprengen zu können, der seine Stimme würgte. Er wollte nach seinen Waffen greifen, aber im selben Augenblick, auf einen Wink des Führers, umstellten ihn die Leibdoggen und packten ihn. Der Pfarrer erhob seine Hand, die wie eine weiße Wollflocke aufschimmerte in der blauen und heiteren Bergesnacht:

»Bringt ihn zur Klamm, und vier Schüsse.«

Ohne auf die Schmähworte des anderen Rebellenführers zu achten, warf er sich den Stecken auf die Schulter und eilte bergauf, um seine Partisanen einzuholen. Er sah sich als Befehlshaber aller Banden in Guipúzcoa, als den einen Feldherrn, der Krieg führte, wie es das Herkommen verlangte. Keine Gewissensqual beirrte ihn. Seine Seele war ein helles Licht, und fest wie Bergkristall. Er kannte die Wahrheit des Krieges und wußte, welch karges Geschenk das Leben ist. Wenn er kurz nach einer Erschießung eine weitere Erschießung anordnete, sah er, wie seine Leutnants blaß wurden, und dachte, die Offiziere verachtend, an die Trauer, die schwarzgekleidete Weibsleute bekundeten, während er die Responsorien sang in seiner Kirche in Hernialde. Er fühlte aufs neue jene mystische Kälte in sich erwachen, jenen inneren Frieden. Es war ihm eine herbe Lust, zu gewahren, was für ein brüchiger Faden das Leben ist, und wie leicht die Luft und die Sonne und das Wasser und ein Wurm und jedes Ding ihn unversehens zerreißen können. Oftmals, wenn er an den Gefangenen vorbeischritt, die man mit verbundenen Augen an eine Mauer gestellt hatte, schaute er sie verstohlen an und dachte, als würde er ihnen damit den schuldigen Tribut zollen:

»Auch ich werde eines Tages hinstürzen mit vier Kugeln in der Brust.«

Und falls irgendwelche Unruhe sich in seinem Gewissen regte, schüttete er es mit diesem Gedanken zu.

[KAPITEL XI]

Noch viele Stunden nach dem Abzug der letzten karlistischen Freischärler verharrte die republikanische Garnison von Otaín in der verrammelten Festung. Man befürchtete eine Finte und hielt daher weiterhin die Waffe im Arm, spähte durch die frischgebrochenen Schießscharten, während droben auf dem Turm, der seiner Glocken beraubt war, Wachtposten ständig die Ortschaft und das Umland kontrollierten. Am Nachmittag tauchten in der Talebene einige Reiter auf, Husaren, die als Spähtrupp ausgesandt worden waren und das Gelände vor der Frontseite und an der linken Flanke erkundeten, die einzigen Orte, wo die Karlisten angriffsbereit auf der Lauer liegen konnten. Die Infanterie näherte sich abteilungsweise im Marschtritt, wobei sie manchmal durch Saatfelder stapfte, weil der Weg zu eng und steinig war. Auf einmal war die Aue erfüllt vom Geschmetter der Signalhörner, und andere Signalhörner antworteten grell und klar von den Mauern des alten Klosters. Vier Kompanien aus Afrika und hundert Reiter kamen den Verteidigern von Otaín zu Hilfe. Der Duque de Ordax, inzwischen zum Hauptmann befördert, kommandierte die Husarenschwadron, und die gesamte Streitmacht wurde geführt von Oberst Guevara. Es erging der Befehl, Halt zu machen auf dem Platz des Alten Rechts. Ab und zu zeigten sich Schwärme kleiner Bengel, die hinter einer Straßenecke in Deckung gingen und rasch Reißaus nahmen, sobald sie gebrüllt hatten:

»Nieder mit den Guiris!«

Der Duque de Ordax stand unter dem vorkragenden Balkon des Gasthauses und sah zu, wie man sein Pferd beschlug, als ein Soldat auf ihn zutrat, der flüsternd fragte:

»Könntest du mir nicht einen Quartierzettel geben, der mich ins Haus meiner Großmutter einweist?«

Der Herzog lachte auf:

»Fürchtest du, sie würden dich nicht einlassen ohne Zettel?«

»Natürlich! Meine Großmutter hat mich in Acht und Bann getan, wie die gesamte Sippschaft, und sie wird ihren Bediensteten Anweisung geben, mich vor die Tür zu setzen. Mit dem Zettel gebe ich ihr zu verstehen, daß ich nicht als ihr Enkel das Haus betrete. Hab Mitleid, lieber Jorge. Schau, sie haben mich ausgestoßen, und ich muß unbedingt das eisenharte Herz meiner Oma zum Schmelzen bringen, um ihr ein bißchen Geld zu entlocken. Auf meine Eltern kann ich nimmer zählen. Bei denen ist Hopfen und Malz verloren.«

Der Duque de Ordax lehnte ab, mit einem leichten Kopfschütteln:

»Das würde ja wie Hohn und Spott wirken. Präsentiere dich ohne Quartierzettel.«

Der Soldat, der fast noch ein Kind war, mit blauen Augen, Brauen aus blassem Gold, milchweißer Haut, jammerte:

»Ich hab' nicht den Schneid, Jorge!«

»Um Himmels willen, Agila!«

»Nein, ich hab' ihn nicht.«

»Seit wann?«

»Seit eh und je. Wenn ich etwas wage, dann nur, wenn ich nicht vorher darüber nachgedacht habe.«

Der Herzog antwortete, in ernsterem Ton:

»Tut mir leid, aber ich kann mich nicht hergeben zu dieser Farce, Agila . . . Jetzt schon gar nicht, wo deiner Großmutter ein solch übler Schimpf angetan worden ist von den Karlisten. Man hat mir gesagt, sie sei krank. Ich werde gleich nachher hingehen und sie besuchen; sobald ich weiß, was an Futter für die Pferde da ist. Du solltest das auch tun.«

»Wenn sie ernstlich krank wäre . . .!«

»Bei alten Leuten ist jede Krankheit ernst zu nehmen.«

»Wenn man ihr die letzte Ölung gäbe, würde ich ganz fromm hineingehen im feierlichen Gefolge, bis zum Bettrand, und würde ihr die Hand küssen. Kann sein, daß sie mir da verzeihen würde . . .«

Der Herzog lachte schallend:

»Kann sein, Menschenskind!«

»Ich meine: so verzeihen, daß ich habe, was ich brauche.

Wenn sie nicht den Beutel locker macht – was nützt mir da ihr Segen, lieber Jorge! Willst du mir nicht den Quartierzettel geben?«

»Nein!«

»Dein letztes Wort?«

»Mein letztes Wort.«

»Nun denn: verzweifelt wie ich bin, werde ich eine verteufelte Dummheit begehen.«

»Tu, was du nicht lassen kannst.«

»Zu Befehl, Herr Hauptmann.«

Agila grüßte, die Rechte bis zum Sturmriemen des Tschakos erhebend, und ging weg, indes er die Handfläche blitzschnell auf die Kruppe des Pferdes klatschen ließ, das gerade beschlagen wurde. Jorge schrie ihm nach:

»Sei doch kein Rabauke!«

Und er half, den Gaul im Zaum zu halten, der sich aufbäumte. Der Wirt sagte, sich bekreuzigend, die Finger dann in seine Hosenbinde steckend:

»Das ist ein Kerl!«

Auf dem Platz ertönte das Schrummfidebumm der Gitarren; die Soldaten fachten Lagerfeuer an, und in Grüppchen, einander an den Händen haltend, näherten sie sich den Mädchen, die unter den Türen standen, und schlugen ihnen vor, einen Reigen zu bilden. Aber die Mädchen entwichen abweisend, ohne sie aussprechen zu lassen, in die Hausflure.

[KAPITEL XII]

Der Duque de Ordax wechselte im Gasthaus die Uniform, und nachdem er sich vor einem zerbrochenen Spiegel, den ihm sein Bursche hielt, den Bart gekräuselt hatte, suchte er den Redín-Palast auf. Im Vorzimmer traf er einen schwarzgekleideten Alten, der seinen Gehrock mit Schnupftabak bebröselt hatte. Es war der Haushofmeister, der so abgezehrt und verhutzelt aussah, als wäre er eine Mumie, die man aus der Tiefe irgendeines verstaubten Wandschrankes ans Licht geholt hatte. Er hielt den Rosenkranz in Händen und betete, eingesunken in einem Ledersessel, gegenüber einer Lithographie, die Napoleon auf Sankt Helena zeigte. Bestürzt rappelte er sich auf:

»Señor Duque, was für eine Beleidigung für eine Familie von solch nobler Herkunft, und für den gesamten Adel, und selbst für uns, die wir in diesen Häusern dienen, mit dem Wissen, was sie repräsentieren und was sie in der Geschichte waren!«

Seinen haarlosen und gelben Schädel schüttelnd, auf dem sich die Nahtlinien der Knochen abzeichneten, hob er eine Portiere, womit er den Herzog aufforderte, die Türe zu passieren. Beide betraten den Salon, der wie ein Kapitelsaal mit karmesinrotem Damast ausgeschlagen war, kühl und ohne Teppich, zwei blitzblanke, erkaltete Holzkohlebecken, je eines an den zwei Schmalseiten des Raumes. Und dicht bei einem flachbrüstigen Balkon, dessen Glastüren mit Musselinvorhängen verschleiert sind, stehen, gleichsam als Zeugen einer Familientradition, der Lehnstuhl und das Leuchtertischlein, wo die Marquesa sich oftmals dem Damespiel widmete. Der Herzog hielt inne mitten im Gemach und betrachtete sich in den Spiegeln über den Konsolen, die gleichfalls Musselinschleier trugen. Man hörte das Gleiten einer Tür, und herein trat Eulalia. Sie hatte verweinte Augen, war ein bißchen blaß und lächelte:

»Du weißt schon alles?«

»Ja.«

»Was meinst du dazu?«

»Eine Barbarei.«

»Großmutter deliriert noch immer. Es war entsetzlich, diese Verhöhnung durch den Pöbel. Die Leute liefen ihr hinterdrein und bewarfen sie mit Dreck. Halbtot hat man sie mir übergeben. Nein, das kann sie nicht überstehen!«

Sie hielt sich die Augen zu und schluchzte. Jorge nahm eine ihrer Hände und hielt sie zwischen den seinen:

»Weine nicht, denn du siehst so noch hübscher aus, und das ist schrecklich für mich.«

Eulalia sah ihn an, beklommen lächelnd:

»Laß jetzt diese Albernheiten, Jorge.«

Sie erhob sich von dem Sofa, auf dem beide saßen, um sich ein bißchen weiter weg wieder zu setzen, auf einen Sessel, wobei sie es vermied, den Herzog anzublicken. Nach einem Weilchen fragte sie, etwas verwirrt, und als wäre es ihre Absicht, daran zu erinnern, daß ein Abgrund sie trennte:

»Was ist mit deiner Frau? Habt ihr nicht Frieden geschlossen?«

Plötzlich verdüsterte sich das Gesicht des forschen Hauptmanns:

»Ich weiß nicht mal, wo sie sich herumtreibt.«

Er ließ die Wörter langsam fallen und wahrte affektiert das gespannte Lächeln, das seine Lippen straffte. Eulalia, beunruhigt durch einen anderen Gedanken, murmelte, ohne es selbst zu merken:

»Arme Frau! . . . Wie unglücklich hast du sie gemacht!«

Jorge warf den Kopf zurück, gekränkt und empört, während das Mädchen ihn anlächelte, mit einem Blick, der auf einmal von freimütiger, schwesterlicher Direktheit war.

»Aber, kennst du denn meine Frau?«

Und der Duque de Ordax rutschte, mit einer seltsamen Miene, die vom Schmerzlichen bis zum Zynischen wechselte, ein Stückchen auf dem Sofa, um Eulalia näherzukommen. Das Mädchen raffte seinen Rock zusammen und verbarg die Füße, während es sich bolzengerade im Sessel aufrichtete. Es empfand eine jähe innere Unruhe, fühlte, wie die dunkle, sinnenerregende Erinnerung an einen Traum die Nerven durchrieselte, die Erinnerung an den Traum jener Nacht, in der sie einen unbekannten Weg gegangen war, bei sinkender Dämmerung. Jorge, der ein wenig blaß war, öffnete nur ein bißchen die Lippen, während er die Finger über seinen goldblonden Bart gleiten ließ. Das Lächeln forcierend, rief er plötzlich:

»Ich weiß überhaupt nichts von meiner Frau ... Nicht einmal, wer jetzt ihr Geliebter ist.«

Eulalia wurde rot, eine solche Blutlohe überwallte sie, daß selbst die Augen davon glühten. Sie atmete gepreßt:

»Verzeih mir, Jorge ... Und sag mir nicht diese Dinge!«

Jorge nahm ihre Hand:

»Verzeih du mir!«

Wortlos verharrten die beiden, tief bewegt. In jenem großen Salon der Großmutter beschworen sie das romantische Bild jener liebenden Romanhelden, die auf den Lithographien aus den dreißiger Jahren unter einem goldumrankten Leuchterspiegel einander ihre Bedrängnisse sagen, mit verklammerten Händen, im Schoße des Sofas, zu dessen Füßen ein hinabgefallener Blumenstrauß liegt.

Jorge entfernte sich langsam und verweilte einige Zeit in der Balkonnische der Großmutter. Seine Gestalt war zwischen den Bahnen karmesinroten Damasts entschwunden. Ihn hatte ein süßes, heimatliches Gefühl in jenem Saal überkommen, der so ganz anders war als die Quartiere, welche ihm das Kriegerleben gemeinhin bescherte. Es war die Wiedergeburt einer fernen Jugendliebe unter dem Duft der Rosen, die welk in den großen Blumenvasen auf den Konsolen standen. Von der verdorrten Distel, die seine Seele war, flog ein Schmetterling auf. Und dieses Leben, traurig inmitten des Gelärmes von niedriger Narretei, angeätzt vom Branntwein sämtlicher Kantinen, durchgellt von all der vulgären Radaumusik der Wachmannschaften, fühlte nun, wie in ferner Zeit, daß mit der Melancholie sich ihm die Liebe nahte. Ein göttliches Jünglingsgefühl war es, Sehnsucht und Erinnerung in einem; es war der begnadende Glanz, der ihn läuterte. Mit Wonne holte er Atem und schloß die Augen:

»Wie glücklich bin ich!«

Er merkte, daß hinten im Raum eine Tür geöffnet wurde, und dachte, Eulalia gehe hinaus. Doch im selben Augenblick hörte er die honigsüße Stimme von Agila:

»Schwester! Herzensschwesterchen!«

Und er drehte den Kopf und erblickte die beiden Geschwister, die sich auf der Türschwelle in die Arme schlossen.

KAPITEL XIII

Ein bißchen Mitleid durchzuckte Eulalia beim Anblick ihres Bruders, der in Soldatenkleidern stak und nach Pferdestall roch:

»Aber, Agila, was hast du bloß getan!«

Der Junge antwortete mit einem kindlichen Lächeln, das um Nachsicht bittet:

»Ich bin zerknirscht, Schwesterchen.«

»Und wie kannst du dich an dieses Leben gewöhnen?«

»Ich kann mich nicht dran gewöhnen ... Wie einen Verbrecher hat man mich gepackt und zur Kaserne geschleppt. Ich gewöhne mich nicht daran, aber ich finde mich damit ab!«

Eulalia schaute ihm sehr ernst ins Gesicht:

»Warum hast du mit deinen Torheiten diese Strafe herausgefordert?«

Agila erhob die Hand zu einer wegwerfenden und ein bißchen prahlerischen Geste:

»Wer begeht in seinem Leben keine Torheiten, Schwesterchen? Niemand hat ein gutes Wort eingelegt für den armen Agila. Ach, wenn du in Madrid gewesen wärst!«

Eulalia schaute ihn noch immer an, eine flammende Röte auf den Wangen:

»Und du schämst dich nicht, in diesem Zustand? ...«

»Im Soldatenkittel? Nein, deswegen schäme ich mich nicht. Was mich beschämt, ist der Umstand, daß mein Vater ihn mir aufgezwungen hat, zur Strafe für meine Torheiten, für meine Laster.«

»Warum schreibst du ihm nicht und bittest um Verzeihung?«

»Dafür ist noch nicht die rechte Zeit ... Wenn ich eine heroische Tat vollbringe ... Wenn ich das Glück habe, verwundet zu werden, dann werde ich vom Spital aus schreiben ... Die Großmutter, die möchte ich um Verzeihung bitten. Ist sie mir sehr böse?«

Ein heiteres, gutherziges Lächeln umspielte den Mund der Schwester:

»Sie ist dir böse, wie wir alle.«

Agila senkte den Kopf auf die Brust, mit einem sterbensmatten Blick:

»Wie krank ich mich fühle, Eulalia!«

Und er begann zu husten, wie aus tiefer Höhle. Eulalia, ein wenig beunruhigt, sagte lächelnd:

»Laß das Theater, Agila!«

Der Junge machte eine Gebärde tragischer Schicksalsergebenheit und preßte seine Hände auf die Brust. Eulalia rief Jorge, der noch immer abseits in der Fensternische stand, und empfing ihn mit einem lauten Lachen:

»Wie könnt ihr bloß diesen Jungen da noch Dienst tun lassen? Der ist todkrank!«

Jorge, der seinen Bart streichelte, faßte Agila ins Auge:

»Spielst du bereits die Marguerite Gautier?«

Der andere nahm diese Worte mit einem überlegenen, großmütigen Lächeln auf. Abwesenden Blicks, ein wenig den Kopf hebend, achtete er auf die Hornsignale, die fern auf der Festung geblasen wurden:

»Adiós, Eulalia!«

»Du gehst? Warte doch, Junge!«

Agila antwortete mit so hohl tönender, schmerzlicher Stimme, daß es klang, als stöhnte ein Eremit aus seiner Felsenklause:

»Das ist der Ruf zur Gulaschkanone, und ich will nicht das Essen verpassen.«

Eulalia konnte die Tränen nicht mehr zurückhalten, und mit glitzernden Augen wandte sie sich an Jorge:

»Ist das wahr?«

Der Duque de Ordax sog an der Zigarre und ließ langsam den Rauch aus seinen Nüstern strömen:

»I wo, kein halbes Wörtchen, meine Liebe!«

Der Junge schlug die Hacken zusammen:

»Verzeihung, Eurexlenz, Herr Hauptmann!«

Eulalia sah die beiden an und lächelte ein bißchen ungläubig:

»Auch noch Eurexlenz? Wie respektvoll!«

Eilig erklärte Agila, den Kopf demütig neigend:

»Respekt vor dem Granden von Spanien – nicht weil er Hauptmann ist.«

Jorge machte ein paar Schritte und lachte ein keckes, leicht gockelhaft klingendes Lachen:

»Was für ein Schmierenkomödiant du bist, verflixter Wicht!«

Und weil Agila noch immer strammstand und sich auf die Unterlippe biß, kam Jorge und packte ihn bei den Schultern:

»Das werden wir gleich haben! ... Wann je hast du Essen gefaßt an der Gulaschkanone?«

Der Junge hielt seinem Blick stand und antwortete knapp, wie aus der Pistole geschossen:

»Immer!«

Erstaunt ließ der Herzog ihn los und trat ein Stück zurück, um ihn in Muße mustern zu können:

»Du bist verrückt!«

Agila wiederholte halsstarrig:

»Immer, Herr Hauptmann!«

Eulalia verdeckte ihre Augen mit dem Taschentüchlein, während ein Schluchzer ihren formvollendeten, harmonisch gewölbten Busen in heftige Wallung brachte. Jorge schaut sie an und fühlt eine unsagbare Zärtlichkeit, als ob ein Tränentau die frisch erblühte Rose in seiner Seele benetzte:

»Weine nicht, Eulalia! ... Ich gebe dir mein Ehrenwort ... Das ist eine Lüge!«

Ohne noch an Agila zu denken, ging er auf sie zu, aber sie hielt ihn ab mit einer Geste, indes sie zurückwich. Da wendet Jorge sich dem Jungen zu, schaut ihn an wie einen Tempelschänder:

»Wie kannst du bloß deine Schwester zum Weinen bringen!«

Agila, starr in Habtachtstellung verharrend, blinzelt flatterig:

»Mit Erlaubnis von Eurexlenz ziehe ich mich zurück!«

Er machte eine halbe Drehung, um hinauszugehen, aber seine Schwester packte ihn am Arm:

»Ich glaub' doch kein Wort! Ich heule, weil ich blöd bin! Du mußt nicht Essen fassen an der Gulaschkanone! Du bist ein Schmierenkomödiant!«

Und seinen Hals umschlingend, küßte sie ihn auf die Wangen, die eine fühllos glänzende, spöttische Glätte hatten. Plötzlich trennte sie sich und schaute ihn betrübt und zürnend an:

»Du hast den sanften Satan im Leib!«

Genau diesen Ausdruck, dem ein Rüchlein von naivem Aberglauben anhaftete, hatte man in ihrer Kindheit gebraucht, wenn Agila seine üblen Momente hatte und den Strafen wie den Liebkosungen eine hinterhältig verschwiegene, reglos stille Verstocktheit entgegensetzte. Eulalia schaute ihn an wie damals, und in ihr Gesicht schien etwas Kindliches zurückzukehren. Jorge erregte sich ein wenig:

»Eulalia, du vertraust doch meinen Worten!«

»Ja, aber ja ... Kann ich über diesen Rekruten verfügen?«

Jorge machte eine Verbeugung:

»Und über den Hauptmann, und über die gesamte Schwadron!«

»Ich möchte nicht als Schirmherrin der Kavallerie tituliert werden.«

Der Herzog lachte lang und laut, und er wandte sich, mit golden aufschimmerndem Bart, dem Bruder zu, der noch immer strammstand, undurchdringlich, die Unterlippe eingekniffen. Er wollte ihm Vorwürfe machen, vergaß es aber, als er die Stimme Eulalias hörte:

»Der Hauptmann und der Rekrut bleiben hier zum Abendessen. Ich gehe jetzt, denn ich muß Großmama darauf vorbereiten.«

Flink und überglücklich huschte sie hinaus. Als Jorge sie entschwinden sah, durchbohrte er Agila mit einem verächtlichen Blick und entfernte sich wortlos.

[KAPITEL XIV]

Ganz langsam näherte sich Agila der Tür, quetschte die Schultern zusammen und schlüpfte hinaus. Er wandelte durch die weiten und leeren Gemächer, die wundersam dufteten, wie Sandelholzkästchen, worin allerlei Geheimnisse verwahrt sind. Umherirrend in diesen Räumen, ohne eine Stimme oder ein Geräusch zu hören, hatte er das Gefühl, daß seine Schritte gewaltig hallten. Als der Haushofmeister, der gerade eine Uhr aufzog, ihn von ferne erblickte, machte er eine Verbeugung. Agila geht weiter, und wie er eben durch die nächste Tür entschwindet, spürt er im Rücken den magnetischen Sog von Augen, die ihn anstarren. Durch einen Salon, der in einem Spiegel sich auftut, kommt eine bucklige Greisin, tief gebeugt. Agila lächelt bei der Vorstellung, daß diese winzige Alte, die da im Glas gefangen ist, ausrücken möchte, um auf der goldenen Konsole ein Tänzchen zu machen, zwischen den Daguerreotypien. Doch plötzlich entwischt die Alte aus dem Spiegel und tritt durch eine Tür herein. Mit winzigen Tatterschrittchen geht sie, und auf dem schwarzen Rock schimmern die Hände fahlgelb. Aus beklemmend engen Manschetten drängen sie heraus. In einer Hand hat sie den Strickbeutel, in der anderen eine Ölkanne. Der Schatten der Alten regt sich höchst grotesk auf der Wand, und die Kanne ragt als Hakennase unterm Zottelrand ihres Umhangs hervor. Agila erinnert sich an Rosalba ... Tante Rosalba, die in einer Dachkammer des Palastes hauste und immer im Gegenlicht zum Vorschein kam! Tante Rosalba, Schwester der Großmutter, Tochter von einer Dienstmagd und von seinem Urgroßvater! Dann entsann er sich, wie diese winzige Alte, wenn er als Kind fiebernd im Bett lag, neben seinem Kopfkissen Tag und Nacht Wache gehalten hatte. Und er dachte daran, wie er, allmählich genesend, bei ihr in der Kammer spielte, mit einem goldenen Feuerzeug, das dem Urgroßvater gehört hatte:

»Bist du's, kleiner Marqués?«

»Wie geht's, Tante Rosalba?«

»Wie soll's schon gehen? Wie soll's schon gehen? ... Ich hab' gehört, was für Geschichten du dir geleistet hast, und daß du ein Liederjan geworden bist. Wem gleichst du wohl, Junge? Hast du meine Schwester Paquita noch nicht gesehen?«

»Nein, Señora.«

»Das ist aber nicht recht.«

Agila gab sich ganz demütig:

»Ich habe Angst, Tante Rosalba.«

»Angst! Feigheit! Das gibt's doch gar nicht, kleiner Marqués.«

»Ich hab' der ganzen Familie schlimmes Unrecht angetan, Tante.«

Agila strich sich mit der Hand über dic Stirn aus blankem Elfenbein, auf dem die Brauen sich wie zwei goldene Bogen ausnahmen. Die Alte hüstelte:

»Tante Rosalba ist bloß ein schlampig applizierter Flicklappen auf der Familiengala, und kein Mensch hört auf sie. Aber von Anfang an, seit sie hier deine Geschichten erzählen, habe ich dich freigesprochen, und ich sagte, an allem sei dein Vater schuld.«

Agila seufzte:

»Sie sind sehr nett, Tante Rosalba!«

»Nein, mein Junge, nein. Ich bin sehr alt, und wir alten Weiber müssen den jungen Leuten die nötigen Hehlerdienste leisten. Erzähl mir, was hast du angestellt, daß sie dich so streng gemaßregelt haben, mein Kleiner. Bist du aus dem Fenster gesprungen, um den Mädchen nachzusteigen? Wahrlich, eine schwere Sünde! ... Weißt du, es ist schon merkwürdig – ich hab' deinen Vater nie ausstehen können! Ich anerkenne, daß er ein großer Herr ist, aber anstelle des Herzens hat der die Eisenspitze eines Stoßdegens ... Da heißt es stets auf der Hut sein. Heute sagt dein Vater, ich sei eine Hexe. Früher, wie er sich noch als Freier um deine Mutter bemühte, sagte er das nicht, und er machte mir kleine Geschenke und nannte mich Tante Rosalba ... Aber, mein Junge, ich hab' immer gewußt, was ich von ihm zu halten habe! . . . Also, komm mit – und du bittest meine Schwester Paquita um Verzeihung.«

Als sie das sagte, hielt die Alte ihm ihren Strickbeutel hin, damit er ihn trage, wie einst, als er noch ein Kind war. Agila begleitete sie, mit einem spöttischen Lachen in seinen grünen, kindlichen Augen. Sie gingen ins Vorzimmer hinaus, und die Tante sagte, den Arm des Jungen berührend, während sie unterm Zottelrand ihrer Mantilla die Ölkanne vorstreckte:

»Zuvor suchen wir aber noch den Wundermächtigen Christus auf. Ich muß mich um sein Lichtlein kümmern.«

Der Wundermächtige Christus war ein altes Bildwerk, das in einer engen Gasse stand, unweit vom Palast. Der fromme Eifer der Alten erweckte im Herzen Agilas eine trotzige, kalt egoistische Abwehr. Es wäre ihm lieber gewesen, wenn sie ihn direkt zu seiner Großmutter geführt hätte. Wortlos begannen sie die Treppe hinabzusteigen. Agila betrachtete die Alte und spürte die Versuchung, ihr einen Stoß zu versetzen, so daß sie hinunterpurzeln würde. Es war eine Vorstellung, die ihm jählings einleuchtete; eine bübische Anwandlung, die barbarische Begierde eines grausamen Kindes. Ihn faszinierte die lange Treppe, ganz aus Stein, ein wenig dunkel, mit dem Lichtschein, der von der offenen Haustür auf den Flur hereinfiel, drunten in der Tiefe. Er blieb ein bißchen zurück und gab Tante Rosalba einen Stoß. Gleichzeitig fühlte er, daß eisige Kälte seine Wangen überzog und sein Herz sich zusammenpreßte. Mit einem mörderischen Krach ratterte die Alte hinunter, und neben ihr her hüpfte die leere Ölkanne wacker mit blechernem Gegacker.

KAPITEL XV

Im kleinen Salon kniete Eulalia zu Füßen ihrer Großmutter, die kein Wort sprach, nur horchte, mit ständig zitterndem Kopf und leicht getrübter Wahrnehmung. Die Enkelin wäscht ihr die Hände in einer Kredenzschale aus Kristall mit goldenen Zierstreifen. Dann nimmt sie die Spitzenhaube, die auf eine Schulter gerutscht ist, so daß sie über den Rücken hinunterhängt, und befestigt sie auf dem Kopf der Greisin. So starr blickt die Marquesa, daß man Angst bekommt. Große Stufen hat man ihr in die Frisur geschnitten, um den Honig zu entfernen, der sich auf keine andere Weise aus dem Haar lösen ließ, und die Dame wirkt nun wie eine alte, irre Bettlerin. Unablässig zittert dieser aschgraue, mit weißen Platten gefleckte Kopf, von dem die Ohren schlaff wegsinken, so daß sie fast die Schultern berühren, die sich spreizen wie Flügel ohne Federn. Eulalia will sich für ihren Bruder verwenden, aber die alte Señora, deren Augen sich nicht regen, schweift ab und weilt irgendwo anders mit ihren Gedanken. Plötzlich erhebt sich die Enkelin und schaut um sich, nach den Türen. In einem anderen Raum ertönen Schreckensrufe. Eine Zofe erscheint bleich und außer Atem. Eulalia dreht sich um, stellt sich so vor die Großmutter, daß diese nicht zur Tür blicken kann, und legt sich einen Finger auf die Lippen. Die Zofe zögert einen Moment und verschwindet dann. Vor den Augen Eulalias flattert ein weißer Schürzenbändel vorbei. Die Marquesa fragt dumpf:

»Was ist los, meine Tochter?«

»Nichts, Großmutter.«

Die Greisin lauscht, während die Enkelin ihr die seidenen Pulswärmer anzieht:

»Doch ... Irgendwas ist los. Warum sagst du, es sei nichts?«

Eulalia bemüht sich zu lächeln:

»Es ist nichts, Großmutter.«

Das Kopfzittern der Großmutter wird stärker und stärker:

»Mach mir doch nichts vor, Mädchen. Geh und sieh nach.«

Eulalia verläßt das Zimmer. Sie rennt. Hinter ihr bleiben die

Türen offen. Drinnen in einem Saal trägt man auf Armen die Tante Rosalba. Agila hilft beim Tragen. Wie Eulalia hinzukommt, fragt sie flüsternd:

»Was ist passiert, Tante Rosalba?«

Einen Moment lang wird es Agila himmelangst, und er spürt, wie ihm die Lippen gefrieren. Doch die Tante rührt sich stöhnend:

»Die Jahre, Kindchen, die Jahre!«

Dann erklärt der Haushofmeister, mit krampfhaft hochgezogenen Brauen:

»Ein Ohnmachtsanfall, Señorita. Sie ist die ganze Treppe hinuntergerollt.«

Tante Rosalba bittet, mit fädchendünner Stimme, man solle sie aufs Kanapee legen und dort lassen:

»Laßt's gut sein! Übernehmt euch nicht!«

Und die Bediensteten, die sich bewegen, als ob sie Mitglieder einer Laienbruderschaft wären und in der Prozession die Sänfte einer Heiligenfigur tragen müßten, setzen sie ab und warten an ihrer Seite. Tante Rosalba lächelt und schiebt eine Hand unter ihr Mieder, um sich zu befühlen. Von der Stirn läuft ihr ein Rinnsal Blut bis auf die Wange. Eulalia informiert sich durch Satzfetzen, die wie Flügelklatschen klingen, und sie nähert sich der Tante, um ihr einen Schluck Essigwasser einzuflößen:

»Der Schreck wird gleich nachlassen, Tante Rosalba.«

Mit einer Handbewegung schickt die Tante alle weg:

»Laßt mich, laßt mich. Daß nur meine Schwester Paquita nichts merkt! Sie würde sich schrecklich aufregen!«

Sie stößt einen Seufzer aus und schließt die Augen, während sie eine ihrer Schultern betastet. Alle bleiben still und stehen wartend um sie herum. Eulalia berührt nach einer Weile den Arm ihres Bruders, der sich in einem Spiegel betrachtet, mit der starren, stieren Miene eines Magnetiseurs:

»Tu das nicht, Agila.«

Agila scheint aus einem Traum aufzutauchen:

»Was tue ich denn?«

»Das ... Dich so ansehen ... Hör, ich hab' ein Wörtchen für dich eingelegt bei der Großmutter.«

»Was sagt sie?«

»Hab Geduld.«

Agila antwortet achselzuckend:

»Mir ist alles egal!«

Er sagt es mit so kalter Wurstigkeit, daß es ebenso kindlich wie verzweifelt wirkt. Eulalia macht eine ungläubige und drollige Miene:

»In deinem Alter hast du ja allen Grund, das Leben zu verschmähen!«

Und sie wendet ihre Aufmerksamkeit wieder Tante Rosalba zu. Die Alte fleht in einem fort, man möge sie auf dem Sofa lassen; hier wolle sie sich erholen. Da sie schon recht gefaßt aussieht und ihre Stirn ordentlich verbunden ist, huscht Eulalia flink hinaus, damit die Großmutter nicht zu sehr in Unruhe gerate. Jorge, der in einer Tür erschienen ist, vor dem Hintergrund eines alten Gobelins, lächelt ihr zu. Eulalia errötet:

»Die Rosalba ist's, Junge! Erinnerst du dich an die Rosalba?«

Und ohne weitere Erklärung eilt sie an ihm vorbei. Doch nach wenigen Schritten bleibt sie stehen, denn sie erblickt einen Kavalleristen, der mit angehobenem Säbel in respektvoller Behutsamkeit über das gebohnerte Parkett schreitet. Der Soldat schlägt vor seinem Hauptmann die Hacken zusammen:

»Herr Hauptmann, Befehl von der Regimentskommandantur, Eurexlenz möchten unverzüglich sich melden.«

»Was gibt's?«

»Ich hab' diesen Befehl von Korporal Turégano erhalten.«

»Das nehme ich schon an, daß du den Befehl erhalten hast, Dummkopf. Aber hast du bemerkt, daß es in der Truppe irgendwas Neues gibt? Ist ein Kundschafter angekommen?«

»Man hat den Leichnam eines Wachtpostens gebracht, der nahe beim Fluß gefunden worden ist. Die Karlisten müssen ihn durch Schüsse vom anderen Ufer getötet haben.«

Jorge ging auf Eulalia zu:

»Wenn möglich, bin ich bald wieder hier.«

Sie fragte, ein wenig erregt:

»Weißt du nicht, was los ist?«

»Nein, ich weiß es nicht ... Vielleicht wollen sie Reiterspähtrupps ausschicken.«

»Müßtest du dann ausrücken?«

»Je nachdem ... Auf bald oder auf immer, himmlische Eulalia.«

Sie hatten die Hände ineinandergeschmiegt und sahen sich tief in die Augen, beide regungslos, bis Eulalia die ihren senkte.

[KAPITEL XVI]

Dreiundzwanzig Partisanen desertierten und tauchten in den Schluchten des Gebirges unter, als jenes schreckliche Gerücht heimlich durch die Marschreihen ging, Egoscué sei verschwunden. Der erste, der zurücklief auf dem Weg, den sie gekommen, war der Hirt, der eines Nachts seine sieben Ziegen geopfert hatte, um sie den Soldaten von Meister Miquelo zum Schmaus darzubieten, bei einem Festmahl, das wie in einem alten Epos begleitet wurde von den Gesängen der Liedermänner. Als er der Bande entronnen war, erklomm Ciro Cernín die höchsten Felsen: eine schwarze, geisterhafte Gestalt unter dem Mond. Aufrecht auf den Klippen stehend, rief er, wobei er seiner Stimme den heiseren und langgezogenen Klang eines Muschelhorns gab:

»Meister Miquelo! . . . Meister Miquelo! . . .«

Und die Stimme, düster und düsterer werdend, rollte über das neblige Wipfelwogen der Buchenwälder und wehte durch die widerhallenden Talengen:

»Meister Miquelo, Löwenherz!«

Er rannte keuchend, ohne etwas Sicheres zu wissen, und doch zugleich fest überzeugt von dem Unheil Meister Miquelos. Wieder und wieder schrie er es laut hinaus, mit stoßendem Atem und einer grimmigen Beharrlichkeit:

»Das war die Tücke des Pfarrers! Seine Heimtücke war's!«

Und oftmals stöhnte er auf, gemartert von einem Christenschmerz, drang ins Dickicht, kroch auf Knien hindurch, sich die Haut aufreißend:

»Du, der du dies siehst, König der Könige! . . . Du, der du dies siehst! Du, der du dies siehst!«

Und er richtete schluchzend sich auf und ging so eine lange, lange Strecke. Plötzlich geriet er in Wut, während er aufschaute zu den Felsgraten, die wie geborstene Festungstürme emporragten, und kletterte aufs neue bis ganz oben hinauf. Und seine Stimme, noch von Tränen durchtränkt, flog dort in großen Wogen wie der Hall eines Muschelhorns:

»Meister Miquelo, treuer Hütehund deiner Herde!«

Er folgte dem Geißenpfad, der sich wie ein Sims über einer Klamm hinzog, als es ihm kalt wurde an den Schläfen und auf den Lidern. Er blieb stehen, von der Ahnung bedrängt, daß der Wolf in der Nähe umherstrich, und fester packte er seinen Stekken, den er im Pferch am Lagerfeuer gehärtet hatte. Zugleich empfahl er sich dem Schutz des Engels Sankt Michael. Zitternd sah er, daß drunten der Wolf auf einem Felsvorsprung stand. Dunkel hob er sich ab, mitten auf der Steinbank, im hellen Mondlicht. Der Hirt, der ihn verscheuchen wollte, ließ einige Steine hinunterrollen, aber verbissen zerrte das Tier an einer Beute und wich nicht von der Stelle. Da suchte sich Ciro Cernín einen ordentlichen Kiesel und nahm ihn in seine Schleuder. Der Stein schwirrte los, und der Wolf hob die Schnauze von der Beute, mit einem wütend sich beklagenden Knurren. Der Hirt unterhöhlte daraufhin mit dem eisenbeschlagenen Ende seines Stokkes einen Felsblock, der, sich lösend und abwärts rollend, das Getöse eines Wildbaches über den niederen Buchenwald hereinprasseln ließ, welcher drunten den Grund der Klamm bedeckt. Der Wolf machte einen Satz und verschwand. Ciro Cernín, getrieben von einem seltsamen Drang, stieg hinunter zu der Felsplatte, wo er ihn hatte fressen sehen, schwarz im Mondlicht. Kaum war er ins Gewucher der Zistrosen eingedrungen, da schien es ihm, als ob in einer Felsspalte ein Menschenarm sich höbe und senkte. Erfüllt von ehrfürchtiger Scheu vor dem Unheimlichen, stieg er tiefer hinab. Jener Arm, der ungleichmäßig sich hebt und senkt, tut so, als winkte er ihm. Aber plötzlich verfliegt dieser Augentrug, und er erkennt den Poncho von Meister Miquelo. Er hat sich verhakt zwischen Weißdornzweigen, und ein Zipfel von ihm flattert im vorbeistreichenden Wind. Der Hirt bricht in Schreie aus, die im Hohlraum des wilden Tobels eine gewaltige Woge aufbranden lassen:

»Tapferer Hauptmann! Welcher Feind hat dich getötet? Welche heimtückische Kugel gab dir den Tod?«

Der blutige und zerfetzte Leichnam des Rebellenführers

hängt aufgespießt im Buchengeäst. Der Kopf, schwarz von Blut, hängt so tief hinab, daß er die Erde berührt. Ciro Cernín umschlang mit seinen Armen diese Überreste und trug sie hinauf zum Weg. Er begrub sie am Fuß einer großen Eiche, die eine uralte, herrlich gewölbte Krone hatte, voller Ruhe und Frieden, als das Kältegefühl auf den Lidern ihm die Warnung eingab, daß der Wolf zurückkehrte. Vorsorglich griff er nach seinem Stock. Zwischen den Bäumen näherten sich glühende Augen: sie hielten inne, starrten stur ihn an und kamen, langsamer, direkt auf ihn zu. Plötzlich stürzten sie sich auf ihn, mit einem wilden Geheul. Ciro Cernín ließ den Prügel sausen, in flachem Flug, knapp über den Boden hin. Das war der Windmühlenhieb, den die Hirten anwenden, um dem Wolf die Läufe zu brechen. Es begann ein Kampf der List und der Raserei. Ciro Cernín wich aus, den Stamm der Eiche umkreisend und manchmal hinauf ins Astwerk flüchtend. Schließlich war der Wolf besiegt: er kroch übers Gras, mit noch immer glühenden Augen, aber jämmerlich jaulend. Mit beiden Händen riß Ciro Cernín seinen Prügel in die Höhe und versetzte ihm einen mächtigen Schlag auf den Kopf. Dann zückte er sein Messer und bohrte es ihm in die Weiche, um das Herz zu treffen. Er deckte den Leichnam des Hauptmanns vollends mit Erde zu und warf sich den Wolf über die Schulter, wie eine Trophäe. Und im Gehen rief er wieder und wieder:

»Du, der du dies siehst, König der Könige! Du, der du dies siehst! Du, der du dies siehst!«

Ihn überraschte der aufglimmende Schimmer des Tages auf einem fernen Gipfel, und er setzte sich nieder, um auszuruhen. Dann schlief er ein, und er schlief wie ein Kind unter dem Engelsgold der Morgenröte.

[KAPITEL XVII]

Als Agila in dem Haus, wo er einquartiert war, die Küche durchquerte, sah er zwei Schattengestalten, die sich am Feuer wärmten. Und wie er die Treppe zum Dachstock hinaufstieg, hörte er die erschrockene Stimme der Hausherrin:

»Da hat der Teufel seine Hand im Spiel! ... Deck ihn zu, den Wolfskadaver, mit deinem Wettermantel. Der Teufel hat seine Hand im Spiel, ich meine, ich hätte meinen Mann, Don Diego, vor Augen!«

Kleinmütig, mit scheuer Wachsamkeit, verzog sich Agila fast fluchtartig nach droben. Er war soeben aus dem Palast gekommen, wo die Alte mit zusammengepreßten Lippen stöhnte, und er hatte eine Heidenangst davor gehabt, daß sie, wenn sie ihn hinausgehen sähe, ihn herrufen würde. Was hätte Tante Rosalba dann zu ihm gesagt? Agila erinnerte sich an ihren sanften, kindlichen Gesichtsausdruck, und er fragte sich wieder und wieder: Was hätte sie wohl zu ihm gesagt? Wahrscheinlich hätte sie ganz leise gesprochen, damit die Bediensteten nichts hörten, und hätte ihm mit erhobenem Finger gedroht, wie man es einem Kind gegenüber tut:

»Du bist sehr unartig, kleiner Marqués!«

Agila erinnerte sich an den Moment, als die Alte die Treppe hinunterkollerte. Ganz klar erinnerte er sich daran, mit versteinertem Herzen, und empfand die Enttäuschung des Kindes, das sein Spielzeug entzweigeschlagen hat und nichts anderes daraus ans Licht zerrt als eine Drahtspirale. Beelendet von einem Gefühl der Übelkeit, hatte er die Küche seiner Wirtsleute durchquert, in haßerfüllter, rachsüchtiger Angst. Am liebsten wäre es ihm gewesen, wenn die Karlisten den Palast seiner Großmutter in Brand stecken würden, nachdem sie zuvor sämtliche Hexen von Otaín geteert und gefedert hätten. Er legte sich nieder in einer großen Stube, wo noch ein zweites Bett stand, und mit geschlossenen Augen, so daß er kein Licht sehen mußte, wühlte er weiterhin in Haßvorstellungen herum, wie der Totengräber in der von Larven wimmelnden Erde wühlt. Aber schließlich versank er im Höllenkreis der Zwangsvorstellung und spulte nur noch endlos ein und denselben Gedanken ab. Das Schwindelgefühl, das ihn dadurch überkam, erinnerte ihn schließlich an das Tau, das man in einer Mondnacht vom düsteren Heck eines Kohlenkutters auswarf aufs fahl schimmernde Meer. Und plötzlich findet er sich wieder, wie er in sich selbst hineinstarrt mit einer egoistischen und sentimentalen Besessenheit. Er würde sich töten lassen! Agila, ausgestreckt auf dem Bett, mit geschlossenen Augen, die Hände gefaltet, findet in diesem Moment, daß der Tod ein höchst angenehmer Ausweg ist. Sein Denken, verstrickt in die Wahnlogik eines Albtraums, läßt ihm die Hinopferung seines eigenen Lebens als eine schöne Rache erscheinen. Die Einbildung, welche Bestürzung die Nachricht von seinem Tod zu Hause auslösen würde, verschafft ihm eine schmerzlich-wollüstige Empfindung. In Gedanken durcheilt er sämtliche Zimmer: Er sieht die Bediensteten, in schwarzer Livree, nichts als wandelnde Schatten; sieht seine Eltern, in Reue erbleicht, wie sie einander gegenübersitzen, sich hassend, sich gegenseitig beschuldigend. Er würde sich töten lassen! Unablässig spulte er ein und denselben Gedanken ab, der nun mit einer dunklen Sinneswahrnehmung übereinstimmte, welche so ferngerückt war, daß sie einem anderen Leben anzugehören schien. Er entdeckte in sich die Erinnerung, die all dem, was er dachte, vorausgegangen war, fand den fortlaufenden Faden eines anderen Bewußtseins, der sich, indem er ihm folgte, in lauter Schattenkringel auflöste. So verschwommen war das alles, so überwallt schon vom Nebelbrodem des Vergessens, daß keine Erinnerung mehr daraus aufblühen und sich zur Lichtrose entfalten konnte. Mit der angstbeklommenen Stimme eines Kindes moduliert er:

»Ich werde mich töten lassen! . . . Ich werde mich töten lassen!«

Im selben Moment öffnet er die Augen. Er hat einen magnetischen Sog auf den Lidern gespürt, die ganz leicht werden, fast schwerelos. Ein Mann in Fellkleidern schaut ihn an, ruhig, reglos, vom anderen Ende der Stube her, und die Tür geht langsam und leise von alleine zu. Der Mann, der eben hereingekommen ist und ihn anschaut, sieht aus, als wäre er ein Hirt. In seinen Pupillen leuchtet Bergeshelle, und aus den Fellen, mit denen er bekleidet ist, strömt der Geruch der Heidekräuter, die im Pferch verbrannt worden sind. In sich gekehrt, tadelt er ihn mit den verzückten Augen, und seine Worte haben die klare Arglosigkeit derer, die an der Quelle Christi trinken:

»Übles denkst du da, Kamerad! Übel sind deine Gedanken, falls du ein Christ bist!«

Agila erinnert sich nicht, daß er laut etwas gesagt hat, und erschauert bei den Worten des Hirten. Unter dem ruhigen, reglosen Blick jenes Erleuchteten schließt er die Augen, und mit den eisigen Lippen versucht er noch zu lächeln.

[KAPITEL XVIII]

Der Ziegenhirt zog aus seinem Schnappsack einen Engel, den er eigenhändig aus duftendem Zitronenholz geschnitzt hatte, und auf der Bettkante sitzend, nahe beim Licht, bemühte er sich hingebungsvoll, das Gefieder der Flügel mit der Messerspitze herauszuarbeiten. Agila schaute ihm neugierig zu. Nach einer Weile blickte der Hirt auf, mit Augen, in denen die Reinheit der Gebirgshorizonte war:

»Der Krieg ist keine gute Sache!«

Agila antwortete kopfschüttelnd:

»Nein, keine gute Sache.«

»Dein Elternhaus ist dir fremd geworden, nicht wahr?«

Agila, der befürchtete, seine Stimme könnte verraten, was in ihm vorging, bejahte die Frage mit einer Gebärde. Und der Hirt schaute ihn durchdringend an:

»Du hast üble Gedanken. Du sagst: Dieses Leben ist nicht gut, ich werde mich töten lassen; und bedenkst nicht, daß es so übel wohl nicht sein kann, wenn deine Eltern es dir schenkten.«

Der Ziegenhirt ließ seine Arbeit ruhen und betrachtete die Rillen, die sein Messer in die Engelsflügel geritzt hatte. Agila fragte:

»Und du, wie kommst du hierher?«

»Ich bin auf dem Weg zur Kapelle von Sankt Michael.«

»Ist die weit weg?«

»Hoch droben, ganz oben auf dem Gipfel des Berges Aralar.«

»Hast du dort deine Herde?«

»Dort ist der Ort, wo ich beten möchte. Wenn dir der Krieg mißfällt, wär's gut, wenn du mit mir gingst.«

Agila wurde nachdenklich:

»Unmöglich . . . Sie würden mich schnappen.«

Sanft hielt der Hirt ihm vor:

»Wenn dir der Krieg mißfällt, dann mach auch nicht länger mit.«

Agila schloß die Augen und verkreuzte die Hände auf der Brust. Man hörte nur das Messer des Hirten, wie es an dem duftenden Zitronenholz kratzte. Nach einiger Zeit ließ der Bergler die Spitze stocken, und während er sie in der Lichtflamme erhitzte, ruhten seine Augen auf Agila:

»Ich hab' auch mitgemacht im Krieg... Und ich bin weggelaufen wegen der Schurkerei eines Hauptmanns, der einen anderen umbringen ließ.«

»Du warst Karlist?«

»Ja.«

»Und hast keine Angst, daß ich dich verpfeife?«

Agila fragte es mit einem widerlichen Lächeln, aus dem schnoddrige Kaltherzigkeit sprach. Dabei hob er nicht mal den Kopf von den Kissen. Der Hirt betrachtete das Messer, das sich in der Flamme der Öllampe rötete:

»Nein, davor hab' ich keine Angst... Es hätte passieren können, daß wir im Schützengraben einander gegenüberliegen, um uns zu töten... Aber jetzt könnte nichts auf der Welt mich dazu bewegen, dir irgendwas Böses anzutun. Und du mir, kleiner Kamerad?«

Die grünen Augen Agilas waren zwei Steine von grausamer Härte:

»Ich . . . dir? . . .«

Aber die Augen des Hirten waren voller Licht, und Agila verspürte eine seltsame Anwandlung. Er hatte vorgehabt, dem andern eine tückische Antwort zu erteilen, und die Anwandlung, die ihn überkam, knickte ihm die Stimme. Mühsam stammelte er:

»Ich dir auch nicht, Kamerad.«

Die Lider wurden ihm feucht, bis er nichts mehr sah vor lauter Geflimmer, als schwirrten die flackerflügeligen Turteltauben drüber hin, die aus den Tüllen der Öllampe aufflatterten. Er flüsterte ganz leise:

»Warum hast du keine Angst, Menschenskind?«

»Ein Menschenkind, das bin ich, und darum Gottes Kind... Das ist die Wahrheit, die für alle Welt gilt; wir alle sind Kinder Gottes.«

Agila schaute ihn verständnislos an:

»Alle, ja ...«

»Alle Menschen gehören Gott. Die Seelen, die gehören teils Gott, teils dem Satan. Aber die Menschen, alle gehören sie Gott!«

»Alle, ja ...«

»Du, so schlecht du auch sein magst, gehörst immer Gott. Erst mußt du gestorben sein, dann kannst du dem Satan gehören.«

Agila raffte sich zu einer Erwiderung auf:

»Es gibt keinen Satan!«

Der Hirt lachte, seinen Engel umarmend:

»Er sagt, es gebe keinen Satan! Mein kleiner Sankt Michael, er sagt, es gebe ihn nicht, weil du dem Bösen deinen Speer auf die Brust gesetzt hast.«

Agila wiederholte mit größerer Bestimmtheit:

»Es gibt keinen Satan!«

Der Hirt begann zu zittern:

»Es gibt ihn! Es gibt ihn! Es gibt ihn! Wer sonst spricht denn aus dir?«

Agila spürte, daß ein ekliges Wesen ihm durch den Leib zuckte. Er verdeckte sich mit der Hand die Augen:

»Sei still, Menschenskind!«

»Und Gotteskind, weil wir alle, die wir leben auf dieser Erde, Gottes Kinder sind! Dafür bürge ich dir, mit dem Namen, den man mir gab, als man mich ins Taufwasser tauchte: Ciro Cernín.«

Agila lächelte ihn an, wie man einen geistesschwachen Bruder anlächelt:

»Und warum hast du keine Angst, Ciro Cernín?«

»Weil der Engel mir erschienen ist und mir geboten hat, ich soll mit den Hirten umherziehen, die ihre Herden hüten auf den Halden rings um sein Heiligtum. Und dem Geheiß des Engels muß man allzeit gehorchen. Ein Ritter, der willentlich sich der Weisung widersetzte, wurde bei seinem Tod zur Strafe in einen

Stein verwandelt. Jahrtausendelang rollte der Stein landab, landauf, rollte und rollte, bis er an die Türschwelle der Kapelle gelangte. Und sobald er dort angelangt war, wurde ihm vergeben.«

Agila dachte verzweifelt:

»Mein Stein, mein Herz, allerhärtester Stein, wie lang, auf wieviel Wegen, wirst du noch rollen, bis dir vergeben wird!«

Das Lampenlicht zuckte. Eine Reiterpatrouille trabte unterm Fenster vorbei.

[KAPITEL XIX]

Alle Späher meldeten, der Pfarrer Santa Cruz treibe sich an der Grenze herum.

Der schreckliche Bandenchef, den die Karlisten und die Republikaner verfolgten, war gezwungen, sich ständig entlang der Länderscheide zu bewegen, stets mit einem Fuß schon auf französischem Territorium. Don Carlos, der König, hatte ihn vor geraumer Zeit zu sich befohlen, aber der Rebell hatte Krankheit vorgeschützt und es auf diese Weise vermieden, in Estella bei Hofe zu erscheinen. Seither wurde auf den Marktplätzen der Landstädtchen verkündet, der General Don Antonio Lizárraga stelle ihm nach, mit einem großen Truppenaufgebot. Diese Neuigkeiten veranlaßten den Pfarrer, auf den Grenzbergen zu bleiben; und er lauerte auf eine günstige Gelegenheit, in Guipúzcoa einzufallen. Er hatte dort viele Freunde und hoffte, die Republikaner und die Karlisten an der Nase herumführen zu können, selbst wenn beide Kriegsparteien sich zu dem Zweck verbündeten, seiner habhaft zu werden. Und daß man es vorhatte, ihn als gemeinen Banditen abzuurteilen, das posaunten einige Partisanenführer, Anhänger von General Lizárraga, in sämtlichen Weilern und Gehöften jener Gegend aus.

In Arguiña, wo er nur eine Nacht kampierte, hatten sich ihm die Mannen von Soroteas Bande angeschlossen. Nur wenige folgten ihm aus freien Stücken, aber nicht ein einziger verweigerte ihm rundheraus die Gefolgschaft. Ihnen fehlte der Hauptmann, und sie sahen auch niemanden in ihrer Schar, der es hätte werden können. In dieser trostlosen Lage erschien Santa Cruz und fügte sie kurzerhand seiner Truppe ein. Wie ein Schwarm von Gerfalken war die Bande des Pfarrers herabgestoßen. Er fragte die führerlosen Leute, woher sie kämen, und befahl ihnen, sich in Reih und Glied zu begeben. Gemeinsam beteten die alten Kämpfer und die neu Hinzugekommenen den Rosenkranz, und noch in derselben Nacht, unterm Singsang der Litanei, führte er sie alle aus Arguiña fort. Er beauftragte Juan Elizalde, seinen Vetter, der ein Kenner aller Wege und Stege war, die

Bande durchs Gebirge zu leiten; er selbst aber machte kehrt und eilte mit nur dreißig Leibdoggen auf der eigenen Spur zurück.

Um das Desertionsgelüst zu ahnden, das sich in seiner Heerschar bemerkbar machte, brannte Santa Cruz die Gehöfte nieder, in denen ein paar Leute von Miquelo Egoscué beherbergt worden waren, die sich dem Dienst unter des Pfarrers Flagge entzogen hatten. Bei dieser Strafexpedition, abenteuerlich wie eine Ballade von verwegenen Ritterstreichen mitten im Feindesland, kam er wieder bis vor die Tore von Otaín. Er legte mit seinen Leibdoggen Tagesmärsche von zwanzig Meilen zurück. In der Nähe von Belza nahm er sieben Fahnenflüchtige gefangen, und nachdem er sie barfuß auf kaum begehbaren Wegen mitgeschleppt hatte, gab er Befehl, sie zu erschießen, bei strahlendem Sonnenschein, im uralten Eichenwald von Arguiña. Die leblosen Körper wurden den Frauen übergeben, die sie waschen und ins Leichtuch hüllen sollten. Da die übrigen Deserteure bereits in Sicherheit sein mochten, hastete er danach auf geheimen Pfaden zurück zu seiner Truppe, die noch immer durchs Gebirge kletterte. Als er dann zur Grenze marschierte, ließ er als Nachhut einige Spähtrupps zurück, die jeweils nur aus ein paar Mann bestanden und bei ihren Streifzügen dem Flußlauf entlang gelegentlich in Schußwechsel mit den Wachtposten von Otaín und Elizondo gerieten.

Eines Tages war der Zugang nach Guipúzcoa frei. Und an eben diesem Tag erfuhr er, daß ein alter Bandenführer, der schon im vorigen Krieg eine denkwürdige Rolle gespielt hatte, sich in einem Gehöft verborgen halte und schwer an der Steinkrankheit leide. Das genügte, um ihn zu entflammen und seinem Willen Flügel zu verleihen. Getrieben von seiner alten Begierde, in der eigenen Faust die Führungsfäden sämtlicher Partisanenbanden zu vereinen, verließ er das Gebirge und durchquerte in einem nächtlichen Gewaltmarsch die karlistischen und die republikanischen Linien. Als der Morgen graute, hatte er bereits das Gehöft umzingelt, wo der alte Guerrillero Don Pedro

Mendía mit dem Tode rang, in einem Sessel sitzend, das Gesicht vom Bart umwuchert, die Capa über den Schultern.

Die Tollkühnheit solch spukhafter Überraschungsauftritte, die sich wieder und wieder ereigneten, brachte Anklänge von Bewunderung in die Meldungen der Spitzel, die ihn diesmal noch immer an der französischen Grenze vermuteten.

[KAPITEL XX]

Atemlos und lachend betrat Eulalia, gefolgt von Jorge, den kleinen Salon ihrer Großmutter. Eine Mädchenschar, welche die alte Señora umringte, schwirrte auf wie ein Vogelschwarm, sobald sie ihrer ansichtig wurde, um sie mit Küssen zu begrüßen. Nur eine hagere, dunkelhaarige Dame mit Schielaugen blieb sitzen neben der Marquesa. Es war die Mutter der jungen Dinger. Eine traditionell gepflegte verwandtschaftliche Beziehung verband sie mit dem Hause von General Redín. Als eine Frau von beflissener Liebenswürdigkeit und süß träufelnder Rede hatte sie sich fast bis zum Boden herniedergelassen und streichelte auf ihren Knien eine Hand der Tante Paquita. Ihre Figur hob sich dunkel von einem Spitzenvorhang ab, der eine Balkontür verschleierte. Ihr Profil wirkte traurig, die Leibeskontur karg, die ganze Gestalt sehr streng: eine Erscheinung von uraltem kastilischem Adel. Doch wenn sie sprach, wirkte sie herzgewinnend mit ihren Honigworten, die manchmal auch eine gewisse albern-verschmitzte, ein wenig oberinnenhaft anmutende Boshaftigkeit ausspielten. Dank ihrer Ehe mit einem alten, frommen Hohlkopf, der sehr an den alten Sonderrechten des Baskenlandes hing, war sie Gräfin von Santa María de Vérriz. Die Mädchen, häßlich, dunkelhaarig und mit schwarzen Augen, hatten das Profil der Mutter. Eulalia sagte, ihre Küsse erwidernd:

»Ihr wollt doch nicht heut schon wieder fortgehen?«

Sie waren eben erst angelangt in einem Landauer, den vier Maulesel zogen, welche noch jetzt vor dem Tor des Palastes mit ihren Schellen bimmelten. Sie kamen von ihrem Gutshof, einem ausgedehnten Grundbesitz, auf dessen Gebiet sich auch eine Kirche befand, die vor Zeiten zum Sprengel der Äbte von Vérriz gehört hatte. Die Fahrt auf der Landstraße war sehr langwierig gewesen, und die Fuhrleute hatten aus der Tagesreise zwei Etappen gemacht, indem sie bei der »Schenke zum flotten Galan« eine Rast einlegten. Eulalia fragte die Mädchen, wann sie sich auf die Reise begeben hätten, und die Töchterschar trillerte los wie ein piepsiger Flötenchor:

»Es war noch Nacht. Picknick gemacht haben wir in eurem Eichenhain bei Ormaz. Ein herrlicher Sonnentag war's! . . .«

Die Gräfin ließ ihre süße, herzbezwingende Stimme ertönen:

»Wir sind gekommen, um euch abzuholen, Eulalia. Ich bin eben dabei, es der Tante zu sagen. Unter dieser Bedingung bleiben wir noch ein bißchen hier, hübsches Kind.«

Eulalia ging auf die Condesa de Vérriz zu:

»Du bist sehr lieb, Estefanía!«

»Verrunzelt und gottergeben, meine Liebe . . . Ich hab' nämlich ein Telegramm bekommen von deinen Eltern, in dem sie mich bitten, ich möge die Tante davon überzeugen . . .«

Eulalia fragte unbesonnen:

»Wo sind sie jetzt?«

»Haben sie dir nicht geschrieben?«

»Doch, aber ich entsinne mich nicht, wo sie sich aufhalten.«

Mit geschürzten Lippen erläuterte die alte Marquesa:

»Sie weiß, daß es ihnen gut geht, erinnert sich aber nicht an die Ortsangabe beim Datum. Ist das so verwunderlich? Ich weiß es auch nimmer . . . Wenn Rosalba den Brief nicht verschlampert hätte . . .«

Zerfließend in lauter Honigsüße, tätschelte die andere Señora die runzlige Hand der Greisin:

»Sie haben recht, Tante, mehr als recht. Mir geht es genauso, ich lese auch nie Ort und Datum, und in was für Mißlichkeiten mich das schon gebracht hat . . .«

Die Greisin hörte nicht mehr zu. Ihr zitterte der Kopf, und sie fragte die Enkelin:

»Was ist denn neulich mit Rosalba passiert?«

»Sie hat einen Ohnmachtsanfall gehabt, Großmutter. Warum denken Sie jetzt daran?«

»Weil mein Gedächtnis noch funktioniert, Kind. Obwohl ich schon viele Jahre hinter mich gebracht habe, ist mir das Gedächtnis noch nicht abhanden gekommen. Was hast du mir gesagt? Sie sei gestürzt?«

»Ja, Señora.«

»Sie wird sich verletzt haben.«

»Nein, Señora.«

»Aber Kindchen, laß dir's mal von ihr erklären, wie sie das fertiggebracht hat. Wir werden ihr ein Engagement beim Zirkus verschaffen.«

Als sie die Enkelin lachen sah, stimmte die Großmutter in das Gelächter ein, mit jenem krassen Lachen zahnlos klaffender Kiefer. Estefanía Vérriz drückte zärtlich die Mumienhände der Tante Paquita:

»Welch springlebendiger Witz! Auf nach Madrid mit uns, Tante Paquita! Sie müssen Cánovas del Castillo kennenlernen. Sie beide sind geistesverwandt, Tante Paquita.«

Die Augen der Greisin belebten sich:

»Man sagt, er habe viel Talent. Kennst du ihn, Estefanía?«

»Ja, Señora. Aber die Stätte, wo sich Ihnen tausendmal die Gelegenheit bieten wird, ihn zu sehen, ist das Haus Ihrer Kinder.«

Diese Worte blieben in der Luft hängen, schwebten verloren in einem Schweigekreis. Die vier häßlichen Mädchen unterbrachen ihr Flötengetriller, und es erfolgte ein flinker Blickwechsel zwischen jenen schwarzen Augen voll sonntagsbraver Boshaftigkeit. Etwas verlegen nahm Eulalia ihre zwei ältesten Kusinen am Arm, hakte sich ein bei den beiden und stellte sie Jorge vor:

»Welche erwählst du zur Schirmherrin der Kavallerie?«

Die Marquesa setzte sich ihren Schildpattkneifer auf:

»Eulalia, falls die Kleinen nicht zu müde sind, bring sie hinaus in den Garten. Sperr sie nicht hier ein, als wären sie Gefangene.«

Die Kleinen waren nicht müde, und sie scharten sich munter um ihre Base, glücklich darüber, daß sie nun in der Einsamkeit des Gartens über allerlei Geheimnisse tuscheln konnten, Arm in Arm lustwandelnd zwischen den hundertjährigen Myrtenbüschen. Als sie gerade durchs Vorzimmer gingen, vernahmen sie eine Stimme, die fieberhaft wirr und hastig daherredete, manchmal aussetzte und dann ächzte wie unter heftigen Schmerzen. Den bestürzten Kusinen erklärte Eulalia:

»Das ist Tante Rosalba.«

Alle schauten durch die Glastür. Die Alte saß auf dem Kanapee. Auf ihrer Brust krümmte sich ein dunkelvioletter Arm; ihr Haar war ein verfilztes Knäuel schmutziger Strähnen; und ihre Augen blickten glasig. Zu ihren Füßen, auf einem Schulschemel hockend, strickt ein Mädchen an einem Strumpf. Die Alte quasselt fahrig, stöhnt zwischendurch, und das Mädchen schaukelt auf seinem Hocker. Es war das Kind einer Magd, die seit langem im Hause diente, und es war von der Mutter beauftragt worden, die Tante Rosalba zu hüten. Eulalia wisperte ihren Kusinen zu:

»Seit drei Tagen hat sie sich nicht mehr ins Bett gelegt. Sie will, daß niemand sie anrührt oder auch nur in ihre Nähe kommt. Ein närrisches altes Weib! . . .«

Dic jüngste der Kusinen verzog das Gesicht:

»Sie wird die Läuse kriegen!«

Eine ihrer Schwestern wies sie zurecht:

»Halt deinen Mund, dumme Gans!«

Die Kleine ließ sich nicht stoppen:

»Wie sie uns anguckt! . . . Die hat Augen wie eine Irre . . .«

Allen wurde bange, und sie rannten weg, hinaus in den Garten.

[KAPITEL XXI]

Es war noch nicht lange dunkel, da verließ Oberst Guevara, nachdem er die Losung bekanntgegeben hatte, sein Quartier. Er war klein und dickbäuchig. Wer ihn gehen sah, fühlte sich – ohne selbst zu wissen, weshalb – an einen alten Tanzlehrer erinnert. Mit zierlich kleinen Sprüngen überquerte er den Platz, der hell im Mondschein dalag, und ging hinein in den Redín-Palast. Seit Beginn des Krieges war es Brauch, daß die Offiziere, die in dem Marktflecken Halt machten, sich zur Abendgesellschaft bei jener Dame einfanden, die noch der Generation von Espartero angehörte. Im Gespräch mit dem Oberst, den sie nach den jüngsten Kriegsereignissen fragte, wurde die Greisin munter. Aber plötzlich machte sie ein verdrossenes Gesicht:

»Was Sie da treiben, das kann man nicht Krieg nennen.«

Die Marquesa nörgelte über die Generäle, beklagte sich über die Diebereien der Soldaten und erzählte eine nicht enden wollende Geschichte von vier Valencianern und einer Transportkolonne, die hin und her fuhr. Die Valencianer wurden reich und spedierten weiterhin immer neue Proviantladungen, die oftmals spurlos verschwanden. Jäh hielt sie inne und starrte den Oberst mit unnachgiebigen Augen an:

»Sind Sie verheiratet?«

»Nein, Señora.«

»Haben auch keine Kinder?«

»Nein, auch nicht. So bin ich ungebunden und kann mich um so mehr dem Kampf widmen!«

»Ich weiß nicht ... Ihr Junggesellen, ihr seid doch Egoisten ... Und der Egoist hätschelt sein eigenes Leben. Wenn Sie weder Weib noch Kinder haben, denen Sie Ihren Namen hinterlassen, so werden Sie ihn weniger hochhalten als ein anderer, der ihn zwangsläufig als Erbe vermachen wird.«

»Es kann ja mein Wunsch sein, ihn der Geschichte zu vermachen.«

Die Greisin lachte und sagte zu ihrer Nichte, der Gräfin von Vérriz:

»Der Geschichte! Weißt du, wer die Geschichte macht, meine Liebe? In Madrid die Journalisten, und auf den Dörfern die Dienstboten. Saubere Leutchen, fürwahr! In England hat man soeben eine Biographie des dahingegangenen Generals Redín veröffentlicht.«

Estefanía legte ihre Hände, mit überströmender Zärtlichkeit, auf die Hände der Marquesa.«

»Ich hab' sie verschlungen, Tante Paca! Verschlungen!«

Die Greisin blickte ihr ins Gesicht, unwirsch und ein bißchen geistesabwesend:

»Seit wann kannst du Englisch?«

Die Gräfin lächelte verzückt:

»Weil es die Biographie des Onkels war, hab' ich mir das Buch übersetzen lassen von der Gouvernante meiner Kinder. Und ich wäre bis zur Botschaft gegangen. Ach, welch pfiffiges Tantchen!«

Die Tante tat, als hörte sie es nicht, und sagte, mit dem zittrigen Kopfwackeln einer knurrigen, illusionslosen alten Frau:

»Die ganze Biographie beruht auf den Auskünften des Kammerdieners, den mein Gatte während des Exils in London hatte.«

Der Oberst Guevara fragte gestreng:

»Auf zutreffenden Auskünften?«

Die Greisin lachte auf und schüttelte den Kopf:

»Wie kann man bloß behaupten, er habe zwei Kinder von einer Engländerin gehabt! Ich könnte es dementieren, aber das käme einer posthumen Kränkung meines armen Gatten gleich. Etwas Unmöglicheres hätten sich die Söhne des perfiden Albion gar nicht aussuchen können. Ach, diese vermaledeiten Ausländer! Die Franzosen sind noch schlimmer, das sind Leute, die niemals was kapieren. Wir waren als Emigranten auch in Paris. Louis Philippe hat uns besucht!«

Estefanía wollte die Abschweifungen beenden:

»Stimmt es, Herr Oberst, daß man Vorbereitungen trifft für eine Entscheidungsschlacht bei Estella?«

Der Oberst antwortete, vorsichtig die Worte abwägend:

»Alle Welt spricht davon, aber kein Mensch weiß etwas ... Die Schlacht wird, nach meiner Meinung, dann stattfinden, wenn niemand irgendwas plappert ... Wir haben Befehl, uns der Heeresgruppe anzuschließen, die in der Gegend von Tafalla operiert.«

Die Marquesa de Redín beugte den Oberkörper vor und war ganz Ohr:

»Was haben Sie gesagt, Herr Oberst?«

»Daß wir Befehl haben, uns durchs Barranca-Tal zu verziehen.«

»Aber was sagten Sie von Tafalla?«

»Tafalla ist das Ziel der Truppenbewegung, wo wir uns mit der Heeresgruppe von General Primo vereinigen sollen.«

Das Kinn der Greisin begann zu zittern:

»Was für eine Besatzung lassen Sie in Otaín?«

»Es liegt der Befehl vor, sämtliche Besatzungen abzuziehen. Bindet man viele Soldaten in den Garnisonen, so vermindert man damit die Schlagkraft der kämpfenden Truppe; reduziert man aber die Besatzungen, so liefert man sie den Karlisten aus. Das hat sich schon mehr als einmal erwiesen. Und durch Erfahrung gewitzigt, hat der Generalstab ...«

Das Zittern der Marquesa wurde heftiger:

»Und die Ortschaften, die man gegen die Karlisten verteidigt hat, werden der Rache dieser Fanatiker preisgegeben! Der Pfarrer Santa Cruz wird zurückkehren, um uns zu verbrennen bei lebendigem Leibe ...«

Die Gräfin sprach mit ihrer honigsüßen Stimme:

»Warum sind Sie denn so besorgt, Tante? Haben Sie sich nicht schon entschlossen, diese Hölle hier zu verlassen? Es lohnt sich also überhaupt nicht, daß Sie sich grämen.«

Die Marquesa fuhr hartnäckig fort:

»Alles wird der Wut von Santa Cruz zum Opfer fallen. Sie sind Junggeselle, Herr Oberst?«

»Ja, Señora.«

»Ich, wenn ich schön und jung wäre, würde Ihnen meine Hand bieten als Prämie für den Kopf von Santa Cruz. Ich bin ein altes Weib, aber derjenige, der mir in einem Sack den Kopf von Santa Cruz brächte und ihn mir hier auf den Tisch legte ...«

Die Gräfin schrie:

»Jesses, wie entsetzlich, Tante Paca!«

»Entsetzlich? Das entsetzt dich ... Schau dich im Spiegel an, meine Tochter.«

Jorge mischte sich ein, mit seiner etwas rauhen, schutzversprechenden und sympathischen Stimme:

»Liebe Tante, als Belohnung können Sie ja die Hand Ihrer Enkelin ausschreiben. Gewiß wird dann ein ganzes Heer sich versammeln, um Santa Cruz zu jagen.«

Eulalia rief, ihren Kopf aus der Kusinenschar hervorstrekkend, die ein Klavichord aus der Zeit von Carlos IV. umringte:

»Sei still, du Spottvogel!«

Und die Augen des Mädchens, aufstrahlend unterm lockigen Haar, luden ihn ein, sich der Gruppe anzuschließen. Der Oberst neigte sich den beiden gereiften Damen zu:

»Vielleicht kann ich Ihnen den Kopf von Santa Cruz präsentieren, ohne einen anderen Lohn zu erbitten als den Ihrer werten Freundschaft, Señora Marquesa.«

Die alte Dame erschauderte:

»Sie wollen ihm wirklich und wahrhaftig nachstellen?«

Der Oberst setzte eine imposante Miene auf und ballte die Faust:

»Er ist uns bereits ins Garn gegangen. Es liegen Briefe vor, in denen die karlistischen Generäle selbst uns den Vorschlag machen, die Feindseligkeiten auszusetzen, um ihn gemeinsam zu verfolgen. Lizárraga wird ihm den Zugang zur Grenze versperren, und wir werden ihn von vorn in die Enge treiben. Er wird gewiß nicht entkommen. Heut nacht um zwei Uhr wird zum Wecken geblasen.«

Beunruhigt fragte die Marquesa:

»Und welche Truppe bleibt in Otaín?«

»Vierzig Mann in der Festung. Das reicht zur Sicherung gegen einen Handstreich. Señora Marquesa, morgen werden wir wieder hier sein, samt Santa Cruz in Ketten.«

Die Greisin fuhr auf, wild erregt:

»Oberst Guevara, ich habe nur die eine Bitte, daß Sie ihn unter meinen Fenstern erschießen, so daß ich zuschauen kann.«

Nachdem er dies feierlich gelobt hatte, ließ er seine Stimme laut erschallen, zum Herzog von Ordax hinüber:

»Sie wissen doch, lieber Jorge, daß Punkt zwei Uhr zum Wekken geblasen wird.«

Ein wenig überrascht, kam der Herzog herbei:

»Aber hat denn der General die Unternehmung bewilligt?«

»Ja, mein Herr, er hat sie bewilligt.«

»Und die Oberste Heeresleitung?«

»Mir genügt es, daß der General España seine Einwilligung erteilt hat. Mit weiteren Anfragen würden wir nur sinnlos Zeit vergeuden.«

Die Marquesa wandte sich um, Tränen in den Augen:

»Herr Oberst, gestatten Sie mir eine Bitte. Unter Ihren Soldaten ist ein Enkel von mir, ein Liederjan... Oberst Guevara, setzen Sie ihn dort ein, wo er die Chance hat, sich auszuzeichnen, so daß seine Großmutter den Trost hat, ihm verzeihen zu können. Er, der so viele Dinge vergessen hat, wird nicht vergessen, daß in seinen Adern das Blut des Helden von den Arapiles rollt.«

Tief bewegt, drückte Oberst Guevara die Hände der greisen Marquesa de Redín, Condesa de los Arapiles.

[KAPITEL XXII]

Das Haus, in dem der Husar Agila Palafox y Redín sein Quartier hatte, war ein gottesfürchtiges und arbeitsames Haus. Die Besitzer, Karlisten durch Geburt und Herkommen, behandelten ihn mit großmütiger Freigebigkeit, doch ohne herzliche Zuwendung oder besondere Aufmerksamkeit. Sie wußten freilich nicht, daß er der Enkel der Markgräfin war. Erst am Sonntag sprach sich das herum in Otaín. Don Teodosio de Goñi erfuhr die Neuigkeit während des Hochamtes, und auf dem Heimweg, als er an der Haustür vorbeikam, informierte er die Herrin des Hauses. Die beiden erörterten den Fall, wobei sie über die Verderbtheit der jungen Leute lamentierten, doch dann verabschiedete sich der Caballero, weil ein Schokoladentrunk seiner harrte. Die grün behandschuhten Fingerspitzen aus den Falten seines Umhanges hervorstreckend, winkte er mit der Eleganz eines Gecken von einst:

»Also, bleib immerdar so hübsch, Serafinita!«

Doña Serafina Peralta war verheiratet mit jenem schwarzbebrillten Riesen namens Don Diego Elizondo. Patriarchalische Ordnung herrschte in ihrer Familie, zu der fünf erwachsene Söhne gehörten, lauter keusche, schweigsame und starke Burschen. Dem Rat der Eltern folgend, wollten die Söhne noch die Weinernte zum Abschluß bringen, ehe sie in den Krieg zogen. Am Abend selbigen Tages, als man schon am gedeckten Tisch stand, gaben Don Diego und Doña Serafina dem Ältesten den Auftrag, er solle den einquartierten Soldaten aufsuchen und ihn fragen, ob er ihre Tafel mit seiner Anwesenheit beehren wolle. Agila kam mit dem Erstgeborenen herunter, und die beiden Eltern empfingen ihn mit dem würdevollen Ernst der Herrschaften früherer Zeiten. Sie speisten in der Küche, unter dem großen Rauchfang des Kamins, und ließen ihn Platz nehmen auf einer Bank, die dicht an der völlig eingeschwärzten Rückwand stand. Don Diego brüllte, während er ein Glas füllte und es dem Enkel des berühmten Guerrilleros von Navarra reichte:

»Auf dieser Bank da hat im Franzosenkrieg der General

Redín geschlafen. Das hat mir mein Vater wieder und wieder erzählt, und er sagte, nur elf Mann habe Redín damals geführt. Danach erst kam's, daß man ihn zum Grafen machte, und zum Markgrafen . . .«

Die Söhne lächelten bei der Rede des Vaters, und Doña Serafina sagte abschließend:

»Das Enkelchen soll also da sich niedersetzen, wo der Großvater saß.«

Und ihre winzige, weiße Hand, die Hand einer kranken Frau, legte sich auf die Schulter von Agila. Dann sprach sie den Tischsegen, und alle setzten sich. Don Diego nahm seine Brille ab. Rotgeäderte Augen kamen zum Vorschein, aus denen Blutgier zu blicken schien. Der Hausherr kümmerte sich selbst darum, daß das Glas von Agila immer voll war:

»Das ist Wein aus dem eigenen Keller; den kann man getrost trinken.«

Agila bekam glänzende Augen:

»Der beste, den ich je in Navarra gefunden habe, Don Diego!«

Die Mutter und die fünf Söhne blicken sich mit einem unbestimmten Lächeln an, heben auch das Glas und nippen mit vorsichtig benetzten Lippen, um sich davon zu überzeugen. Keiner der fünf jungen Burschen, die augenscheinlich ein inniges Vertrauen zur Mutter haben und voller Ehrfurcht zum Vater aufschauen, sagt auch nur ein einziges Wort. Rings um den ergrauten und blinden Wolf geschart, gleichen sie fünf Welpen, die den Bau hüten. Doña Serafina sagte, während sie auf ihren Schemel stieg und nach einem Käselaib langte, der zum Räuchern aufgehängt war:

»Der ist auch hausgemacht . . . Ein Geschenk des Hirten, den wir hatten. Sein Geschenk, aber von unseren Schäflein.«

Agila erinnerte sich an Ciro Cernín. Er hatte bereits nach ihm gesucht, ihn aber nicht gefunden. Daher fragte er nun, wo der Zimmergenosse geblieben sei. Mit einer Miene voller Mitleid murmelte Doña Serafina:

»Er ist schon fortgegangen, der Ärmste.«

Im ersten Augenblick begriff Agila nicht den Grund jenes Mitleids. Dann, als er sich an die Worte des Hirten erinnerte, an sein schwärmerisches, wie von innen leuchtendes Gesicht, sah er auf einmal klar. Don Diego Elizondo füllte ihm das Glas:

»Ciro Cernín! ... Unsere Herrin sagt, er sei verrückt. Wenn der Hirt verrückt ist, dann ist unsere Herrin nicht recht gescheit.«

Die blutroten Augen des Riesen, in denen der Widerschein der Flammen flackerte, waren fürwahr die Augen eines Wolfes. Er lachte ein so gewaltiges Lachen, daß der Wein ihm wieder heraufdrang zum Mund und sein Gesicht sich violett verfärbte. Doña Serafina rang die Hände und runzelte ihre Brauen:

»Was er sagt, das sagt er, weil man ihm eine Herde gegeben hat ... Der arme Kerl ist zwar verrückt, aber doch nicht so, daß man ihm keine Herde anvertrauen könnte.«

Don Diego biß in eine Käsescheibe:

»Der schmeckt fabelhaft! Wir werden ja sehen, ob der neue Hirt nicht zu verrückt ist, um Käse machen zu können!«

Doña Serafina wurde sehr ernst und preßte das Kinn in den Kragen ihrer Jacke:

»Natürlich ist er das nicht, Mann!«

Da wandte sich der Wolf den Welpen zu, die rings um den Tisch saßen, schlangen und schluckten, immer stumm:

»Kostet mal, Jungs!«

Dann hob er das Glas vor die Augen des Gastes:

»Trinken muß man, Freund! Trinken muß man, sonst darf man nicht sagen, der Wein sei gut.«

Er hielt das Glas hoch empor, und die zittrige, dicht behaarte Hand verschüttete das Getränk. Agila dachte wieder an Ciro Cernín:

»Eine Nacht lang hatte ich ihn als Gefährten, den Hirten! ...«

Doña Serafina flüsterte, errötend wie ein kleines Mädchen:

»Das müssen Sie mir verzeihen. Es war eine Unbedachtheit. Da man die Betten in die Spitäler geschafft hat, ist nur noch dieses eine Schlafzimmer für die Gäste eingerichtet. Den Einquartierten gefällt es immer, wenn sie nicht allein schlafen.«

Agila lachte, mit der wilden Ausgelassenheit, die der Wein weckt, und schaute mit frechem Hohn die Alte an:

»Und allen, die Hosen anhaben, Patronin.«

Die fünf Wolfswelpen schauen einander an, bestürzt und zornig, schon bereit, sich zu erheben. Die Mutter legt sich einen Finger auf die Lippen und gebietet ihnen Ruhe. Agila lacht noch immer brutal. Und undurchdringlich verharrt, die Augen voller Blut und Flammen, Don Diego Elizondo. Jäh hat er sich umgedreht, fixiert Agila, Auge in Auge:

»Mehr Respekt vor den grauen Haaren unserer Herrin, Herr Grünschnabel!«

Und es zitterten ihm die Hände, es zitterte ihm der Kopf, es zitterte jener ganze Knochenturm. Agila spürte den Atem des Mannes. Er wollte aufstehen, in einer Aufwallung von Wut, aber der Tisch kreiselte vor ihm. Er taumelte, kippte. Doña Serafina eilte herzu, ihn aufzufangen. Sie nahm ihn an die Brust, und als wäre er ein Kind, wischte sie ihm den Weinschaum von den Lippen. Agila, die Augen halb geschlossen, lachend in blödsinniger Unverschämtheit, trällerte Melodiefetzen eines französischen Liedes.

KAPITEL XXIII

Doña Serafina und ein Küchentrampel stiegen die Treppe hinauf, den Körper Agilas auf den Armen tragend. Die Männer, verhaltenen Spott in den Augen, schienen die Szene mit Verachtung zu betrachten. Es dauerte nicht lange, da kam Doña Serafina wieder herunter, bedrückt von Mitleid, und einer der Söhne nahm ihr die Laterne ab, die sie in der Hand trug:

»Löschen Sie sie nicht aus, Mutter.«

»Müßt ihr noch das Vieh versorgen?«

»Wir gehen jetzt rüber.«

Einige der Wolfswelpen verschwanden durch den schwarzen Türbogen, der sich im Hintergrund der Küche wölbte, und die Herrin murmelte, während sie sich neben ihrem Mann auf die Bank setzte:

»Du hast ihm eine Menge eingegossen, alter Sünder!«

Und sie streichelt seine Schulter mit der winzigen, runzligen Hand. Der eisgraue Wolf lacht wie ein Erzschelm, indes er einen Priem kaut und unter seinen blutroten Augen zwei Tränensäcke anschwellen und abschwellen. Noch hält sein Lachen an, da kehrt der älteste Sohn zurück:

»Ist der Zwangsgast sicher verstaut?«

»Der regt sich nicht vor morgen früh.«

Der Bursche spricht leise, und die Mutter antwortet im gleichen Flüsterton. Aber der Sohn gibt sich noch nicht zufrieden; nach allen Seiten spähend, sagt er:

»Schieben Sie an der Stiegentür den Riegel vor, Señora.«

Don Diego blickt mit seinen herrscherlichen, blutgierigen Augen den Erstgeborenen durchdringend an:

»Was ist los, Junge?«

»Das Heu hat gekalbt, Vater.«

»Und was hat es zur Welt gebracht?«

»Drei Partisanen, die zu Miquelos Bande gehörten.«

Das Küchentrampel, das beim Feuer kauert und an einem Brocken vom Abendessen nagt, hört auf mit seinem Geknabber und glotzt fragend ins Gesicht des Hausherrn, der Herrin.

Die Frau befiehlt dem Mädchen, die Stiegentür zu verriegeln. Und der Sohn fängt an, die Sache zu erklären:

»Als wir reingingen, lagen die drei im Heu vergraben, gut versteckt ... Einer kroch heraus, und dann streckten die anderen zwei allmählich die Köpfe aus dem Fusselberg. Sie sagen, sie seien durch den Fluß geschwommen und hätten einen Wachtposten getötet ...«

Der alte Wolf saß auf der Bank und achtete genau auf jedes Wort des Sohnes:

»Und sagen sie nicht, wo Miquelo jetzt ist?«

»Doch, das sagen sie! Das sagen sie!«

Und in der gedämpften Stimme des jungen Burschen schwang ein ungläubiges Entsetzen. Die Mutter schrie ahnungsvoll auf:

»Dann stimmt es also, was der Hirt erzählt hat?«

Der Sohn bejahte:

»Es stimmt, Mutter, Wort für Wort.«

Dem Alten, der zwischen den Erstgeborenen und die Frau trat, zitterten die Hände. Schrecklich sah er aus, mit dem Mund, den er so zusammenpreßte, daß die Lippen im Gerunzel versanken, mit den rot entzündeten, tränenden Lidern:

»Santa Cruz hat an ihm Verrat begangen!«

Der Sohn antwortete, das Aufbrausen der eigenen Stimme erstickend:

»Genau so, wie es der Hirt berichtet hat!«

Doña Serafina seufzte:

»Da seht ihr's, Ciro Cernín war also nicht verrückt! Ach, mein Herz hat mir's gesagt, Herr im Himmel!«

Drängend fragte der Sohn, mit einer Stimme, in der noch immer das Dunkel ungläubigen Entsetzens war:

»Was tun wir, Vater?«

Die Arme des Riesen streiften die rauchgeschwärzte Decke der Küche:

»Was wir tun! Junge, da kann man nur eines tun. Du weißt es so gut wie ich und wie deine Mutter.«

Die Herrin murmelte, ihrer Sache gewiß, das Kinn in den Kragen ihrer Jacke pressend:

»Nur eines gibt's da, mein Sohn, nur eines, ganz klar ... Nichts als das eine, nämlich das, was Gottes Gebot verlangt.«

Dann sagte der alte Wolf:

»Serafina, deck das Feuer zu. Sohn, nimm den Bocksbeutel. Wir gehen in den Stall, dort sind wir ein bißchen vom Schuß und können unbelauscht reden.«

Mit zittrigen Händen deckte Doña Serafina das Feuer zu. Dem Mädchen und der alten Magd, die ihr helfen wollten, gab sie die Anweisung, zum Oberstock hinaufzugehen und auf der Stiege Wache zu halten, nicht einen Moment die Tür aus den Augen zu lassen, die Tür zu der Stube, in welcher der Enkel der Marquesa de Redín schlief.

KAPITEL XXIV

Die drei karlistischen Freischärler waren tropfnaß, die Kleider klebten ihnen am Leib. Ihre Waffen hatten sie bei sich, obwohl sie den Fluß hatten durchschwimmen müssen, unter der Brücke hindurchgetaucht waren, um nicht von den Wachtposten entdeckt zu werden, und erst weitab hatten wieder auftauchen können, in glitzernd gleitendem Mondlicht. Dann waren sie geduckt durch die Obstgärten geschlichen, hatten manchmal kurz Halt gemacht, um zu lauschen, hinter Feigenbäumen oder zwischen Rebstöcken, und waren durch Ackerfurchen gekrochen, in denen die Wachteln schliefen. Die drei hatten der Heerschar von Miquelo Egoscué angehört. Sie erzählten, daß sie – mit sieben anderen, die sich später im Gebirge verlaufen hätten – aus der Bande des Pfarrers entwichen seien. Sie wollten nicht länger unter der Fahne dessen dienen, der sie so tückisch betrogen hatte, als er sich mit ihnen verbündete und ihren Hauptmann umbrachte. Don Diego fragte sie:

»Und wohin geht ihr?«

Die drei Partisanen schauten einander unschlüssig an, schließlich ergriff einer das Wort, mit hochfahrend kecker Miene:

»Dorthin, wo uns der Pfarrer Santa Cruz nicht an die Wand stellen kann.«

»Und verkriecht euch mitten in Otaín?«

Mit naiver Munterkeit antwortete ein alter Mann, der einmal Müller gewesen war in Arguiña:

»Notgedrungen! ... Don Manuel ist wild entschlossen, uns zu schnappen und umzulegen. Vor all seinen Leuten hat er diesen Beschluß kundgetan, und nur so konnte er's verhindern, daß viele ihm den Rücken kehrten ... Übrigens: daß es das beste wäre, uns hier im Flecken zu verkriechen, darüber waren wir alle drei uns einig.«

Er schaute seine Kameraden an, und einer von ihnen sagte:

»Ich hatte diesem Burschen aus Kastilien, und dem da, der ein guter Navarrer ist, davon erzählt, wie ich über den Fluß schwamm, damals, als ich davonging, um mich der Bande anzuschließen.«

Doña Serafina fragte in spontaner Herzlichkeit:

»Junge, du stammst aus Otaín?«

»Nein, ich bin nicht von hier, aber ich hab' hier gearbeitet, ehe ich in den Krieg zog. Eines Nachts sind wir zu elft abgehauen, und an der Kirchenmauer hinterließen wir dem General España ein paar Spottverslein als Abschiedsgruß.«

Der Karlist aus Kastilien, der ein hochfahrendes Wesen an den Tag legte, wie es in Navarra nicht üblich ist, sagte:

»Hören Sie mich an, Señor Don Diego. Wir haben uns hier verkrochen, weil dies der einzige Ort ist, wo wir vor dem Pfarrer sicher sind. Dies war meine Überlegung, und das hab' ich den beiden da vorgeschlagen, vorausgesetzt, daß sie jemanden kennen, der Manns genug ist, uns versteckt zu halten. Die Kameraden sagten, daß sie so einen kennen und für ihn bürgen. Und da sind wir nun, Señor Don Diego.«

Als er ausgeredet hatte, kam der Partisan in voller Länge aus dem Heuhaufen, und der grauhaarige Wolf sah ihn mit Staunen zwischen seinen Welpen stehen, die der Fremde um Haupteslänge überragte. Der Bursche aus Kastilien sah prächtig aus, und seine Statur war so riesenhaft wie die von Don Diego. Doña Serafina fragte:

»Woher bist du, mein Sohn, der du mit solchem Stolz daherkommst?«

»Aus Viana del Prior.«

»Und wo in Spanien liegt das?«

»Nahe bei Santiago, in Galicien.«

Geringschätzig lächelte Don Diego:

»Ein Gallego also bist du! Und warum nennen sie dich einen Kastilier?«

Der Partisan blickte den Vater und die Söhne an, als wollte er sie zum Kampf herausfordern:

»Weil ich nicht in der Erde wühle, damit andere essen! Weil ich Knechte hatte in meinem Haus! Weil ich nach eignem Recht und Gesetz lebe! Weil ein Soldat, wenn er durch die Welt zieht, eben als Mann aus Kastilien gilt!«

Doña Serafina murmelte:

»Da hat er recht, wir hierzuland unterscheiden da nimmer.«

Auch Don Diego gab sich zufrieden:

»Jeder, der von irgendwo hinter Álava herkommt, wird in die kastilischen Partisanentrupps gesteckt.«

Doña Serafina meinte:

»Seltsam, Junge, daß du nicht zu einer dieser Rotten gehörst!«

»Ich hab' noch nicht Zeit gehabt, mich dort einschreiben zu lassen. Sie werden schon noch von mir reden hören!«

»Sag uns, wie du heißt, Sohn; denn selbst wenn die Blinden auf der Straße eines Tages von dir Moritaten singen – wir wüßten ja gar nicht, daß sie von deinen Taten singen.«

»Ich heiße Miguel Montenegro.«

Die anderen Deserteure lachten, wie boshafte Bauern lachen:

»Zwei Frauen, die er in einem Karren eskortierte, nannten ihn Silbergesicht.«

Don Diego reichte ihm den Bocksbeutel:

»So werden sie dich nimmer heißen können, wenn du mal Narben kreuz und quer auf der Backe hast.«

Doña Serafina seufzte:

»Und die Jahre tun das übrige!«

Cara de Plata trank, und auf ein Zeichen des Hausherrn gab er den Bocksbeutel weiter, den anderen, die mit ihm gekommen waren. Doña Serafina brachte Käse, Dörrfleisch und Brot. Sie bat, man möge entschuldigen, daß sie nichts Warmes anbiete; aber zu so später Stunde genüge schon ein bißchen Rauch überm Dach, um üblen Verdacht zu erregen. Gestärkt durch den Trunk aus dem Weinbalg, bedankten sich die Partisanen bei Doña Serafina. Und da die Señora bemerkte, daß die Fremden müde waren, wies sie ihren Mann und die Söhne darauf hin und hieß sie zugleich ein paar Saumsättel bringen, damit die Burschen in ihrem Heulager bequemer schlafen könnten.

In der Morgenfrühe kam die Frau selbst, um sie zu wecken,

und die drei Partisanen gelangten hinaus ins Freie, versteckt in den großen irdenen Gefäßen, die man zur Weinernte brauchte und die auf Ochsenkarren transportiert wurden, neben denen die Söhne des grauen Wolfes singend einhergingen.

[KAPITEL XXV]

Santa Cruz, vor dem jene drei Partisanen auf der Flucht waren, hatte nun im Gehöft Urría einen alten Guerrillero aus dem vorigen Krieg umzingelt und zu seinem Gefangenen gemacht: Don Pedro Mendía, der als achtzigjähriger, angeschlagener Mann eine Bande von sechzig Burschen um sich geschart hatte und als einer der ersten für Carlos VII. ins Feld gezogen war. Dieser Don Pedro Mendía, ein im Bergland Navarras hochgeachteter Hidalgo, ist derselbe Partisanenhauptmann, der in einigen Schriften über den vorigen Krieg Don Pedro de Alcántara genannt wird. Jetzt hatte er, schwer an der Steinkrankheit leidend, Zuflucht gesucht im Gehöft Urría, und an den goldenen Herbsttagen trug man ihn in einem Sessel hinaus auf die Sonnenterrasse. Von dort aus betrachteten seine tief eingesunkenen Augen die Berge, die nicht so hoch waren, nicht so unverrückbar wie sein Glaube. Eines Morgens, als eben der Tag anbrach, sah er, daß in die Stube, die ihm als Schlafgemach diente, der Pfarrer Santa Cruz hereintrat. Der Greis, den die heftigen Schmerzen nicht schlafen ließen, richtete sich in den Kissen auf, mit gelbem Gesicht und düster gerunzelter Stirn:

»Was treibt dich her, mein Sohn?«

Der Pfarrer blickte, seit dem Moment, als er hereingekommen war, unverwandt auf die Jagdflinte, die der Veteran am Kopfende seines Bettes hatte:

»Besuchen will ich Sie, Don Pedro.«

Der Greis murmelte ungläubig und spöttisch:

»Du tust ein Werk der Barmherzigkeit... Aber das wird doch nicht der einzige Zweck sein, der dich hertreibt?«

Santa Cruz lächelte hinterhältig, als er seine Absicht durchschaut sah, und blickte beiseite:

»Nein, da ist noch ein anderer Zweck, gewiß, Don Pedro. Haben Sie von der Hetzjagd auf mich gehört, die der General Lizárraga veranstaltet?«

Der Veteran schien in seinem Gedächtnis zu kramen, obwohl er genau Bescheid wußte über die ganze Affäre. Hidalgo und

Kleriker kannten sich seit langem, und in der Durchtriebenheit waren sie einander ebenbürtig:

»Man hat mir sowas erzählt ... Wir werden schon dafür sorgen, daß ihr euch wieder einigt.«

Der Pfarrer antwortete mit matter, tonloser Stimme:

»Das ist nötig ... Wenn Sie vermitteln wollen, mir ist es recht, Don Pedro. Aber vorerst muß ich wissen, wer mein Freund ist. Werden Sie mir nur nicht hitzig, ich kenn' schon Ihre Gemütsart.«

Rasch erhob er sich, ging auf das Bett zu und bemächtigte sich der Flinte. Der alte Caballero, in seinen Kissen versunken, sah ihn an, mit wehrloser, ruhiger Verachtung:

»Offensichtlich weißt du, zu wem Don Pedro Mendía hält!«

»Ja, Señor.«

»Und was hast du vor? Mich zu erschießen wie Miquelo?«

Der Pfarrer setzte sich wieder, ganz langsam:

»Miquelo hat Verrat an uns geübt, und Sie sind der getreueste unter allen Bandenführern, Señor Don Pedro.«

»Spar dir deinen Weihrauch, Pfaffe! Du bist kaum der rechte Mann, als Richter darüber zu befinden, wer ein Getreuer ist und wer ein Verräter. Warum hast du dich nicht in Estalla gestellt, als der König dich zu sich berief?«

»Die Order war nicht vom König unterschrieben. Es war ein Betrug von Lizárraga.«

»Lizárraga! ... Der ist allzu lammfromm! ... Mir behagt es auch nicht, wie der den Krieg führt.«

Der Pfarrer stand auf, freiweg lachend, so offenherzig wie ein rechtschaffener Bauer:

»Der hat mehr von einem Geistlichen an sich als ich!«

Boshaft erwiderte Don Pedro:

»Hast du was von einem Geistlichen? Keine Spur, nicht mal 'ne Hauserin.«

Santa Cruz lachte noch immer, mit einer Offenheit, die an ihm recht ungewohnt wirkte, und Don Pedro lachte mit verzogenem Gesicht, sich windend in seinem Bett, gemartert von dem

Schmerz, der in seiner Flanke tobte. Er riß sich zusammen und murmelte mit aufeinandergepreßten Lippen:

»Unausrottbar ist deine argwöhnische Scheu, vor dem König zu erscheinen!«

»Mein Argwohn galt den Hofschranzen. Ich eigne mich nicht zum Salonlöwen, Don Pedro. Auf dem Schlachtfeld besiegen die mich nicht, aber dort würden sie mich ducken!«

Don Pedro schwieg. Die Lider geschlossen, die Hände gekreuzt, als wäre der Tod eingetreten, dachte er vielleicht daran, daß er selbst, vor dreißig Jahren, vom Großvater des jetzigen Königs in Acht und Bann getan worden war. Plötzlich öffnete er die Augen und schaute Santa Cruz an:

»Pfarrer von Hernialde, du kommst, um meine Leute an dich zu nehmen!«

Santa Cruz leugnete nicht. Mit erschreckend regungslosem Gesicht sagte er:

»Sie haben es erraten, Don Pedro.«

»Dann gib den Befehl, daß man mich erschießt!«

Etwas zuckte in den Augen von Santa Cruz, während er mit einer Stimme, die völlig frei von Zorn war, erklärte:

»Freund Don Pedro, ich lasse Sie nicht erschießen; denn erst vor wenigen Tagen habe ich erlebt, daß dreiundzwanzig Partisanen von Miquelo Egoscué desertierten. Das war mir eine Lehre. Sonst hätten wir nicht so viele Worte gemacht.«

Der Todkranke hob den Kopf. Melancholisch murmelte er:

»Schade. Du hättest mir damit die Schmerzen dieses leidigen Siechtums erspart!«

Und die Herrin des Hofes, die mit dem Fingerknöchel angeklopft hat, drückt langsam die Tür auf und kommt herein. In den Händen hat sie eine Tasse, die auf der blauen Untertasse tänzelt und den Duft eines Kräuterabsuds verströmt. Der alte Partisan richtet sich auf in den Kissen und lächelt, ganz gelb, streckt eine knochendürre Hand aus. Santa Cruz, der daneben steht, schaut ihn an mit dem tiefen, leiderfahrenen Blick derer, die schon viele Sterbende gesehen haben. Es war der Blick des Geistlichen, der auf seinem Dorf alle Menschen der Gemeinde in der Stunde des Todes begleitete, das siebenjährige Kind genauso wie den hundertjährigen Greis.

[KAPITEL XXVI]

Die beiden Partisanenführer befanden sich auf der Terrasse. Die steinerne Sonnenuhr, die an einer Ecke des Hauses in die Quader eingefügt war, zeigte die Mittagsstunde an. Santa Cruz ging, die Hände auf dem Rücken, langsam hin und her, während der Veteran aus dem vorigen Krieg, tief eingesunken in seinem Sessel, unter der schönen Oktobersonne zitterte und zu den Bergen hinüberschaute, mit einem Ausdruck nobler Gefaßtheit in seinem vom Tode gezeichneten Gesicht. Durch die ländliche Luft hallten die Rufe von ein paar Partisanen, die ein Ballspiel begonnen hatten und über den grünen Grund eines feuchten, wohlklangerfüllten Wiesengeländes rannten. Don Pedro richtete sich auf und machte, tief nach vorn gebeugt, an der Seite des Pfarrers ein paar Gänge, von einem Ende der Terrasse zum anderen. Nachdem er diese Willensanstrengung vollbracht hatte, setzte er sich wieder hin. Mitleidig schaute Santa Cruz ihn an:

»Don Pedro, sparen Sie sich die Kraftakte.«

Zornig erwiderte der Alte:

»Das sind keine Kraftakte. Du bist hier eingefallen in der Erwartung, mich auf dem Sterbelager anzutreffen, und jetzt vergrämt es dich, weil's noch nicht so weit ist.«

Santa Cruz murmelte im Tonfall kühlen Gleichmuts:

»Der Zustand, in dem ich Sie vorgefunden habe, ist schlimmer, als ich erwartete. Mag sein, daß ich noch vor Ihnen sterbe, und darauf bin ich vorbereitet, aber Ihnen ist gewiß keine lange Frist mehr gegeben, Don Pedro.«

Der Hidalgo hatte seine knochendürren Hände übereinander gelegt:

»Auch ich bin vorbereitet! . . .«

Der Pfarrer kam auf ihn zu und nahm neben ihm Platz, auf einer Bank ohne Lehne, die für gewöhnlich der Hofherrin als Trittbrett diente, wenn sie nach den Trauben langen wollte, die zum Nachreifen an der Darre hingen. Die beiden schauten einander in die Augen, durchdringend, ernst. Mit der noblen Gelassenheit eines Mannes, der einen Rat erteilt, ohne dabei nach eigenem Vorteil zu schielen, einzig bedacht auf das, was recht und billig ist, sagte Don Pedro:

»Wenn mir mein Ende so nahe ist, kannst du's abwarten, mein Sohn, mußt mich nicht rasch noch erschießen und dein Herz mit einer weiteren drückenden Schuld beladen.«

Der Pfarrer antwortete, fast demütig in seinem Ernst:

»Mich drückt mein Gewissen ... Nur hartgesottene Sünder kennen dieses Empfinden nicht ... Aber die Erschießungen, die ich befahl, nein, die bereue ich nicht.«

»Ich schon!«

In den ausgedörrten Augen des Alten quollen zwei Tränen, und Santa Cruz bekam Mitleid angesichts dieser Ruine von einem Soldaten:

»Das reut sie jetzt, weil Sie krank sind, Don Pedro. Auch mich wird dieses Gefühl einmal überkommen, wenn der Krieg vorbei ist; aber bis dahin verweigere ich ihm den Eintritt. Ich muß wissen, daß ich das Rechte tue, um es weiterhin tun zu können. Wenn ich dem Zweifel auch nur einmal Einlaß gewähren würde, so wäre es ein für allemal aus und vorbei mit Manuel Santa Cruz. Wissen Sie, was heute mein Gewissen bedrückt? Die Fehler, die ich beging, als ich in meiner Kirche in Hernialde war. Jetzt, wo ich Soldat bin, ist mir ständig mein früheres Leben vor Augen, mein Leben in jener Zeit, als ich die Messe las ... Und wenn ich mal heimkomme zu meiner Kirche, dann wird meine Soldatenzeit an der Reihe sein!«

Don Pedro murmelte:

»Ich hab' immer dieses Schuldgefühl gespürt ... Zuweilen hat es sich ein wenig verflüchtigt, für ein ganzes Jahr, aber dann kam es wieder ... Manchmal bei Nacht, ein andermal, wenn ich allein unterwegs war ... Immer ist es wiedergekommen!«

Santa Cruz fragte ihn mit harscher Strenge:

»Haben Sie das im Beichtstuhl bekannt?«

Bitter und würdevoll zugleich lächelte der navarresische Hidalgo alter Schule:

»Es war zu schwer, um es allein zu tragen!«

Wortlos, nur mit einem Nicken, stimmte der Pfarrer zu, und schweigend blieben die beiden sitzen. Ganz gelb, zitternd unter der Sonne, schaute Don Pedro einem kleinen Mädchen zu, das im Hof spielte. Erst lächelte er es an, und dann rief er:

»Komm her, Mari-Juanica!«

Das Kind kam herauf, mit einer grünen Weidengerte in der Hand. Ein bißchen ängstlich näherte es sich, auf den Holzschuhen balancierend, verloren im weiten Rund seines blauen Rockes:

»Soll ich meine Mutter rufen, Señor Don Pedro?«

Der Hidalgo schüttelte den Kopf, indes er eine Hand auf die Schulter des Mädchens legte:

»Hör, Mari-Juanica . . .«

Mit beflissener Gelehrigkeit kreuzte die Kleine ihre Arme vor der Brust, wie in der Christenlehre:

»Zu Diensten.«

»Wann sollte ich beerdigt werden? Was hat deine Mutter gesagt?«

»Das hab' ich nimmer im Kopf.«

»Sagte sie nicht, in dieser Woche?«

»Das hab' ich nimmer im Kopf. Möchten Sie, daß ich sie frage?«

»Nein, Kind.«

Das kleine Mädchen rannte davon, und Santa Cruz murmelte vorwurfsvoll:

»Sie sind ein verstockter Hartschädel, Don Pedro! Sie haben ein heidnisches Herz! Sie sind noch immer nicht bekehrt!«

Don Pedro bewegte ganz langsam den Kopf hin und her, ein trauriges Lächeln im Gesicht, und ein todfahles, ein wenig spöttisches Glimmern in der Tiefe seiner Augen:

»Ich bin nicht mehr imstand, dir zu widersprechen, mein Sohn. Aber was willst du? Meine Seele auf den rechten Weg bringen?«

»Ich hab' Ihnen bereits gesagt, was ich will. Daß Sie mir Ihre Leute überlassen, Don Pedro.«

Nachdenklich wiederholte der Alte:

»Daß ich dir meine Leute überlasse! . . . Du wirst sie mitnehmen, denn dazu bist du gekommen; aber nicht, solange ich noch am Leben bin, es sei denn, du tust mir Gewalt an.«

»Sagen Sie ihnen, was sie tun sollen, danach!«

»Ich werde mit ihnen reden. Und ich schwöre dir: Wenn ich über meine Jungens so verfügen könnte wie über meine Güter, würde ich sie lieber dir vermachen als einem anderen Bandenführer . . . Und lieber jedem beliebigen Bandenführer als den Generälen in Estella. Die haben keine Ahnung vom Krieg, und indem sie eine Armee bilden, machen sie die Partisanenrotten kaputt.«

Ernst antwortete der Pfarrer und legte eine Hand auf seine Brust:

»Hier steckt der Stachel! Wir werden den Krieg verlieren, der Generäle wegen.«

»Wird man wieder ein Abkommen schließen?«

»Viele Abkommen wird man schließen.«

»Auch ich sterbe mit diesem Stachel in der Brust!«

Und der alte Guerrillo senkte den Kopf, als ob er wirklich stürbe.

[KAPITEL XXVII]

Santa Cruz hatte angeordnet, daß ein Teil seiner Partisanentruppe ausschwärmen und die Gebirgspfade und die Furten des Flusses überwachen solle, jeweils durch einen Doppelposten. Als der Befehl erteilt war, verließ er mit den zwölf Mannen seiner Leibwache das Haus, um bei sämtlichen Bauern in der Gegend von Belza, Urría und San Pedro de Olaz Fourage einzutreiben. Auf die dortigen Höfe, Meiereien, Mühlen und Pfarrgüter hatten sich die siebzig Burschen verteilt, die Don Pedro de Mendía gefolgt waren und nun, nach so vielen Tagen friedsamer Untätigkeit, allmählich verdrossen wurden und die Langeweile kaum noch ertragen konnten. Wenn sie den Erzählungen der Weibsleute lauschten, die an den Abenden, unter der kahlen Weinlaube, ihnen die Ponchos flickten, hatten sie das Gefühl, die Zeit der alten Romanzen erstehe aufs neue. Großmütter waren es, die da erzählten, Greisinnen, die aussahen, als wären sie Schwestern der Rebstämme. Und die jungen Burschen, entflammt von den Erinnerungen an den vorigen Krieg, brannten wie Opferkerzen. Santa Cruz, schlau und immer auf der Lauer, gewahrte alles und sorgte dafür, daß die Seinigen sich an den alten landesüblichen Spielen beteiligten und so als geschickte und starke Kerls Gelegenheit fanden, zwischendurch, während man unter den Nußbäumen ausruhte und Apfelwein trank, sich großzutun mit ihren abenteuerlichen Unternehmungen. Und zur gleichen Zeit ließ er, um sich den todkranken Bandenführer geneigt zu machen, diesen ersuchen, Anweisungen zu erteilen für die Unterbringung der Freischärler – womit der Pfarrer zu verstehen gab, allüberall in jener Region gelte nur ein Gesetz: der Wille von Don Pedro Mendía.

Die ganze Nacht über wachte Santa Cruz und wartete auf seine Kundschafter. Unablässig eilten sie herbei, einer nach dem anderen, wo immer auch sein Feldlager sein mochte. Sie kamen von allen Seiten und auf allen Wegen, mit glaubensvollen Augen, wie Pilger, die einem Wallfahrtsort zustreben. Es waren Menschen von recht verschiedener Art: Dörflerinnen in weit wallendem Rock, die mit reglos ausgebreiteten Armen reden, mit verschreckten Augen unterm straff gestriegelten Haar; bedächtige Bauern, die auf ihrem Maulesel daherreiten; irgendein Bursche im Kapuzenumhang, mit einer langen Pike in der Hand; irgendein Bettler, der in den Heuschobern nächtigt; der Irre, der auf den Straßen schläft und mit den Schatten der Dinge redet; ein Holzfäller, ein Scherenschleifer, ein blinder Bänkelsänger, unterwegs zu einem Jahrmarkt; und die Frau des Säufers, die auf der Suche nach ihrem Mann an den Türen horchte, etwas vernahm und spornstreichs hergerannt ist . . . Aber am zahlreichsten kommen immer die Hirten gelaufen. Alte Schäfer und halbwüchsige Hütebuben, wie die Anbetenden auf den Krippenbildern: In den Lammfellen ihrer Jacken bringen sie den zaubrischen Schimmer des Taus, frisch vom Mond getauft.

Santa Cruz hörte mit gesenktem Kopf all die Späherberichte an, ohne ein Wort zu sagen. Wie er so zuhörte, wirkte er ruhig, doch er selber spürte, daß sein Denken umherflatterte, so wild, so heftig wie der Vogel, der im Dunkeln mit den Flügeln schlägt. Unter den Nußbäumen im Garten hin und her gehend, empfand er eine große Bitterkeit, denn er wußte sich umzingelt von den karlistischen Bataillonen, die sich mit den Republikanern verständigt hatten, um ihn zu fangen und zu töten. Sein Leben und sein Kampf schienen ihm klar und stark, getreu den Satzungen seines Gewissens. Das Foltern, Niederbrennen, Töten – das waren die Übel des Krieges, nicht Sünden des Menschen. Rein, mit schuldlosen Händen, hatte er seine Kirche verlassen. Niemals hatte er sich gerächt an seinen Feinden, niemals Blut vergossen, solange er Hirte einer Seelenherde war. Jetzt fühlte er eine große mystische Unruhe, und im Schatten der Nußbäume kniend, betete er mit ausgebreiteten Armen. In diesem glühenden Gebet fand er die Kraft, den Krieg fortzusetzen und allen Feinden die Stirn zu bieten. Besser gewappnet ging er daraus hervor, mit starker, funkelnder Seele, entschlossen, sich durchs Gedränge der feindlichen Menge eine Schneise zu schlagen, wie die stählerne Schneide einer Sichel.

[KAPITEL XXVIII]

Nachdem er den letzten Kundschafter am Gittertor des Gartens verabschiedet hatte, wandte sich der Pfarrer Santa Cruz langsam um und äugte argwöhnisch ins Schattenduster unter den Apfelbäumen, wo drei Hunde bellten, an ihren Ketten zerrend. Hinter einem Fenster im Oberstock brannte Licht. Er trat in die Küche des Gehöftes, setzte sich neben der Herdglut nieder, und da hörte er die Schreie, mit denen droben Don Pedro Mendía seinem Schmerz Luft machte. Lautlos erhob sich der Pfarrer und stieg behutsam die Treppe hinauf, ohne die Bäuerin zu wecken, die auf der untersten Stufe hockte, mit der Katze im Schoß. Unter der Tür jener Stube, in welcher der alte Guerrillero qualvoll ächzt, zerschlagen in seinem Sessel liegend, bleibt Santa Cruz stehen. Der Alte hat ein Gebetbuch zwischen den Händen, auf die der Schein einer am Deckenbalken hängenden Lampe einen blaßgoldenen Schimmer legt. Die übrige Gestalt, runzlig und ausgemergelt, verharrt im Halbdunkel. Von der Tür aus flüstert der Pfarrer:

»Können Sie nicht schlafen, Freund Don Pedro?«

»Schlafen ... Wie lang schon hab' ich nimmer geschlafen! ... Der Schlaf ist noch schlimmer als das Wachen, wenn im Traum Gespenster sich regen. Da ist ein Bursche, blutjung, den ich töten ließ, weil ich den Verdacht hatte, er würde mich verkaufen ... Immer erscheint er mir im Traum, und Blut rinnt aus seiner Seite, wie beim gekreuzigten Jesus ... Du kannst auch nicht schlafen, Pfarrer von Hernialde, du spürst, wie unterm Kopfkissen das Blut aufsprudelt in heißem Schwall!«

Mit ruhiger Festigkeit antwortete Santa Cruz, reglos auf der Schwelle der dunklen Tür stehend:

»Ich, Señor Don Pedro, schlafe nicht, weil einer, der Soldaten befehligt, nicht schlafen darf. Der gute Feldherr muß so sein wie die Gänse auf dem Kapitol: semper vigilans!«

»Du bist kein Mensch, sondern ein Raubtier!«

»Mensch bin ich, und aus schwachem Stoff gemacht. Die Drangsale setzen mir zu, kalter Schweiß bricht mir aus. Aber ich wünschte, ich wäre aus hartem Stein, wie mir das meine Feinde und die Nonnen am Königshof nachsagen. Ach, wer ein Fels aus klarem Bergkristall sein könnte, durchstrahlt vom Licht der Seele und des Verstandes, zum Lobe Gottes!«

Der alte Caballero seufzte, die Augen unentwegt auf das Gebetbuch gerichtet:

»Klar wie der Bergkristall ist das Wasser, doch von sanfterem Wesen! Hast du es strömen sehen? Es ist ein Leben. Wasser wäre ich gern ... Das Wasser hat die gleiche Kraft wie die guten Werke und die heiligen Worte. Kein anderes Ding wird gerechter unter die Menschen verteilt, schenkt soviel Gleichheit. Ich sterbe an diesem erbärmlichen Leiden, weil das Wasser sich in mir zersetzt, in seine Bestandteile zerfällt, die zu Stein werden. Das Wasser ist in allen Geschöpfen, selbst mittendrin in den Felsen ist es zu finden!«

Der Pfarrer sagte, die Schattengestalt des Alten betrachtend:

»Und es ist ein Gnadengeschenk, ein Mittel der Läuterung, das uns freimacht von der Erbsünde.«

Don Pedro flüsterte, auf einmal seltsam lachend:

»In dieser dunklen Tür da verhofft sonst allemal bei Nacht ein Hund ... Komm doch herein, du. Willst du nicht hereinkommen? ... Du streichst umher wie der Hund!«

Santa Cruz erwiderte mit düsterer, wie von Nebel verhangener Stimme:

»Um uns beide streicht dieselbe Bestie herum, ein knochendürres Biest mit gleißenden Augen.«

»Hast du auch seinen Schwanz im Dunkeln gesehen?«

»Seinen kalten Atem hab' ich gespürt, Don Pedro.«

Der Alte lächelte und versank in Nachdenklichkeit, während er die Lippen sagen ließ, als hauchte ein fernes Echo über sie hin:

»Ich alter Sünder! Ich alter Sünder!«

[KAPITEL XXIX]

Don Pedro schien tot im Sessel zu sitzen. Er klagte nicht mehr, und der zurückgesunkene, in den Nacken gerutschte Kopf empfing, wie die Hände, den Lichtschein der Lampe. Ein bleiches, ausgezehrtes Gesicht, dessen Backenknochen zur Hälfte in einem Schattenkringel waberten, während die Stirn und das Profil hell hervortraten. Santa Cruz, reglos in der Tür stehend, als hielte er dort Wache, schaute ihn hart und starrsinnig an:

»Freund Don Pedro, strengen Sie sich an, reden Sie wieder!«

Der alte Partisan änderte seine Haltung nicht:

»Du willst mir meine Leute rauben, mich einsam und vergessen sterben lassen auf diesem Hof!«

Der Pfarrer drängte:

»Don Pedro, ich bin umzingelt, und mit Ihren Leuten kann ich durchkommen. Einträchtig rücken Karlisten und Republikaner an, um mich zu töten. Don Pedro, offen gesagt, ich bin sicher, daß ich durchkomme, mit Ihren Leuten oder ohne sie; aber ich will nicht, daß Lizárraga die siebzig Welpen des mutigsten Löwen von Navarra erbt. Es ist ein großes Erbe, Don Pedro, und wenn Sie es mir jetzt nicht aushändigen wollen, so bleibe ich hier, bis Sie die Augen schließen.«

Mit matter, mitleidig klingender Verachtung murmelte Don Pedro:

»Du bist nicht großmütig!«

»Und ist Ihre Sturheit etwa großmütig? Sie kommt mich teuer zu stehen: Entweder gerate ich hier auf dem Hof in Gefangenschaft, oder ich verliere hundert Mann. Denn Lizárraga wird all Ihre Leute wegführen, Señor Don Pedro.«

Mit zäher Willenskraft, seinen Schmerzen zum Trotz, richtete sich der Alte im Sessel auf:

»Weder du noch er!«

Der Pfarrer schaute ihn mit kühlem Bedauern an und kapselte sich ab:

»Er schon, Freund Don Pedro. Er kommt nicht nur mit dreißig

Mann wie Manuel Santa Cruz. Lizárraga hat Leute genug, um Zwang auszuüben, und er wird es tun.«

Der Alte stöhnte röchelnd, um Atem ringend:

»Nein, das wird er mir nicht antun!«

»Doch, genau wie ich es getan hätte, und wie ich es tun werde, wenn ich eines Tages wieder hierher kommen kann mit all meinen Leuten. Es ist bereits vorgemerkt, Señor Don Pedro!«

Er wollte eben den Raum verlassen, da rief ihn der Alte mit bebender Stimme:

»Was sagen deine Späher?«

»Sie behaupten, ich sei umzingelt ... Adiós, Don Pedro. Wenn ich falle, können Sie sich drauf verlassen, daß mit mir auch der Partisanenkrieg am Ende ist, der wahre Krieg.«

Tief bekümmert erklärte der Alte:

»Unser Krieg!«

Und Santa Cruz antwortete mit verhaltener und dumpfer Stimme:

»Warum lassen Sie ihn dann im Stich, wenn es unser Krieg ist? Sie verwehren mir Ihre Männer, nur um noch eine Stunde länger das Kommando zu haben. Und morgen wird ein General des Königs kommen, um die Truppe an sich zu bringen. So wird eine Partisanenrotte nach der anderen zugrunde gehen, und wir mit ihnen. Übrig bleibt der Krieg der Operettengeneräle, die um den König scharwenzeln.«

Er näherte sich, und der Sterbende wies ihn von sich, schaudernd im Fieberwahn:

»Bleib mir vom Leib, Henkersknecht! Pechschwarz sehe ich dich, mit zwei Reihen weißer Zähne, wie eine Todesdogge. Bleib mir endlich vom Leib, Herr Erzpriester, der singt in Latein und in gemeiner Gassensprache kassiert! . . .«

Der Pfarrer beugte sich über ihn, um seinen Kopf zu heben und ihm in die getrübten Augen zu schauen:

»Don Pedro, beten Sie das Confiteor: Ich bekenne . . .!«

Der Hidalgo legte die Hände gekreuzt auf die Brust, folgsam wie ein Kind, und betete stammelnd. Als er fertig war, blickte er

Santa Cruz fest ins Gesicht, mit Augen, die voller Trauer waren:

»Wenn du mir den Galgen aufgerichtet hast, Henkersknecht, dann hau ab und nimm meine Leute mit.«

Der Pfarrer nickte und beendete sein Gebet, indem er sich bekreuzigte. Dann fragte er, ohne jede Bekundung von Zufriedenheit oder Überraschung:

»Können Sie sich wohl ans Fenster stellen, um sie vorbeimarschieren zu sehen?«

Don Pedro sagte:

»Nein, das kann ich nicht. Meine Männer sollen mir noch mein Grab schaufeln.«

Der Pfarrer lächelte ein wenig:

»Meins hab' ich mir schaufeln lassen an dem Tag, als ich fortging von Hernialde.«

Mühsam Atem holend, seufzte Don Pedro:

»Du nimmst siebzig Löwen mit!«

»Recht wild, so brauch' ich sie!«

Don Pedro begann zu klagen:

»Vier, die mir das Grab schaufeln! Vier, die kommen und mich heineinlegen! Herr, mach rasch ein End mit diesem Leben, das ohnehin nicht mehr lange währt.«

Er regte sich nicht mehr, die Hände lagen gekreuzt auf seiner Brust. Draußen krähten die Hähne, und am Fenster zeigte sich der Tag. Santa Cruz öffnete es sperrangelweit, schaute hinaus in die Landschaft, und für ein kurzes Weilchen pfiff ein Gebirgswind in die Stube. Im Hinausgehen murmelte der Pfarrer:

»Unsere Leute kommen schon!«

Der alte Guerrillero, mit dem Gebetbuch zwischen den Händen, lauschte gespannt auf die Geräusche von Schritten, auf das Klappern und Klirren von Waffen, während sich rings um das Haus die Partisanen sammelten. Er erkannte die Stimmen, als einige die Treppe heraufstiegen, um ihm Lebewohl zu sagen. Mit den Gewehren kamen sie herein, ohne die Mützen abzunehmen, knieten aber nieder, um ihm die Hände zu küssen. Honigbraun die Gesichter, die Stirnen breit, die Augen voll sprühender Munterkeit, erweckten sie alle miteinander den Eindruck bäuerlicher Bruderschaft, wie die Gruppen von Schnittern, die im Schatten am Wegrand heißhungrig das Schwarzbrot verzehren. Keiner ließ erkennen, daß er betrübt war, weil man ihn, den Anführer, zurücklassen mußte; denn der Kampfeseifer war das vorherrschende Gefühl in allen Herzen. Viele sagten zu ihm:

»Wir werden uns wiedersehen, Don Pedro!«

Aber der alte Hidalgo antwortete nobel und streng, wie ein heiliger König seine treuen Vasallen zurechtweist:

»Wir werden uns wiedersehen, wenn es Gottes Wille ist! Aber nicht in diesem Leben!«

Und manche erwiderten mit freudiger Dringlichkeit:

»Don Pedro, es geschehe, was Gott bestimmt!«

Der Alte nickte und ermunterte sie, tapfer zu sein, und die Burschen blickten lachend auf ihre Gewehre:

»Wie bei Ihnen, Don Pedro!«

»Ihr habt einen guten Hauptmann bei euch!«

Einer stimmte zu, indem er den Sitz seiner Baskenmütze prüfte:

»Wenn nicht mit Ihnen, dann mit ihm!«

»Marsch also, meine Söhne, und betet ein Vaterunser für meine Seele.«

Die Partisanen küßten ihm die Hand. Der Sterbende streckte das eine und andere Mal ihnen die Arme entgegen. Sie fortgehen zu sehen, war ihm eine trostlose Qual, die er zu verbergen wußte. Als dann die Partisanen unter seinem Fenster in Marschkolonnen antraten, erschien ihm das Geräusch von Waffen und Stimmen so dumpf und fern wie Meeresrauschen. Sein Denken und sein Wille zerrannen in ihm, entschwanden wie im gähnenden Schlund einer Höhle. Der Sterbende begann ferne Schatten zu sehen, Umrisse verwischter Bilder aus der Kindheit und Jugend. Santa Cruz stieg als letzter nochmal hinauf in den Dachstock, gewahrte ihn in seinem Sessel, schon erkaltet, gestorben am Stein, der so schreckliches Leiden bewirkt.

[KAPITEL XXX]

Nieselregen netzte die fruchtbare Erde von Baztán. Ein grauer Schleiervorhang war's, der die feuchten Wiesen, die sich dahinter erstreckten, in orangegelbem Glast aufscheinen ließ, grell wie der Mißton von einer Violine. Mit diesem Gleißen kalt glühenden Sonnenlichts harmonierten seltsam die kriegerischen Signalhörner, die zum Wecken bliesen. Feindselig durchstieß die helle Stimme des Metalls den ländlich frommen Frieden des Tales, einer Flußaue mit Glockentürmen zwischen Baumreihen und Bauernhöfen, mit Rinderherden, die unter Kastanien dahintrotteten oder auf den Weidegründen lagerten. Auf der Brücke von Elizondo und die ganze Landstraße entlang trat eine Jägerkompanie an, unterm Schmettern der Signalhörner und dem Wettern der Sergeanten. Die Offiziere standen geschützt, mit tief in die Stirn gezogenen Ölzeugkapuzen und schlammbespritzten Gamaschen, unter dem indigoblau gestrichenen Balkon eines neues Hauses, in dem eine Schankstube war. Ab und zu erschien ein Mann, der auf einem Tablett den Offizieren Schnapsgläser herausbrachte. Es war der Schankwirt, ein vergnügter Mensch mit Wamme, dem die Erinnerungen an seine Reisen zu den Inseln der Karibik ständig über die Lippen sprudelten. Ein Silen mit leuchtend roter Moltonweste und einer blauen, abgerutschten Bauchschärpe, der bei seinem Gerede über jene Inseln immerzu vom Zimt und vom Tabakblatt sprach. Der Hauptmann, der die Truppe befehligte, gab ihm eine Zigarre. Der Wirt zündete sie an mit Hilfe eines silbernen Feuerzeugs, und weil es ihm behagte, damit zu protzen, bot er sämtlichen Offizieren Feuer an. Schmauchend fragte er:

»Santa Cruz hat also endlich ausgegeigt?«

Die Offiziere schauten einander an, und der Hauptmann knurrte:

»Man sollte nicht im voraus gackern!«

Der Wirt kniff ein Auge zu:

»Mir scheint, jetzt ist es soweit!«

Er sammelte die Gläser ein und ging in die Schankstube, um

vier Sergeanten zu bedienen, die an der Türe warteten. Er stellte ihnen die Gläser in einer Reihe auf die Theke und rief lauthals:

»Nur herein in die gute Stube, die Herren Militärs!«

Als die Sergeanten sich näherten, wiederholte er seine Frage:

»Santa Cruz hat also endlich ausgegeigt?«

Griesgrämig erwiderte ein alter Schleifer, während er seinen Schnauzbart mit einem blauweiß karierten Sacktuch abwischte:

»Wenn man ihm bis heut nicht das Handwerk gelegt hat, wird er's auch weiter treiben!«

Der Wirt bohrte nach:

»Wird er zum Tod verurteilt?«

Derselbe alte Sergeant antwortete:

»Siebenfach zum Tod verurteilt!«

Draußen, im Schutz des indigoblau gestrichenen Balkons, diskutierten die Offiziere. Auf einer Kuppe der Landstraße tauchte ein Wagen auf, gezogen von Maultieren, die über und über mit Schellen behängt waren, und die Offiziersgruppe grüßte militärisch die in Decken und Regenmäntel eingemummten Gestalten, die in dem Fahrzeug saßen. Die Sergeanten stürzten zur Tür. Einer sagte:

»Wir haben einen neuen General.«

Und ein anderer antwortete rasch:

»Es stimmt demnach alles.«

Sie zahlten und begaben sich zu den Kolonnen, mit den langsamen Schritten mißvergnügter Leute. Die Offiziere machten sich marschbereit, indem sie ihre Handschuhe anzogen. Leutnant Velasco sagte:

»Das Eintreffen von General Venegas ist hiermit bestätigt. Ob sich auch die Ablösung von General España bestätigen wird?«

Leutnant Nicéforo entgegnete:

»Die ist amtlich!«

Carmelo Nicéforo war ein Neffe des Generalstabschefs. Hauptmann García blies, als er dies hörte, über seinen Bischofsbart hin:

»Wissen Sie Bescheid, Nicéforo?«

Der Leutnant beachtete die Frage nicht. Er gab dem Wirt, der unter der Türe stand, einen Wink:

»Noch eine Runde, Don Baldomero!«

Die Kompanie formierte sich allmählich auf der Landstraße. Viele Soldaten hatten sich verspätet: sie kamen angestiefelt aus krummen Gassen, traten aus Hinterpförtchen, das Gewehr über der Schulter, sich bückend, um nicht am Türsturz anzuschlagen. Heftig schnaubend, mit kurzen Atemstößen, trafen sie alle ein, das Gesicht gerötet vom Sprühregen und vom Wind. Ehe sie sich in Reih und Glied einordneten, bildeten sie Grüppchen und wandten sich dann, in schöner Einmütigkeit, einer Kneipe zu, die der Offiziersabsteige gegenüberlag. Die Altgedienten unterschieden sich von den Grünschnäbeln durch ein wacheres, gewitzteres Benehmen, aber alle hatten das gleiche martialische Aussehen, plattgedrückt wie Schildkröten unter der Last der Tornister, und mit Augen, die zwischen Kinnriemen und Schild des Käppis hervorblitzten. Die Signalhörner setzten an zum letzten Appell. Der Hauptmann gab den Leutnants die Hand. Alle drei nahmen ihre Posten ein, und Kommandorufe erschallten. Wie ein Flügelklatschen hörte es sich an, als die Gewehre angehoben und übergelegt wurden. Das Krähen eines Horntuschs und der rauschende Marschtritt der Kolonnen.

KAPITEL XXXI

Da der Weg durch ebenes, übersichtliches Gelände führt, sind der Hauptmann und die Leutnants zwischen dem ersten und dem zweiten Zug wieder zusammengekommen, um ihr Gespräch fortzusetzen. Carmelo Nicéforo sagte:

»Die Ablösung von General España ist amtlich!«

Leutnant Velasco bekundete durch Kopfwackeln einen gewissen Zweifel:

»Und der Brigadier Venegas übernimmt seinen Posten?«

»Vorerst sieht es so aus.«

Halb freundschaftlich, halb streng klopfte ihm Hauptmann García auf die Schulter:

»Ich frage Sie nochmal, ob Sie Bescheid wissen, Nicéforo ...«

»Glauben Sie, daß ich Bescheid weiß, Herr Hauptmann?«

García murmelte:

»Mann, ich ...!«

»Nun also, wie Sie glauben, so ist's.«

»Ich halte mich an den Befehl, den ich bekommen habe ... Mehr weiß ich nicht, und mehr will ich nicht wissen.«

Leutnant Velasco erklärte:

»Wenn wir beim Gespräch unter Freunden uns sklavisch an die Dienstvorschrift halten ...«

García erwiderte, indem er aufblickte mit sanften Augen, sanftmütig wie die eines Arbeitsochsen:

»Meine Herren, ich weiß, was Sie mir sagen möchten. Aber nein. Die etwaigen Geheiminstruktionen, die mir der General mitgeteilt hat, ruhen in der Verschwiegenheit eines Grabes. Wollen wir also von dem reden, was Sie wissen?«

Nicéforo murmelte:

»Ich glaube, wir wissen alle das gleiche ...«

Velasco fragte:

»Die Ablösung von General España?«

»Die Ablösung und ihre Gründe.«

»Die Gründe kann ich noch nicht einsehen.«

Der Hauptmann erklärte, über seinen Bart blasend:

»Sie haben recht, Leutnant Velasco.«

»Zweifel habe ich, Herr Hauptmann!«

»Der Zweifel ist das Rechte, zweifellos.«

Die Leutnants schauten einander an und lächelten. Carmelo Nicéforo fuhr beharrlich fort:

»Allem, was ich eventuell sage, werden Sie einen Wert beimessen, den es nicht hat. Sie würden es mit der Unterschrift meines Onkels versehen, der als Chef des Generalstabs ...«

Der andere Leutnant zog mehrmals an seiner Zigarre:

»Für den Quatsch, den wir hier vielleicht reden, kann dein Onkel, der Oberst Arias, nicht verantwortlich sein ...«

García stimmte zu, das Kinn gegen die Brust pressend:

»Richtig! Trefflich gesagt!«

Mit Nachdruck sagte Nicéforo:

»Alles geht auf mein Konto ... Also, der General ist abgelöst worden, weil er den Vorschlag der Karlisten, Santa Cruz gemeinsam zu verfolgen, akzeptiert hat.«

García sagte in sehr feierlichem Ton:

»Arglos ist er ins Netz gegangen, arglos wie eine Wachtel! Ich sage euch, auch ich wäre in dies Netz gegangen!«

Carmelo Nicéforo sprach belehrend:

»Ein unverzeihlicher Fehler. Wenn die Karlisten ihn füsilieren wollen, dann deshalb, weil er ihnen schadet. In Madrid, da hat man das ganz klar gesehen!«

García lächelte, voller Stolz auf die Vaterstadt:

»Gute Leute gibt es dort! Castelar, der heutzutage als der beste Kopf der Welt gilt.«

Velasco entgegnete, mit der Miene eines ehrbaren Kaufmannes, der sorgsam das Zünglein an der Waage beobachtet:

»Der beste nicht, einer der besten.«

Der Hauptmann gab sich versöhnlich:

»Einverstanden! Einer der besten Köpfe der Welt!«

Carmelo Nicéforo zwinkerte verschmitzt:

»Die Köpfe müßte man zunächst mal aufklopfen und gründlich sondieren. Die Sonde ist die Zeit ... Wir werden ja sehen, was er hinterläßt. In der Sache Santa Cruz hat er gesehen, was wir alle gesehen haben.«

Velasco erwiderte:

»Hier! . . . Aber dort ist es schwieriger, die Sachlage zu begreifen.«

»Leichter ist's! Aus der Entfernung lassen sich manche Dinge besser erkennen. Es ist, als wäre Zeit vergangen. Im übrigen fungieren in dieser Sache viele Fäden, die wir gar nicht kennen.«

Treuherzig erklärte Velasco:

»Ich kenne keinen einzigen!«

»Ich auch nicht. Aber in gewisser Weise bestätigt sich nun das, was der Herzog von Ordax einmal gesagt hat, als wir abends beisammen waren: Santa Cruz ist unser bester Verbündeter. Weil er den verfolgt, wird General España abgesetzt . . .«

Carmelo Nicéforo hielt den Atem an, und Velasco fragte drängend:

»Abgesetzt also, und was weiter?«

Der Befragte entschloß sich, den Mund aufzumachen, und klopfte die Asche von seiner Zigarre:

»Die Truppen, die dem Oberst Guevara unterstehen, haben die Weisung erhalten, sich zurückzuziehen. Man hat ihm bereits zwei Kuriere geschickt, und wir überbringen nun die dritte Order.«

Verdutzt fragte Velasco:

»Ist das der Auftrag, den wir haben?«

Schmerzlich überrascht schaute er den Hauptmann an. Gil García blickte errötend beiseite, und Nicéforo, der in ein bitteres, gräßliches Gelächter ausbrach, fuhr fort:

»In Madrid gibt es Köpfe, aber es fehlt an dem, was sonst noch zu einem rechten Mann gehört. Glauben Sie mir, Herr Hauptmann, es ist ein erbärmlicher Auftrag, den man uns erteilt hat.«

Gil García brüllte, die Hand auf der Brust, mit Inbrunst:

»Wollen Sie, daß wir den Befehl verweigern? Wollen Sie, daß wir vor den General hintreten? Ich werde kehrtmarsch befehlen. Ich bin bereit, den Rest meines Lebens in einem Festungskerker zu verbringen. Auch mir behagt der Befehl nicht, den ich da ausführen soll; aber der General hat mich zu sich gerufen und mir ins Gewissen geredet. Wissen Sie, für ihn geht es da um die Ehre, um das, was für einen Soldaten das Höchste und Liebste ist. Der Rückzugsbefehl muß unverzüglich ausgeführt werden, der Pfarrer darf nicht länger in die Enge getrieben werden ... Es handelt sich um ein Staatsgeheimnis! ...«

Der Leutnant Nicéforo machte eine angeödete Miene:

»Das Bemühen der Karlisten, als kriegführende Partei anerkannt zu werden! Ein Geheimnis, das die Spatzen von allen Dächern pfeifen ... Ich will nicht behaupten, daß Santa Cruz unser Verbündeter sei, aber es sieht so aus ...«

Hauptmann García unterbrach ihn:

»Und es sieht so aus, als hinge von der Schonung seines Lebens die Rettung der Republik ab. Darum hat General España, der meine liberalen und fortschrittlichen Ideen kennt, mich zu sich gerufen.«

Die beiden Leutnants blickten auf, mit Augen, die angesichts der Gutgläubigkeit ihres Hauptmanns traurig, ernst und mitleidig wurden. Und alle drei zogen, als hätten sie es wortlos vereinbart, an ihren Zigarren, wobei sie, sehr nachdenklich, ihre Soldaten betrachteten.

KAPITEL XXXII

Santa Cruz überquerte die Paßhöhen bei Arga und bei Arguiña. Dort wollte er, wiedervereint mit seiner Truppe, den Republikanern und Karlisten, die ihm nachstellten, eine Nase drehen und durch lange Nachtmärsche dafür sorgen, daß sie niemals wußten, wo er gerade war. Das war sein Trick, und mit ihm schaffte er's, daß die Republikaner und General Lizárraga sich zu keiner Stunde auf eine abgestimmte Einkesselungsstrategie einigen konnten. Santa Cruz hoffte darauf, sie getrennt schlagen zu können, einen nach dem anderen. Aber die Gelegenheit dazu bot sich nicht, und die Gefahr wurde immer bedrängender, der Spielraum immer enger. In der Nähe von Belza, als er einen Versuch machte, nach Guipúzcoa hinüberzukommen, sah er keinen Ausweg mehr: Vor ihm waren die Republikaner, und seiner Nachhut waren schon seit dreißig Stunden vier Kompanien von General Lizárraga hart auf den Fersen. Er machte Halt im Schutz von ein paar Mühlen, und in dem Steineichenwald, der vom Fluß herauf den Berg überzog, postierte er als Wache ein paar Männer und die drei Müllerhunde. Eine alte Frau hatte ihm den Tip gegeben. Die Schmuggler, so sagte sie, hätten das immer so gemacht. In der Mühle war kein Müller. Als einer der Partisanen fragte, wo der stecke, brauste die junge Hausherrin auf und rüttelte an ihrem Rockschoß:

»Da drunter hab' ich ihn!«

Es war eine hochgewachsene, abgemagerte und schwangere Frau. Die alte Müllerin, die auf einem niedrigen Hocker saß und Maiskolben entkörnte, mischte sich ein:

»Der Junge da hat das nicht bös gemeint.«

Empört sagte die andere:

»Was für eine Frage! ... Bist du im Krieg? Nun rate mal, rate mal, wo dein Bruder ist. Siehst du nicht meinen Bauch? Na also – wenn er zu Hause das Seine getan hat, dann tut er es jetzt im Krieg.«

Santa Cruz erschien, und ohne ein Wort zu sagen, beugte er sich über das Feuer. Das Gesicht des Pfarrers war sehr ernst, von Schwermut umwölkt. Er setzte sich und gab mit einer Geste zu verstehen, die Leute, die auf ihn warteten, sollten hereinkommen. Durch ein Graunzen wies er alle anderen aus dem Raum. Roquito trat ein, geführt von Josepa. Der Blinde schrie erregt:

»Don Manuel, ich komme, um Ihnen zu dienen, auch wenn Sie mich danach erschießen lassen!«

»Was bringt ihr?«

Der Pfarrer betrachtete die versehrten Augen Roquitos, und er hatte das Gefühl, daß diese Batzen blutroten Fleisches ihn so durchdringend ansahen, wie noch nie ein Blick ihn durchdrungen hatte. Aber er erkundigte sich mit keinem Wort danach, wie es zu der Erblindung gekommen war. Ihm schien es, als ob das, was er gewahrte, so wäre, wie es sein mußte. Die Erinnerung an früher erlosch; es war, als hätte er nie einen anderen Roquito gekannt als den mit den blutigen Augen und den hitzigen Worten. Roquito zuckte am ganzen Leib, vom Zitterkrampf geschüttelt:

»Ich komme der Heiligen Kirche zuliebe! Die Soldaten von König Carlos sollen sich nicht gegenseitig bekämpfen! Nicht gegenseitig niedermachen sollt ihr euch, Brudermörder! Ihr dürft der Christenheit kein solch schlechtes Beispiel geben!«

Er stand vor dem Bandenchef und befingerte seine Lumpen, mit zittrigen Händen tastete er sie von oben bis unten ab. Josepa half ihm, eine Naht aufzutrennen und einen Zettel herauszuziehen, der zwischen Flicklappen versteckt war. Sie drückte ihm das Papier in die Hand und gab ihm zugleich einen Schubs, um ihm die Richtung zu weisen, in welcher der Pfarrer sich befand. Roquito ging stracks auf ihn zu, die Hand vorgestreckt, staksend mit erdverklumpten Holzschuhen. Santa Cruz nahm den Zettel und überflog ihn. Lächelnd verbrannte er ihn im Herdfeuer:

»Ist das alles, was ihr mir bringt?«

Roquito schrie:

»Du sollst nicht wider deinen Bruder kämpfen!«

Josepa brummelte:

»Halts Maul, Saufbold! . . . Den Brief da hat uns ein Herr

General übergeben, der aus Estella kam, wo er den Ring von König Don Carlos geküßt hat. Er sagte uns, wir sollten erst umkehren, wenn wir das Schreiben dem Señor Don Manuel persönlich ausgehändigt hätten.«

Der Pfarrer murmelte, die Lider senkend, als hätte ihn jählings schwere Müdigkeit befallen:

»Das ist geschehen. Geht mit Gott!«

Das Zittern von Roquito wurde heftiger:

»Zücke nicht das Schwert wider deinen Bruder! Wenn du ihn nicht sehen, ihn nicht mit offenen Armen empfangen willst, dann entflieh, mitten durchs Gebirg. Die Felsen und die Buchenwälder werden dir willig den Weg freigeben, sie werden vor dir sich auftun und beiseite gehen wie die Fluten des Roten Meeres. Derjenige, der die liberalen Schwarzen immer besiegt hat – seinen Bruder wird er nicht besiegen! Flieh durchs Gebirg, und wenn du dich umzingelt siehst, so stürze dich ins lodernde Feuer, aber wende dich nicht wider die Bataillone und Schwadronen von König Carlos.«

Josepa, die schrecklich Angst bekam, stieß ihm die Faust in den Rücken:

»Halts Maul, Saufbold!«

Der Pfarrer machte eine herrscherliche Gebärde:

»Laß ihn reden!«

Über Roquitos Gesicht strömten Tränen:

»Ist der General Don Antonio Lizárraga, in dem, was er da aufs Papier geschrieben hat, dir nicht mit offenen Armen entgegengekommen? Was für eine Antwort erteilst du ihm, durch mich, den unglückseligen Blinden? Ist es mein Kopf? Willst du den abschlagen und ihm als Antwort schicken, in einem Kästchen, wie es bei den Mauren der Brauch ist?«

Der Pfarrer überlegte, mit einer Hand seine Augen verdeckend. Er hörte die Hunde bellen, drüben im Steineichenwald, und öffnete das Fenster. Seine Partisanen sammelten sich am Flußufer, um den Nachtmarsch fortzusetzen, den Marsch auf den mondweißen Wegen, zwischen den Reihen friedvoll schweigender Bäume. In düsterer Stimmung machten sich die Männer zum Aufbruch bereit, erregt und bedrückt von der drohenden Gefahr, gewohnt an die Strapazen unaufhörlichen Marschierens, bei dem sie oftmals die Lagerfeuer des Feindes vor Augen hatten. Wieder schickten sie sich an, zu fliehen, erfüllt von Ingrimm und rebellischem Trotz, um bei Mitternacht die Dörfer zu durchqueren, die im Schlummer dalagen, überschimmert vom Mondlicht, das die Hexen lieben. Der Pfarrer bedachte, in welchen Gehöften er Proviant eintreiben mußte. Santa Cruz hatte Anhänger in allen Weilern und in allen Dörfern: er verstand es, sie zu gewinnen, sei es durch Milde, sei es durch strenge Strafen. Wenn er so mit seiner Bande unterwegs war, zog er sich allemal beim Morgengrauen in die Bergwildnis zurück, und dort, im Schutz irgendeiner Schlucht, umstellt von Wachen, ruhte man aus bis zum Einbruch der Nacht.

KAPITEL XXXIII

Ans Fenster gelehnt, überlegte der Pfarrer, die Hand auf den Augen. Wieder bellten die Hunde im Steineichenwald, und durch die Maisfelder rannte ein Bursche daher, ein junger Kerl mit flinken Beinen, Kapuzenumhang und langer Pike. Der Bandenführer nahm die Hand vom Gesicht und erkannte einen seiner Kundschafter:

»Ramuncho?«

Eine Stimme antwortete:

»Da bin ich!«

Der Bursche kam in die Mühle herein; geleitet von der laternenbewehrten Alten, betrat er die Schwelle des Truhenzimmers, in dem sich der Pfarrer befand. Er bekreuzigte sich und grüßte, indem er den Pikenstab auf den Boden stieß, wobei er, umhüllt von der Pelerine, an einen Boten von einst erinnerte:

»Ave Maria Purissima! Die Republikaner geben ihre Stellungen auf.«

Santa Cruz erzitterte von Kopf bis Fuß:

»Hast du das selbst gesehen?«

»Ich hab's gesehen. Sie ziehen sich zurück, über Elizondo. Sie hielten sich in einem Wirtshaus auf, wo ich schlief, und versteckt im Heuschober, konnte ich sie hören. Sie sind alle bitter enttäuscht, weil sie abziehen müssen.«

Man hörte ein Weinen. Es war Roquito, der in einer Ecke kniete, zwischen zwei Truhen. Niemand sprach, und die Gestalt des Bandenführers hob sich im Viereck des Fensters vom Nachthimmel ab. Mit einem Gefühl der Demut, im Innersten erschüttert durch das Unfaßbare, flüsterte er, sich an alle wendend:

»Laßt uns den Rosenkranz beten und Gott danken. Er bewahrt mich davor, vielleicht ein Judas, vielleicht ein Kain zu werden!«

Er kniete nieder und küßte den Boden, als wutentbrannt die Stimme Roquitos erdröhnte:

»Der Satan bewahrt dich! Satan, der die Scharen der Schwarzen anführt und sie zu Helfern von Judas macht!«

Alle schweigen entsetzt, und in der Dunkelheit hört man ein Schluchzen, das Schluchzen des Pfarrers von Hernialde.

Anmerkungen

[TITELSEITE] *Der Karlistenkrieg:* Im Gegensatz zu den Historikern, die diesen Terminus stets im Plural gebrauchen und drei (oder auch nur zwei) Karlistenkriege unterscheiden, verwendet Valle-Inclán den Singular. Das bedeutet wohl eine Betonung des Zusammenhangs der diversen Bürgerkriege, ist aber auch bedingt durch die Tatsache, daß die in der Roman-Trilogie dargestellten Ereignisse sich alle innerhalb einer, nämlich der dritten Guerra Carlista (1872–1876) abspielen – bei deren Ende der Autor ein Kind von zehn Jahren war. Der Erste Karlistenkrieg (der immer gemeint ist, wenn die Personen des Buches vom vorigen oder vom letzten Krieg reden) war eine Generation zuvor ausgebrochen, als 1833 Fernando VII. starb und das Testament des Königs seine spätgeborene, der vierten Ehe entstammende, damals erst dreijährige Tochter Isabella zur Nachfolge bestimmte. Der Bruder des Verstorbenen, Prinz Carlos (1788–1855), der unbestritten als Thronfolger gegolten hatte, war durch einen juristischen Trick ausgeschaltet worden: Fernando hatte das bereits 1713 durch Felipe V. in Spanien eingeführte Salische Erbfolgerecht, das Frauen von der Thronfolge ausschloß, außer Kraft gesetzt, indem er einen 1789 beschlossenen Antrag der Cortes (des Ständeparlaments) auf Wiederherstellung der alten Erbfolgeordnung, die der damals regierende Carlos IV. nie als Gesetz hatte verkünden lassen, nachträglich bestätigte. Als die Cortes der Dreijährigen huldigten und deren Mutter, die Königin-Witwe María Cristina, stellvertretend die Regentschaft übernahm, kam der latente Bürgerkrieg zum Ausbruch. Die Parteiungen, die dabei sichtbar wurden, waren recht komplex, ja in sich widersprüchlich. Der Streit um die legitime Erbfolge war zwar der akute Anlaß, aber keineswegs die Ursache der nun blutig ausgefochtenen Konflikte in einer Gesellschaft, die spätestens seit dem Eindringen der Napoleonischen Heere in Spanien zerrissen wurde vom Ungenügen an den herkömmlichen Verhältnissen und von der Unfähigkeit, sich auf eine neue politische Ordnung zu einigen. Den Cliquenkämpfen am Hof, in der Generalität, in den politischen Organisationen und Zirkeln entsprach draußen auf dem Lande der Bandenkrieg – der mit erschreckender Grausamkeit geführt wurde, auf beiden Seiten. Als das Gemetzel nach fast sieben Jahren vorerst eingestellt wurde, war nichts geklärt; weshalb denn auch bei nächster Gelegenheit, als die – inzwischen achtunddreißigjährige – Isabella II. durch die Revolution von 1868 gestürzt und ins Ausland gejagt wurde und ein Thronfolger aus Italien importiert werden sollte, die Guerrilleros erneut zu den Waffen griffen. Unterm Banner des Karlismus sammelten sich, wie früher, nicht nur die Legitimisten (die Verfechter der rechtmäßigen Thronfolge) und die Anhänger des absoluten Monarchentums, sondern auch fast die gesamte Geistlichkeit und – als stärkstes Kontingent – die Regionalisten aus dem Baskenland, aus Aragonien und Katalonien, Verteidiger der Fueros, der alten provinzialen Sonderrechte. Sie kämpften gegen die in sich zerstrittene Zentralgewalt, gegen die »Liberalen« – ein Etikett, das herhalten mußte für eine buntscheckige Kollektion politisch-weltanschaulicher Meinungen und Haltungen, für Parteigänger der konstitutionellen Monarchie wie für Linksradikale, für Spätaufklärer, Freimaurer und Propagandisten der Volkssouveränität, für streitbare Republikaner und für die ganze Masse des neuen, nur erwerbsorientierten Kleinbürgertums sowie für opportunitätstrainierte Militärs, die im allgemeinen Durcheinander der Parolen und Interessen nur allzu bereitwillig die Ehre der Nation mit der Befriedigung eigener Ehrsucht gleichsetzten und deshalb gerne putschten, wann und zu welchem Ende auch immer, zwischendurch aber mit indifferenter Pflichttreue nicht nur karlistische Basken, sondern auch sozialistische Katalanen zusammenkartätschten.

[SEITE 7, ZEILE 4] *Viana del Prior:* fiktiver Ortsname. Manche Literaturwissenschaftler meinen, diesen Hauptschauplatz des ersten Romans der Trilogie identifizieren zu können als La Puebla del Deán, eine Teilgemeinde von La Puebla del Caramiñal am Westufer der Ría de Arosa, im nordwestspanischen Galicien, dem Ambiente der »Kreuzfahrer des Königs«. – Die im zweiten und dritten Roman erzählten Geschehnisse spielen sich im Baskenland ab, bald in Navarra, bald in Guipúzcoa, nahe der französischen Grenze. Da der Autor durchweg real existierende und erfundene Orte vermischt, ist es wohl abwegig, die Topographie seines erzählerischen Kunstwerks jeweils exakt ins Geographische übertragen zu wollen.

[SEITE 7, ZEILE 20] *König Don Carlos:* Don Carlos María de los Dolores de Borbón y de Austria-Este, Herzog von Madrid (1848-1909). Nachdem sein Vater, Don Juan, und zuvor sein Onkel, Carlos VI., Graf von Montemolín, auf ihre Thronrechte verzichtet hatten, fungierte er – der Großneffe von Carlos V., jenem Infanten, den die Karlisten des Ersten Krieges zum König proklamierten – als Thronprätendent. Er war seit 1866 das Oberhaupt der Comunión Tradicionalista und leitete 1869 die »Junta von London«, 1870 die »Junta von Vevey«, welche beide der Vorbereitung des Bürgerkrieges dienten. 1873 wurde er als Carlos VII. im Santuario de Loyola zum König von Spanien gesalbt.

[SEITE 7, ZEILE 31] *des anderen Königs:* Amadeo I. de Saboya (1845–1890), König von Spanien, der 1871 gekrönt wurde und schon im Februar 1873, nachdem er alle parlamentarischen Möglichkeiten der Kabinettsbildung erfolglos durchprobiert hatte, abdankte, weil er nicht mit Hilfe von Notstandsgesetzen regieren wollte.

[SEITE 11, ZEILE 28] *der gottlose Mendizábal:* Juan Álvarez Mendizábal (1790–1853), ein Großbankier, setzte als Regierungschef 1835 die Säkularisation der Klostergüter durch.

[SEITE 11, ZEILE 31] *die barbarischen Dekrete der Isabellinischen Regierung:* Gemeint sind die Leyes desamortizadoras von 1835/36 und 1854, welche die Aufhebung der Lehensgüter sowie die Auflösung und Enteignung der geistlichen Orden verfügten.

[SEITE 12, ZEILE 29] *Erzbischof Gelmírez:* einer der imposantesten geistlichen Herrscher des spanischen Mittelalters, konsolidierte zu Beginn des 12. Jahrhunderts durch die Errichtung zahlreicher Wehr- und Sakralbauten, durch die Schaffung einer starken Flotte und durch die Förderung der Künste und Wissenschaften die Geltung von Santiago de Compostela als der großen Wallfahrtsstätte für die gesamte Christenheit. Seine »harte Hand« provozierte 1116 freilich auch eine wütende Bürgerrevolte gegen die allesbeherrschende Macht des Kirchenfürstentums.

[SEITE 21, ZEILE 19] *Umarmung bei Vergara:* Nach langen Geheimverhandlungen zwischen den führenden Generälen der Karlisten und der Cristinos (genannt nach der Mutter von Isabella II., María Cristina de Parma, die an Stelle der minderjährigen Königin regierte) wurde schließlich im Städtchen Vergara (Provinz Guipúzcoa) am 31. August 1839 das »Abkommen von Vergara« geschlossen, mit dem der Erste Karlistenkrieg beendet wurde. Carlos V. ging nach Frankreich. Viele Karlisten betrachteten die heimlich ausgehandelten Waffenstillstandsvereinbarungen als einen Akt des Verrats. Die Umarmung, mit der die beiden gegnerischen Heerführer und Unterhändler, Maroto und Espartero, den Friedensschluß öffentlich bekundeten, galt ihnen als Gleichnis widerlicher Verlogenheit und Tücke.

[SEITE 21, ZEILE 21] *Ayacucho:* Beim Dorf Ayacucho in Peru fand 1824 jene Schlacht statt, in der die von Sucre geführten Unabhängigkeitskämpfer die letzte spanische Heeresmacht auf südamerikanischem Boden zur Kapitulation zwangen. Da Espartero (s. o.) zu denen gehörte, die sich damals den Rebellen ergaben, benutzten die Karlisten den Ortsnamen als Schmähwort gegen den Regierungsgeneral und seine Anhänger. Baldomero Espartero (1793–1879), ein ehrgeiziger Mann, gab sich nicht zufrieden mit dem Erfolg, den die durch ihn herbeigeführte Beendigung des Ersten Karlistenkrieges bedeutete. Kurz danach strebte er nach der höchsten Gewalt im Staate. Da María Cristina die Gemäßigten begünstigte, paktierte er mit den Fortschrittlichen. Die Radikalen aber nutzten die Zwistigkeiten zwischen der Regentin und Espartero; sie inszenierten einen Aufstand in Madrid, der die Regentin zur Abdankung zwang, weil Espartero sich weigerte, die Rebellion mit militärischen Mitteln niederzuschlagen. Er unterstützte ein progressives Regierungsprogramm und wurde von den Cortes zum alleinigen Regenten gewählt, konnte sich aber im Tumult der widerstreitenden Kräfte nur knapp drei Jahre halten und flüchtete sich schließlich in Cádiz auf ein englisches Kriegsschiff, das ihn nach London brachte.

[SEITE 21, ZEILE 22] *Maroto:* Rafael Maroto (1783–1847), der in Chile zum General befördert wurde, schloß sich 1835 dem Karlismus an und wurde Oberkommandierender der Provinz Vizcaya. Da er gemäßigte Auffassungen vertrat, geriet er bald in Konflikt mit den klerikalen und extrem absolutistischen »Apostolischen«. In dem Machtkampf, der nun im karlistischen Lager entbrannte, ließ er die apostolischen Generäle erschießen und zwang Carlos V., der ihn zunächst abgesetzt hatte, sich seinem Willen zu fügen. Er unterzeichnete das Abkommen von Vergara (s. o.), das von vielen Karlisten als Verrat gewertet wurde.

[SEITE 39, ZEILE 34] *Schwester Patrocinio:* Die Franziskanerin Sor María Rafaela Quiroga (um 1809–1891), berühmt als Visionärin, war Beraterin von Isabella II. Der Einfluß dieser geistlichen Dame von viriler Willenskraft war so stark, daß der reaktionäre Regierungschef General Narváez (der erfolgreiche Rivale Esparteros) es für nötig hielt, sie in die Provinz zu verbannen.

[SEITE 40, ZEILE 26/27] *Isabel und Marfori/Patrocinio und Claret:* In dem Schmähliedchen der Soldaten werden Isabella II. und drei ihr nahestehende Personen verkuppelt: San Antonio María Claret, der oftmals verleumdete Beichtvater der Königin, Schwester Patrocinio (s. o.) und Carlos Marfori y Callejas, Minister und intimer Günstling der Königin.

[SEITE 55, ZEILE 14/15] *Diego Laínez:* Vater von *Rodrigo* (oder Ruy) Díaz, dem Helden des epischen »Cantar de Mío Cid« aus dem 12. Jahrhundert und zahlreicher Romanzen. (»Cid« war der Beiname, den die Mauren dem großen Campeador gaben). Der historische Rodrigo (um 1043–1099) wurde durch die Dichtung zum nationalen Vorbild wachen Ehrgefühls und niemals wankender Treue – auch gegen den Herren, der einem selber Unrecht antut. – Montenegro erinnert sich wohl an die Romanze »Wie Diego Laínez«, Vater des Cid, seine vier Sühne prüfte«. Der Alte, der den Jagdhunden des Grafen Lozano einen erbeuteten Hasen abgenommen hat, wird von dem Grafen übel beleidigt. Da er als Greis die Kränkung seiner Ehre nicht mehr selbst rächen kann, erprobt er, welcher seiner Söhne das für ihn tun könnte. Er nimmt jeden beiseite, beißt jedem heftig in den Finger, und alle reagieren nur mit einem Schrei – außer dem Jüngsten, einem Bastard, Rodrigo: er versetzt dem Vater augenblicklich eine kräftige Ohrfeige.

[SEITE 78, ZEILE 24] *September-Revoluzzer:* Gemeint sind die Teilnehmer an der »Revolución Gloriosa« vom September 1868, die zum Sturz Isabellas II. führte.

[SEITE 109, ZEILE 4] *Käppis:* Scherzhafte Bezeichnung für die Soldaten der republikanischen Armee, die als Kopfbedeckung einen »ros« trugen. Laut Wörterbuch der Königlich-Spanischen Akademie: »eine Art kleiner Tschako, aus Filz, vorne höher als hinten« (benannt nach dem General Ros de Olano, der diese Kopfbedeckung im spanischen Heer einführte).

[SEITE 109, ZEILE 7] *die roten Baskenmützen:* Kennzeichen und Scherzname der karlistischen Freischärler aus den Provinzen Navarra, Guipúzcoa und Álava.

[SEITE 117, ZEILE 26] *Desaster von Oroquieta:* Schwere Niederlage der Karlisten, die sich am 4. Mai 1872 ereignete. Don Carlos, der erst zwei Tage zuvor in Spanien eingedrungen war, mußte sich sofort wieder auf französisches Gebiet zurückziehen.

[SEITE 136, ZEILE 1] Duquesa de la Torre: Gemahlin von Francisco Serrano y Domínguez, Duque de la Torre. Dieser war Oberkommandierender der Nordarmee und besaß einen enormen politischen Einfluß.

[SEITE 138, ZEILE 2] *Vicálvaro:* Der Staatsstreich des »liberalen« Generals Leopoldo O'Donnell in Viálvaro 1854 bewirkte den Sturz der »Gemäßigten« und die Rückkehr Esparteros an die Macht, den er jedoch schon zwei Jahre später zu Fall brachte, worauf er selbst Präsident des Staatsrats wurde – ein Amt, das er mehrmals innehatte und mehrmals an Narváez abtrat.

[SEITE 140, ZEILE 32] *des Sohnes von Isabella:* Alfonso de Borbón, der Sohn von Isabella II., geb. 1857. Lebte damals mit seiner geflüchteten Mutter in Paris. Er wurde am 29. Dezember 1874 von dem General Martínez Campos als Alfonso XII. zum König von Spanien proklamiert.

[SEITE 145, ZEILE 25] *Antonio Esquivel:* berühmter Porträtist der romantischen Epoche, Hofmaler Isabellas II., aus Sevilla (1806–1857).

[SEITE 145, ZEILE 28] *Schärpe von Carlos III.:* Auszeichnung für die spanische Kavallerie, ein blaues Band mit einem weißen Streifen in der Mitte, eingeführt 1771 durch den spanischen König Carlos III. (1716–1788).

[SEITE 151, ZEILE 32] *Guiris:* Spitzname, den die Karlisten den Liberalen gaben und mit dem sie vor allem die Soldaten der Regierung meinten.

[SEITE 152, ZEILE 4] *Don Antonio Lizárraga:* karlistischer General (1817–1877), operierte in der Provinz Guipúzcoa, wo er die Unbotmäßigkeit von Santa Cruz zu spüren bekam, der sich ihm offen widersetzte. Als frommer Mann bemühte sich Lizárraga geduldig um eine Verständigung mit dem tonsurierten Bandenchef, doch dessen unannehmbare Bedingungen für die Anerkennung der königlichen Befehlsgewalt über seine Truppe vereitelten jede Aussöhnung.

[SEITE 155, ZEILE 5] *Cabrera:* Ramón Cabrera, Graf von Morella (1810-1877), einer der kühnsten und fanatischsten Anhänger von Carlos V. im Ersten Karlistenkrieg. Lebte später in England, wo er dem Karlismus den Rücken kehrte und Alfonso XII. als den rechtmäßigen Thronerben propagierte.

[SEITE 156, ZEILE 19] *Frau Königin:* Doña Margarita de Parma. Unter den Karlisten wurde sie wegen der Hingabe, mit der sie – vor allem im Spital von Irache – für die Verwundeten sorgte, »Engel der Barmherzigkeit« genannt.

[SEITE 164, ZEILE 5] *La Mai Cruz:* »Mai« ist wohl als (erfundene) Dialektform für »madre« (Mutter) zu verstehen; vielleicht abgeleitet vom entsprechenden galicischen »nai«.

[SEITE 174, ZEILE 26] *Numancia:* Stadt der Keltiberer in der Nähe des heutigen Soria (Altkastilien), erobert und zerstört durch Scipio d. J., 133 v. Chr. Ihre Bewohner verteidigten sich bei drei Belagerungen heldenmütig gegen die Römer. Als der Widerstand gegen die Übermacht hoffnungslos geworden war, gaben sich Tausende selbst den Tod. Schicksal und Haltung der Numantiner spielten eine große Rolle in der Spanischen Literatur. Cervantes schrieb ein Drama »Numancia«, das Rafael Alberti 1937 in dem von Franco-Truppen eingeschlossenen Madrid bearbeitete und auf die Bühne brachte. – Daß der von Josepa befragte Rekrut – Knecht und kleiner Exekutant der Staatsgewalt – keine Ahnung hat von der Bedeutung des Namens seiner Schwadron wirkt schmerzlich grotesk, wenn man (auf Seite 255, Zeile 12–14) von Santa Cruz liest: ». . . . und seine Augen füllten sich mit Tränen, als er an die Zerstörung der alten Städte dachte, die nicht zu Sklaven der großen Reiche werden wollten«.

[SEITE 187, ZEILE 4] *Bernal del Carpio:* auch Bernardo genannt, sagenhafter Held vieler alter Romanzen und eines Dramas von Lope de Vega; hinreißender Anführer der Asturianer im Kampf gegen die französischen Eindringlinge.

[SEITE 227, ZEILE 1] *Santa Cruz:* Der historische Don Manuel Santa Cruz Loidi wurde 1842, drei Jahre nach dem Abkommen von Vergara in Elduayen (Provinz Guipúzcoa) geboren, als Sohn einfacher Leute. Der früh verwaiste Knabe konnte dank der Hilfe eines Onkels das Priesterseminar in Vitoria besuchen, wo er durch Widerspenstigkeit aufgefallen sein soll. Als Pfarrverweser wirkte er in der kleinen Gemeinde Hernialde bei Tolosa, unweit seines Heimatdorfes. Wie die meisten baskischen Priester setzte er sich öffentlich für die Thronrechte von Don Carlos ein, wurde mit Verhaftung bedroht und entkam nach Frankreich. 1872, als der Bürgerkrieg in den baskischen Landen erneut aufflammte, kehrte er nach Spanien zurück, an der Spitze einer Freischärlertruppe von fünfzig Mann. Nach einigen Guerrilla-Aktionen wird er geschnappt, eingesperrt, kann entfliehen und geht wieder über die französische Grenze. Nicht entmutigt, kehrt er bei nächster Gelegenheit zurück und schart wieder Leute um sich. Obwohl die Kriegführung auf karlistischer Seite allmählich militärische Ordnung gewann, unterstellte er sich und seine Partisanen nie dem Oberbefehl der karlistischen Generalität. Er kämpfte weiterhin als Guerrillero auf eigene Faust und nach eigenem Gutdünken: mit rücksichtsloser Härte, immer bestrebt, die getrennt operierenden Banden unter seiner Führung zu vereinigen. (Die Erschießung von Egoscué ist keine Erfindung Valle-Incláns, sondern ein historisches Faktum.) Sein Konflikt mit Lizárraga, dessen Befehle er konsequent ignorierte, verschärfte sich immer mehr. Schließlich wurde er von den Karlisten zum Rebellen erklärt. Man verfolgte ihn, wollte ihn festnehmen und bestrafen. Als er in Vera de Bidasoa in Gefangenschaft geriet, gab er sich versöhnungsbereit. Sein falsches Spiel wurde jedoch erkannt, und wieder konnte er nach Frankreich fliehen. Er wurde in Abwesenheit zum Tode verurteilt; seine Partisanen wurden den regulären karlistischen Einheiten eingegliedert. Aber wieder überschritt Santa Cruz heimlich die Grenze und gelangte bis zu den karlistischen Linien. Er hatte die Absicht, die von Lizárraga befehligte guipuzcoanische Division gegen ihren Kommandeur aufzuwiegeln. Als die Aufgestachelten zu Lizárraga kamen, um ihn zu verhaften, richtete dieser auf baskisch ein paar Worte an sie, die sie schwankend machten. Die loyal gebliebenen Kompanien nahmen die aufrührerischen Offiziere fest und entwaffneten die meuternden Kompanien. Daraufhin floh der Pfarrer mit einem Teil seiner Leute. Zum letzten Mal überquerte er (im Dezember 1873) die Berge und emigrierte nach Frankreich. Sein Partisanenleben war damit zu Ende. Er tat Buße, ging nach Rom, wurde in den Jesuitenorden aufgenommen und nach Kolumbien entsandt, wo er (nachdem er jahrzehntelang Indiokindern den Katechismus beigebracht hatte) im Alter von fünfundachtzig Jahren starb – 1927, fast zwei Jahrzehnte nach der Publikation der »Guerra Carlista« von Valle-Inclán.

[SEITE 231, ZEILE 7] *Estella:* navarresische Stadt am Ega, einem Nebenfluß des Ebro, reich an alten Palästen, Herrenhäusern und Kirchen. Don Carlos wählte den Ort zu seinem provisorischen Regierungssitz. Rund dreißig Jahre nach der Eroberung der Stadt durch die Regierungstruppen und der endgültigen Niederlage der Karlisten lernte Valle-Inclán im dortigen »Casino« alte Guerrilleros kennen und ließ sich von ihnen erzählen, was sie während des Krieges erlebt hatten.

[SEITE 231, ZEILE 7] *Moriones:* Domingo Moriones y Murillo (1823–1881), General der Liberalen, der bei Oroquieta (s. o.) die erste Invasion der Karlisten zunichte machte. 1873 wurde er zum Oberkommandierenden der Nordfront ernannt.

[SEITE 233, ZEILE 6] *Wonnen von Capua:* Anspielung auf die lange Belagerung dieser süditalienischen Stadt im Zweiten Punischen Krieg, 215 v. Chr.

[SEITE 237, ZEILE 7] *Castelar:* Emilio Castelar y Ripoll (1832–1899), republikanischer Politiker und Schriftsteller, berühmt als Redner. Er nahm am Aufstand von 1866 aktiv teil, der von Serrano unterdrückt wurde, und mußte daraufhin nach Frankreich fliehen, von wo er nach der Revolution von 1866 heimkehrte. Vergeblich widersetzte er sich 1870 der Wahl Amadeos I. zum spanischen König. Er wurde der vierte und letzte Präsident der kurzlebigen Ersten Republik (1873). Nach der Restauration unter Alfonso XII. zog er sich aus der Politik zurück und widmete sich historischen Studien.

[SEITE 294, ZEILE 11] *Cánovas del Castillo:* Antonio Canovas del Castillo, konservativer Politiker und Schriftsteller (geb. 1828 in Málaga). Er war der führende Kopf der Restaurationsbewegung, die zur Inthronisierung von Alfonso XII. und zur Verfassung von 1876 führte. Er war sechsmal Präsident des Ministerrates. Verfasser des historischen Romans »La campana de Huesca«. Wurde 1897 von einem italienischen Anarchisten ermordet.

[SEITE 296, ZEILE 11] *Espartero:* siehe Anmerkung zu Seite 21, Zeile 21.

[SEITE 297, ZEILE 32] *Louis Philippe:* der liberal-konservativ gesonnene französische »Bürgerkönig« (1773–1850).

[SEITE 300, ZEILE 26] *Arapiles:* Dorf in der Nähe von Salamanca. 1812 schlugen dort die vereinigten spanischen, portugiesischen und englischen Truppen unter der Führung von Wellington die Franzosen, welche daraufhin Andalusien und Madrid räumten.